I0656434

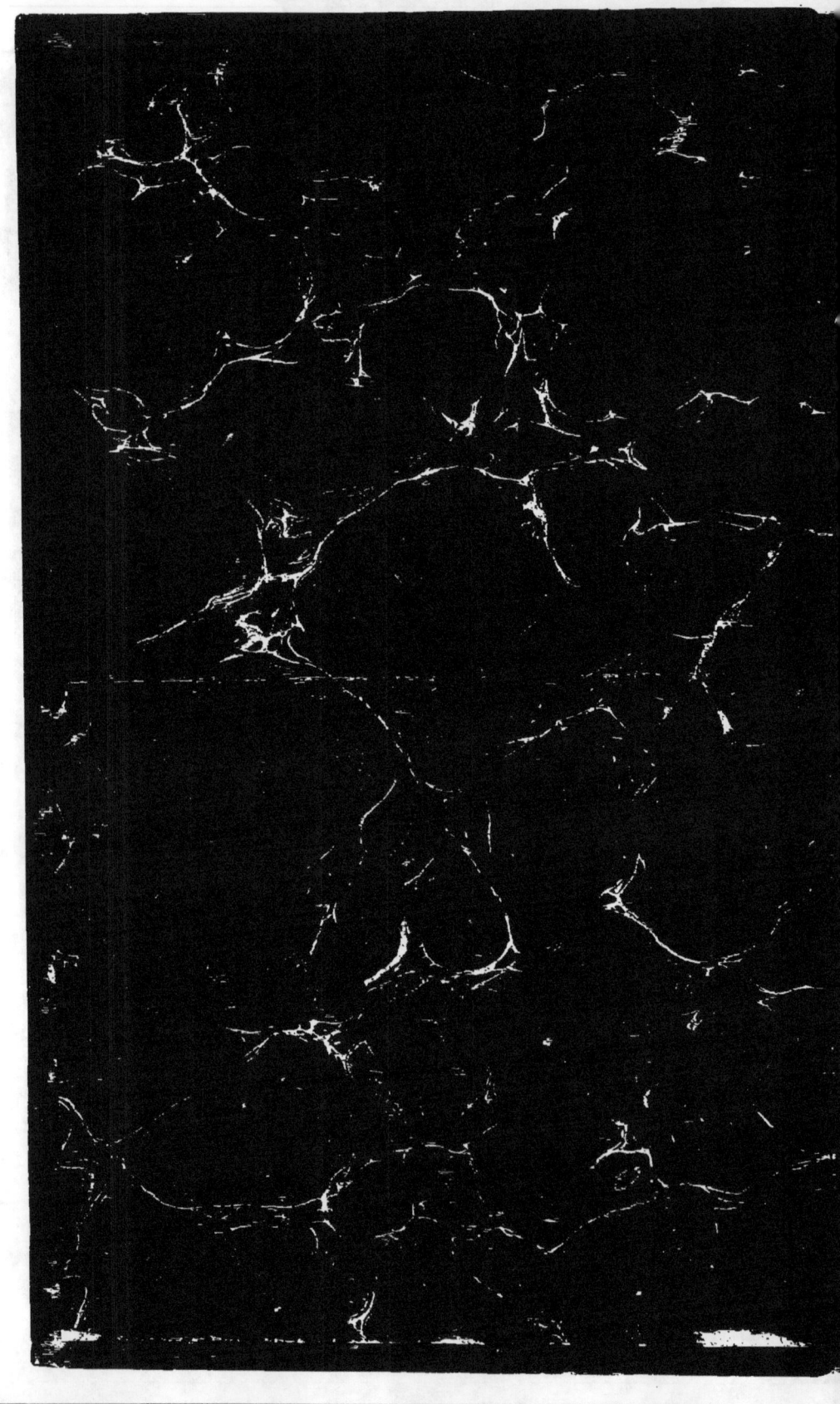

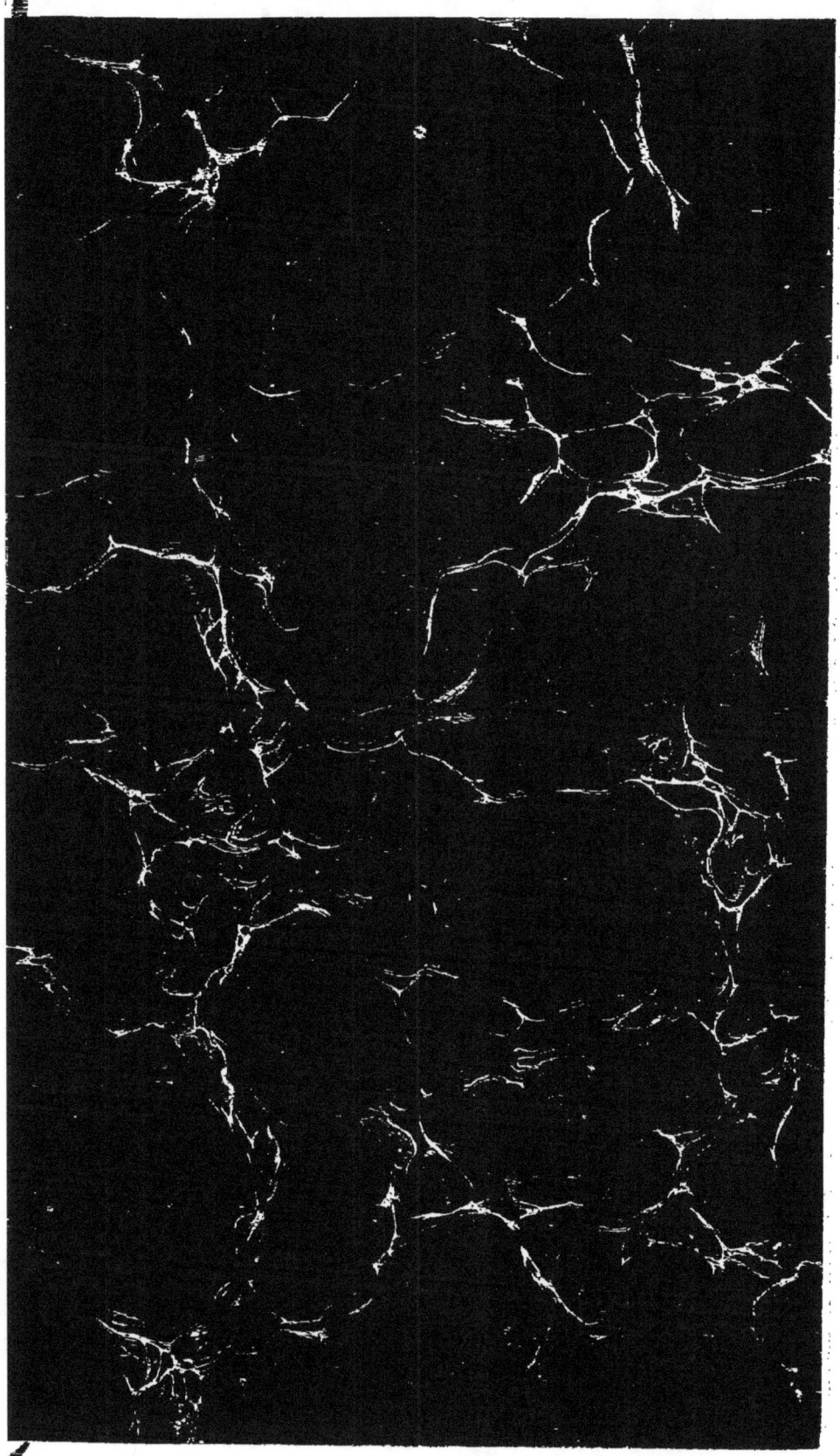

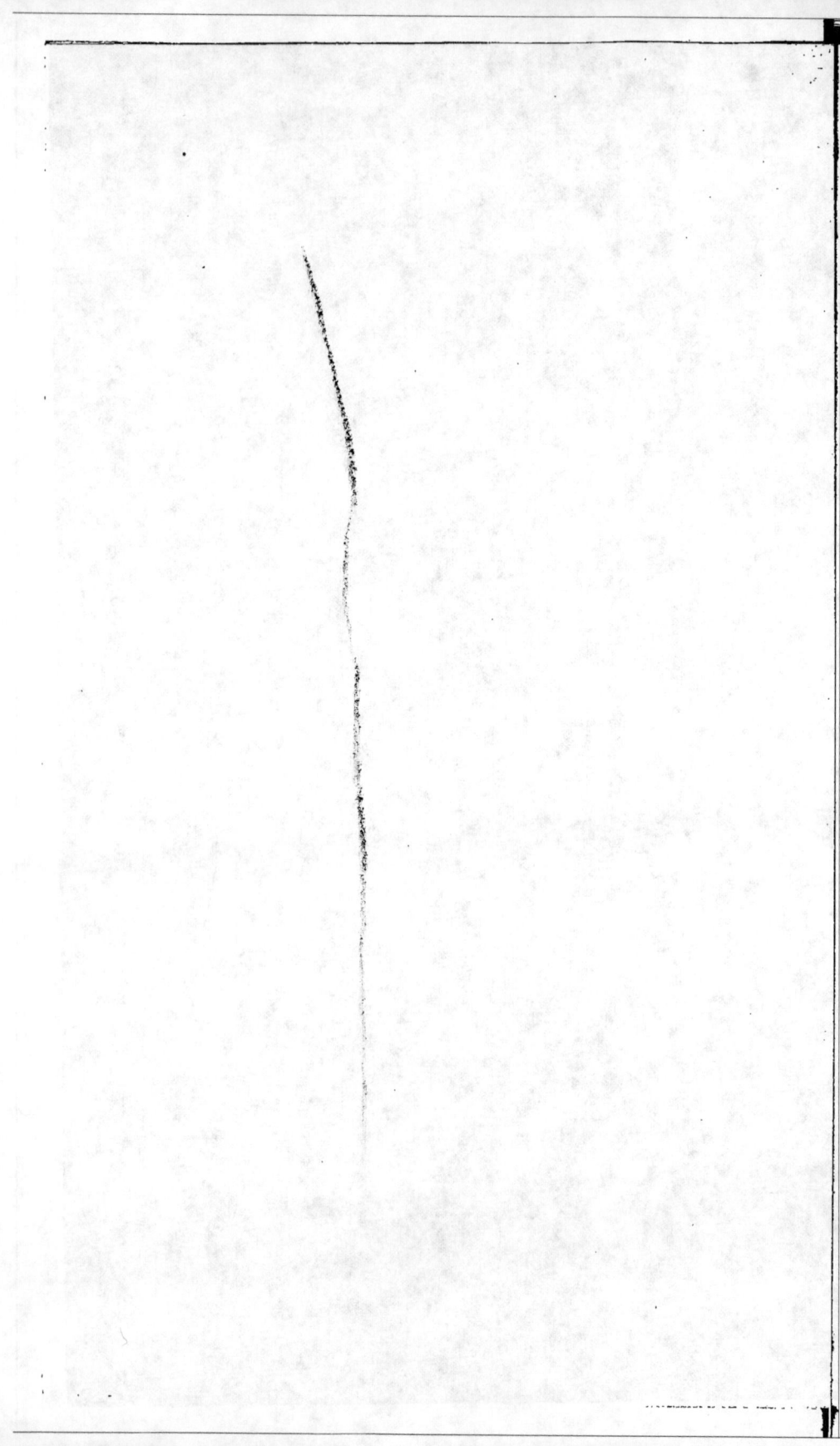

LES AMOURS
AU SÉRAIL

—

II

LIBRAIRIE DE E. DENTU ÉDITEUR

DU MÊME AUTEUR

L'ABBESSE DE MONTMARTRE, 2 vol. . . . . 6 fr.

LE MOUSQUETAIRE DU CARDINAL, 2 vol. . . . . 6 »

LES OUBLIETTES DU VIEUX LOUVRE, 1 vol . . . . 3 »

LA VENGEANCE D'UNE COMÉDIENNE, 1 vol . . . . 3 »

F. Aureau. — Imprimerie de Lagny.

LES AMOURS
AU SÉRAIL

PAR

HENRI AUGU

II

LE POISON DE L'ORIENTALE

PARIS

E. DENTU, ÉDITEUR

LIBRAIRE DE LA SOCIÉTÉ DES GENS DE LETTRES

PALAIS-ROYAL, 15-17-19, GALERIE D'ORLÉANS

1883

LES

AMOURS AU SÉRAIL

DEUXIÈME PARTIE

LE POISON DE L'ORIENTALE

I

LES HOURIS D'EDEN

D'une éminence couverte de châtaigniers et de pista-
chiers, nos aventuriers aperçurent devant eux la plaine
d'El-Sahhel, couverte de pierres qui empêchaient la cul-
ture, mais parsemée de pins et de sycomores.

A leurs pieds, une source abondante s'échappait d'une
grotte flanquée de rochers et masquée par des cactus,
des buissons de lauriers-roses, des nopals et des aloès,
pour se partager en plusieurs ruisseaux qui traversaient
la plaine et arrosaient le chemin des cèdres.

— Voyons! s'est écrié Rivolet, allons-nous visiter la
fameuse plantation des cèdres aux branches toujours
vertes, qui a fourni son bois à la construction du temple

de Salomon?... Il me semble déjà sentir ses âcres parfums...

— Non, Rivolet! non. Cela nous retarderait. Ne voulons-nous pas assister à l'assemblée des Assassins?... Ne perdons quelques minutes en ces lieux que pour abreuver nos montures qui sentent la source...

— Descendons alors : je boirai bien aussi.

— Et moi donc! fit le carabinier Jacquot. Mais ce n'est que de l'eau... Dieu des dieux! si j'avais une bonne bouteille de mâcon!

Nos Français avaient parlé haut : ils se croyaient dans une solitude complète. Ils ne comptaient pour rien un écureuil qui grimpait le long d'un sumac et un magnifique aigle royal qui planait dans les airs.

Mais, derrière un rocher et cachés par une énorme touffe de laurelle aux fleurs écarlates, deux hommes étaient assis non loin de la source.

Aux premiers mots prononcés par Rivolet, ces deux hommes avaient dressé la tête, et en entendant Martial parler de l'assemblée des Assassins, l'un d'eux murmura à l'oreille de l'autre :

— Ce sont eux, Ismaïl! J'en suis sûr.

— Tu crois, Kasân? répliqua son compagnon.

— Ne sont-ils pas quatre, habillés en marchands? Leur langue n'est-elle pas la langue des Français?

— Oui, tu as raison. Ce sont bien eux.

— N'ayons l'air de rien, et sitôt qu'ils seront à la source, remplissons notre tâche, causons de manière à attirer leur attention et à ce qu'ils nous entendent bien.

Rivolet, Martial et leurs compagnons étaient descendus de cheval et, menant leurs montures par la bride, dévalaient la colline vers la source aux eaux claires et rafraîchissantes.

Tous les quatre, tandis que leurs chevaux se désaltéraient, puisèrent de l'eau dans le creux de la main, non pas sans que le Mâconnais Treillet n'exhalât encore quelques plaintes sur la nécessité de boire de l'eau pure.

— Silence ! fit tout à coup le lieutenant des guides.

— Qu'y a-t-il? demanda Martial en dressant l'oreille.

— N'entends-tu pas cette voix qui domine le murmure de la source?

— En effet, on parle... Il y a quelqu'un.

— On a prononcé encore le nom de Balbek.

— Toujours des Assassins !... Il en fourmille, décidément.

— Asseyons-nous et écoutons !... Ils sont derrière ce rocher... Ne faisons pas de bruit.

On s'accroupit sur l'herbe, au pied des broussailles.

— Oui, digne okhal ! c'est à Balbek que ces maudits se réunissent, disait la voix.

— Et pourquoi, Kasân — vous vous nommez ainsi, n'est-ce pas? — avez-vous quitté ces misérables Ismaéliens ?

— Vous êtes un saint docteur druse, et je bénis le Très-Haut de vous avoir rencontré à l'entrée de ces montagnes, que je gagnais pour fuir leur vengeance, — car je dois la redouter, maintenant que je les renie et que je reviens au culte de mes pères, les saints Yezidis de la Karamanie, où ces chiens m'ont enlevé à l'âge de quinze ans.

— De vrais chiens, comme vous le dites, Kasân !

— Les hommes de notre nation, ô okhal des Druses méprisent les sectateurs de Mahomet, tout autant que nous autres, Yezidis, nous les haïssons. Nos deux religions se rapprochent également de celle du Christ.

— Nous n'avons aucun éloignement pour le baptême,
ô Yezidi !

— Je me suis donc enfui ce matin d'Eden, où réside le
daï-kébir des Haschischins. J'en ai assez de leurs pratiques fanatiques. Que m'importent toutes ces belles
femmes que le daï-kébir tient enfermées dans ses jardins ravissants! Les filles des Yezidis sont plus blanches
et plus parfaites que les houris de Mahomet!... Ah! pourtant...

— Pourtant?... Y en aurait-il de laides parmi ces houris ?

— Au contraire. Il en est une... une merveille incomparable! Son teint est comme le lis, et sa longue
chevelure blonde...

— De quelle nation est-elle donc ?

— Elle est Française.

— Française !

— Le daï-kébir Ahmed l'a amenée du Kaire la nuit
dernière.

— Et elle se trouve dans les jardins d'Eden ?

— Dans ces jardins si beaux, qu'on les croit enchantés, au milieu des autres houris, destinées à servir à
la fois de stimulant et de récompense aux fédavis auxquels on donne une mission périlleuse à exécuter.

— Et dites-moi, Kasân, d'où vient la haine si profonde
que votre nation des Yezidis porte aux mahométans ?

— Je vous l'ai dit : nous sommes presque chrétiens, et
jadis les musulmans nous ont persécutés. Mais les
Yezidis sont devenus braves et belliqueux et, à leur tour,
ils ont harcelé les musulmans... Connaissez-vous l'histoire de Mourgo le renégat?

— Non ; nos conteurs n'en ont jamais fait mention.

— Écoutez donc! L'histoire est terrible.

— Je suis tout oreilles. J'aime les contes.

Kasân raconta la légende en ces termes :

« C'était un guerrier d'une beauté singulière ; il ne marchait jamais que vêtu d'une cotte de mailles et coiffé d'un casque étincelant, portant une masse d'armes que nul autre ne pouvait soulever. Il était fort comme Hercule, fils de Jupiter. S'étant une nuit approché seul du camp des Turcs, qu'il voulait écraser dans le défilé de Derbend, en faisant rouler des rochers sur eux, il s'entendit tout à coup appeler par une voix de femme d'une douceur peu commune.

« Pieux derviche (il était déguisé en derviche), lui dit
» cette voix, prenez ceci, et demain apportez un mouton
» pour faire un *courban* en l'honneur de notre bien-aimé
» sultan et pour le succès de ses armes. »

» En même temps, elle lui jeta un bracelet orné d'un talisman qui portait le sceau du grand Salomon. Mourgo ramassa le bracelet, et, revenu dans son camp, il se proposait de retourner le lendemain, avec des Yezidis déguisés comme lui en derviches, pour assassiner le grand vizir.

» En se couchant, il mit sous le tapis de sa tente le don de la femme invisible. Mais dans la nuit il eut une vision qui le frappa de terreur : c'était Mahomet lui-même qui apparaissait accompagné des douze grands imans, chantant les versets du Koran.

» Sur un signe du Prophète, les imans se séparèrent en deux bandes, et chacune d'elles s'empara d'un fantôme couvert d'un long voile. Lorsque le voile tomba, Mourgo se reconnut lui-même dans les deux fantômes. L'un tenait un kanjar et frappait à outrance tous ceux qui l'approchaient, lorsque l'ange Ariel, apparaissant armé d'une massue d'acier, lui fendit le crâne d'où il s'écoula des flots de sang noir, pendant que l'autre fantôme, prosterné aux pieds du Prophète, avait été revêtu d'une robe blanche, et chantait avec les imans les louanges de Mahomet.

» Effrayé d'une telle vision, Mourgo alla trouver le chef des derviches merlevis, embrassa entre ses mains l'islamisme, et lui fit connaître le lieu qui recélait ses trésors, afin qu'il fît bâtir une mosquée; puis il alla trouver les Yezidis, pour les décider à embrasser la religion de Mahomet.

» Mais les enfants de la lumière, loin d'écouter la parole de Mourgo, le massacrèrent comme un imposteur qu'il était. Le chef des derviches n'en construisit pas moins la mosquée pour exécuter la dernière volonté de Mourgo. Mais cette mosquée fut bientôt frappée par le feu du ciel, et ne put jamais être rebâtie. Aujourd'hui encore on en voit les ruines à Erzeroum. On nomme ces ruines Mourgo-sérail (palais de Mourgo). »

— Voilà une histoire, ô Kasân, dit le compagnon, qui doit faire frémir tous les renégats... Mais il se fait tard; le soleil va se coucher derrière les minarets de Sidon, dans son lit écumeux de la grande mer. Venez dans nos montagnes !...

On n'entendit plus que la chute de quelques cailloux que faisaient tomber les pieds du Yezidi et du docteur druse. Les deux hommes gravissaient le lit desséché d'un torrent, pour s'enfoncer dans les montagnes.

Si l'un de nos Français les eût suivis, il eût entendu Kasân dire à son compagnon :

— Eh bien, Ismaïl, ai-je bien joué mon rôle de Yezidi?

— Parfaitement, je t'en complimente.

— C'est que j'ai habité parmi ces sectateurs de l'esprit des ténèbres.

— Crois-tu qu'ils tomberont dans le piège, ces chiens de Nazaréens?

— Le daï-kébir l'espère... Il connaît ces Français, qui sont aventureux et téméraires. Sachant qu'une de leurs compatriotes se trouve dans les jardins d'Eden, ils voudront, coûte que coûte, s'en approcher, ne fût-ce que pour la voir, peut-être pour l'enlever. Ahmet est rusé comme le serpent.

Mais nos amis ne songeaient nullement à suivre les deux inconnus. Ce qu'ils venaient d'apprendre les comblait d'étonnement et de joie. Nul doute : cette blonde et blanche Française, amenée du Kaire, c'était Louise, la sœur de Rivolet, l'objet des plus doux rêves de Martial...

Et ils étaient à une lieue au plus de la retraite mystérieuse où un *grand prieur* des Haschischins la tenait prisonnière!

Comme le cœur battait à Martial!... Mais à sa joie de revoir bientôt, dans quelques heures, celle qu'il aimait de toute l'ardeur de son cœur, se joignirent aussitôt d'amères pensées.

Quel était le sort réservé à Louise? L'infâme daï-kébir la destinait aux passions délirantes de ses fédavis... Peut-être même l'un de ces fanatiques, ivre de haschisch, avait-il déjà osé...

A cette image odieuse, toutes les fureurs de la jalousie s'emparèrent du jeune officier.

L'esprit de Charles Rivolet avait bien aussi suivi le cours des mêmes idées ; mais, chez l'amant, l'indignation et la colère étaient naturellement plus vives que chez le frère. Néanmoins, leurs yeux et leurs mains se rencontrèrent.

— Frère! dit Martial, il faut la sauver ou mourir.

— C'est ma résolution comme la tienne.

— Que cette étreinte soit le gage de notre pacte fraternel!

— Peut-être pourrons-nous aborder Louise et la sauver sans trop de danger... Ces jardins n'ont pas sans doute des murailles bastionnées et flanquées de redoutes. La garde n'en doit pas être nombreuse... On est d'ailleurs sans défiance. Qui se douterait que quelques aventuriers français, cachés sous des habits de marchands, songeassent à pénétrer les mystères des Ismaéliens?

— Et quand cela serait! s'écria avec fougue le lieutenant des carabiniers. Je braverai tous les dangers pour arriver à votre sœur et la ravir à ces mains exécrables.

L'aga Ahmed, ou plutôt le daï-kébir, ne s'attendait sans doute pas à trouver le frère et l'amant même de la jeune Française dans ces prétendus marchands, qu'il s'était promis, sur l'indication de l'almée Mirzane, de faire tomber dans ses filets.

Il avait voulu attirer dans le piège des soldats français qu'il supposait uniquement occupés du projet de pénétrer dans Acre, pour y surprendre les secrets de la défense; mais il était loin de penser que l'appât qu'il leur tendait, dans la personne d'une jeune et belle compatriote, serait tout-puissant pour leur faire affronter tous les périls, et que c'était précisément cette jeune fille qui était un des buts de leur audacieuse entreprise.

Il ignorait, en outre, que les Français voyageurs connussent si bien la secte des Haschischins, leur histoire, leurs pratiques, le but de leur réunion à Balbek, leurs desseins abominables qu'il était facile de deviner, et que, par conséquent, ils devaient supposer aux Ismaéliens, dans ces circonstances, quelque vigilance et une bonne garde autour de leurs retraites voluptueuses ou aux sombres complots.

Nous ne tarderons pas à savoir si les mesures du daï-kébir étaient bien prises pour faire réussir ses desseins artificieux.

C'est à l'extrémité de la plaine pierreuse d'El-Shahhel, en avant de la région élevée où les grands cèdres du Liban élèvent leurs cimes aux nues, qu'est situé Eden.

Autour du village, couché dans une vallée admirable, éternellement couverte de verdure et de fleurs, s'étendent des vergers d'arbres fruitiers de toute espèce, offrant des bosquets ravissants. Des hauteurs d'alentour, où sont perchés pittoresquement des hameaux druses ou maronites, on jouit d'une perspective indescriptible sur les gorges boisées des montagnes, sur la plaine et la mer lointaine. Les sources d'eau vive qui serpentent de tous côtés dans la vallée, les fruits et les fleurs, les doux ombrages, l'air embaumé qu'on y respire, justifient pleinement le nom que portent ces lieux enchantés.

Eden : c'est le jardin par excellence, c'est le paradis!

En effet, dans l'opinion des Arabes, c'est dans cet endroit délicieux que Dieu plaça le paradis terrestre et qu'il créa Adam et Ève. Suivant eux, le déluge de Noé et la succession des siècles l'ont bien défiguré; mais ce qui reste des merveilles primitives de ce séjour bienheureux est encore plein de beauté et de charme.

Au sommet d'une colline, dont la base se perd au milieu des jardins de la vallée, se voit une ancienne forteresse arabe, aux tours et aux murs crénelés. Une autre muraille, très haute, descend du château et ceint un vaste espace, dont les arbres verts contrastent avec la teinte marbrée des pierres de la muraille.

Pénétrons dans le château. L'intérieur en est somp-

1.

tueux : des fontaines de marbre, des colonnes de por-
phyre, des portiques élégants, de gracieux clochetons s'y
voient partout.

Si l'extérieur, rendu formidable par l'art militaire des
Arabes, ne rappelle que le moyen âge, le dedans offre un
assemblage merveilleux de toutes les époques. L'architecture en est la plus amalgamée qu'on puisse imaginer.

Depuis le portail persépolitain, la symétrie pagodale
de l'Inde et le fronton ou le monolithe emblématique de
l'art égyptien, jusqu'à la demi-coupole et aux assises de
brique de l'édifice byzantin, enfin jusqu'à l'arcade ogivale
moresque et au revêtement de stuc arabe, tous les styles
y sont représentés. On y reconnaît même la colonne
ionique et la voûte étrusque des Romains.

Tous les maîtres successifs de l'Euphrate, du fleuve qui
borne la Syrie à l'est et dont les rives ont vu tant de conquérants, ont laissé là leurs traces.

Le possesseur actuel du château est accroupi, en fumant, dans une salle du selamlik, sur un divan de soie
cramoisie. La pièce est peu meublée, comme toutes les
salles orientales. Une natte indienne, tressée de pailles
aux vives couleurs, couvre les dalles.

La nuit tombe, et un jeune homme maigre et pâle,
tout habillé de blanc, allume une lampe suspendue à la
voûte.

— Amourat! dit le personnage accroupi, regarde donc
si du *djebel* (mont) Gharb aucun signal n'est donné.

Le maigre adolescent alla vers une fenêtre géminée,
dont la double arcade surmontée par une colonnette in-
diquait assez qu'elle datait du septième siècle, époque
de la splendeur de l'art byzantin.

— Je ne vois rien, ô daïs! répondit-il, après avoir
exploré du regard la montagne en face.

— Aucun de mes émissaires ne donne encore signe de vie, murmura le daïs avec un mouvement d'impatience.

Le fédavi allait quitter la fenêtre, lorsqu'il aperçut tout à coup, au milieu de la masse sombre des sapins qui couronnaient le djebel Gharb, une lumière qui brillait d'un vif éclat.

— Voici une flamme sur le djebel! dit-il en se retournant.

Le daïs se leva vivement et s'approcha à son tour de la fenêtre. Il poussa une exclamation de joie.

— Enfin! dit-il. Ils approchent... Il faut qu'ils pénètrent dans le jardin. Cette violation justifiera leur mort aux yeux des habitants d'Eden.

— Quels sont vos ordres, ô daï-kébir !

— Cours prévenir tous nos daïs, rékifs et fédavis, afin qu'ils gagnent les postes que je leur ai assignés... Qu'ils s'y rendent sans bruit, comme le serpent quand il glisse dans les hautes herbes ! Que le daïs Orkan, chargé des femmes, fasse immédiatement ce que je lui ai prescrit, avec ses eunuques noirs...

Amourat alla exécuter ces ordres.

Pendant ce temps, le daï-kébir restait à la fenêtre, les yeux fixés sur le vaste jardin qui s'étendait depuis le château jusque dans la vallée, et dont la brise du soir lui apportait tous les parfums.

Mais Ahmed ne savourait nullement la douce odeur de l'oranger en fleur, de la rose et du jasmin. Ce qui le préoccupait, c'était de savoir si ses ordres allaient être ponctuellement et promptement suivis.

Soudain, comme par enchantement, des milliers de lumières de toutes couleurs brillèrent dans les massifs, éclairèrent de vertes pelouses, des bosquets, des kiosques charmants : de jolies pagodes se mirèrent dans les ruisseaux aux capricieux méandres, dans les gerbes d'eau jaillissante, et firent resplendir d'étincelles phosphorescentes les cascatelles tombant de leurs rochers mousseux.

Des eunuques à la face noire et au caftan blanc circulaient partout, comme autant de magiciens ; d'autres ouvrirent les portes en bois de santal d'un bâtiment revêtu de stuc poli aux nuances les plus variées, et dont la construction était assez semblable à celle d'un chalet suisse.

Tout un essaim de femmes aux longs vêtements blancs, les cheveux nattés ou bouclés, s'échappa de l'édifice avec de petits cris joyeux. On eût dit des oiseaux auxquels on venait d'ouvrir leur cage.

Les unes avaient le corps entouré de guirlandes de fleurs, d'autres des couronnes de roses et de myrthe sur la tête. Plusieurs tenaient à la main des instruments de musique, tels que le *santoar* (le psaltérion) aux cordes de métal, le *daïré* (tambour de basque garni de lames de laiton), le *siné keman* ou la viole d'amour d'Italie. Deux harpes furent apportées par des eunuques.

Aucune des femmes n'était voilée.

Tout cela était féerique comme le songe d'une nuit d'été...

La musique, le chant, les danses, commencèrent aussitôt que les groupes, disséminés dans le jardin, eurent pris leur place, les uns sur des bancs de gazon, les autres dans des bosquets ou au bord de l'eau limpide.

Sur un signe du daïs Orkan qui, d'après les ordres du daï-kébir, avait présidé à cette prompte mise en scène, et qui frappa dans ses mains, tous les eunuques disparurent, et le daïs lui-même rentra dans le harem à leur suite.

En revanche, tout un peuple d'oiseaux au plumage irisé, trompé par ces clartés et ces chants, et croyant que le jour avait reparu, se mit à sautiller et à voltiger dans les branches des arbres, lançant au ciel les gammes les plus mélodieuses, les plus brillantes fioritures. Ils mêlaient leur concert aérien à celui des houris musiciennes : la muse Euterpe en eût tressailli d'aise sur l'Hélicon sacré, si les divinités grecques eussent vécu encore.

Toutes ces beautés, les unes plus ravissantes que les autres, semblaient seules et abandonnées à elles-mêmes. Aussi paraissaient-elles se livrer sans réserve au charme du plaisir.

Une seule parmi toutes ces femmes ne partageait pas la gaieté générale.

Elle se promenait silencieuse et la tête penchée, recherchant les endroits écartés, mais y trouvant toujours la lumière importune.

Comme ses compagnes, elle était vêtue d'une longue robe de mousseline blanche : mais, seule entre toutes, comme pour la distinguer, le cordon qui la ceignait était bleu. Bleus aussi étaient sa guirlande et sa couronne de fleur, sous laquelle retombait, en boucles naturelles et ondoyantes, une longue chevelure blonde.

Elle errait dans les dédales du jardin enchanté, comme une pauvre âme en peine...

— C'est splendide, surnaturel !

— Une féerie !

— Aussi vrai que je m'appelle Jacquot Treillet, le *Tivoli* du Kaire n'est que du verjus auprès de ça !

— Allah est grand !

Telles étaient les exclamations qui échappaient à quatre cavaliers, immobiles d'admiration sur le versant du djebel Gharb, d'où la vue plongeait dans le jardin de délices.

On a déjà deviné quels étaient ces quatre cavaliers, et à la dernière phrase échappée à l'un d'eux, on a dû comprendre que le grave Albanais Abdoul-Mousa lui-même partageait le ravissement des Français, et qu'il n'avait pu s'empêcher, cette fois, de manifester sa surprise.

— Où est Louise ?

Deux voix en même temps avaient prononcé ces paroles, une fois le premier moment de l'émerveillement passé.

Et ceux qui s'étaient adressé cette question cherchaient du regard, fouillaient de leurs yeux investigateurs les bouquets d'arbres, les parterres, les kiosques. Leurs oreilles mêmes interrogeaient, au milieu des oiseaux et des femmes, les chants qui montaient vers eux, pour découvrir la voix de la sœur, les accents de la bien-aimée.

— Où est-elle ? répétèrent-ils encore.

— Pas un homme ! pas un gardien ! ajouta Rivolet.

Martial avait déjà sauté de son cheval.

— Que fais-tu, Martial ? demanda son ami.

— Escaladons les murs !

— J'en suis, lieutenant ! s'écria le carabinier. Pour le coup, je puis jeter mon mouchoir.

— Paix, Jacquot ! fit son officier.

— Ah ! cette fois je ne manquerai pas l'occasion : la payse en dira ce qu'elle voudra.

Le carabinier avait également mis pied à terre, Rivolet aussi. L'Albanais seul demeura en selle : il inspectait silencieusement ses pistolets.

— Comment franchir ces murs qui ont plus de dix pieds de haut ? murmura Rivolet.

— Cherchons un endroit propice, répliqua Martial...
Eh bien! l'Albanais! reculerais-tu?

— Je veille, répondit l'Arnaute de sa voix flegma-
tique.

On longea le mur, pour trouver un point propre à l'escalade.

L'Albanais s'écria tout à coup :

— A gauche!

— Quoi... à gauche? demandèrent les deux officiers.

— J'ai vu.

— Qu'as-tu vu?

— Celle que vous cherchez n'a-t-elle pas la chevelure
argentée comme les rayons de la lune qui se montre à la
cime de ces pins?

— Tu la vois?... où?

— Là!

L'Albanais étendait le bras vers un angle formé par la
muraille.

En un clin d'œil, Martial fut au côté d'Abdoul-Mousa,
mit un pied dans l'étrier de son cheval, se hissa, regarda.

— C'est elle! s'écria-t-il aussitôt.

Et Dieu sait comme son cœur battait!

Tout aussi promptement il retourna vers la muraille, à
l'endroit où il venait d'apercevoir la douce image, blanche
et rêveuse, à la couronne de bluets sur ses blonds cheveux : on eût dit la figure de la Mélancolie au milieu
d'un champ de pavots de la Thébaïde.

— Par ici! fit-il. Rivolet, voici des rochers que le ciel
a placés tout exprès pour nous.

En effet, un amas de quartiers de grès ferrugineux au
pied de la muraille offrait un moyen facile pour parvenir
au faîte du mur.

Martial gravit les rochers. Rivolet suivit.

Hélas ! il s'en fallait de plus d'un mètre que leurs mains atteignissent le couronnement.

— Et moi donc, mon lieutenant ? dit Jacquot. J'ai bon dos et de bonnes épaules : solide comme un échalas de vigne ! Je portais une hotte pleine aux vendanges dans le Mâconnais.

Et le carabinier se mit en posture, s'arc-boutant contre la muraille. Martial monta sur ses épaules et fut sur la crête en un instant.

Mais il ne vit plus la forme blanche, couronnée de bluets.

— Louise ! Louise ! appela-t-il.

Il y eut un moment de silence.

— Louise ! répéta-t-il plus fort.

Soudain le feuillage s'agita, et dans la verdure apparut la robe blanche... La jeune fille accourut vivement.

— Vous, Martial !

Ce fut tout ce qu'elle put dire. Elle suffoquait de joie, de saisissement.

— Votre frère est avec moi. Nous sommes à vous...

— Mon frère ! s'écria-t-elle.

Charles Rivolet, à son tour, apparut au faîte.

— Nous venons te sauver, Louise ! dit-il.

Martial s'élançait déjà pour sauter dans le jardin.

— Non, non, non ! s'écria la jeune fille en étendant le bras. Ne descendez pas dans ce jardin maudit, où chaque bosquet cache un piège, tout arbre une perfidie, toute fleur un poison...

En ce moment même une ombre, puis une seconde, une troisième et plusieurs autres glissèrent inaperçues derrière Louise, dans le bocage.

Martial et Rivolet se consultèrent un instant.

— Attends, Louise ! dit ce dernier.

Tous deux défirent la longue pièce de mousseline tordue autour de leur bonnet de laine et formant turban, nouèrent ensemble les deux étoffes et laissèrent flotter la bande le long du mur.

— Suspends-toi, ma sœur, et à la grâce de Dieu ! dit encore Rivolet. Rassemble toutes tes forces et ne lâche pas, tandis que nous tirerons à nous.

Dès que Jacquot Treillet eut vu ses officiers au sommet du mur, il avait pensé que son assistance n'était plus nécessaire, et il était retourné auprès de l'Albanais.

Celui-ci, de son côté, sans mot dire et toujours impassible, s'était posté avec son cheval derrière des broussailles, d'où il pouvait voir sans être vu lui-même.

— Eh bien ! cela marche, lui souffla le carabinier. Qu'en dis-tu, mon vieux Mousa ?

Mais l'Albanais ne répondit pas. Il fit seulement un geste qui voulait dire : Silence ! Ses yeux étaient fixés sur un point obscur, à gauche de la muraille, qu'il examinait attentivement.

— Monte à cheval ! dit-il enfin. Monte vite et arme tes pistolets !

Quoique étonné, Jacquot obéit.

Il était à peine en selle, que des formes blanches, aux mains desquelles brillaient, au clair de la lune, le reflet de l'acier, bondirent de l'endroit obscur et gravirent les rochers qui avaient servi à l'escalade des deux téméraires officiers.

Ces ombres avaient fait si peu de bruit, que ni Rivolet ni Martial ne s'aperçurent seulement de leur présence menaçante.

Heureusement pour les deux amis que, pas plus qu'eux-mêmes quelques instants auparavant, ces ombres ne pouvaient de leurs bras atteindre le faîte du mur d'où les deux officiers tiraient en ce moment le précieux fardeau.

Cependant les Ismaéliens du jardin s'étaient montrés à leur tour, sortant de leurs cachettes.

— Arrachez-leur l'esclave ! cria une voix furieuse. Les maudits n'ont pas voulu descendre dans le jardin.

Mais l'*esclave* était déjà dans les bras de son frère.

Une autre voix avait répondu de la montagne à celle du daï-kébir Ahmed.

— En avant !... et feu !

C'était l'Albanais, qui avait vu les Haschischins monter sur les rochers, leurs poignards à la main.

Quatre coups de pistolet retentirent l'un après l'autre. Quatre rugissements de douleur et de rage prouvèrent que les coups avaient porté.

Mais il restait encore une demi-douzaine d'Assassins debout sur les rochers.

— Attends ! s'écria Jacquot, je suis vigneron. Fais comme moi, ami Mousa !

Il saisit une énorme branche de sapin et la rompit; l'Albanais l'imita.

— A défaut de sabre, jouons de la canne ! Assommons!

Les deux soldats sautèrent de cheval et coururent au secours des officiers.

Depuis quelques instants, ces derniers luttaient en désespérés.

De son bras gauche, Rivolet avait entouré la taille de sa sœur et la soutenait. De sa main droite, il avait saisi un pistolet ; mais, ne pouvant l'armer, il l'avait pris par le bout du canon, et du haut du mur cherchait à frapper les Ismaéliens qui se dressaient sur les rochers en agitant leurs kanjars à la lame aiguë.

Martial avait déchargé un des siens, mais la balle avait ricoché sur les blocs de grès ; l'autre rata.

Il fit alors comme son ami, et de la crosse chercha à étourdir, sinon à fendre le crâne aux assaillants.

Mais la position des deux officiers allait devenir des plus critiques.

Les Assassins du jardin, sur l'ordre de leur chef, s'étaient élancés vers le château pour chercher des armes à feu.

Ahmed n'avait pas voulu, d'abord, qu'on se servît de ce genre d'armes. Tout Arabe porte un kanjar, et en tuant les Français dans le jardin même, avec des poignards, on éloignait toute idée de guet-apens. Les Maronites et les Druses du voisinage, avec lesquels le daï-kébir voulait vivre en paix, n'avaient rien à dire, du moment où il était prouvé que les Français avaient violé le harem des femmes, en escaladant les murs.

La lutte sur la crête du mur changeait la situation. Elle démontrait suffisamment le crime, et la résistance des envahisseurs autorisait l'emploi de fusils ou de pistolets.

Il était temps que l'Albanais et le carabinier Treillet arrivassent pour disperser ceux des rochers, dont l'intention évidente était d'empêcher Martial, Rivolet et sa sœur de descendre de la muraille, pour les forcer, au contraire, à sauter dans le jardin, suivant les instructions du daï-kébir.

Les Haschischins accouraient du château avec des mousquets.

— Feu, feu ! sur ces chiens ! vociféra Ahmed.

Mais, en ce moment même, Jacquot et Abdoul-Mousa tombaient sur les Ismaéliens du dehors. Se servant de leurs bâtons comme de massues, ils frappaient à coups redoublés.

C'étaient de jeunes fédavis amaigris et desséchés par l'usage du keif (préparation de chanvre), qui savaient encore fort bien manier le poignard de leur main fiévreuse, mais qui ne pouvaient résister à des coups assénés par des bras aussi vigoureux, bien que leur turban blanc bien étoffé les garantît quelque peu.

Ils s'enfuirent en poussant de sourds hurlements.

Quelques instants après, avec l'aide du Mâconnais et de l'Albanais, les deux officiers étaient au pied des rochers, l'un embrassant sa sœur, l'autre le cœur palpitant.

— A cheval! s'écria Rivolet, et gagnons du terrain... Ils se disposent à nous poursuivre.

Louise monta en croupe derrière son frère, et la petite troupe regagna la plaine El-Sahhel, galopant une bonne partie de la nuit pour se mettre hors de l'atteinte des Haschischins.

Mais, en apparence, personne ne s'était mis à leur poursuite. Par moments seulement l'Albanais tournait la tête, toujours en silence.

— Qu'y a-t-il donc, Mousa?... demanda Martial.

— Il me semble toujours voir comme une gazelle bondir derrière nous, répondit Mousa.

— Puisse-t-elle s'approcher assez pour nous servir de déjeuner!

Mais ce n'était pas une gazelle. On verra plus tard que nos voyageurs eussent fait sagement de vérifier si c'était bien un gracieux antilope aux doux yeux qui les suivait ainsi, ou quelque fédavi au regard ardent et à la course échevelée.

Quant au daï-kébir Ahmed, dès qu'il eut vu s'échapper non seulement les proies qu'il s'était proposé d'immoler, mais encore la jeune femme, objet de l'ardente passion de Soleyman-el-Halebi, du fédavi qu'il destinait à une fanatique entreprise, il s'écria :

— A Balbek ! que chacun me suive !... Nous y arriverons avant eux, en droite ligne par les montagnes.

Aussitôt il se mit en route, suivi de ses daïs, de ses rékifs et de ses fédavis.

II

DANS LE TEMPLE DU SOLEIL

Balbek, dans la vallée de ce nom, n'est qu'un petit village, mais quel village !...

Les matériaux d'un des temples les plus splendides de l'univers ont servi à la construction de ses maisons, et il est comme enseveli dans les ruines imposantes de l'antique *Héliopolis*, la Ville du Soleil.

Inférieurs par l'étendue aux ruines de Palmyre, ces débris les dépassent de beaucoup par la magnificence et la richesse des détails.

De loin, le voyageur aperçoit une masse immense qui se détache en noir sur les flancs blanchâtres du Liban : c'est la Ville du Soleil... toute une colline d'architecture, où l'antiquité la plus reculée a laissé à l'admiration des siècles tout ce qu'elle a créé de plus beau, de plus grand, de plus mystérieux ! Le savant y trouve une énigme à chaque pierre que heurte son pied poudreux.

Toute une forêt de gracieuses colonnes se dresse d'abord, à quelques pas d'un bouquet de larges noyers.

Cette colonnade, quand elle est dorée par le soleil couchant, jette à l'œil les teintes jaunes et mates du Parthénon, ou du travertin du Colisée à Rome.

La solitude de l'endroit, le silence qui règne d'ordinaire dans ces lieux vénérables au fond de la vallée, comme sur la colline même que nous allons gravir tout à l'heure, portent l'âme au recueillement, au respect, à la mélancolie. Héliopolis était une ville immense : Qu'en reste-t-il maintenant?...

Mais ce soir-là, si le silence de ces vastes ruines n'est guère troublé, leur solitude est animée singulièrement.

De tous côtés s'avancent lentement vers Balbek des formes grises ou blanches, les unes à cheval ou sur des chameaux et des mules, le plus grand nombre à pied.

D'autres, déjà arrivées, se glissent muettes entre les colonnes du gigantesque monument et des blocs de granit monstrueux.

Au sommet du plateau de la montagne de pierre, au milieu des ruines, il y a déjà foule. Elle s'étend jusqu'aux quelques pans encore debout du mur monumental qui servait d'enceinte aux deux temples principaux de la Ville du Soleil; mais elle s'arrête là.

Dans l'enceinte même, on ne voit qu'un groupe d'une trentaine de personnes aux vêtements blanchâtres aussi, graves, parlant bas comme la foule disséminée et accroupies sur les plus magnifiques débris qui puissent se voir.

Ce groupe se compose des principaux daïs et daï-kébirs, parmi lesquels Ahmed, le daï-kébir dominant, arrivé d'Eden une demi-heure auparavant avec ses rékifs et fédavis.

Il se tient sur l'emplacement même de l'un des temples Partout des portes de marbre et des porches d'une hauteur et d'une largeur prodigieuses, des fenêtres ou des niches brodées des sculptures les plus admirables, des cintres revêtus d'ornements exquis : tout mystère, confusion, chef-d'œuvre de l'art, débris du temps, inexplicables merveilles !... A chaque pas des traces de sculptures d'une époque indienne ou égyptienne : le sphinx à deviner !

Un Ismaélien pénètre pourtant dans l'enceinte, s'avance vers Ahmed, et salue trois fois, les bras croisés sur la poitrine... Un autre le suit... Ensuite un autre, puis un autre encore. Ce sont des émissaires qui viennent faire leur rapport au daï-kébir.

Ce dernier fait signe à ces envoyés de le suivre. Il se dirige avec eux vers le temple méridional, placé sur le bord même de la plate-forme. Pour y parvenir, les Ismaéliens passent au pied de six colonnes qui se dressent, gigantesques, comme autant de phares, au-dessus de tout un horizon de débris qu'il faut encore franchir. Ce sont de nouveaux murs d'enceinte aux moellons de huit à dix pieds carrés, puis de hauts parvis, des piédestaux, des fondations d'autel, le tout en marbre d'un jaune éclatant, comme celui d'un spectre solaire.

Ahmed et les quatre rékifs messagers pénétrèrent dans le temple, par son portique aux colonnes corinthiennes.

C'est le monument le plus entier et le plus magnifique de Balbek, on pourrait dire du monde entier. Si l'on redressait quelques-uns de ses débris, et que l'autel reprît sa forme et sa place, on pourrait rappeler les dieux et ramener les prêtres et le peuple d'autrefois ; ils reconnaîtraient leur temple aussi complet, aussi intact, aussi brillant que le jour où il sortit des mains de l'architecte.

— Approche, Nehddin. As-tu vu Soleyman ? demanda le daï-kébir Ahmed.

— Je l'ai trouvé au dalil-camar (maison de la lune), là où vous l'aviez relégué, ô daïs! et où il attendait vos ordres.

— Soleyman el Halebi est devenu un fédavi soumis et respectueux.

— Il m'a demandé des nouvelles de la Françaoni.

— Je t'avais recommandé de ne point parler de son enlèvement par ces mécréans. Il faut qu'il croie qu'elle est toujours dans le jardin d'Eden, où il l'a vue sous les ombrages embaumés.

— Mes lèvres sont restées muettes.

— Soleyman vient-il?

— Il me suivait, et il ne peut tarder.

— Bien... Retourne auprès de tes frères.

Nehddin se retira au milieu de la foule.

— Et toi, Bastroun! demanda le daï-kébir au second Ismaélien, tu reviens d'Acca? Que font les Français?

— Ils invoquent Satan et tous les djinns de l'enfer.

— Auxquels ils appartiennent. Pourquoi?

— Ils ont perdu toute leur artillerie de siège et leurs munitions.

— Taïb! taïb! comment cela s'est-il fait?

— Leur flottille qui venait d'Égypte a été capturée par les Anglais devant Caïffa, au moment où elle doublait le mont Carmel.

— Et Bonaparte, leur sultan?

— Il n'a pas moins fait exécuter les travaux d'attaque. Ses soldats, au moyen de chemins en tous sens, sont déjà arrivés, par les jardins, l'aqueduc et les fossés de l'ancienne ville, jusque sous les murs d'Acca.

— Les démons! Ils réussiront : tu verras cela.

— L'émir des Druses, Abbas-Daher, les a rejoints avec tous les siens.

— Un chien aussi! s'écria le daï-kébir.

— Le sultan français l'a nommé scheik de la Tibériade, en le revêtant de la pelisse.

— Mais l'armée de Damas? que fait-elle?

— Elle s'avance, dit-on, grossie par les gens de Saïda, de Naplouse et d'Alep, innombrable comme les grains de sable du désert de Tadmor (Palmyre).

— Puisse-t-elle anéantir les infidèles!

— Mais le Sultan de feu a envoyé ses pachas dans les eyaliks qu'elle doit traverser, pour lui dresser des embûches.

— Quels sont ces pachas maudits?

— Mourat (Murat), Jounat (Junot) et d'autres.

— Et le pacha Kléber?

— Toujours le premier au combat! Rien ne lui résiste. Les balles ne le tuent pas.

Ahmed se caressa la barbe, en murmurant :

— Le poignard d'un Ismaélien est plus sûr... Yousouf, ton fidèle Ahmed a juré que tu serais vengé!

Il congédia Batroun. S'adressant au troisième rékif :

— Viens ici, Kasân! Où sont les quatre Français, avec l'esclave blonde?

— Trois d'entre eux approchent. Je les ai laissés au petit temple de granit rouge, devant Balbek.

— Trois seulement! Et le quatrième?

— Devant le Félah, où croissent les pommes, tous les quatre avaient fait halte ce matin.

— Se sont-ils séparés en cet endroit?

— Ils se sont procuré à ce village des costumes ismaéliens, que trois d'entre eux ont revêtus. Le quatrième, dont la face est bronzée comme celle d'un Syrien, et qui porte de longues moustaches pareilles à celles des Turcs, — je l'ai entendu nommer l'Albanais, — a pris avec l'esclave le chemin de Beïrouth, d'où il doit se rendre par mer à Acca.

Le daï-kébir fit un mouvement.

— Kasân ! s'écria-t-il, tu vas repartir aussitôt...

— Je ne connais pas la fatigue, ô daïs !

— Et te rendre à Acca, sans t'arrêter en route.

— J'y vole, ô daï-kébir !

— Devant le sérail du pacha Djezzar, tu trouveras un jeune derviche. Tu l'accosteras.

— Que dirai-je à ce derviche ?

— Tu le salueras du nom de Mirzane, en ajoutant que tu viens de ma part; que l'un des Français partis de Jaffa avec une femme enlevée à Eden se trouve à Acca; qu'elle l'y cherche et l'y fasse saisir par la garde du pacha. Va, cours !

— J'obéis. Acca me verra bientôt.

Kasân disparut au milieu des ruines. Ahmed appela le quatrième Haschischin.

— C'est toi, Dalil-Hadji ! tu reviens de Masr, ô daïs ?

— De la ville sainte, où j'ai vu le schérif.

— Qu'a dit le vieux Mustapha ?

— Je lui ai présenté l'anneau d'Ali (qu'Allah protège !), et lui ai transmis tes ordres.

— Sais-tu s'il est arrivé ? Où est-il ?

— Il a sellé sa mule et s'est mis en route. Mais...

— Ne viendrait-il point ? s'écria Ahmed.

— Tandis qu'avec le fédavi qui m'accompagnait je galopais dans le Fayoum pour transmettre tes ordres sacrés à nos frères, le schérif...

— Que vas-tu m'apprendre ?... Achève !

— Le schérif, qui déjà avait vu Jérusalem, la ville des prophètes, s'en retournait à Masr par le désert.

— Que dis-tu là ? C'est impossible !

— Je dis la vérité, ô daïs. J'ai rencontré le saint vieillard à la fontaine de Moussoudic, près d'El-Arich. Il avait, dans un rêve, à la mosquée d'Omar, vu Mahomet (que Dieu conserve!), et le Prophète l'a éclairé, m'a-t-il dit.

— Et tu l'appelles *saint*, ce vieillard imbécile, cet indigne Ismaélien, ce vil sunnite, qui croit à Omar et qui refuse de se rendre aux sacrés mystères de Haçan et d'Ismaël!... Lui! que nous devions... Mais tous mes projets sont renversés!... Nos daïs voulaient que ce fût lui, lui seul... O abomination de la désolation!... Que le feu de la géhenne flambe et l'engloutisse! Que tous les démons...

— Au nom d'Allah! calmez-vous, ô daï-kébir!

Mais le grand-prieur Ahmed était hors de lui. Ses yeux lançaient des flammes, il se tordait les bras, se mordait le dos de la main, s'arrachait la barbe. Se souvenant du chapitre du Koran intitulé : *le Ciel qui se fend*, il s'écriait:

« Lorsque le ciel se fendra, que les étoiles seront dispersées ;

» Que les mers confondront leurs eaux, que les tombeaux seront sens dessus dessous...

» Quand le son assourdissant de la trompette retentira ;

» Le jour où l'homme fuira son frère, son père et sa mère, sa compagne et ses enfants... ce réprouvé se voilera la face.

» Qu'il soit précipité dans l'enfer, où il sera exposé au feu terrible !

» Il n'y mourra pas, et il n'y vivra pas!... »

— Amin! répondit Dalil-Hadji. Dieu est juste !

— Le mécréant! reprit le daï-kébir, le menteur! l'hypocrite! l'idolâtre! Sourd et aveugle, il ne comprend rien!... Et c'est pour ce vieillard insensé et sans foi, pire cent fois que les adorateurs de Baal, que j'ai assemblé nos frères!... Que va-t-on dire? On m'appellera faux prophète, prêtre de Pharaon... On me dira : « Tu nous as promis le réveil d'Ismaël, où sont tes signes ? où est le nouveau *Scheik-al-Djebel*, le Prince de la Montagne, que tu nous avais promis?... Tu n'es qu'un imposteur ! »

Et, de nouveau, le daï-kébir se livrait à toutes les démonstrations de la colère et du dépit.

— Tu te trompes, daïs Ahmed! lui dit Dalil-Hadji. Ismaël ne te jettera pas la pierre pour cela. Ce n'est pas de ta faute... Viens donc, il est temps de te montrer. Déjà le signal a dû être donné, et nos frères t'attendent dans les souterrains.

— Comment me montrer, sans le Scheik-al-Djebel que j'avais promis ?

— Propose-toi toi-même comme Prince de la Montagne.

— Nos principaux daïs et les daï-kébir, mes rivaux, me repousseraient. Ils voulaient un schérif, un descendant de Mahomet, comme successeur de Haçan, de Kia-Buzurgomid et de Rokneddyn, et Mustapha-Effendi leur convenait.

— Pourquoi ne pas choisir le scheik dans le Dar-al-Hekmet (la *Maison de la Sagesse*), qui est au Kaire, et d'où sont sortis jadis tant d'infatigables missionnaires ?

— Au Kaire !... Cela me donne une idée, daïs !

— Elle ne peut-être que bonne. Quelle est cette idée?

— Tu la connaîtras dans l'assemblée.

— Viens donc! Nos frères attendent.

Ahmed et le daïs quittèrent le temple. La nuit était venue...

Non loin de l'entrée de ce temple, il y avait d'immenses ouvertures et des escaliers souterrains, éclairés en ce mo-

2.

ment par des torches résineuses, à la lueur desquelles
tous ces Ismaéliens blancs, qui s'y glissaient, ressemblaient à autant de fantômes revêtus du suaire.

Ces escaliers conduisaient dans des constructions in-
férieures dont on ne peut assigner l'usage. Tout y est
également vaste et magnifique. Le poli du marbre reflé-
tait la lumière des tortis et celles des lampes suspendues
aux voûtes.

C'étaient sans doute les demeures des pontifes d'autrefois, les collèges des prêtres, les salles des initiations,
peut-être aussi des demeures royales. De jour, elles re-
cevaient la lumière d'en haut, ou par les flancs de la plate-
forme auxquels ces chambres aboutissent.

Ce monument souterrain sert comme de fondation au
piédestal du temple, lequel est construit en pierres dont
la dimension est tellement prodigieuse, que l'imagination
des hommes de nos jours est écrasée sous la réalité.
L'imagination des Arabes eux-mêmes, témoins jour-
naliers de ces merveilles, ne les attribue pas au pouvoir
de l'homme, mais à celui des génies ou puissances surnaturelles.

Les ruines de Balbek représentent cinq ou six générations de monuments, appartenant à des époques diverses.
Quelques voyageurs croient y avoir reconnu jusqu'à des
ouvrages de géants antédiluviens.

Quelques-uns des blocs de granit ont jusqu'à soixante-
dix pieds de long sur seize de large. Ils ont évidemment
été tirés de la carrière qui se trouve au fond même du
précipice formé par la plate-forme. Aujourd'hui encore
on voit, au fond de cette carrière à ciel ouvert, une pierre
prodigieuse de la même matière que les piliers du souterrain.

Aussi trois des fantômes blancs, qui avaient pénétré

dans le labyrinthe sous terre et dont le groupe, aux allures circonspectes, paraissait mettre le plus grand soin
à ne pas être dispersé par la foule autour d'eux, se de-
mandaient-ils entre eux, à voix basse, comment on avait
pu transporter ces matériaux du fond de la carrière en
ce lieu.

— Tiens! fit tout à coup l'un d'eux en heurtant du
pied un petit mur circulaire. Regarde donc, Rivolet! on
dirait un puits.

— Un puits énorme alors! répondit Rivolet en se penchant pour regarder. L'ouverture a au moins dix mètres
de circonférence... Et quelle profondeur!... un vrai
gouffre? Il y fait noir comme dans le trou de l'enfer...
Que fais-tu donc, Martial?

— Je ramasse une pierre... Écoutons!

Martial avait laissé tomber la pierre dans l'orifice. Mais
on eut beau dresser l'oreille, aucun bruit ne vint annoncer que la pierre avait rencontré le fond.

Les trois hommes s'éloignèrent de l'abîme, en frissonnant. Toutefois, Jacquot Treillet se mit à murmurer :

— C'est drôle! il me semble avoir vu, au fond du trou,
reluire comme des charbons ardents...

Sur un autel de forme demi-circulaire, situé dans une
vaste galerie au milieu des substructions cyclopéennes,
le daï-kébir Ahmed est debout.

Devant lui, la foule des Ismaéliens est attentive dans
un religieux silence.

Autour de l'autel, les autres daï-kébirs et les principaux d'entre les daïs forment le cercle.

Le grand-prieur dominant commence par ces versets
du premier chapitre du Koran :

— « Louanges à Dieu, maître de l'univers, le clément,
le miséricordieux !

» Arbitre souverain au jour du jugement dernier ! »

O saints disciples d'Ismaël, du septième des Imans issus de Mahomet (qu'Allah lui soit propice et le couronne !) par Fatima, la fille chérie du Prophète et l'épouse d'Ali, le sublime ! O daïs, rékifs et fédavis sacrés aux robes immaculées qui m'écoutez, des quatre coins du monde vous êtes accourus en ces lieux, suivant les ordres transmis...

Le glorieux jour du réveil d'Ismaël est arrivé. Il me fut annoncé dans un rêve par l'archange Gabriel, qui voit sans cesse la face rayonnante du Très-Haut, dans les profondeurs éclatantes du septième ciel.

Les infidèles, — qu'attend la géhenne, — m'a-t-il dit, ont foulé la terre de l'Islam. Vomis par l'enfer, ils ont apporté avec eux le feu et la flamme. Les armées du Commandeur des croyants, quelque innombrables et braves qu'elles soient, ne pourront rien contre ces démons, guidés par les génies de Satan, si les enfants d'Ali, les élus et les vrais missionnaires de l'Islam, ne reprennent en main le poignard sacré qui frappe juste au cœur les chefs de ces maudits.

Qu'on prépare donc le keif, l'herbe par excellence ! afin que les fédavis aient l'avant-goût de ce qui les attend au paradis et brûlent de mériter les félicités éternelles. Qu'ils frappent ! et cette armée sans chefs deviendra alors une proie plus facile pour les guerriers du Prophète.

O fédavis ! rappelez-vous ce que le livre descendu du ciel vous promet : « Un séjour de bonheur... des jardins » et des vignes... des filles au sein arrondi et d'un âge » égal au vôtre... des coussins les uns sur les autres » pour un doux repos... des coupes remplies... les fruits » que vous aimez... des sources vives. »

Mais qui préparera le haschisch? qui montrera le paradis aux fédavis? qui leur présentera le poignard? qui leur désignera les chefs qu'il faut frapper? Un nouveau Scheik-al-Djebel!

Vos daï-kébirs s'étaient réunis, et par le jeûne et la prière ils avaient préparé leur esprit... Ils tombèrent d'accord sur le saint Ismaélien qui devait rétablir la puissance et la force d'Ismaël. C'était un schérif, cousin de Mahomet (que Dieu le conserve et lui soit propice!)... On lui a présenté l'anneau d'Ali, mais son grand âge l'a empêché de se rendre jusqu'ici...

Ahmed s'était arrêté dans sa harangue. Mais, voyant qu'aucun murmure de mauvais augure n'accueillait ses paroles, il reprit presque aussitôt:

— Le Scheik-al-Djebel peut seul choisir les hommes du sacrifice; seul il peut remettre le poignard sacré et désigner les victimes ordonnées par le ciel... Que faut-il donc faire dans ces circonstances?

Remettre l'assemblée à une autre lune, et indiquer un nouveau lieu de réunion, où le Scheik-al-Djebel puisse se rendre sans s'exposer aux fatigues d'un long voyage, et où il soit investi de la charge suprême, sa main droite ornée de l'anneau d'Ali... N'est-ce pas votre avis, ô enfants d'Ismaël?

— Oui, oui, répondit-on de tous les points de la galerie.

— L'heure à laquelle cette cérémonie mystique s'accomplira ne doit pas être éloignée, car le temps presse...

— Certes. Les infidèles ravagent la terre de l'Islam comme une nuée de sauterelles, dit une voix.

Cette voix n'était autre que celle de Soleyman-el-Halebi.

— Soleyman, mon fils, tu as raison, reprit Ahmed. Tu es un de ceux sur lesquels Allah a fixé les yeux : aussi es-tu brave, et tes paroles se ressentent-elles de l'esprit qui t'anime.

— J'attends avec impatience le poignard sacré, repartit le jeune fanatique.

— Patiente !

S'adressant de nouveau à la foule :

— Ismaéliens ! dit le daï-kébir, vous retournerez sous vos tentes et dans vos maisons. Bientôt l'ordre sacré viendra vous y retrouver, et dès qu'au lieu désigné nous aurons revêtu du manteau d'Ali le nouveau Scheik-al-Djebel, l'entreprise sainte commencera... Il en est un surtout, parmi les pachas du Sultan de feu, qui doit être immolé : c'est le plus dangereux ennemi de l'Islamisme.

— Lequel? demanda-t-on.

— Il est grand et fort comme Djalout (Goliath) le Philistin, qui ne tomba pas moins sous les coups de David. Toujours en avant, le premier partout, il est devenu la terreur des soldats de Djezzar, comme il l'avait été des Mameloucks de Mourad-bey.

— Son nom ?

— Kléber. Ce n'est pas d'aujourd'hui qu'il combat les croyants. Il y a bien des années déjà, en Servie, il guerroya contre le croissant. C'est un ennemi juré de notre saint Prophète et de son peuple. Tous les moyens lui sont bons pour arriver à ses fins. Il emploie même la perfidie et le mensonge..... Écoutez plutôt!

— Que va-t-il nous conter, le daï-kébir? murmura-t-on.

— Il a fait revêtir de la robe des Ismaéliens trois des siens, pour surprendre nos mystères et nous anéantir au moyen de nos propres secrets.

— Où sont ces émissaires ? demanda l'un des daïs devant l'autel.

— Ici même, nous écoutant... dans ces souterrains !

A cette révélation inattendue, un frémissement parcourut toute la foule. La colère se peignit sur le visage de chacun, et chacun chercha à sa ceinture le manche de son poignard.

— Qu'ils périssent, les infâmes ! s'écria-t-on d'un bout à l'autre de la galerie souterraine.

— Comment les reconnaître ? fit le même daïs.

— Ismaéliens, reprit le daï-kébir Ahmed, le moyen est facile.

— Que faire ?

— Que chacun, au même moment, sitôt que j'aurai prononcé le saint nom d'Allah, fasse le signe mystique des enfants de Haçan... Et qu'en même temps chacun observe son voisin !

— C'est cela ; il a raison, le daï-kébir !

— Qu'on s'empare immédiatement de quiconque ne fera pas le signe ou hésitera seulement.

— Nous attendons : prononce le saint nom !

On devine aisément quel dut être le saisissement de nos trois aventuriers, quand ils eurent compris que leur déguisement et leur présence dans les souterrains du temple du Soleil étaient connus du chef des Haschischins.

Ne cherchant pas même à se rendre compte comment ils avaient été trahis, tant l'effet des paroles du daï-kébir avait été foudroyant sur leur esprit, ils étaient demeurés immobiles et muets.

Ils n'osaient porter la main sur la crosse de leurs pistolets, de crainte de révéler eux-mêmes leur présence.

Le nom d'Allah jeté aux échos du vaste souterrain,

comme un signal de mort, les surprit dans cette stupeur et tandis que chaque Ismaélien faisait rapidement sur le front le signe mystique qui n'était autre que celui du croissant, eux seuls restèrent sans mouvement comme des statues.

— Les voilà! les voilà! crièrent aussitôt plusieurs voix.

— Où? où?

— Contre ce pilier!

Cent poignards brillèrent autour des trois Français.

— A mort! à mort! hurlèrent des milliers de voix.

Ces lames étincelantes, ces cris de mort, finirent par rappeler à eux-mêmes Rivolet et ses compagnons. Le courage leur revint, mais c'était le courage du désespoir, car ils se sentaient perdus.

N'importe! il fallait du moins vendre chèrement leur vie.

Ils armèrent leurs pistolets.

Adossés contre le pilier, le front haut, les muscles tendus, l'œil enflammé, défiant leurs adversaires du regard, ils ressemblaient ainsi aux frères Macchabées, bravant, sur cette même terre de Syrie, le roi Antiochus Epiphane et ses bourreaux. Mais, de plus que les martyrs juifs, ils avaient des armes pour faire, avant de mourir, une sanglante hécatombe.

Pendant que les Haschischins hésitaient devant l'air martial et déterminé des Français, une voix grave s'éleva.

C'était un vieillard à barbe blanche, qui avait gravi les degrés de l'autel pour mieux se faire entendre.

— Arrêtez, ô enfants d'Ismaël! disait le vieillard. Le sang ne doit point couler dans les lieux consacrés à nos mystères. La règle de l'illustre Haçan le veut ainsi.

— Faut-il donc les laisser échapper? demanda avec colère le daï-kébir.

— Je suis un ancien parmi vous : quatre-vingts hivers ont blanchi ma tête... Je le dis en vérité : Malédiction sur nous, si nous transgressons la loi !

— Quel est donc votre avis ?

— De plus, nul Ismaélien ne doit, quand il s'agit des vengeances mêmes de l'Ordre, frapper du poignard s'il n'a été pour cela armé par un Scheik-al-Djebel.

— C'est vrai ! répondirent un grand nombre de voix. Le daïs a raison.

— Que faut-il donc faire ? demanda encore Ahmed en frappant du pied avec impatience le marbre de l'autel.

Le vieillard allait ouvrir la bouche, sans doute pour donner un conseil, lorsque des coups de pistolet retentirent, suivis d'un tumulte et de cris de triomphe.

Mais aucun Haschischin n'avait été atteint. Au contraire, nos malheureux amis, soudainement terrassés, gisaient sur le sol, au pouvoir des farouches sectaires.

Un Ismaélien à la robe blanche, c'est-à-dire un fédavi sacré, s'était redressé, haletant, la sueur au front et regardant la scène, les bras croisés, avec un sombre orgueil.

— Taïb ! taïb ! s'écria Ahmed, qui avait tout compris. C'est bien, Soleyman !... Bien, mon fils ! je te reconnais là. Tu mériteras ainsi la femme qui t'a charmé.

Voici ce qui était arrivé.

Le fanatique Soleyman, qui avait reconnu dans un des Français l'officier dont l'intervention à Gizeh, sur les bords du Nil, avait failli lui faire perdre la précieuse proie dont il était chargé, et qui, avec l'intuition des amants, avait deviné un rival dans cet officier, s'était dévoué pour les autres.

Comme un serpent, il s'était glissé derrière le pilier contre lequel se trouvaient adossés Martial et ses amis.

Puis, se couchant à plat ventre, il avait rampé à leurs pieds, de ses deux bras nerveux avait enlacé leurs jambes, et les avait fait tomber.

Les coups de pistolet étaient partis au hasard, chacun des Français, en tombant, ayant instinctivement poussé la détente.

La foule s'était précipitée sur nos trois malheureux amis, les avait désarmés et les maintenait immobiles.

— Quel est votre avis maintenant? demanda Ahmed au vieux daïs, strict observateur des règles de Haçan, le premier *Vieux de la Montagne.*

Chacun fut attentif aux paroles qu'allait prononcer le vieillard.

— Il existe dans les souterrains du *Temple du Soleil,* dit l'octogénaire, un puits dont nul n'a jamais osé sonder le fond. Qu'on les y précipite!... J'ai dit.

A peine l'oracle eut-il prononcé, que des milliers de voix hurlèrent :

— Au puits! au puits!

Un frisson d'horreur parcourut Rivolet et Martial; mais le carabinier Jacquot s'écria en larmoyant :

— O ma belle Bourgogne! je ne boirai plus de ton vin... Chien de sort!

On entraîna les Français vers le puits, et on les jeta dans l'abîme.

— Que leur souffle s'éteigne et que leurs membres se brisent au fond de ce gouffre! dit Ahmed.

Une demi-heure après, les immenses souterrains du *Temple du Soleil* étaient replongés dans les ténèbres et avaient repris leur silence séculaire...

Aucune voix humaine ne troublait plus, en effet, les vastes galeries.

Seulement, si l'un des Ismaéliens fût demeuré sous

les sombres voûtes, il eût entendu comme de sourds et rauques miaulements, qui paraissaient sortir des entrailles mêmes de la terre.

Ces miaulements étaient saccadés, s'interrompaient par moments, comme si l'on eût fait des efforts pour les étouffer et les faire cesser.

III

LE SÉRAIL DE DJEZZAR

Quinze jours après l'assemblée tenue par la secte des *Assassins* dans les souterrains du *Temple du Soleil* de l'antique Héliopolis, un *samequin*, sorte de tartane turque, entrait dans le port de Saint-Jean d'Acre avec sa voile triangulaire.

Ce navire venait de Beïrouth.

A la poupe se tenaient trois passagers ayant tout l'air de marchands syriens.

L'un paraissait fort occupé à caresser un jeune léopard à crinière, ou guépard, qu'il tenait sur ses bras. Il jouait avec le charmant félin à la robe tachetée de noir, l'agaçait en tortillant sa belle queue soyeuse, puis lui frisait les longs poils de ses joues ; ce à quoi la jolie bête répondait par de petits grognements de plaisir, en cherchant même de sa langue à lécher son ami.

Les deux autres passagers examinaient avec la plus grande attention l'entrée du port et les vaisseaux anglais, à l'ancre près de la jetée, notamment le *Theseus* et le *Tigre*, avec leurs longues files de canons dont les gueules se montraient aux sabords.

Puis, leurs yeux s'étant portés sur la ville, ils virent avec étonnement derrière la muraille d'enceinte s'en dresser une autre, à laquelle travaillaient des milliers de bras.

— Voilà bien l'œuvre de Phélipeaux ! dit un des marchands.

A mesure qu'avançait la tartane, on voyait sur les murs et les bastions extérieurs les traces non équivoques de l'artillerie et d'un combat acharné.

— L'armée a tenté un assaut, c'est sûr ! dit encore le marchand.

— Que de braves ont dû périr parmi nos camarades ! répondit son compagnon.

En effet, malgré la perte de son artillerie de siège, Bonaparte n'avait nullement perdu confiance dans le succès d'une attaque contre Saint-Jean d'Acre.

Le 19 mars, il avait adressé aux habitants du pachalik de Djezzar une proclamation dans laquelle on remarquait ces passages :

« Dieu donne la victoire à qui il veut. Il n'en doit compte à personne : les peuples doivent se soumettre à sa volonté.

» En entrant avec mon armée dans le gouvernement d'Acre, mon intention est de punir Djezzar-pacha de ce qu'il ose me provoquer à la guerre, et de vous délivrer des vexations qu'il exerce envers le peuple.

» Dieu, qui tôt ou tard punit les tyrans, a décidé que la fin du règne de Djezzar est arrivée.

» Vous, bons musulmans, vous ne devez pas prendre d'épouvante, car je suis l'ami de ceux qui ne commettent pas de mauvaises actions, et vivent tranquilles... »

Le même jour, le général en chef, accompagné de Dommartin et de Caffarelli, fit de la place une reconnaissance plus exacte, dont le résultat fut la résolution d'attaquer le front oriental de la ville, embrassant l'angle saillant du rectangle formé par la forteresse, dont deux côtés, baignés par la mer et flanqués par le feu des navires anglais, rendaient très difficile le développement des attaques.

Le chef de brigade du génie Samson fut chargé de reconnaître la contrescarpe, et effectua pendant la nuit cette opération.

Le brave officier se traîna sur les genoux et sur les mains et parvint de la sorte, malgré tous les obstacles qui s'opposaient à sa marche lente et périlleuse, assez près des remparts pour s'apercevoir qu'il n'en était plus séparé que par le fossé.

Au moment où il montait, en tâtonnant, un talus plus rapide, qui lui fit conclure que le fossé était sans revêtement, une balle lui traversa la main de part en part...

Un seul cri pouvait perdre l'investigateur : Samson eut la présence d'esprit et le courage stoïque de supporter la douleur sans plainte et de continuer sa mission.

Mais dès que, de retour auprès du général en chef, il lui eut fait son rapport, il pâlit et perdit connaissance.

L'ouverture de la tranchée fut commencée le lendemain : on profita des jardins, des fossés de l'ancienne ville et de l'aqueduc qui traversait les glacis. Bientôt on put travailler aux batteries de brèche et contre-batteries.

L'ardent Caffarelli, infatigable malgré sa jambe de bois, semblait avoir communiqué à tous les travailleurs le feu et l'activité de son caractère. Cet excès de zèle devint même funeste aux assiégeants : les chemins couverts ne furent point perfectionnés, et les soldats de tranchée étaient obligés de marcher courbés, pour n'être pas vus des assiégés.

Malgré toutes ces difficultés, nos soldats, toujours gais, toujours industrieux, surent se loger commodément et fournir à tous leurs besoins.

Ils creusèrent des trous, les tapissèrent et les couvrirent de branchages d'arbres abattus dans les montagnes du Carmel. La petite rivière de Kerdanneh fournissait l'eau à la gauche de l'armée, et le ruisseau de Tanouh à la droite.

Au moyen des magasins trouvés à Jaffa, à Caiffa et dans le fort de Chemafer, où l'on plaça les Maggrebins qui avaient pris parti pour les Français à El-Arich, et grâce aux Druses, aux Maronites et aux Mutualis du Liban, qui ouvrirent dans le camp un marché fort bien approvisionné, les troupes n'éprouvèrent point de disette.

On ne tarda pas à battre en brèche la Tour-Carrée, contre laquelle se dirigeait la principale attaque, et l'on fit jouer une mine, dont l'explosion fut le signal d'un immense cri de joie dans les rangs de l'armée française.

Depuis le matin, Bonaparte et son état-major étaient dans la tranchée. Le général en chef hésitait à donner le signal de l'assaut.

En ce moment, un officier d'état-major se présenta devant lui.

— Citoyen général, dit cet officier, il est impossible de retenir les grenadiers ! Ils brûlent d'escalader les murs.

Bonaparte se décida à donner le signal.

Aussitôt les grenadiers de la 69° demi-brigade s'élancent vers la brèche ; mais, à leur grande surprise, ils sont arrêtés par l'escarpement du fossé, dont on n'avait point reconnu l'existence. La mine n'avait, pour ainsi dire, point fait d'effet, et le revêtement n'était point entamé.

Les braves grenadiers ne se laissent point abattre par cet obstacle inattendu...

— En avant ! en avant ! crient-ils.

Nous saurons tout à l'heure quel fut le résultat de leur téméraire entreprise.

Devant la même porte du palais de Djezzar où avait eu lieu la danse rivale des deux derviches, que nous avons raconté dans un de nos chapitres précédents, un homme en costume arabe vient d'aborder un des Albanais de garde, juste à l'heure à laquelle les passagers de la tartane turque débarquaient sur le port.

Mais avant de s'approcher de l'Arnaute, cet homme a eu soin de regarder tout autour de lui pour voir s'il n'était pas suivi ou observé.

De plus, il s'enveloppe le plus qu'il peut dans son burnous blanc rayé de noir, dont la draperie lui sert même à cacher le bas de son visage.

— Beger ! dit rapidement cet homme à l'Albanais, tu fus toujours mon ami...

— Par Allah ! c'est Abdoul Mousa, fit le soldat avec un geste de surprise, en interrompant le sobre repas qu'il faisait avec un morceau de pain et des olives noires.

— Moi-même, Beger ! Te souviens-tu que la même femme nous a allaités au pied du mont Scardous, qui vit naître aussi le grand Skander-bey ?

— Ta mère Merdi, la digne femme ! me présenta son sein quand la mienne fut morte.

— Te souviens-tu aussi, étant dans les janissaires comme moi, à l'armée de Servie, d'Omar, qui me sauva la vie à Semlin ?

— Que le pacha tient prisonnier ! Les *strigas* (sorcières)

de nos forêts du *Drin-Noir* m'auraient donc jeté un sort, si je ne me souvenais du bon Roumélien... Si je ne lui dois pas la vie comme toi, Abdoul-Mousa, du moins le jeune kachef m'a-t-il maintes fois épargné la bastonnade.

— Tu sais qu'il est en danger de mort ?

— Je le sais.

— Ne ferais-tu rien pour lui?

L'Arnaute hésita avant de répondre.

— C'est donc pour le sauver, demanda-t-il après un instant de réflexion, que tu t'es déguisé en Arabe?

— Pour le sauver, et aussi parce que moi-même je suis en péril.

— Toi-même, Abdoul-Mousa!

L'ami d'Omar porta les mains à sa tête, comme pour s'arracher les cheveux sous son keffié, et son visage s'assombrit.

— Je suis un misérable *mik* (*ami*, en albanais), un homme perdu d'honneur, un palikari indigne, murmura-t-il.

— Pourquoi?

— Une femme m'avait été confiée, belle comme nos bonnes déesses les *Mires*, qui errent au clair de la lune sur nos coteaux... Je me la suis laissé enlever.

— Par qui?

— Je m'étais logé avec elle près de la mosquée Zékie, de l'autre côté du sérail. Depuis quinze jours, je la gardais comme la prunelle de mes yeux, la cachant avec soin ; mais hier, j'eus le tort de l'écouter et de la mener sur le port, d'où elle voulait voir la mer, où elle attendait les amis qui me l'avaient confiée.

— Eh bien?

— Elle aura plu à quelque officier de Djezzar... Ce ma-

3.

tin, tandis que j'étais allé aux provisions, des soldats, — des palikaris, m'a-t-on dit, — ont envahi la
maison et ont emmené la jeune femme. Mon hôte ajouta
que le kachef me cherchait également et me conseilla de
prendre un autre logis. Je changeai immédiatement de
costume.

— Ce matin, dis-tu?

— A la première heure de la prière.

— J'en étais, moi.

— Toi, Beger!

— C'est un kachef du pacha, accompagné d'un petit
derviche, qui nous commandait.

— Alors tu sais où l'on a mené cette femme?

— Dans le sérail même d'Ahmet.

— Misère de moi!... que dirai-je à mes amis?... Je
suis maudit. Allah a détourné de moi sa face.

— Calme-toi : Dieu est grand!

— Veux-tu m'aider, Beger?

— A quoi?

— A sauver à la fois Omar et cette femme.

— Quant à Omar, on peut le tenter... Mais sauver la
femme renfermée dans le harem! il serait plus facile de
faire passer un chameau par le trou d'une aiguille.

— Écoute!

Abdoul-Mousa prenait son frère de lait par le bras,
pour lui confier ses projets loin de toute oreille indiscrète, lorsque tout à coup il poussa une exclamation.

Les trois marchands syriens de la tartane turque venaient d'apparaître sur la place, à quelques pas de lui,
avec leur jeune léopard.

Aussitôt il lâcha son *sok* (camarade) et s'avança vers
les marchands. Mais, arrivé en leur présence, il baissa la
tête et murmura avec un air sombre :

— Dieu est grand... mais sa colère est quelquefois terrible.

— Eh! c'est l'Albanais, dit avec joie l'un des Syriens. Où est ma sœur?

— Que votre colère éclate sur ma tête! je n'ai pas su la garder.

Ces paroles de l'Albanais firent pâlir deux des Syriens. Abdoul-Mousa leur raconta ce qui était arrivé.

— Dans le palais de Djezzar! s'écrièrent Rivolet et Martial, car on a déjà deviné que c'étaient eux, avec le carabinier Jacquot Treillet.

— Oui, sidi Rivolet. Mais j'ai adressé une prière à nos *vyles* (fées) et formulé un vœu. Elles m'aideront, et je vous rendrai celle qu'on m'a ravie... Mais venez au caravansérail où je me suis logé ce matin : vous y serez perdus dans la foule des marchands qui, malgré le siège, arrivent chaque jour par mer de Saïda (Sidon), de Tripoli, de Beïrouth.

— Oui, la rade est pleine de bâtiments, et un caïque, venant de Sour (Tyr), nous suivait de près.

Chemin faisant, tandis que le carabinier Jacquot caressait toujours son guépard, les deux officiers firent à leur ami l'Arnaute le récit de ce qui leur était arrivé dans les souterrains de la Ville du Soleil.

— Et l'on vous précipita dans le puits!

— Nous croyions tomber dans un gouffre où nos membres allaient se briser. Il n'en fut rien.

— Allah vous protégea...

— Si Allah y était pour quelque chose, une nichée de petits guépards et une épaisse couche de mousse, apportée sans doute là par plusieurs générations de ces aimables bêtes, lui servit à coup sûr d'instrument. D'ailleurs le puits n'était pas très profond.

— Et la mère de ces petits tigres-chasseurs?

— Heureusement qu'elle était à la chasse, car nous en écrasâmes quatre dans notre chute...

— Le cinquième, que voici, intervint Jacquot, miaulait comme si on l'avait échaudé. Mais je m'y entends, aux bêtes : dans le pays, j'apprivoisais jusqu'à des taupes et des chouettes... Nous voici devenus, le petit chat et moi, les meilleurs amis du monde; n'est-ce pas, mon petit Ismaël ?... C'est le nom dont je l'ai baptisé, en souvenir de cette bande d'assassins.

— Mais comment vous êtes-vous tirés de là? demanda l'Albanais.

— Les guépards ne pouvaient évidemment pas descendre dans le puits par l'orifice. Nous n'eûmes pas de peine à trouver l'ouverture qui leur servait de passage, et malgré nos reins un peu endoloris, dès que nous jugeâmes que les Ismaéliens étaient loin, nous prîmes le chemin des guépards.

— Où conduisait-il?

— Dans la carrière, par une pente douce. C'était même une galerie large et haute, qui avait probablement servi dans le temps à transporter dans les salles souterraines les pierres extraites de la carrière.

— Et vous fûtes libres...

— Nous dîmes volontiers adieu à ces ruines qui avaient failli nous être si fatales, bien que sous les rayons de la lune et sous le firmament bleu le profil de ces magnifiques colonnes, de ces portiques admirables, nous parût cent fois plus attrayant que lorsque nous les vîmes à la chute du jour. Le silence de la nuit, la douce et pâle lumière, les souvenirs mystérieux de l'antiquité qui s'y rattachaient, nous charmaient singulièrement... Mais les vivants nous attendaient, et nous quittâmes la ville des morts.

— Par où êtes-vous venus à Acca ?

— Nous retrouvâmes nos chevaux à ce village environné de pommiers, qu'on nomme Fefah, ainsi que nos habits de marchands, et nous gagnâmes Beïrouth. Nous y dûmes attendre dix jours l'occasion d'un navire se rendant à Acre. Enfin, après avoir vendu nos bêtes...

— Sauf mon petit chat Ismaël, interrompit Jacquot en baisant l'animal.

— Nous nous embarquâmes sur le samequin qui nous a amenés ici.

Martial prit la parole .

— Dis-nous donc un peu, Abdoul-Mousa, ce qui est arrivé à Acre depuis quinze jours. Nous avons reconnu les traces d'un assaut aux murs.

L'Albanais raconta la malheureuse tentative des Français contre la Tour Carrée.

Malgré l'insuccès de la mine dont nous avons parlé, les braves grenadiers voulurent monter à l'assaut.

A l'aide des échelles dont ils sont porteurs, ils descendent dans le fossé, abordent la brèche et se préparent à pénétrer dans la tour, malgré le feu terrible que les assiégés dirigent contre eux par la brèche et du haut des remparts.

Un officier d'état-major, Mailly, les guide et les enflamme en agitant son chapeau. Mais une balle l'atteint, lui brise le pied. Mailly tombe, mais en tombant ne cesse d'encourager les grenadiers de la 69e.

Si les grenadiers assaillants avaient pu être soutenus par les autres troupes commandées pour l'assaut, peut-être eussent-ils réussi à se rendre maîtres de la tour ; mais séparés de ces mêmes troupes par le fatal escarpement dont on ne s'était point douté, ils ne pouvaient espérer d'être appuyés, et cependant ces guerriers intrépides n'en continuaient pas moins leurs efforts pour avancer.

La vue des échelles, l'attitude menaçante des grenadiers, et surtout le souvenir des assauts d'El-Arich et de Jaffa, avaient inspiré tant d'effroi aux troupes de Djezzar qu'elles avaient pris la fuite en annonçant la prise de la ville par les Français.

Mais le vieux pacha, dans cette circonstance critique qui pouvait décider de son sort, courut au-devant des fuyards avec toute l'impétuosité d'un jeune homme, les rallia et les ramena à la brèche. Tirant deux coups de pistolet, il s'écria :

— Lâches! que craignez-vous? Regardez, ils ont fui.

En effet, les soldats qui devaient suivre les grenadiers de la 69ᵉ n'ayant point comme eux les moyens de descendre dans le fossé, et restant exposés à tout le feu des remparts sur le glacis, cherchaient à se mettre à couvert dans la tranchée. Mais les grenadiers étaient toujours au pied de la tour, faisant des efforts inouïs pour gravir l'intervalle qui les séparait de la brèche.

Alors tous les coups des Turcs sont dirigés sur ces assaillants. La plupart tombent renversés du haut des échelles; les adjudants généraux Escale et Laugier sont tués. Les assiégés font pleuvoir une grêle de pierres, de grenades, de morceaux de bois goudronnés et enflammés ; ils emploient même la résine et l'huile bouillante.

Il fallut bien se décider à la retraite.

Les grenadiers rentrèrent dans le chemin couvert, non sans peine, et avec le regret de n'avoir pu mettre fin à leur glorieuse entreprise.

Les Turcs, descendus dans le fossé, coupèrent la tête

aux malheureux qui y étaient restés, et Djezzar fit présenter ces hideux trophées de sa victoire au commodore Sydney Smith, qui les repoussa avec horreur et indignation.

« Cet événement fut très funeste, dit Bonaparte dans ses Mémoires. C'est ce jour-là que la ville aurait dû être prise. »

Les troupes de Djezzar se regardaient comme invincibles depuis qu'ils avaient repoussé les Français. Aussi le pacha, profitant de leur enthousiasme, ordonna-t-il une sortie pour détruire les travaux de tranchée. Mais les assiégés furent vigoureusement repoussés.

Dans cette affaire se distingua surtout la 32e demi-brigade. Le caporal Landuron, notre vieille connaissance, faillit être tué, et Dumanet sauva son camarade Pâquot, en le délivrant de deux soldats nègres qu'il enfila à la baïonnette.

— Oh! les vilains cocos! fit le Beauceron en les voyant étendus morts. Et dire qu'ils m'auraient coupé la tête tout de même!

Cependant Rivolet et ses compagnons, avec l'Albanais Abdoul-Mousa, étaient parvenus à la mosquée près de laquelle ce dernier s'était logé avec l'infortunée Louise à leur arrivée à Acre.

La maison que l'Albanais avait habitée était celle d'un tailleur qu'on vit accroupi sur un établi dans son échoppe, causant avec une femme voilée.

A côté de l'échoppe, un derviche s'était installé, le visage tourné vers le *mihrab* de la mosquée. En apparence, ce derviche n'était occupé qu'à prier, en tournant son chapelet entre les doigts.

Ni nos Français ni l'Albanais ne firent aucune attention à ce religieux, dont l'espèce a l'habitude de choisir ainsi le premier endroit venu pour se reposer.

Ils y prirent d'autant moins garde, que le tailleur s'était écrié en apercevant Abdoul-Mousa :

— Tenez ! le voilà !

Aussitôt la femme voilée avait tourné la tête vers l'Albanais, tandis que le derviche avait imperceptiblement dirigé vers lui un coup d'œil rapide.

Le tailleur avait ajouté, en élevant la voix :

— Par la barbe du Prophète ! vous arrivez à point, sidi marchand, comme un pèlerin hadji au moment du départ de la caravane de Damas. Cette esclave grecque allait s'en retourner...

— Que me veut-elle ? demanda l'Albanais en s'approchant de la boutique du tailleur.

— Seigneur, dit la Grecque, je suis l'esclave fidèle de cetti Adigué.

— De la femme du pacha Djezzar !

— Comme vous dites. Elle m'a envoyée pour savoir de vos nouvelles.

— La belle Circassienne se souvient de moi ? demanda Abdoul-Mousa.

— Depuis que la jeune Française amenée ce matin au harem lui a dit votre nom.

Rivolet et Martial se rapprochèrent vivement, en s'écriant :

— De Louise !

— La Française se nomme ainsi. Mais qui êtes-vous, seigneurs ?

— Les amis d'Abdoul-Mousa, répondit Rivolet, et la Française est ma sœur.

— En ce cas, la cetti et la jeune blonde seront doublement heureuses. Je cours le leur apprendre... Attendez-moi ici à la chute du jour, à la dernière heure de la prière.

— Nous n'aurons garde d'y manquer.

A ces mots, l'esclave grecque s'éloigna.

Quant à nos Français déguisés, il se dirigèrent vers le caravansérail du beau bazar voûté où déjà Abdoul-Mousa s'était installé depuis le matin.

A peine le derviche les eut-il vus disparaître derrière la fontaine aux ablutions de la mosquée Zékie, qu'il se hâta de rattacher son chapelet à sa ceinture.

Il se leva brusquement du poste d'observation qu'il avait choisi à côté de l'échoppe, et d'où il n'avait pas perdu un mot et de la conversation de l'esclave avec le tailleur et de celle qui venait d'avoir lieu entre la même esclave, l'Albanais et les Français.

Oubliant la gravité musulmane, il s'élança et prit sa course vers le palais du pacha.

A la porte du sérail, il se heurta presque avec un personnage qui y entrait également.

— L'aga Ahmed ! s'écria-t-il. Allah vous envoie.

— L'almée Mirzane ! répondit celui-ci. Tu as vu mon envoyé ?

— Je l'ai vu, et hier j'ai fini par trouver la piste de la Française et de son compagnon.

— Où est-elle ? Je brûle de le savoir.

— Entre les mains de Djezzar, qui l'a enfermée dans son harem.

— Taïb ! c'est bien. Elle se trouve en bonnes mains.

— Tu es content, aga ! A ton tour, aide-moi !

— Volontiers. Tu peux compter sur moi.

— A l'instant même, je viens de voir les Français.

— Quels Français ? demanda l'aga.

— Ceux que tu m'avais promis de prendre et d'immoler.

Le daï-kébir ouvrit de grands yeux et poussa une exclamation de surprise.

— Mais ils sont morts! dit-il.

— Tu te trompes; je les ai vus vivants... en chair et en os.

— Par Mahomet! c'est impossible. On les a précipités, sous mes yeux, dans un puits profond.

— C'est que ton puits ne valait rien. Mais tranquillise-toi : pour peu que tu veuilles me faire introduire tout de suite auprès de Djezzar, ils n'échapperont pas. Que je te conte la chose.

— C'est cela ; conte et suis-moi. J'ai à remettre au pacha une lettre du grand vizir Yousouf : il me donnera audience immédiatement.

L'aga et l'almée pénétrèrent dans le sérail.

Le palais de Djezzar-pacha pouvait aisément loger douze cents hommes. C'est une vaste maison, construite en pierre et en marbre sur un plan carré, divisée en deux par une aile de bâtiment qui forme ainsi deux cours. Elle est ornée de portiques, d'arceaux, de colonnes enlevées à toutes les ruines de la Syrie.

Au rez-de-chaussée sont les écuries; au-dessus se trouvent les appartements du pacha et de ses gens. Un vaste corridor, élevé en saillie sur la cour, conduit à toutes les pièces, et les Albanais qui composent la garde particulière de Djezzar, couchent sous cette espèce d'abri.

Le harem, la caserne des delbis (cavaliers turcs) sont au nord, et adossés à ce plan. Derrière le harem s'étend le jardin.

C'est, en un mot, une bourgade dans la ville même, qui a ses murailles et ses portes.

Un nombreux domestique encombre le palais : c'était

le luxe des Romains, c'est aussi celui des Turcs, qui leur ont succédé dans la possession de ces belles contrées.

On compte, dans le nombre de ces serviteurs et esclaves, des cafetiers, des donneurs de pipes, des limonadiers ou *scherbetgis*, des confiseurs, des baigneurs, des tailleurs, des barbiers, des huissiers ou *thiaoux*, des *icholants* ou pages du pacha, des bouffons, des musiciens, des joueurs de marionnettes, des porteurs de lanternes magiques, qui régalent le maître du spectacle de *carageueus* ou farces grossières, des lutteurs ou *pehlevans*, des joueurs de gobelets, des danseurs, un iman.

Il y a enfin le bourreau, le *dgellah*, bras droit du pacha, sans lequel il ne sort jamais, et le seul individu qui ait le privilège de s'asseoir en sa présence.

Le harem a son service particulier. La musique, la danse, les castagnettes sont les plaisirs de ce lieu, et l'occupation des femmes consiste dans la broderie.

On se lève, au palais, avant le soleil, pour vaquer à la prière, que précèdent les ablutions. On sert ensuite les pipes et le café à l'eau.

Parfois le pacha monte à cheval, ou bien il est occupé par les audiences publiques.

Alors il rend la justice en personne, il prononce sur l'administration, fait bâtonner, pendre ou couper la tête, absout enfin, car il réunit tous les pouvoirs. Il est despote dans toute l'acception du mot.

A midi, nouvelle prière et le dîner. A trois heures après midi, prière, parade militaire, musique, ou plutôt charivari.

On entre ensuite dans le selamlik. Le pacha y reçoit des visites en fumant, et pour le récréer on lui verse du scherbet, on lui narre les contes des *Mille et une Nuits*,

ses bouffons viennent lui faire des grimaces, on psal-
modie les versets du Koran. C'est aussi le moment de la
danse et des chants.

Pendant que le pacha est dans son divan, on tient
constamment dans la cour un cheval enharnaché, avec
un écuyer qui veille auprès, non, comme quelques
voyageurs l'ont prétendu, pour attendre le passage du
Prophète, mais afin que le pacha soit prêt à se porter
partout où l'appelleraient un incendie, une révolte,
événements dans lesquels il est obligé de paraître en personne, et le premier.

Au coucher du soleil, prière, puis le souper, après
lequel on fume encore. Au bout d'une heure et demie,
cinquième et dernière prière; à peine est-elle terminée,
que la retraite est annoncée par la musique...

C'était l'heure du scherbet, des bouffons, des chants et
de la danse, lorsque l'aga et l'almée Mirzane se firent
annoncer par un tchiaou.

Au bout de quelques minutes, on leur ouvrit la porte
du divan.

Ahmet-Djezzar, assis sur son ottomane de brocart
rouge garnie de franges d'or, est un vieillard de près de
quatre-vingts ans (il était né en Bosnie vers 1720); mais
sa barbe blanche orne un visage encore frais et vermeil,
qu'animent singulièrement deux yeux vifs, au rayon
aigu, ombragés d'épais sourcils aux arcades très rap-
prochées. L'éclat de ses yeux contraste même vivement
avec le cercle sénile qui les entoure.

Au-dessus de sa tête une lance est fixée au mur. Les
grands éventails de plumes d'autruche, qu'agitent derrière lui deux esclaves noirs, font voltiger trois queues
de cheval au bout de cette lance, surmontée d'une boule
dorée. C'est l'insigne caractéristique d'Ahmet-Djezzar.

En Turquie, tout haut fonctionnaire politique et militaire porte le titre de pacha. On distingue ces fonctionnaires, d'après leur rang, en pacha *à une, à deux* et *à trois queues*. Ces derniers prennent également le titre de vizir. Quand les pachas vont à la guerre, ils font porter les queues de cheval devant eux.

A l'âge de trente-cinq ans, Djezzar se vendit lui-même, dit-on, comme esclave à Ali-bey, qui dominait alors en Égypte. Il fut successivement garde du corps, Mamelouk, gouverneur du Kaire, puis de Beïrouth et pacha de Saïda et d'Acre en 1775.

Il étendit son autorité sur presque toute l'ancienne Syrie, sans tenir compte des réclamations de la Porte, dont il s'était rendu presque indépendant.

Toutefois, dans les circonstances présentes, il s'était rapatrié avec le gouvernement du Sultan, dont il attendait des renforts...

Le pacha, entouré de ses principaux officiers et d'esclaves attentifs au moindre de ses signes, fume dans son chibouk, tandis que, pour charmer ses ennuis, les pages ou *icholants* le régalent de leur concert.

Il fait son *kief*, le doux pacha, la terreur du Liban, le *boucher*, comme on l'appelait !

Ce mot *kief* est intraduisible dans les langues d'Europe; le *far niente* des Italiens n'en est que l'ombre. Il ne suffit pas de ne point agir, il faut être pénétré délicieusement du charme de son inaction : c'est quelque chose d'élyséen comme la sérénité des âmes bienheureuses. C'est le bonheur de se sentir ne rien faire, nous dirons presque de se sentir ne pas être...

Mais, gare le réveil chez Djezzar !

La douceur des romances chantées par les pages, leurs gestes, un certain charme mélancolique provoqué par

les cymbales *tumbeleks*, la flûte de roseau, la viole ita-
lienne, nommée *viole d'amour*, le *mescal* aux vingt-six
tuyaux, le *santour* ou psaltérion, le *daïré* ou tambour de
basque et le *rébab* tartare, instrument à archet de deux
cordes, ne laissent pas de causer quelques impressions
agréables.

Les icholants affectaient des voix féminines, des airs
minaudiers, en chantant; et ils dansaient au bruit des
castagnettes, en figurant des scènes qui répugneraient à
nos mœurs.

Le pacha se contenta d'incliner légèrement la tê
en apercevant l'aga Ahmed, et laissa se terminer la mu
sique.

Alors seulement il s'adressa au visiteur, sans quitter sa
pipe et demanda :

— Qu'est-ce qui t'amène, aga?

— O puissant pacha! répondit Ahmed en saluant profondément, j'apporte une lettre du grand vizir.

— Donne! fit vivement le pacha.

Le sous-beglier prit la missive des mains de l'aga et la
présenta à Djezzar en ployant le genou.

— Lis, effendi! dit nonchalamment Djezzar en ten-
dant la lettre à un officier.

L'effendi fit la lecture à haute voix.

Le grand vizir Yousouf invitait Djezzar à faire bonne
résistance, et lui annonçait la très prochaine arrivée à
Acre de trente navires turcs, qui, de l'île de Rhodes,
devaient lui apporter des troupes, des munitions et des
vivres.

— Taïb! c'est bien, dit le pacha. Kiaya! prends un
chébec et va dire cela au commodore Sidney Smith,
dans la rade.

Le kiaya sortit pour exécuter cet ordre.

— Et toi, aga Ahmed, continua Djezzar, tu pourras en prévenir Phélipeaux, qui est aux remparts.

— Je m'en chargerai volontiers ; mais auparavant, ô pacha, nous avons à te faire part, le derviche et moi, de circonstances qu'il importe que tu connaisses.

— Je t'écoute, aga !

— Ce que nous avons à te dire, ton oreille seule doit l'entendre.

Le pacha fit un geste, et officiers, pages, bouffons, jongleurs et huissiers se retirèrent.

Il ne resta auprès de Djezzar que le dgellah à la robe rouge de sang et les deux esclaves noirs.

Ahmed montra les trois individus du doigt.

— Ceux-là sont encore de trop, dit-il.

— De quoi s'agit-il donc ?

— De ton harem.

Djezzar fronça ses sourcils gris et lança son chibouk au loin.

— Qu'importe ! fit-il après un moment de réflexion. L'un, c'est mon *bras droit*, et les esclaves ont la langue coupée. Parle !

— Tu le veux, pacha ?

— Je l'ordonne.

Le daï-kébir lui raconta alors, en peu de mots, que trois Français, qu'il avait cru morts, venaient de reparaître dans Acca, et que l'almée Mirzane, chemin faisant, lui avait fait part d'un entretien de la Grecque, esclave de la kadine Adigué, avec le tailleur et ces mêmes Français.

— Et que disait cette esclave d'Adigué ?

Mirzane prit la parole pour répondre à cette question.

— Elle rapportait, ô puissant pacha, dit-elle, que la jeune Française dont l'arrestation fut ordonnée par toi ce matin, sur mes indications, sans qu'on pût mettre la main sur le traître son compagnon, se trouvait auprès de sa maîtresse, la kadine. L'un des Français est le frère de cette femme, laquelle appartient comme esclave, ainsi que je te l'ai dit, à l'aga que voici.

— Eh bien? fit le pacha attentif.

— Le frère de la blonde Française et ses compagnons ne se sont introduits dans la ville que pour se rendre compte de tes moyens de défense et des travaux que tu fais exécuter.

— Des espions! Je leur ferai crever les yeux, et on les coupera en morceaux.

— Ils le méritent, les infidèles!

— Et la cetti Adigué serait complice de ces chiens! s'écria Djezzar.

— Je ne dis pas cela, qu'Allah m'en garde!

— Tu ne le penses pas moins : prends garde à ta tête!

Le fougueux Djezzar ne voulait pas qu'on soupçonnât sa première femme, sa kadine favorite, qu'il aimait réellement, et dont l'ascendant sur lui était grand, ainsi qu'on doit s'en souvenir, d'après les paroles de l'Indienne Lameh à Omar, pendant la nuit de l'entrée des Français au Kaire.

L'œil du pacha lançait des éclairs sinistres.

L'almée comprit qu'elle s'était fourvoyée. Or, elle ne se souciait nullement de faire connaissance avec le *bras droit* du despote. Il fallait donc justifier son rapport. Elle reprit en ces termes :

— O glorieux pacha! Dieu a mis dans ton cœur l'amour de la justice et ton esprit aime à rechercher la vérité. Écoute donc ton humble esclave!

— Soit : explique-toi, mais prends garde à ta langue!

— Dès que le muezzin de ta magnifique mosquée

Zékie, si agréable au Très-Haut et à son Prophète, aura annoncé le dernier ezam, la Grecque doit venir retrouver les Français sur la place, devant la boutique du tailleur.

— Bien. Je sais ce que j'ai à faire.

— Ne m'en veuille point, ô illustre et puissant pacha ! la révélation que je t'ai faite n'a sa source que dans mon attachement à l'Islamisme, et dans le désir que j'ai de servir un aussi grand et généreux vizir que toi, digne de devenir un sublime kalife.

Radouci par ces flatteries, Djezzar congédia Mirzane et Ahmed-aga.

Sitôt que ces derniers furent dehors, le pacha frappa dans ses mains. Un esclave abase au visage ovale et au grand nez se présenta immédiatement.

— Qu'on appelle Defter atsiz ! s'écria le pacha.

Defter était le premier eunuque du harem : *atsiz* veut dire *précieux*. Précieux, en effet, ces impassibles gardiens des femmes de l'Orient !

L'eunuque, grand nègre de la Nubie, splendidement costumé et la main appuyée sur la brillante poignée de son cimeterre courbe, arriva bientôt et reçut les ordres du maître.

Après quoi, Djezzar, contre son habitude, monta à cheval pour inspecter les travaux du génie.

Il se sentait le besoin de se distraire. Malgré lui, les paroles de l'almée ne cessaient de tinter à ses oreilles, et le soupçon sur une trahison politique, peut-être même le serpent de la jalousie, le mordaient au cœur.

Djezzar affectionnait beaucoup la Circassienne son épouse. Elle faisait son orgueil, sa gloire.

C'était elle qui avait dirigé son esprit vers le commerce et la navigation, qui lui avait fait embellir Acca, bâtir de

II.   4

magnifiques bazars, des bains qui passaient pour les plus beaux de l'Orient, sans compter la merveilleuse mosquée. Il était fier de ses œuvres, encore plus fier de l'amitié d'Adigué, qui les lui avait conseillées.

Sur un point seul, la kadine était impuissante. Le caractère féroce de son époux échappait à son influence.

Aussi, à la tête de son escorte de dehlis, vêtus à la hongroise, et ayant pour coiffure un feutre semblable à celui de nos hussards, serré autour de la tête par un turban, passa-t-il rapidement devant les soldats ouvriers, sans sourire à leurs acclamations comme d'ordinaire, sans même y prêter la moindre attention.

Le dgellah au caftan couleur de sang, qui le suivait comme son ombre, devait se réjouir en lui-même, et se dire que l'humeur du maître lui promettait quelques têtes. Il avait tant de sequins d'or de gratification par tête, à chaque exécution.

A peine Djezzar daigna-t-il répondre à l'ingénieur Phélipeaux, à l'ami du commodore anglais, son précieux allié, qui lui faisait remarquer la solidité et l'utilité des ouvrages bastionnés.

L'esprit du vizir était ailleurs.

Quand il rentra, le soleil était près de se coucher : ses rayons n'arrivaient plus qu'obliques du fond de la mer, mais ne faisaient pas moins étinceler le dôme de la mosquée Zékie.

Il soupira, le farouche Djezzar, en passant devant cette mosquée qu'il avait fait construire sur les sollicitations d'Adigué, qu'il avait ornée des plus précieux fragments de marbre, pris dans les ruines d'Héliopolis et de Palmyre, et qu'il avait consacrée à Omar, toujours d'après les conseils de sa chère Circassienne.

De retour dans son divan, l'iman lui récita l'oraison

du soir; puis le souper fut servi dans un plateau d'argent, posé sur un coffre de bois de cèdre, travaillé en mosaïques.

Le pacha ne toucha pas au pilau, regarda à peine les côtes de mouton en ragoût et l'amidon parfumé de musc. Il ne goûta un peu qu'aux pâtisseries, sucrées avec le doux miel du Carmel.

A tout moment, il tournait les yeux vers la porte qui communiquait, par de longues galeries, au harem de son sérail.

Enfin l'eunuque Defter atsiz y montra son visage noir et son brillant costume.

Djezzar fit sortir tout le monde cette fois, même son inséparable bourreau.

— Qu'as-tu découvert? demanda vivement le pacha.

— Seigneur! la Grecque sortait du harem. Dans la cour, j'ai paru devant elle.

— S'est-elle troublée?

— Elle a pâli, quand je lui ai dit que vous saviez tout.

— Ah! elle a pâli... Après?

— Je l'ai menacée du supplice des esclaves infidèles.

— A-t-elle parlé?

— Elle a joint les mains, protestant de sa fidélité à son seigneur et maître. Elle vous dira la vérité.

— Où est-elle?

— Sous la garde de deux eunuques.

— Fais-la entrer.

Quelques instants après, la Grecque s'avança chancelante, plus morte que vive. Les eunuques durent la soutenir.

— Tu sais, s'écria le pacha d'une voix tonnante, ce qui attend les esclaves perfides ?

— Ah! seigneur, pitié! dit la pauvre Grecque.

— On les coud vivantes dans un sac, avec une pierre au fond, et on les jette à la mer.

— Grâce, grâce! Je vous dirai tout, ô vizir!

— Où allais-tu?... Ne mens pas !

— Sur la place de la mosquée, porter une lettre...

— Une lettre de qui ?

— De la jeune Française, amenée ce matin au harem.

— Pour qui cette lettre? Parle vite!

— Pour son frère, l'un des guerriers de Bonaparte.

— Donne!

— La voici, seigneur!... Mais ayez pitié de votre esclave.

Djezzar s'empara vivement du papier.

Avant de le déplier de ses mains, qui tremblaient, le vieillard demanda encore à l'esclave :

— Est-ce cetti Adigué qui t'a remis cette lettre?

— Oui, seigneur, elle-même.

Le pacha dévora la missive, plutôt qu'il ne la lut.

IV

LA TOILETTE DE LA BELLE ADIGUÉ

Voici ce que contenait l'écrit que Djezzar-pacha dévora des yeux :

« Cher Charles, mon bien-aimé frère,

» Me voici encore une fois séparée de toi. Mais, grâce au ciel, j'ai rencontré de nouveau, comme dans le harem de Mourad-bey, une digne et excellente femme. C'est cetti Adigué, la première kadine du pacha.

» Elle parle français comme nous, avec un léger accent seulement, comme les Allemandes ou les Alsaciennes, malgré la perfection avec laquelle elles peuvent converser dans notre langue. Il faut croire que l'idiome de la Circassie, pays qui lui a donné le jour, laisse les mêmes traces dans la prononciation.

» Cetti Adigué m'a reçue comme une sœur. Elle m'a consolée en me caressant.

» J'ai, de plus, trouvé auprès d'elle... devine qui !... Zaïra en personne, Zaïra, la fille du général Kléber, dont

4.

tu m'as tant parlé quand nous avons fui ces perfides jardins d'Eden et les affreux Ismaéliens.

» L'infortunée a été vendue à Djezzar, comme esclave, par Ibrahim-bey. Nous avons parlé de toi, Charles !... Elle ne cesse même de me demander quel est ton âge, ton grade dans l'armée, si son père t'affectionne, si tu lui es dévoué... avec cent autres questions qu'elle m'adresse ; à tel point que sa nourrice Hidja, qui a connu Kléber en Servie, est obligée d'intervenir pour lui représenter qu'elle me fatigue... Mais tu penses bien que cela ne me fatigue nullement de causer de toi et de ce qui te concerne.

» Et toi, mon cher Charles ?... Avec quel bonheur j'ai appris que tu étais enfin arrivé à Saint-Jean d'Acre, avec le lieutenant Martial. Avez-vous couru de nouveaux périls ?... Quels affreux pays ! quelles horribles gens !... Et ici même... veillez sur vous ! Si Djezzar savait que des Français ont pénétré dans sa ville sous un déguisement, vous seriez perdus !... Je frémis en songeant qu'on pourrait vous découvrir...

» Cetti Adigué permet que je te voie : elle est si bonne! Elle veut même que le lieutenant Martial t'accompagne... Elle a insisté, disant avec un bon sourire qu'elle aimait les Français plus que toute autre nation... Je ne sais pourquoi, Charles, son sourire me fit rougir. Elle désire vous parler... Elle sait bien, a-t-elle ajouté, que c'est presque un crime d'introduire, ne fût-ce que dans le jardin du harem, des hommes et surtout des infidèles. Mais sa conscience est pure : elle vénère, dit-elle, le pacha Ahmet comme un père...

» Le vizir lui est d'autant plus cher, qu'elle a fait de ce caractère farouche un homme presque civilisé, bien que par moments sa nature sauvage reprenne le dessus, et qu'alors il échappe à son influence adoucissante. La colère, ajoute-t-elle, fait parfois encore commettre au pacha des cruautés inouïes ; elle espère, toutefois, qu'elle finira par triompher de cet esprit rebelle qui a quelque ressemblance avec Mourad-bey. Les femmes seules peuvent en Orient parvenir à polir ces diamants bruts.

» Mais l'heure presse... j'ai hâte de t'embrasser, Charles !

» Trouve-toi donc, avec le lieutenant Martial, dès qu'il fera nuit profonde, derrière le palais, à l'endroit où le mur du jardin est ombragé par un énorme sycomore, dont les branches pendent jusque dans le fossé. A la droite de l'arbre se trouve une basse porte par laquelle les *bostangis* (jardiniers) vont puiser de l'eau. Vous traverserez le petit pont et vous frapperez trois coups : la porte s'ouvrira et je serai dans tes bras.

» Puissé-je bientôt embrasser de même mes pauvres parents, qui doivent être dans une profonde affliction !

» Ta sœur,

» LOUISE. »

Djezzar réfléchit un instant, quand il eut achevé la lecture de cette lettre ; puis il se mit à relire le passage où il était question de lui.

Son front s'était rasséréné.

Le sentiment que lui portait sa femme bien-aimée, quoique dans la lettre ce sentiment ne fût pas exprimé dans des termes flatteurs, paraissait vrai et sincère. Tous ses soupçons s'évanouirent. Il était évident qu'Adigué n'était poussée à voir ces Français que par un simple désir de curiosité.

Un grand soupir qui échappa au vieillard montra qu'il était soulagé.

Toutefois, il ne pouvait pardonner aux Français de s'être introduits dans Acca, dans un dessein qui ne devait être autre que celui de surprendre les secrets de la défense.

Une pareille audace méritait punition.

— Esclave ! dit-il avec un accent radouci, en repliant la missive et en s'adressant à la Grecque... je te pardonne... Reprends cette lettre, et porte-la à ceux à qui elle est destinée.

La malheureuse crut avoir mal entendu. Elle tendit la main par un mouvement presque machinal.

— Mais écoute bien, ajouta le vizir d'un ton sévère. Que pas un mot, pas un signe, ne révèlent à ces gens que j'ai pris connaissance de l'écrit.

— Seigneur ! put articuler enfin l'esclave, vous êtes grand et généreux...

— A tel point que, si ces hommes ne se présentent pas cette nuit devant la porte du jardin, près du sycomore, je le jure par Allah ! avant que le soleil se lève au-dessus des cèdres du Liban, ton corps servira de pâture aux requins. J'ai dit : va trouver ceux auprès de qui on t'envoie !

Dès que la Grecque eut quitté le divan, Djezzar donna ses ordres au chef des eunuques.

— Qu'on ne les tue pas, dit-il en terminant, à moins qu'ils ne tuent !

— Seigneur ! vous serez obéi, répondit en s'inclinant Defter *le précieux*.

— Par le manteau du Prophète ! murmura le vizir Ahmet, avec cette fille du Français Kléber, ils me serviront d'otages.

En ce moment, une musique sauvage, composée d'instruments criards, dont les grosses caisses et le retentissement métallique des cymbales de cuivre ne pouvaient étouffer la discordance et le bruyant tintamarre, importuns au conduit auditif d'un Européen, éclata dans la cour du sérail. Pourtant l'oreille d'un Turc, plus dépravée sans doute que celle du satyre Marsyas, trop cruellement puni par Apollon de son peu de goût pour la flûte, se complait et applaudit à ce fracas souvent cacophonique.

C'était l'heure de la retraite. Djezzar gagna son appartement particulier.

Depuis le commencement du siège par les Français, il avait perdu l'habitude de passer une heure, comme auparavant, avec sa cetti favorite, attendu que le plus souvent il restait le soir en conférence soit avec Sidney Smith ou Phélipeaux, soit avec ses officiers, le kiaya, le sous-beglier-bey, le defter-kiaya ou lieutenant des finances, le moucabel-edgi ou contrôleur, et les cadis.

Il avait pris la coutume de dîner au harem, après la prière de midi, moment où il s'entretenait avec Adigué.

Il fait nuit...

Une de ces nuits splendides de la Syrie, au ciel étoilé, où la lune semble suspendue comme une lampe à la voûte du ciel, et pendant laquelle de mystérieux bruits arrivent à la fois du large, où s'agite la mer, et des montagnes du Liban, que hantent les hyènes, les chacals et les caracals.

La brise de la Méditerranée, en agitant le feuillage des dattiers, des citronniers et des orangers du jardin de Djezzar, mêle à ces bruits étranges un murmure plus doux, et les senteurs de la verveine et du jasmin disent assez quel plaisir doivent trouver les femmes du harem à respirer le frais de la nuit dans les bosquets touffus.

Ces jardins de l'Orient n'ont ordinairement rien qui ressemble aux nôtres. On n'y trouve, en général, ni allées, ni plates-bandes, ni tapis de verdure ; ce sont des massifs épais et des berceaux de vigne. On ne s'y promène point, mais on s'y repose dans les kiosques couverts en treillage, et l'on y fume du tabac aromatisé.

Mais la kadine Adigué avait voulu posséder un parterre de fleurs, et Djezzar avait fait venir de Hollande un jardinier, qu'il investit du titre de *bostangi-bachi*, et qui, dans un endroit propice, suivant les goûts de la kadine, avait dessiné artistement des corbeilles où il cultivait des plantes d'ornement de tous les pays.

Deux hommes se glissent le long du fossé, devant le mur du jardin. Leur cœur bat vivement. Chacun d'eux va voir celle qu'il aime, et Charles, outre son amante, espère embrasser sa sœur chérie.

Ils sont seuls. Le carabinier Jacquot Treillet et l'Albanais Abdoul-Mousa, qui s'était profondément attaché à nos Français, avaient bien voulu les accompagner ; mais les deux officiers les avaient forcés de rester au caravansérail.

Ne pouvant suivre ces derniers, Jacquot s'était rejeté sur son petit Ismaël, le guépard.

Le gentil félin était déjà fort agile ; il sautait et gambadait comme un chat, dont il avait les poses gracieuses et la légèreté. Son espèce, du reste, ne possède pas les griffes traîtresses des autres félins : les ongles du guépard ne sont pas rétractiles comme ceux des autres chats. Sa taille est, en outre, plus élancée ; il a des jambes plus hautes et la tête plus petite. Ses formes générales, sa grande douceur, son attachement et son courage, le rapprochent beaucoup de la race canine.

Comme un petit chien, Ismaël répondait déjà à son nom, et quand le brave carabinier lui passait la main sur la tête et le dos, il témoignait son contentement par de petits miaulements joyeux et cherchait à lécher son maître.

— Aperçois-tu le sycomore indiqué ? demanda Rivolet derrière le jardin.

— Il me semble, Charles, que le voilà à une trentaine de pas devant nous.

— Et le petit pont, le vois-tu ?

— Pas encore, répondit Martial.

Ce dernier s'arrêta tout à coup et prêta l'oreille.

— Qu'y a-t-il ? dit le lieutenant des guides.

— C'est drôle... Là, derrière ce vieux mur en ruine, qui paraît avoir fait partie d'anciennes fortifications...

— De celles des Croisés, sans doute, maîtres de Ptolémaïs... Qu'as-tu entendu ?

— Comme le bruit d'un fourreau de sabre frôlant la pierre.

— Bah ! quelque gros lézard, sans doute, qui s'est attardé à la recherche des mollusques, et qui regagne sa crevasse.

— On n'entend pas courir un lézard.

— Si fait : les écailles de sa queue frappent le mur.

— Ah ! voici le pont, et la muraille de grès blanchâtre : je vois la porte de chêne.

— Enfin, nous y sommes... Franchissons le pont !

Charles Rivolet marcha le premier, Martial suivit. Le premier frappa aussitôt les trois coups recommandés.

Mais tandis que nos deux amoureux écoutaient, l'oreille contre la porte, une douzaine d'ombres silencieuses sortirent de derrière la muraille en ruine et se glissèrent jusqu'à eux.

En un instant, avant que les Français eussent même eu le temps de se reconnaître et de faire usage de leur poignard ou de leurs pistolets, ils furent entourés, bâillonnés, entortillés, garrottés, les bras au corps, absolument comme ces vieilles momies des hypogées et des nécropoles de la Thébaïde.

On les entraîna en silence.

Au moment où les deux jeunes gens et ceux qui les avaient surpris allaient disparaître derrière un angle du mur, la porte du jardin s'ouvrit.

Trois femmes s'y montrèrent et poussèrent aussitôt un cri strident.

A la lueur de la lune, elles avaient reconnu les hommes qui emmenaient Rivolet et Martial.

C'étaient les eunuques du sérail, Defter atsiz en tête.

Elles refermèrent la porte et regagnèrent les appartements du sérail.

L'une d'elles pleurait et sanglotait; une autre levait les bras au ciel, implorait Allah et épuisait tout le vocabulaire de la désolation en usage chez les musulmans. La troisième cherchait à consoler, soutenait la marche chancelante de la jeune éplorée et disait de ne pas désespérer.

Quant aux eunuques, ils rentrèrent au palais par une porte particulière, gagnèrent le bâtiment qui servait de caserne aux dehlis, descendirent leurs prisonniers dans des caveaux servant de cachots aux victimes de Djezzar, et les y jetèrent sans autre formalité.

Un corridor voûté et suinteux, éclairé par une lampe fumeuse, régnait le long des cabanons et aboutissait à la salle de torture.

Un Albanais, le mousquet chargé, s'y tient constamment : précaution à peu près superflue, tant les cachots de Djezzar ont de solides portes en chêne du Liban, et ces portes d'énormes verrous.

Nos malheureux officiers passèrent une partie de la nuit dans le triste cachot, maudissant leur sort. Puis ils s'endormirent sur la paille qu'on leur avait jetée dans un coin, avec une cruche d'eau, après les avoir désarmés et délivrés de leurs liens.

— Ah! mon pauvre Martial, avait dit Rivolet avant de fermer la paupière, nous voilà dans la gueule du loup. Si quelque puissante fée ne vient pas nous délivrer, c'en est fait de nous.

— Rivolet! répliqua le lieutenant de carabiniers, quelque chose me dit que nous en échapperons.

— Ainsi soit-il! murmura l'officier des guides, en se tournant vers la muraille.

Le lendemain, un peu avant midi, c'est-à-dire avant l'heure du dîner, à laquelle le pacha Djezzar depuis quelque temps se rend au harem, plusieurs esclaves noires et blanches sont réunies dans la salle de repos des bains.

Cette salle est entièrement blanche, dallée en marbre, avec un bassin d'eau vive et jaillissante au milieu, éclairée par en haut et tout entourée d'estrades recouvertes de tapis, sur lesquelles sont dressés des lits de repos et des piles d'oreillers pour s'appuyer en tous sens.

Les esclaves viennent d'apporter des corbeilles où sont des ajustements, des parures, des bijoux et des fleurs, ainsi que de jolies cassettes en bois de senteur qui renferment des cosmétiques s'appliquant à toutes les parties du corps, et de petites boîtes d'argent contenant des essences précieuses.

L'une dispose des miroirs, l'autre des chemises de gaze parfumées, la troisième prépare des boissons rafraîchissantes. Celle-ci essaie l'éventail, celle-là arrange les oreillers.

Un battement de mains s'est fait entendre dans une pièce contiguë, qui est l'étuve.

A ce signal, deux Abyssines noires, mais charmantes de visage, aux cheveux frisés plutôt que laineux, s'élancent dans le caldarium, d'où s'échappe aussitôt une bouffée de vapeur aromatisée.

Bientôt il en sort trois femmes.

L'une paraît âgée d'une trentaine d'années : sa beauté est admirable.

Elle a le pur profil oriental, et sa longue chevelure noire, tombant jusqu'aux genoux, suffirait pour voiler son corps, digne de servir de modèle au statuaire. Son port et son attitude sont ceux de Pallas, dirait un classique. Judith se parant et prête à se rendre au camp d'Holopherne, devait avoir ces traits et cette noble démarche.

Sa peau, il est vrai, a la blancheur des Circassiennes ; mais ce n'est pas là le type des beautés du Caucase. Elle rappelle plutôt la merveilleuse Rachel, fille de Laban, pour laquelle l'amoureux Jacob consentit à servir son oncle pendant quatorze années.

Cette femme, c'est Adigué, la kadine favorite du pacha Djezzar.

Des deux autres, l'une est blonde, svelte et gracieuse ; l'autre a la perfection des beautés serviennes, un ovale de figure de la plus pure régularité, les cheveux noirs comme la kadine, des yeux taillés en amande et au regard profond, des perles pour dents, le teint rosé de la vierge pudique.

On a deviné Louise et Zaïra.

Les esclaves s'empressent aussitôt autour des trois

baigneuses, qui prennent des mains des noires Abyssines les chemises de gaze blanche, et s'en revêtent.

Adigué et ses jeunes compagnes se couchent sur les
lits de repos. On leur présente d'abord le sorbet froid,
puis le café brûlant et le narguilé au long bout d'ambre.

Mais Louise Rivolet refuse l'élégante pipe. Elle s'étend
et s'endort.

La Servienne, tout en fumant, goûte le repos sans
dormir : elle se livre aux douceurs du kief, du *far niente*
chéri des Orientaux.

Les genoux relevés, les pieds jouant avec leurs babou-
ches brodées, la tête soutenue par ses deux mains, qui
se joignent sur le sommet, et appuyée sur un carreau,
elle rêve... à qui? Elle préfère ce rêve à tout, car elle a
refusé de se livrer aux soins des esclaves chargées de la
toilette.

Mais autour de la kadine, toutes papillonnent. On lui
tient le miroir, on l'enduit de cosmétiques, on la couvre
d'essences.

C'est le henné qui teint de rouge les ongles et la plante
des pieds ; le riba, condiment à base d'antimoine, au
moyen duquel on donne aux cils et aux sourcils la teinte
d'un noir bleu, qui rend les yeux si expressifs et si doux.
Cette boîte contient le sari, pommade composée de li-
tharge et de réalgar, pour faire tomber le duvet de la
peau. Les crèmes de sandal, de rose et de jasmin ont
leur tour. Enfin, viennent le rouge et le talc pour donner
à la peau l'onctueux de l'ivoire poli.

Les femmes de l'Orient reconquièrent de la sorte la
fraîcheur et les formes de l'enfance.

Ces soins délicats terminés, on orna d'anneaux d'or les
chevilles et les bras de la belle Adigué. On attacha à ses
oreilles des pendeloques de perles du plus bel orient et

d'une transparence opaline. A son cou, on suspendit, par quatre tours, un long collier également de perles, véritables parangons aux reflets irisés et chatoyants. Des bagues garnies de diamants, de rubis, d'émeraudes et de turquoises couvrirent ses doigts. Des anneaux d'or poli pressèrent la fine cheville, les jambes et la peau satinée des bras au galbe élégant.

On lui natta sa longue et luxuriante chevelure ; mais au lieu du tarbouche, on posa sur la tête de la kadine une couronne de fleurs, choisies par elle-même et à dessein dans le parterre du jardinier hollandais.

Parmi ces fleurs brillait la rose ; l'acacia blanc et l'hépatique purpurine s'y mariaient agréablement à de petites baies de houx.

Enfin elle revêtit un caleçon de satin rose aux larges plis et ne tombant que jusqu'au genou, et par-dessus une sorte de tunique bleue, ajustée à la taille, également de satin, très échancrée sur le sein, soutachée d'argent et brodée de semence de perles. Un cachemire blanc de la plus grande finesse, si souple et si léger qu'on l'eût dit formé des fleurettes du jasmin, quand sous le souffle du zéphire elles tombent comme des flocons de neige, lui ceignit les reins moelleusement cambrés. Les manches de la tunique étaient fendues, pour laisser voir le bras, blanc comme l'albâtre.

Ainsi parée, la belle Adigué rendit le miroir, se leva et fit quelques pas. Dans sa marche majestueuse, le corps de la blanche Circassienne répandait autour d'elle les plus suaves émanations.

Toutefois, ce n'était pas la démarche lourde et énervée d'une femme élevée dans le harem. La majesté du port était adoucie, relevée par une légère désinvolture, toute française, et par je ne sais quoi de nerveux qui dénotait une enfance ou une jeunesse pleine de mouvement et d'exercices fortifiants.

Elle se tourna vers Zaïra, et, avec un sourire qui montra deux rangées de perles enchâssées dans du corail, elle demanda :

— Suis-je bien comme cela ?

— Vous êtes belle, ô cetti, comme une houri du Prophète, répondit avec admiration la jeune Servienne, et la douce brise, quand elle se joue dans les jardins embaumés de Rosette la fleurie, ne saurait plaire plus que vous à l'homme que vous approchez !

La kadine répliqua avec un mouvement d'orgueil :

— Il peut venir maintenant, mon seigneur et maître : je l'attends...

Puis elle posa un doigt sur ses lèvres.

— Espoir ! ajouta-t-elle avec un sourire de confiance.

Suivie de quatre esclaves, la kadine Adigué se rendit aussitôt à son divan, où Djezzar allait venir lui faire visite et sans doute dîner avec elle.

Les autres femmes procédèrent à la toilette de Zaïra et de Louise Rivolet.

Le pacha trouva son épouse couchée sur le divan moelleux.

— Vous êtes belle aujourd'hui, cetti ! dit-il en s'approchant.

— Ne le suis-je pas toujours ? répondit Adigué en souriant, comme une femme sûre d'elle-même et de l'influence qu'elle exerce.

Djezzar lui présenta la main, qu'elle prit pour la poser sur sa tête, comme témoignage de tendresse et de soumission. C'est le salut oriental que femmes et enfants adressent à leur époux ou père.

Mais le vieillard, charmé, saisit à son tour la main de son épouse et la pressa contre ses lèvres.

— Mais c'est pour vous, Ahmet, reprit-elle, que je me suis si bien parée aujourd'hui.

Le vizir se mit à sourire.

— Vous souriez, Ahmet ! vous devinez que j'ai une grâce à vous demander.

— Ces Français sont coupables, Adigué ! doublement coupables, d'abord pour avoir pénétré dans Acca, ensuite...

— Vous m'avez devinée sans peine... Mais je vous arrête, seigneur : c'est avec mon autorisation qu'ils étaient venus à la porte du jardin pour y pénétrer. L'un est le frère de la Française blonde.

— Je le sais.

— Vous avez lu la lettre !

— Je l'ai lue... et relue.

— Les punirez-vous, lorsque moi seule je suis coupable d'avoir voulu leur parler ? Tranquillisez-vous : bien qu'il fît nuit, j'eusse gardé mon voile.

— Je n'en doute point.

Il y eut une légère pause. La coquette Adigué agita légèrement sa belle tête orientale, et la senteur des fleurs dont elle était ornée se répandit autour d'elle.

— Voyez-vous cette couronne, Ahmet ? demanda la kadine, en découvrant l'ivoire de ses dents et en montrant les fleurs.

— J'en admire l'arrangement, chère cetti !

— Vous admireriez encore davantage, si vous connaissiez la signification de ces fleurs et la pensée qui m'a guidée en les choisissant... Mais vous êtes plus instruit dans le métier des armes, cher vizir, que dans le langage des fleurs.

— C'est vrai, j'en conviens sans peine.

— Eh bien ! sachez que j'ai voulu faire un *sélam* à votre intention, un bouquet symbolique.

— Comme nos jeunes amants de l'Orient.

— Absolument. Voulez-vous, Ahmet, que je vous explique le sélam de ma couronne ?

— Volontiers. Je suis tout oreilles.

Le vieux pacha s'accroupit sur un coussin, aux pieds de sa kadine, posa ses mains jointes sur les genoux d'Adigué, et, les yeux dans les yeux, il écouta.

— Les roses, cher Ahmet, dit la kadine, signifient que je me fais belle pour vous plaire...

Le vizir fit un petit mouvement de tête approbateur.

— L'acacia représente le pur sentiment qui nous unit.

Ahmet eut un singulier sourire.

— Cette fleur d'oranger veut dire que votre épouse, ô vizir, sera toujours chaste et fidèle.

— Et ces petites baies charnues ? demanda Ahmet.

— Ce sont les fruits du houx : elles indiquent que je suis prévoyante, prudente, et que vous devez toujours m'écouter, Ahmet ! pour avoir également ces qualités.

— Prudent ! je le suis. C'est pourquoi... Mais achevez l'explication de votre *sélam*.

— Voyez-vous cette petite ombelle de fleurs jaunes étoilées ?

— Je la vois : elle sied merveilleusement à votre belle chevelure noire, ô cetti !

— C'est la fleur du cornouiller, dont le fruit sert à préparer nos sorbets. Savez-vous ce qu'elle signifie ?

— Je suis curieux de l'apprendre.

— Elle invite au calme et à la patience, et non à la colère et à la précipitation, lorsqu'on veut qu'une entreprise dure, qu'un règne soit heureux, ou que l'empire

qu'on veut fonder prospère et devienne puissant... Me
comprenez-vous, Ahmet ?

Le farouche vieillard ressemblait en ce moment à un
enfant émerveillé aux contes de sa nourrice. Malgré la
leçon que renfermait le *sélam* de sa chère Adigué, il y
prenait un plaisir naïf.

— Vous qui savez si bien faire parler les fleurs, cetti,
reprit Djezzar, dites-moi un peu par quelle fleur vous
traduiriez : *Votre présence me ranime.*

— Par le romarin à la cime odorante.

— Et ceci: *Mais c'est en vain, l'âge me glace.*

— Par l'agnus-castus aux fleurs de pourpre... Mais
qu'avez-vous, Ahmet ?

— Je soupire, répondit le vieillard en fermant les yeux,
comme si la beauté splendide de sa jeune épouse lui
faisait mal à voir.

— Ne possédez-vous pas mon cœur ? demanda-t-elle
en lui pressant les mains.

— Je retourne au sélamlik, dit-il en se levant brusquement.

— Eh quoi ! vous ne dînez pas avec moi aujourd'hui ?

— Le commodore Sidney Smith et sidi Phélipeaux
m'attendent. Je les ai fait inviter.

— Je voudrais parler au commodore, ô vizir !

— Pourquoi ? Puis-je le savoir ?

— Serait-ce la première fois ? N'est-ce pas par mon
intervention que vous avez obtenu de lui que l'ingénieur
français, alors auprès du Sultan de Stamboul, vînt forti-
fier la ville?

— Où donc avez-vous connu Sidney Smith, ô cetti ?

La kadine hésita un moment à répondre à cette question.

— A Tripoli, en Barbarie, dit-elle après réflexion, où

il me vit au bazar des esclaves, et d'où un marchand, comme vous le savez, m'a menée à Damas.

— Je bénirai toujours ce marchand... Vous verrez le commodore, cetti, après le dîner.

Le vizir fit quelques pas vers la porte.

— Vous me quittez, Ahmet, sans m'accorder la grâce de ces deux Français?

— La prudence, cetti, la prudence, cette qualité que vous me recommandez par votre ingénieux sélam, me le défend, répondit le fin vieillard.

— Vous me promettez du moins qu'il ne leur sera point fait de mal, et que lorsque vous aurez vaincu et repoussé l'armée ennemie, vous les rendrez à la liberté.

— *S'il plaît à Dieu*, oui.

C'était la restriction mentale que souvent font les musulmans; mais Adigué crut devoir, pour le moment, se contenter de cette parole.

— Et la sœur de ce Français, cette enfant blonde, que vous a-t-elle fait pour la retenir ici?

— La prudence aussi, chère cetti, m'oblige à la garder.

— Pourquoi?

— Elle appartient à l'aga Ahmed, le chef des Ismaéliens et l'ami du grand-vizir Yousouf. Il me faut ménager cet homme.

— Mais cette jeune esclave, Zaïra, qu'Ibrahim-bey vous a vendue, ne la rendrez-vous pas à la liberté, comme vous me l'avez promis?

— La prudence, toujours la prudence et la prévoyance, m'ordonnent aujourd'hui de revenir sur ma promesse.

— Ah! vous manquez à la parole donnée!

— N'ai-je pas dit : « Si Dieu le veut? »

— C'est vrai, mais Dieu ne le veut-il pas?

5.

— Sans doute que non. La possession de cette esclave m'est devenue des plus précieuses.

— L'aimeriez-vous, Ahmet?

Djezzar sourit en répondant :

— Et quand je l'aimerais, quel motif auriez-vous d'être jalouse de l'amour d'un vieillard? Mais ce n'est pas cela.

— Quoi donc, cher vizir?

— La lettre que j'ai lue hier m'a révélé une chose.

La belle Adigué se mordit les lèvres. Elle se rappela que Louise avait parlé de la fille de Kléber.

— Me blâmeriez-vous, reprit le pacha, de ce que, par prudence, je retienne cette esclave, la fille d'un général français?

La kadine ne sut quoi répondre. Elle baissa la tête, pour la relever un instant après.

Cette fois, ce fut avec un léger tremblement dans la voix qu'elle dit à Djezzar :

— Il est encore un autre prisonnier pour lequel je me suis adressée plusieurs fois à votre générosité, Ahmet !

— Vous voulez parler de ce vil apostat...

— Il a juré au commodore par le Koran, qu'il n'a cessé d'être un fidèle musulman.

— L'aga Ahmed a juré le contraire.

— La preuve?

— Ne servait-il pas dans l'armée des infidèles contre les enfants du Prophète?

— A ce titre, ne devez-vous pas le respecter, Ahmet? Il a été envoyé comme parlementaire.

— N'est-ce pas assez que je lui aie fait grâce de la vie?

— Mais il gémit dans vos cachots.

— Qu'il y pourrisse! Que dit le *Tanzil?* « La colère d'Allah s'appesantira sur celui qui ouvre son cœur à l'infidélité, et un châtiment terrible l'attend. »

— Laissez alors faire Allah. D'ailleurs le Koran dit aussi en tête de chacun de ses chapitres : « Dieu est clément et miséricordieux. »

— A votre tour, cetti, laissez au grand muphti le soin d'interpréter le *Kélam-Chérif* (1), la parole sacrée, et aux vizirs celui d'exécuter la loi.

Mais la kadine ne se tenait pas pour battue, et ce fut vivement qu'elle s'écria :

— Omar est bon musulman, je le sais. Il y a quelques années, il quitta la France et vint visiter ces pays. Savez-vous pourquoi?

— Je l'ignore complètement.

— Pour le pèlerinage à la Mecque. Il est *hadji*.

— La preuve? demanderai-je à mon tour.

— La preuve! c'est qu'il en est revenu avec la grande caravane qui s'arrête à Damas.

— Comment savez-vous cela, cetti? L'auriez-vous vu quand vous étiez, à Damas, la femme de Nadir?

Adigué fut un moment interdite à cette question. Mais sa présence d'esprit ne l'abandonna pas, et elle répondit tranquillement :

— Il l'a dit au commodore qui l'interrogeait, et Sidney Smith me l'a répété.

Ahmet hocha la tête d'un air de doute, fit un signe d'adieu à la kadine, et sortit du harem.

On a compris que la belle Adigué avait entrepris de jouer, à l'égard du vieux pacha d'Acre, le même rôle dans lequel avait réussi, auprès de Mourad-bey, la Géorgienne au cœur d'or.

Mais quelle différence entre ces deux hommes, véritables types de despotes orientaux!

(1) Le Koran porte huit noms différents.

Mourad, a dit de lui le général Reynier dans ses Mémoires, n'était pas un homme ordinaire. Il possédait éminemment les vertus et les défauts qui tenaient au degré de civilisation où les Mamelouks étaient parvenus. Livré à toute l'impétuosité de ses passions, son premier mouvement était terrible, le second l'entraînait souvent dans l'excès contraire. D'une bravoure à toute épreuve, d'une rare constance dans le malheur, sa générosité naturelle, quand elle reprenait le dessus, allait quelquefois jusqu'à la faiblesse.

Si Djezzar se livrait aux mêmes emportements que Mourad, il n'en avait jamais les retours chevaleresques. Il était brave aussi ; mais, chez ce farouche vieillard, la cruauté et la férocité formaient le fond du caractère. Il était méchant de nature, et froidement méchant. Il semblait jouer avec ses victimes.

Le premier était loyal, sincère, grand jusque dans ses fureurs, et quand Eh Nehfiz l'avait calmé, son esprit était tout disposé à la clémence ; il se montrait même reconnaissant envers celle qui l'avait fait revenir à de bons sentiments. Le second, dissimulé, perfide, promettait à Adigué avec une réserve hypocrite ou cherchait à éluder ses promesses.

Mourad avait la magnanimité que quelques naturalistes ont prêtée au lion ; Djezzar était le tigre dont les griffes sont toujours prêtes à déchirer, sans faim et sans besoin, uniquement pour le plaisir de se vautrer dans le sang.

Dès qu'Adigué supposa que le vizir était loin, elle frappa dans ses mains.

Une esclave cuivrée de la Nubie se présenta.

— Va chercher l'eunuque El-Dhoul, commanda la kadine.

La Nubienne ayant disparu, cetti Adigué se leva vivement de son divan et de ses coussins.

Ce n'était plus la même femme.

La pose langoureuse, l'apparence de mollesse avaient disparu.

Elle se promenait à grands pas dans la salle du divan, foulant d'un pas énergique les tapis de Smyrne.

Où donc était la démarche lourde et traînante des femmes du harem, conséquence naturelle d'une vie sedentaire et oisive ?

On eût dit plutôt une maîtresse de maison française, prête à éclater en paroles irritées de ce que tout n'allait pas suivant ses désirs, ou mieux encore, une de ces héroïnes gauloises habituées au combat et prêtes à la lutte.

Et, de fait, des exclamations en bon français échappaient coup sur coup à la blanche Circassienne.

Il y avait même des mots qui se ressentaient presque du séjour des camps.

El-Dhoul, un eunuque blanc, apparut. Adigué se précipita plutôt qu'elle ne courut vers lui.

— Lévi ! lui dit-elle dans le dialecte hébraïque cette fois, voici le moment arrivé. Puis-je compter sur toi ?

— Ordonnez, Esther ! Je suis prêt à vous obéir.

— C'est ta tête que tu risques, tu le sais.

— Tous nos frères, que vous n'avez cessé de protéger, Esther, sur cette terre de nos aïeux, me maudiraient si je refusais de vous obéir.

— Te sens-tu la résolution, la fermeté nécessaires ?

— Malgré mon état abject, oui... Hélas ! j'étais presque enfant encore quand le bey de Tripoli, le misérable ! fit porter sur moi une main sacrilège ; il ignorait que j'appartinsse à Israël... Malgré ma dégradation profonde, je me sens le courage nécessaire pour exécuter vos ordres et vous aider dans ce que vous entreprendrez.

— Écoute-donc, Lévi, et n'oublie rien de ce que je vais te dire.

Mais au lieu d'expliquer ses projets, Adigué s'arrêta soudain en entendant une canonnade qui faisait trembler les portes du harem.

— Serait-ce l'assaut? demanda-t-elle. Ah ! si mes compatriotes pouvaient enfin s'emparer de la ville !...

Lévi secoua la tête d'un air de doute.

— Ils sont loin de réussir, Esther ! dit-il. Je désespère même de les voir prendre Acre.

— Ce cruel vieillard, cet abominable despote, pour lequel pourtant, telle que tu me vois, j'avais eu de l'amitié... je l'ai en horreur aujourd'hui.

— Certes, le *boucher* est bien nommé.

— Depuis que j'ai revu Omar, — mais comment l'ai-je revu ? au moment où on allait le traîner au supplice ! — mon amitié pour Djezzar s'est changée en haine... Omar ressemble tant à mon brave Kergoudec ? Le noble Breton est mort en Italie sur le champ d'honneur... Et dire qu'il me faut ruser avec ce tigre farouche, mettre un masque, sourire quand je voudrais maudire et exécrer... Non, non, cette vie de mensonge ne peut durer... Et pourtant j'ai bien agi, hier encore, en faisant mettre à Louise Rivolet, dans sa lettre, ces expressions qui ont donné le change au pacha sur mes sentiments... Je pressentais presque que la lettre tomberait entre ses mains... Ah ! lâche Grecque ! je ne croyais pourtant pas que tu pusses me trahir...

Elle se tut et se mit à réfléchir.

— Parlez, Esther ! Que faut-il faire ? demanda l'eunuque juif.

— Oui, oui!... murmura Esther en continuant ses réflexions, il faut attendre encore. Pourquoi les exposer à des périls mortels, lorsque dans quelques jours, demain peut-être, la prise de la ville par Bonaparte nous délivrera sans risques?... Toutefois, prenons nos dispositions et nos précautions dès aujourd'hui.

La kadine posa sa main blanche et fine sur l'épaule de l'eunuque.

— Lévi! dit-elle d'un air mystérieux.

— Qu'ordonnez-vous ?... demanda El-Dhoul.

— Ne connaîtrais-tu pas dans Acca un homme habile à préparer les narcotiques, et au besoin les poisons?

Lévi réfléchit assez longtemps.

— J'ai trouvé! dit-il enfin.

— Où demeure cet homme?

— Au bazar, derrière la mosquée.

— Il s'appelle?...

— C'est le vieux Ben-Saül, un enfant d'Israël.

— A merveille! Voudra-t-il me fournir ce qu'il faut?

— Il vous aime et vous vénère, Esther! Il ne vous refusera rien.

— C'est bien. Demain j'irai au bazar. Fais que ce soit toi qui nous accompagne... Quant à des armes, pourras-tu en procurer? Il en faut pour plusieurs hommes.

— Ce sera facile; j'en volerai chaque jour aux dehlis et aux Albanais.

— Parfait!... Ils sont bien armés.

— Au besoin, j'en prendrai dans la chambre aux tortures, le jour où ce sera mon tour de servir les prisonniers dans les cachots.

— A propos de cela, tu as eu bien soin, chaque fois, de donner à Omar tout ce qu'il demandait?

— Il y a quatre jours encore il m'a dit que rien ne

manquait à son contentement, si ce n'est le bonheur de vous revoir.

— Pauvre Omar ! soupira la cetti... Quand seras-tu de nouveau de service, Lévi ?

— La veille du sabbat prochain.

— Je retournerai au cachot comme la dernière fois, avec tes habits. Que ne puis-je y aller chaque nuit !

— Esther ! l'heure avance. Ne dînerez-vous pas ?... Prenez garde d'éveiller les soupçons de Defter atziz, en manquant à vos habitudes.

— Tu as raison. Va dire qu'on apporte le pilau... Mais auparavant, encore un mot, Lévi !

— J'écoute. Parlez, Esther !

— Ne trouverais-tu point parmi ces Albanais un soldat qui, à prix d'or, consentît à nous servir, et qui voulût, pendant une nuit désignée, trouver le moyen de se substituer à un de ses camarades dans la garde de la prison ?

— On le trouverait. Mais ne craignez-vous pas, Esther, qu'en faisant de pareilles ouvertures à l'un de ces soldats, il nous trahisse pour gagner davantage ?

— On le couvrira d'or, de bijoux !... Mais j'y songe... Lévi ! dès que tu pourras sortir du sérail, cherche par la ville un nommé Abdoul-Mousa, un Albanais précisément, un ancien janissaire... C'est l'ami fidèle d'Omar.

— N'est-ce pas l'homme qu'on recherchait avec la jeune Française ? demanda Lévi.

— Justement. Peut-être a-t-il un camarade parmi les soldats de Djezzar. Par lui on trouverait ainsi l'Arnaute qui consentirait.

— Je chercherai Abdoul-Mousa, dit Lévi.

— Bien. Fais servir maintenant le dîner et entrer les femmes.

L'eunuque juif se retira.

V

LES QUATRE CENTS BRAVES ET LE CANON DU MONT-THABOR

Femmes et esclaves firent bientôt irruption dans le divan.

Ce fut aussitôt autour de la kadine ou cetti kébir, grande dame, un bourdonnement, un babillage, un caquetage indescriptibles, que dominaient les éclats de rire des unes, les exclamations des autres. Pendant plusieurs minutes, il eût été impossible à deux personnes calmes et raisonnables de s'entendre.

Enfin, un peu d'ordre s'établit au milieu du brouhaha de toute cette folle population du harem.

On étendit au milieu de la salle un grand tapis, sur lequel on posa une espèce de coffre, haut d'un pied, destiné à soutenir l'énorme plateau de cuivre nommé *sanieh*.

Autour de cette table portative furent placés des coussins, sur lesquels chaque cetti s'accroupit, les jambes croisées, du mieux qu'il lui fut possible.

Le couvert, en Orient, n'a rien de splendide. On n'y

voit point de verres, de couteaux, de fourchettes ; point de linge, de cristaux, d'argenterie : rien de ce qui rend nos tables si luxueuses.

Ici, un couvert bien ordonné consiste à poser devant chaque dame une cuiller en bois, en écaille ou en nacre, et un petit pain rond. Le pain, brisé par morceaux, aide à maintenir les viandes entre le pouce et l'index de la main droite. Une grande salière flanque le plat.

Louise Rivolet et Zaïra avaient pris place aux côtés d'Adigué, qui présidait au repas. La jeune Française, déjà faite aux habitudes du harem, ne paraissait pas trop empruntée. Quant à la charmante Servienne, il ne fut pas nécessaire de lui adresser la touchante invitation d'usage :

— Au nom de Dieu, madame, prenez !...

Elle s'en acquittait comme les autres. Et c'est vraiment une chose curieuse de voir avec quelle habileté et quelle promptitude un dîner s'accomplit dans un harem.

Il est difficile, en effet, de comprendre, sans avoir assisté à un repas des dames orientales, l'adresse qu'elles mettent à déchirer les viandes, à dépecer les volailles ; deux doigts de chaque main suffisent. Plus d'un écuyer tranchant se ferait honneur de leur habileté. Excepté celles qui se chargent du soin même de trancher, il est rare que, à la fin du repas, les autres dames aient plus de deux doigts souillés par le contact des viandes.

Les repas turcs sont remarquables par une très grande abondance de mets, mais l'art de Vatel n'est pas même soupçonné en Orient. Non seulement la vue ne jouit pas de la diversité des mets, puisque la coutume n'admet la présence que d'un seul plat sur le sanieh, mais le goût ne règle pas même l'ordre de leur apparition.

Après d'énormes pièces de viande, on présentera des

sucreries, et, après d'excellentes confitures de feuilles de roses, on servira des poissons, des volailles, du lait caillé, du miel, et surtout le mets oriental par excellence, l'inévitable pilau. Il y a aussi le kibaub, les curries, les godiveaux ou pâtés chauds, les salades d'olives, de cornichons et de céleri.

Les boissons sont l'eau et le scherbet, qu'on présente à la ronde dans une tasse qui est commune à toutes les convives.

Chacune des dames ayant pris deux ou trois bouchées d'un plat, celui-ci est enlevé et passé aux cettis de rang inférieur et aux esclaves non de service, qui sont accroupies sur des tapis en trois groupes.

Quinze minutes suffisent pour se rassasier. Le dessert est nul.

Après le repas, les esclaves se présentent, portant le *techl-abri* (vase et cuvette en argent), afin d'aider chaque cetti à faire ses ablutions manuelles.

Enfin, on prend le café et l'on fume le narguilé. Celles qui ne fument pas se plaisent à mâcher le mastic de Chio, qui donne à l'haleine une odeur de violette.

Le chef des eunuques, Defter atsiz, se présenta au moment où la kadine achevait son narguilé au tabac parfumé.

Il salua profondément la cetti kébir et dit :

— Gloire à Dieu, et qu'Allah vous donne de beaux enfants!... Je viens, par ordre du pacha Ahmet, — que le ciel le protège ! — pour vous accompagner au sélamlik.

— Le commodore anglais m'y attend? demanda Adigué.

— Il sera heureux d'entendre votre douce voix, ô incomparable cetti !

Adigué se couvrit de son voile, et, suivie du premier eunuque, marcha vers le sélamlik.

Nul étranger ne peut, sous aucun prétexte, pénétrer dans le harem des femmes. Dans les circonstances extraordinaires, pareilles à celles qui avaient mis en rapport la femme du pacha Ahmet et le chef de l'escadre anglaise, lorsqu'on permet à une cetti de s'entretenir avec un homme, cet entretien a lieu dans une des pièces de l'appartement du mari. Encore faut-il qu'un eunuque assiste à l'entrevue.

Mais la présence de Defter atsiz importait peu à la belle Esther.

Sitôt qu'elle aperçut l'officier, elle lui dit en français, langue que ne comprenait pas le chef des eunuques :

— Je vous salue, commodore !

Sidney Smith s'inclina et répondit d'un air pénétré :

— Vous me voyez heureux, madame, de l'honneur que vous me faites et du doux moment que vous me procurez.

— Toujours galant !

— Non, reconnaissant. Puis-je oublier que je vous dois la vie ?

— Ne parlons plus de cela, monsieur, de grâce... Ce n'est pas moi, d'ailleurs, mais le brave et noble chevalier de Kergoudec, mort trop jeune, hélas ! qui...

— Cependant sans la généreuse vivandière de l'armée d'Italie...

— J'avais quitté mes parents, à Wissembourg, afin d'accompagner celui que j'aimais, et en vivant dans les camps avec lui, je me rendais utile à nos soldats.

En effet, elle avait été vivandière de l'armée d'Italie, la belle Esther, mais une de ces vivandières *artistes*, enthousiastes et dévouées, dont parle le général Ambert dans ses originales *Esquisses militaires.*

Il y avait, en ces temps héroïques, de nobles femmes qui quittaient famille, aisance, tranquille foyer, pour suivre quelque volontaire, frère ou fiancé, que la patrie en danger avait fait voler aux frontières. S'inspirant des pensées et des sentiments qui alors faisaient battre tous les cœurs, elles partageaient gaiement, avec le soldat, les fatigues, les périls, le feu du bivouac et le pain noir. Elles animaient les jeunes guerriers au combat et donnaient les premiers soins aux blessés.

« La vivandière, dit Ambert, était ainsi le dernier reflet de ces femmes courageuses qui, dans les armées anciennes et dans le moyen âge, accompagnaient leurs époux aux combats. »

— C'est en assistant les soldats, reprit le commodore, que vous exerciez sur eux cette influence qui me fut propice... Ah! je m'en souviens, madame! En 1793, après avoir incendié la flotte française à Toulon, j'allai en reconnaissance sur les côtes d'Italie. Masséna commandait les Français dans le comté de Nice. Trompé par de faux rapports, je descendis à terre dans un simple canot, croyant trouver le général piémontais.

— Vous tombâtes sur une de nos avant-gardes, où je me trouvais avec Kergoudec.

— On voulut me tuer, moi et les deux matelots qui m'accompagnaient. Vous êtes intervenue et vous avez commencé par détourner de moi les baïonnettes menaçantes.

— Cela n'aurait pas suffi, commodore, pour vous sauver cette fois, si le noble Breton ne vous avait dans la nuit permis de reprendre la mer.

— Je ne vous en dois pas moins l'existence, madame!...

Que n'ai-je rencontré, dix-huit mois plus tard, une charmante femme comme vous : je ne me serais pas morfondu deux années entières dans la tour du Temple, d'où je me suis évadé avec Phélipeaux.

— Moi, je ne faisais qu'un acte d'humanité. Kergoudec a été coupable peut-être en écoutant son cœur, pour laisser s'échapper un ennemi de la France...

— Quand je vous revis esclave à Tripoli...

— Un pirate des États barbaresques m'avait surprise au bord de la mer et emmenée en captivité... Kergoudec était mort ; j'avais quitté l'armée pour le pleurer !

— Vous savez que j'offris en vain tout ce que je possédais au marchand qui vous avait achetée...

— Aussi vous en suis-je reconnaissante.

— Mon regret consiste à n'avoir pu encore m'acquitter envers vous, autant qu'on peut s'acquitter envers la personne à qui l'on doit la vie.

— Commodore, vous êtes un gentleman.

— Comment vous le prouver, madame ?

— Vous le pourrez bientôt... oui... bientôt !

— Dites une parole, et je m'empresserai...

— Déjà, sur ma prière, vous avez sauvé du supplice un homme que... j'estime.

— Ce n'est rien, je le devais. Cet homme a un caractère sacré entre des belligérants civilisés, et je ferai en sorte que Djezzar lui rende la liberté.

— Le pacha est inflexible ; tout à l'heure encore je l'ai prié en vain pour Omar.

— Nous verrons ; il se radoucira.

— Commodore, promettez-moi une chose.

— Parlez, madame.

— Je vous demanderai beaucoup.

— N'importe, je suis prêt à vous satisfaire.

— Je demande que vous brûliez Acre, plutôt que de souffrir qu'on touche à un cheveu d'Omar.

— Je ne serai pas obligé d'en venir à cette extrémité. Sans moi et Phélipeaux, Djezzar serait perdu.

— Et si je vous demandais plus encore !

— Plus encore?... Voyons, madame !

— Si je vous disais un jour : Commodore, recevez-moi sur votre vaisseau, moi, la femme de votre allié Djezzar, et ceux qui m'accompagnent...

— Je viendrais, en personne, vous chercher dans le port, avec mon canot de commodore.

Adigüé tendit la main à Sidney Smith.

— C'est bien, dit-elle. Ce jour-là je vous dirai : « A votre tour, vous me sauvez ! »

La kadine fit un signe au chef des eunuques, qui reconduisit le commodore anglais au divan du vizir.

Elle ne tarda pas à se retirer dans le harem, où, en compagnie de Louise et de Zaïra, elle s'enferma dans sa chambre à coucher, vrai boudoir parisien qu'elle avait fait orner à son goût.

Sauf le lit européen, qui était remplacé par un riche divan de brocart de Bagdad, on y voyait réuni tout ce que le luxe européen le plus raffiné avait pu inventer. Un vaisseau avait été expédié à Marseille par Djezzar, pour en rapporter de quoi meubler la chambre à coucher de sa kadine favorite.

Enveloppées dans des draperies de mousseline, défendues des insectes par de légères moustiquaires de gaze de diverses couleurs, les belles cettis s'endormirent, en rêvant chacune, non sans une douloureuse préoccupation, à celui qui remplissait son cœur.

On eût dit, suivant le langage mythologique alors à la mode, trois divinités de l'Olympe, reposant sous l'arcen-ciel d'Iris, la messagère des dieux, afin de mieux se rapprocher des mortels qui les ont charmées.

Le lendemain, Adigué se rendit au bazar, où elle vit le juif Ben-Saül, habile dans l'art de préparer les narcotiques et les poisons. Louise, Zaïra et Hidja, la nourrice de cette dernière, l'accompagnaient.

A son retour au sérail, elle fut accostée par El Dhoul, l'eunuque juif, devant la porte même du palais.

— Tout va bien, lui dit ce dernier rapidement.

— Tu as vu l'Arnaute Abdoul-Mousa?

— Avec un Français, qui tenait un petit léopard. Il a juré par le Prophète qu'il nous trouverait le soldat que nous cherchons.

— Moi aussi, Lévi, j'ai réussi. Ben Saül te remettra ce qu'il me faut.

Dans la cour du sérail, on se croisa avec un personnage, à la vue duquel Louise Rivolet ne put s'empêcher de jeter un léger cri, en se rapprochant de la kadine, comme si elle eût cherché une protectrice.

— Qu'avez-vous, Louise? demanda Adigué.

— Le daï-kébir!... l'homme qui m'a conduite en Syrie... Ahmed, le chef des Assassins! murmura-t-elle avec effroi.

De son côté, l'aga avait fait un mouvement.

Mais ce n'était pas la vue de Louise Rivolet qui lui avait fait faire ce geste de surprise.

La vieille Hidja, comme toutes les femmes âgées, ne tenait pas son voile aussi religieusement fixé sur son visage que les jeunes cettis. Elle était curieuse, d'ailleurs, et, en soulevant le borgol, elle pouvait mieux voir.

C'était la vue de la nourrice de Zaïra qui avait frappé le daï-kébir.

— Hidja! s'écria-t-il, l'esclave de Yousouf!

En entendant prononcer son nom, la vieille s'était approchée d'Ahmed. Elle était babillarde autant que curieuse.

— Je vous croyais morte, dit l'aga. Me reconnaissez-vous?

— N'étiez-vous pas à Belgrade? demanda Hidja.

— J'y fus avec Omar... mon ami, répondit le rusé Ahmed.

— Alors vous avez connu Kalila?

— L'esclave de Yousouf? Certes.

La naïve et bavarde vieille montra orgueilleusement la fille de Kléber, que son sein avait nourri.

— Voici la fille de Kalila! dit-elle en se redressant.

Un éclair traversant les airs et montrant dans les gorges sombres, au bandit des Abruzzes, une proie inattendue, n'eût pas semblé plus opportun à ce dernier que ne le fut à l'ami de Yousouf cette révélation subite.

L'aga était encore cloué à sa place par la surprise, que déjà l'indiscrète nourrice, un vaniteux sourire sur ses lèvres flétries, avait rejoint les cettis rentrant dans le harem.

— Par Ali le Sublime! s'écria-t-il, revenu enfin de sa stupeur, je vais envoyer un exprès au grand vizir.

Dans les premiers jours d'avril, un grand mouvement se fit dans l'armée française devant Saint-Jean d'Acre.

La division de Kléber s'ébranlait pour marcher contre l'armée de Damas.

Tout avait pris une attitude menaçante autour des assiégeants, et la situation de Bonaparte était devenue singulièrement critique.

Abdallah, pacha de Damas, nommé généralissime des troupes du Grand-Seigneur, s'avançait par les montagnes du Liban au secours de Djezzar et de sa ville.

Le siège d'Acre, que Bonaparte s'était flatté de terminer en quelques jours, traînait en longueur. Encouragés par les succès obtenus, Djezzar, Phélipeaux et les soldats musulmans redoublaient d'efforts pour prolonger leur résistance et sortir victorieux de la lutte avec les Français.

Les troupes du pacha, contre l'ordinaire de cette milice indisciplinée, exécutaient avec intelligence et la plus grande docilité les ordres et les dispositions de l'habile ingénieur européen qui les dirigeait. Des ouvrages immenses avaient été construits en peu de temps; jour et nuit on s'occupait sans relâche de l'achèvement de l'enceinte nouvelle, qu'à leur entrée dans le port avaient remarquée Rivolet et Martial, et qui s'élevait derrière les anciennes murailles.

Plusieurs sapes conduites entre la ville et le camp étaient même destinées à détruire, par des contre-attaques, les ouvrages des assiégeants. Tout annonçait la résolution bien prise de défendre la place jusqu'à la dernière extrémité.

Les Français, de leur côté, travaillaient avec ardeur à perfectionner leurs ouvrages et à se mettre dans le cas d'attaquer avec succès; mais on sait qu'il n'en est pas d'un siège comme d'une bataille. L'armée française manquait d'ailleurs de tout ce qui constitue l'attirail d'un siège régulier; elle avait perdu, avec la flottille sortie de Damiette, toutes ses pièces de grosse artillerie. On n'avait, pour battre en brèche, que des pièces de campagne.

Les munitions mêmes commençaient à manquer, à cause de la difficulté des communications.

Les boulets étaient devenus si rares, qu'on laissait passer des jours entiers sans répondre au feu de la place et des vaisseaux anglais, qui ne cessaient point de tirer sur les ouvrages de tranchée.

On vit alors nos soldats courir en tous sens sur la plage et dans les travaux, pour rechercher et ramasser les boulets ennemis. Bonaparte avait promis une prime proportionnée au calibre des projectiles apportés au parc d'artillerie.

— Nous voilà devenus marchands de fer, disait le grenadier Pâquot.

— Ferraille à vendre! nasillait Dumanet... Tiens! attrape celui-là au vol, Pâquot!

Le Beauceron avait fait un vrai saut de bouc. Un boulet anglais venait de ricocher à un mètre au plus de lui, en le couvrant de sable.

Malgré le danger que présentait cette recherche des munitions, nos soldats plaisantaient comme toujours.

Sur ces entrefaites, Bonaparte apprit par les émissaires du scheik Daher, le chef druse, devenu notre fidèle allié, que le pacha de Damas, Abdallah, était en marche du côté de l'Anti-Liban.

— Les Français ne sont qu'une poignée d'hommes, avait dit Abdallah aux contingents venus d'Alep, de Saïda, de Tripoli, de Naplouse et de tous les points de la Syrie. Ils n'ont point d'artillerie, et Djezzar est soutenu par de nombreuses troupes anglaises. Il suffira de vous montrer et d'agir, pour exterminer l'impie Bonaparte et son armée.

Ces rapports, exagérés encore par l'emphase orientale, causaient quelque inquiétude au général en chef.

Pour s'assurer du véritable état des choses, il envoya le général Vial au nord, vers Sour, l'ancienne Tyr; Murat vers Zaïet, à l'est; Junot vers le sud, pour s'emparer de Nazareth.

Ce fut Junot qui rencontra l'avant-garde de l'armée turque.

Le 8 avril, au matin, après s'être emparé de Nazareth, il marchait sur Loubé, lorsque le scheik Daher, qui éclairait les alentours avec une petite troupe de cavaliers druses, le fit prévenir que l'ennemi était en vue.

L'armée d'Abdallah venait de passer le Jourdain au pont d'Iakoub. Murat avait pourtant poussé jusque-là; mais ne voyant rien, il s'était retiré.

Junot n'avait avec lui que quatre cents hommes. C'étaient cent cinquante grenadiers de la 19e de ligne, cent cinquante carabiniers de la 2e légère et cent dragons du chef de brigade Duvivier. Daher et ses Druses l'ayant rejoint, le petit corps montait à peine à cinq cents hommes.

L'avant-garde turque était de trois mille cavaliers. Un contre six!...

Loin de reculer, Junot résolut de tenir tête.

Il se livra alors, à quelques lieues de Nazareth, un des plus beaux combats qui aient jamais illustré nos fastes militaires.

Ce glorieux fait d'armes mérite d'être raconté en entier.

On voyait la troupe ennemie, divisée en deux corps, qui faisait caracoler ses chevaux dans la plaine séparant Loubé de Nazareth. C'étaient des Mamelouks, des Turkomans et des Arabes.

Junot fit faire halte, plaça son infanterie en bataille sur quatre rangs, la cavalerie à droite, un détachement de grenadiers en potence et faisant face au Mont-Thabor.

Ayant ordonné aux soldats de ne tirer qu'à vingt pas, il attendit.

L'ennemi avançait. Nos soldats, immobiles, la baïonnette en avant, l'œil attentif, voyaient s'effacer la distance qui les séparait des troupes barbares.

L'un des deux corps marchait sans ordre et avec de grands cris; l'autre, serré, gardant ses rangs, comme si une main européenne avait réglé son indiscipline nomade. On apercevait dans les rangs une grande quantité d'étendards, dont quatre ou cinq des plus apparents étaient portés devant les chefs.

Les deux troupes venaient avec la rapidité du vent, l'un sur la cavalerie, l'autre sur l'infanterie de Junot.

Le plus grand silence avait été recommandé; aussi l'ennemi, croyant les Français paralysés par la terreur, poussait-il déjà des cris de triomphe.

— Allah! Allah! hurlaient les cavaliers turcs.

— Feu! commanda Junot.

La fusillade éclata, rapide et serrée, tantôt pétillante comme un feu d'artifice, tantôt roulante comme le tonnerre...

Trois cents cadavres jonchèrent la terre.

Chevaux et cavaliers firent volte-face, et allèrent se reformer hors de la portée du fusil; car, si emporté qu'eût été l'élan des deux troupes, il avait été coupé court par cette terrible décharge.

Junot jeta un coup d'œil sur les siens: pas un homme n'avait bougé, chacun était à son rang. On rechargeait les armes.

La cavalerie seule était un peu ébranlée. Ne pouvant opposer à l'ennemi une fusillade aussi bien soutenue que celle de l'infanterie, le choc avait été pour elle plus immédiat et plus terrible.

Junot courut vers les dragons. Le peloton, un moment disjoint, se reforma.

Il était temps: l'ennemi revenait à la charge.

6.

Une fusillade pareille à la première le reçut à vingt pas. Une partie s'arrêta ; l'autre, emportée par son élan, vint s'enferrer sur les baïonnettes des grenadiers.

Pendant ce temps, il s'engageait, entre notre cavalerie et celle des Turcs, des combats partiels, comme en chante Homère, comme en raconte Froissart, comme en décrit le Tasse.

Un maréchal des logis du 3e dragons se prit corps à corps avec un porte-étendard turc, auquel il voulait enlever son drapeau. Tous deux étaient braves, agiles et forts : la victoire fut longtemps douteuse. Leurs chevaux s'abattirent, et ni l'un ni l'autre n'avait vidé les arçons. Enfin le maréchal des logis, plus adroit que son adversaire ou plus heureux, dégage sa main droite, la ramène en arrière et plonge son sabre jusqu'à la garde dans la poitrine de son ennemi. Celui-ci tombe, sans lâcher son drapeau, et le défend encore au milieu des étreintes de la mort.

Les Turcs ont fui, laissant encore deux cents cadavres sur le champ de bataille. Une cinquantaine de cavaliers seulement, parmi lesquels trois chefs, continuent à s'acharner contre nos soldats.

Junot lui-même, entraîné par sa chevaleresque ardeur et par la curiosité, s'est un peu écarté du gros de sa troupe. Il a gagné une petite hauteur, afin de mieux voir.

Un aga, nommé Ayoub-bey, le reconnaît à son panache. Suivi de son Mamelouk, il lance son cheval sur le général.

Junot, le front haut, laisse pendre son sabre à la dragonne, tire de ses fontes un pistolet, lève lentement la main, vise avec sang-froid l'aga, qui, courbé sur sa selle, précède son Mamelouk de cinq ou six pas, et, entre les deux oreilles de son cheval, lui loge une balle au milieu du front.

L'aga étend les bras, se renverse en arrière, vide les arçons et tombe. Quant au Mamelouk, un coup de sabre lui fend la tête.

La petite armée tout entière bat des mains : elle est digne de son général, et son général est digne d'elle.

Junot pense alors à se rapprocher de Kléber, qui est en route avec sa division pour le rejoindre.

Il ordonne la retraite, qui se fait au pas et en bon ordre, laissant sur le champ de bataille plus de cadavres ennemis qu'il ne comptait de soldats. De son côté, il a deux hommes tués et quarante-huit blessés, qu'on emmène au milieu des rangs.

Cependant l'ennemi, honteux de voir cette petite troupe qui lui échappe, s'encourage, se rallie, se rassemble pour tenter un dernier effort.

Le général voit ces préparatifs hostiles, ordonne à chaque blessé de reprendre son poste, s'arrête et attend.

Une troisième charge a lieu, furieuse, échevelée.

Mais, cette fois encore, la furie musulmane vient se briser contre le feu de la fusillade et contre le fer des baïonnettes. L'ennemi y laisse cent hommes, et nous n'avons que deux blessés à ajouter à notre liste.

Enfin tant de courage lasse les Damasquins. Repoussés pour la troisième fois, ils reforment leurs rangs, et lorsque les soldats s'attendent à les voir revenir une quatrième fois à l'attaque, ils passent seulement, comme dernière bravade, à la portée du fusil, se développent sur une longue ligne et disparaissent aux yeux des quatre cents braves.

Nouveau Léonidas, Junot venait d'arrêter la marche

d'une armée, avec cette différence qu'à Nazareth le défilé était une plaine.

Le combat avait duré six longues heures.

Le jour même, un courrier part pour porter au général en chef le bulletin du combat de Nazareth. En le lisant, Bonaparte est enthousiasmé.

Il pense qu'à un fait d'armes aussi extraordinaire, il faut une récompense splendide et sans exemple.

Il arrête qu'il sera fait au concours un tableau commémoratif de ce combat dit des *Quatre cents Braves!* Un concours eut lieu, en effet, en l'an IX. Gros, Hennequin, Meynier, Gérard, y apportèrent leurs cartons. Gros remporta le prix. Mais après avoir esquissé le tableau et même achevé la tête de Junot, il abandonna son œuvre, qui devait être un monument historique. On n'a jamais su pourquoi.

Quand le combat des *Quatre cents Braves* fut connu en France, ce fut d'un bout à l'autre un immense cri d'enthousiasme. Les poètes s'en inspirèrent, et l'on répéta partout les vers suivants de Ximénès :

> Enfants de Sparte, nés soldats,
> Compagnons de Léonidas,
> Votre tombe muette est la voix de l'histoire.
> Voyez, dans Nazareth, trois cents braves Français,
> Par le brave Junot conduits à la victoire,
> Défier un nouveau Xerxès,
> Et soyez jaloux de leur gloire.

Deux jours après le glorieux fait d'armes de Nazareth, Kléber débouchait dans les plaines qui s'étendent au pied du Mont-Thabor, dans l'intention de surprendre le camp des Turcs pendant la nuit.

Mais l'éveil avait été donné, et Kléber, égaré une fois encore par ses guides, arriva trop tard.

— C'est fait pour moi, s'écria-t-il; j'ai toujours de ces chances-là... Mais, gare! Il s'agit de rassembler toutes mes facultés. Ça va chauffer, ou je ne m'y connais pas.

En effet, toute l'armée turque était là, rangée en bataille...

Quinze mille hommes d'infanterie occupent le village de Fouli, l'ancienne Esdrelon, et douze mille cavaliers se déploient dans la plaine.

En tout, vingt-sept mille hommes, et Kléber compte à peine trois mille fantassins... Un contre neuf, cette fois-ci!... Mais il faut combattre.

Kléber divise son corps en deux carrés.

Voyant à quelle faible troupe il a affaire, Abdallah-pacha pousse un cri de triomphe et de combat.

Alors sortent des défilés, alors se précipitent des montagnes, alors surgissent de tous les points de l'horizon des nuées d'Arabes.

Douze mille cavaliers tourbillonnent autour des carrés.

Là se renouvelle la même lutte qu'aux Pyramides. Mêmes attaques incessantes, acharnées, mortelles du côté de l'ennemi; même impassibilité courageuse de la part des Français. Seulement l'ennemi est ici trois fois plus nombreux, et nos soldats le sont trois fois moins qu'aux Pyramides.

La bataille durait depuis trois heures.

A dix heures du matin, vingt-sept mille hommes en enveloppaient trois mille, et malgré leurs charges presque insensées, tant elles étaient furieuses, pas un carré n'avait bronché, pas un homme n'avait été tué hors de son poste.

Mais cette lutte inégale, inouïe, pouvait-elle durer longtemps? La fatigue, la faim, la soif, l'épuisement des munitions, ne devaient-ils pas finir par faire succomber cette poignée de héros et en faire la proie de ces innombrables ennemis qui les entouraient de toutes parts?

Le front de Kléber était soucieux, le visage des officiers et des soldats s'assombrissait... C'était la mort dans la gloire, mais c'était la mort.

Pas un seul instant, toutefois, le feu ne se ralentit. Le courage de tous était à la hauteur du sacrifice...

Soudain le canon retentit derrière les Français.

On regarde... mais la fumée de la poudre empêche d'abord de voir.

Alors, sur les ailes de la brise syrienne, arrivent aux oreilles de nos braves ces accents chéris qui annoncent la victoire.

C'était la *Marseillaise*, ce chant de gloire qui enfanta tant de miracles. L'hymne guerrier domine la voix des canons et la crépitation des mousquets.

— Bonaparte! Bonaparte! s'écrient les soldats de Kléber.

Bonaparte, c'est la victoire. Et, aux accents de ceux qui accourent, répondent ceux des combattants.

C'était effectivement le général en chef qui arrivait d'Acre, avec la division Bon, la cavalerie de Murat et huit pièces d'artillerie.

Il n'avait laissé devant la place que les divisions Lannes et Reynier, pour voler au secours de Kléber, qui l'avait prévenu de la position de l'armée turque et de l'imminence d'une bataille.

Lorsque Bonaparte atteignit les hauteurs qui dominent la plaine, il s'arrêta pour contempler, avec toute l'armée, le plus héroïque spectacle de guerre qu'il fût donné de voir.

Kléber, avec ses trois mille hommes, tenant tête à vingt-sept mille Turcs, Arabes, Arnautes, Syriens, Maggrebins et Damasquins, accourus de cinq lieues à la ronde au premier bruit du combat ! Ces trois mille hommes, comme perdus au milieu des vagues mouvantes de l'ennemi, ainsi qu'un rocher au milieu de l'Océan, mais comme un rocher aussi, impassibles ! A deux lieues au delà, le camp des Turcs !

— Marchons ! s'écria toute l'armée.

Et le canon de retentir pour annoncer l'arrivée de Bonaparte, et la *Marseillaise* de réveiller les échos du Mont-Thabor.

Étonné, l'ennemi s'arrêta à ce nom de Bonaparte qu'il connaît déjà, et à ce chant qu'il ne connaît pas encore.

Il hésite...

A son tour, Kléber prend l'offensive. Bonaparte vient de descendre dans la plaine.

Aussitôt le général en chef prend ses dispositions pour tourner l'ennemi et le jeter dans le Jourdain.

On voit alors, chose extraordinaire : vingt-sept mille hommes enveloppés par six mille...

Alors la mitraille, la fusillade, le sabre, la baïonnette, fouettent, brisent, déchirent, renversent cette masse indisciplinée, trop resserrée pour manœuvrer dans le cercle de fer qui l'entoure, et qui ne peut plus attaquer ni se défendre.

Chacun de ces hommes songe à son salut, glisse entre les carrés et fuit au loin avec terreur. Le village de Fouli est enlevé à la baïonnette par Kléber.

En un instant toute la plaine est couverte de cadavres. L'ennemi a perdu six mille hommes, un mort pour chaque Français ! En outre, beaucoup de Turcs se noient dans le Jourdain.

Le camp turc, les trois queues du pacha Abdallah, quatre cents chevaux, cinq cents chameaux et un immense butin sont la récompense et les dépouilles opimes des vainqueurs.

La division Kléber s'était battue depuis six heures du matin jusqu'à sept heures du soir : elle coucha sur le champ de bataille.

Cela lui était bien dû !

Croyant rendre cette victoire décisive et plus terrible encore dans le souvenir des habitants de la Palestine, Bonaparte fit brûler tous les villages naplousiens.

Ainsi, 6,000 Français avaient détruit une armée que, suivant le pompeux langage de l'Orient, on disait innombrable comme les étoiles du ciel et les sables de la mer, et qui devait engloutir comme un torrent la faible armée des chrétiens.

Le lendemain, tandis que l'armée victorieuse retournait au camp de Saint-Jean d'Acre, Murat courut s'emparer des magasins immenses que l'ennemi avait formés à Tabarieh, sur le bord du lac de Génésareth.

L'éclatante victoire du Mont-Thabor, remportée sur les alliés de Djezzar, en excitant le zèle des troupes de siège, remplit de fureur le vieux pacha d'Acre ; sa rage ne connut plus de bornes.

Ce fut l'aga Ahmed, que ses coureurs ismaéliens étaient venus prévenir de l'issue de la bataille, qui annonça l'événement au vizir le lendemain soir, au moment où celui-ci venait d'achever dans son sélamlik la dernière prière, et de faire les ablutions prescrites par le Koran.

— Que tous les démons de l'enfer se lèvent et viennent à mon aide ! hurla le pacha, en déchirant son caftan de soie. J'exterminerai ces chiens maudits... J'en jure par le soleil et sa clarté, comme par la nuit sombre... J'en jure par le mont Sinaï, où gronde la foudre, par le mont Harra, où médita le Prophète... J'en jure par le territoire sacré de la Mecque... J'en jure par la fosse ardente de la Géhenne... J'en jure par les jardins d'Irem détruits par un cri parti du ciel... J'en jure par le ciel orné des douze signes du zodiaque, par l'étoile nocturne qui lance des dards, par la terre qui se fendra, par le jour promis, par les mers qui bouillonneront, par le soleil qui sera ployé, par les astres qui tomberont, par les chamelles abandonnées, par les bêtes sauvages réunies en troupes, par les tombeaux sens dessus dessous, par Omar et Allah ! Malheur, trois fois malheur aux infidèles !

Après avoir vociféré ces imprécations tirées des derniers chapitres du Koran, il se roula sur son tapis, l'écume aux lèvres, se tirant la barbe, frappant du poing le parquet... Cela dura au moins un quart d'heure.

Les assistants n'osaient ni parler ni respirer, de crainte d'attirer, avec son attention, la colère du terrible Djezzar.

Ce ne fut que lorsqu'il le vit plongé dans un état de prostration, réaction naturelle après ces sauvages fureurs, que le daï-kébir, qui avait ses desseins, se hasarda à élever la voix.

— O grand et puissant pacha ! dit-il, tu n'as qu'à ouvrir la bouche, pour que tout tremble autour de toi, pour qu'une juste vengeance s'accomplisse.

— Vengeance! oui, vengeance! murmura le pacha en se relevant lentement, pour reprendre sa place habituelle sur le divan, au-dessous de l'étendard à trois queues.

Et son regard rencontra le dgellah à la robe rouge.

— N'as-tu pas, reprit l'aga, trois de ces infidèles en ta puissance?

L'œil de Djezzar s'injecta de sang.

— Qu'ils meurent, les chiens! s'écria-t-il. Dgellah ! je te les livre.

— A quand le supplice? demanda froidement le bourreau.

— Demain, à la première heure de l'ezam.

— Par la hache ou par le cimeterre?

— A la gueule d'un canon!... Non : c'est trop vite fait. Je veux jouir de leurs souffrances et de leur agonie.

— Par la massue?

— Trop prompt encore!

— Faut-il les lapider?

— Cherche mieux!

— Leur rompre les membres?

— Mieux encore!... Ah! j'y suis.

— Ordonne!

— Le pal! s'écria Djezzar.

— Les pieux seront prêts.

— Prépare tout cette nuit... Tu en aiguiseras cinq, en cas que deux se rompent.

— Où l'emplacement?

— Sur la place, devant la mosquée, aux yeux de tout le peuple... J'y assisterai.

— L'estrade sera montée.

— De façon que j'aie le regard tourné vers la Mecque, en bon musulman, et que les chiens, indignes de mourir la figure tournée vers le mihrab me montrent la face.

— Tu seras obéi, seigneur.

— Va faire préparer l'estrade.

Le bourreau quitta le divan.

— Tu as encore quelque chose à me dire, aga? reprit le vizir en s'adressant au daï-kébir. Je le vois à tes yeux.

L'aga sortit une lettre et la remit au pacha.

— Encore du grand vizir! fit Djezzar.

— Yousouf est à Rhodes, où il organise la grande armée turque. Un chébek est arrivé ce soir et m'a apporté cette lettre.

Djezzar se fit lire la missive par son effendi.

— *Taïb! taïb!* s'écria-t-il avec joie en arrêtant l'effendi dans sa lecture. C'est demain que doivent arriver les dix mille Turcs promis.

— Ce n'est pas tout, ô pacha! dit le daï-kébir. Daigne écouter le reste.

— « Tu as en ton pouvoir deux femmes, cher pacha, lut l'effendi : l'une est la fille de Kléber et de Kalila, qui fut mon esclave. Je la réclame. En la livrant à mon fidèle Ahmed, tu me feras plaisir. Tu en fixeras le prix, que je te ferai remettre à la première occasion. »

— Mais tu ne la rendras pas aux Français, aga! s'écria Djezzar.

« — Quant à l'autre, continua l'effendi, c'est une esclave française que t'a confiée Ahmed. Je pense que tu ne songes point à la retenir. »

— Allah m'en garde! « Il ordonne de rendre le dépôt à qui il appartient... Il entend et voit tout »... Aga! tu peux prendre les deux esclaves quand il te plaira.

— Je désire qu'il en soit ainsi ce soir même, répondit le daï-kébir.

Le pacha fit venir le chef des eunuques et lui donna ses ordres.

VI

LE SUPPLICE DU PAL

Tandis que le noir Defter atsiz, le chef des eunuques, retournait au harem pour exécuter les ordres de Djezzar, deux eunuques blancs en sortaient par une porte de service.

Nous avons dit que dans le sérail du pacha d'Acre, le harem était au nord et touchait à la caserne des dehlis, et que sous la caserne étaient situés les cachots.

Les deux eunuques blancs prirent une galerie, au bout de laquelle l'un d'eux ouvrit une porte. Un escalier se présenta à eux, ils le descendirent.

— Je ne sais, disait tout bas l'un des eunuques, mais d'affreux pressentiments assiègent mon esprit ce soir...

— Craindriez-vous d'être découverte, Esther ?

— Non. Nul, pas même Defter atsiz, n'oserait pénétrer après la dernière prière dans ma chambre à coucher. Tout le monde me croit endormie... C'est pour nos prisonniers que j'ai des appréhensions, Lévi.

— Pourquoi ? demanda ce dernier.

— Je crains toujours que Djezzar, dans un moment de colère... Il serait homme à les faire étrangler subitement dans leurs cachots !... Mais allume ta lanterne, Lévi ! Nous approchons du souterrain.

L'eunuque juif battit le briquet.

— Tu as dans ton panier tout ce qu'ils t'ont demandé, Lévi? demanda Adigué.

— Rien n'y manque.

— Omar sait que ses amis sont à deux pas de lui ?

— Sans la sentinelle, je les aurais laissés communiquer entre eux.

— A propos de sentinelle, tu as dû revoir l'Albanais Abdoul-Mousa cette après-midi.

— Je l'ai revu. Tout marche bien. Son camarade se nomme Beger : il consent à tout.

— Je reparlerai au commodore Sidney Smith... Cette situation me devient insupportable : il faut en finir.

— Chut ! Voici le corridor... j'entends les pas de l'Arnaute en faction.

L'eunuque El-Dhoul et sa maîtresse déguisée passèrent devant l'Albanais, qui rendit les honneurs à ces deux officiers du harem.

Ils longeaient la chambre aux tortures.

— Montre-moi, Lévi, les armes que tu as déjà su réunir, dit la cetti-kébir.

— Entrons alors ! repartit l'eunuque.

La belle Esther, malgré son courage et son esprit aguerri par la campagne d'Italie, ne put s'empêcher de frissonner à la vue des hideux instruments qui remplissaient l'horrible salle.

On y voyait réuni, en effet, avec un luxe digne des souterrains de l'Inquisition, tout ce que l'Occident et l'Orient possèdent, depuis des siècles, pour tourmenter les coupables ou ceux présumés tels.

Brodequins pour les pieds, osselets pour les mains, catastes ou lits de fer sous lesquels on allume du feu, poires d'angoisse, tenailles, scies aux dents aiguës, chevalets, pausicarpes, cylindres creux dans lesquels on enferme les épaules, courbags, dont on frappe sur la plante des pieds en Turquie, rien n'y manque.

A côté de ces simples instruments de torture s'étalaient ceux du supplice même. C'étaient les barres de fer pour briser les membres, les baguettes pour passer par les armes, le pilori et le carcan pour servir aux victimes qu'on expose nues et frottées de miel, les grands sacs de cuir où l'on coud les femmes destinées à être jetées à la mer, le billot pour la décollation, avec la hache et les cimeterres de rechange du dgellah, les massues pour le supplice de la massole, les auges pour le scaphisme emprunté aux Perses, enfin, les pieux pour l'affreux supplice du pal !

Tout cela était bien rangé, reluisait sous les rayons de la lampe de l'eunuque, et témoignait du soin et de l'amour avec lesquels le *bras droit* de Djezzar entretenait les outils de son métier de bourreau.

— Où sont les armes ? demanda Adigué.

El-Dhoul souleva les longs sacs de cuir étendus derrière les tréteaux, planches et solives de l'échafaud démonté du dgellah, et montra plusieurs poignards et pistolets.

— Bien ! dit la kadine... Demain matin, Lévi, tu iras trouver le vieux Ben Saül au bazar, et tu me rapporteras ce qu'il a dû préparer... Le surplus te regarde.

— Defter atsiz et les eunuques sont soupçonneux, fit observer El-Dhoul. Si c'est du poison, comment m'y prendrai-je ?

— Si tu ne parviens à verser dans leur café, après le dîner, le contenu de la fiole, tu trouveras moyen de mettre une pincée de la poudre dans chacune de leurs bourses de tabac.

— Je tâcherai.

— Il faut absolument que tu réussisses dans l'un ou l'autre moyen. Je te dirai le jour, Lévi !

— Le Dieu d'Abraham et d'Isaac me protègera.

Le bruit du mousquet que maniait l'Albanais en faction dans le corridor fit tressaillir la kadine et son coreligionnaire. La sentinelle rendait les honneurs à quelqu'un.

— Qu'est-ce que cela? demanda Adigué.

Des pas lourds retentissaient sur les dalles du couloir souterrain.

L'eunuque El-Dhoul se glissa rapidement jusqu'à la porte, qui était demeurée entre-bâillée.

— Le dgellah ! s'écria-t-il en soufflant vivement la lumière de sa lanterne.

— Que vient-il faire ici dans la nuit?

— Cachons-nous, Esther.

— Où ? demanda celle-ci.

— Là, derrière les poutres de l'échafaud, sous les sacs.

En moins de quelques secondes, Adigué et son complice devinrent invisibles.

L'homme au caftan couleur de sang, muni également d'une lanterne, pénétra dans la salle de torture.

Le dgellah se mit à examiner d'abord ses horribles instruments avec le même bonheur que ressent un antiquaire à la vue des précieuses reliques du passé.

Puis il posa sa lanterne sur le sol, à côté de la hache et des cimeterres, ses outils habituels et favoris, ses joyaux!... car c'étaient ceux-là qui lui rapportaient le plus de sequins d'or.

Il passa le doigt sur le tranchant des sabres, et un sourire effleura ses lèvres charnues. Les cimeterres étaient bien affilés.

Enfin, il se dirigea vers les pièces de l'échafaud, parmi lesquelles se dressaient une demi-douzaine de longues perches pointues. C'étaient les pieux pour le supplice du pal.

Le bourreau les examina à leur tour.

— La pointe a besoin d'être retaillée, murmura-t-il.

Il se releva en éclatant de rire.

— Quelle mine ils feront, ces trois chiens enfilés là dedans! ajouta-t-il. Quelles grimaces! quelles contorsions!... Ha! ha! ha! il me semble déjà les voir... Ce n'est pas que je ne préférerais leur couper la tête... Quand mon cimeterre fend les airs pour s'abattre, je me sens tout transformé. Je dois ressembler au chef des saints Ashabs, compagnons du Prophète, quand il exterminait les infidèles et les Mecquois, adorateurs de Thagout et des idoles... Que je voudrais donc rattraper ce marchand grec que je devais assommer à coups de massue, et qui a réussi, on n'a jamais su comment, à s'échapper de son cachot pendant la nuit même qui a précédé le jour destiné au supplice! Comme je l'empalerais avec joie, demain, avec les Français!...

Ayant étendu devant lui cinq des pieux, il saisit une hache, s'assit sur le billot et se mit en devoir de les affiler.

— Chiens de Français! reprit-il. Vous serez au moins une heure à souffrir, avant de mourir...

— De qui parles-tu, dgellah? fit tout à coup derrière lui la voix frémissante d'une femme, qui le fit tressaillir.

Il voulut se lever du billot.

Deux mains, celles de l'eunuque juif, l'y maintinrent.

Mais ce qui l'y cloua surtout, ce fut la vue d'un poignard, dont la lame s'appuyait sur sa poitrine.

— Un geste, un mouvement, un cri, et tu es mort! dit
Adigué.

Le bourreau n'osait remuer ni porter la main au cimeterre pendu à ses côtés, tant la pointe acérée du kanjar,
appliquée juste à l'endroit du cœur, le remplissait de terreur.

L'eunuque put lui enlever son sabre.

Le dgellah ne pouvait voir El-Dhoul derrière lui, mais
il apercevait la blanche et belle figure d'Adigué, qu'il
n'avait jamais vue sans son voile, mais dont il reconnaissait la voix.

— Tu devines qui je suis, n'est-ce pas? demanda la
kadine.

— Oui, je devine, balbutia le dgellah, qui, pareil à
presque tous les hommes de sang, était craintif et lâche
devant la mort.

— Ce kanjar dans ton cœur, ou tes poches pleines
d'or et de bijoux : choisis!

— Que voulez-vous de moi, ô kadine!

— Que tu me serves ou que tu meures.

— Je vous servirai.

— En ce cas, tu auras l'or et les bijoux. Jure!

— Par qui faut-il jurer?

— Par le plus saint des serments pour un musulman :
par Allah, par le Prophète, et par la *Kâaba* sainte que
bâtirent les anges, suivant le Koran.

Le dgellah prononça le serment voulu.

— Bien! réponds maintenant : un supplice se prépare
pour demain... A quelle heure?

7.

— Après le premier ezam de la prière.

— Où doit-il avoir lieu?

— Sur la place, devant la mosquée Zékie.

Adigué frissonna, en faisant la question suivante, et sa voix trembla :

— Et quelles sont les victimes?

— Les trois Français renfermés dans ces cachots.

— Écoute : tu agiras avec toute la lenteur possible. Tu gagneras dix minutes à chaque pas que tu feras, en tirant les Français de la prison, en traversant les cours du sérail, en passant dans les rues, en arrivant sur la place... Si tu peux ainsi faire surseoir d'une heure, retarder le supplice jusqu'à ce que le salut arrive; si, en un mot, le supplice n'a pas lieu... Tiens, prends!

Elle tira ses bagues et les jeta au bourreau.

— Ceci n'est rien, ajouta Adigué, en comparaison de ce que tu auras, et c'est déjà de quoi acheter tout ce que contient la boutique d'un bazar... Je te comblerai d'or. Tu pourras vivre en pacha...

L'œil du trapu et charnel dgellah brilla de joie. Une telle fortune, il n'aurait jamais osé la rêver.

— Si au contraire, reprit la kadine, malgré ton serment, tu hâtais le supplice, avant vingt-quatre heures tu serais mort par le poison, je te le jure à mon tour... Je ne crains pas que tu me trahisses : Djezzar ne te croirait pas. D'ailleurs un autre bourreau se chargerait de prendre ta tête, si tu osais dire à Djezzar que tu as vu le visage de sa femme... Ne l'oublie pas!

— Je tiendrai mon serment, répondit le dgellah frissonnant.

— Adieu donc! Sois fidèle, et tu seras riche comme le fut Coré.

— Comme Karoun et ses palais, qui furent engloutis

par la terre entr'ouverte sur l'ordre de Mouça (Moïse) !
s'écria le bourreau au comble de la joie.

— Je te le promets.

A ces mots, Adigué s'éloigna avec l'eunuque. Avant de
sortir de la chambre aux tortures, elle se retourna encore
vers le dgellah :

— Ferme les yeux, bouche-toi les oreilles : nous allons
visiter ces Français.

Lévi précéda Adigué, avec son panier, pour ouvrir la
porte massive du cabanon où était enfermé Omar.

La belle juive se jeta dans les bras de l'ami de Kléber
en sanglotant : elle était redevenue femme.

— Courage ! courage, ami ! lui disait-elle à travers les
sanglots. Demain...

— Demain ?

— On doit vous conduire au supplice.

— Je ne crains pas la mort, Allah est grand !

— Et moi... moi donc ?

— Chère Adigué !

— J'en mourrais de douleur.

— Les Français me vengeront.

Adigué se redressa brusquement.

— Mais cela ne sera pas, cela ne peut se faire !... Espérez, Omar !

L'ex-janissaire eut un sourire amer.

— A quel genre de mort me destine-t-on ? demanda-t-il.

— Je n'ose vous le dire... Vous devez périr ensemble,
les citoyens Rivolet, Martial et vous.

— Encore une fois de quelle mort ? Sera-ce celle d'un
soldat ?

La kadine hésita.

— Le pal ! murmura-t-elle enfin, avec un frisson qui
parcourut ses membres.

— Le pal ! s'écria Omar en serrant les poings.

Mais l'officier français, un moment indigné, se calma presque aussitôt : le musulman avait repris le dessus.

— Ce qui est écrit est écrit ! dit-il.

Adigué sortit son poignard à la lame damasquinée.

— Prends, Omar ! prends !... Du moins tu ne souffriras pas.

Le capitaine des guides saisit avec empressement le kanjar, et en baisa la lame.

— Merci, merci ! murmura-t-il.

— Mais ne te hâte pas !... Ne te frappe qu'au dernier moment, quand tout espoir se sera évanoui.

— Pourquoi ? demanda Omar.

— Parce que, cette nuit même, j'enverrai un exprès au commodore Sidney Smith.

— Il m'a sauvé une fois déjà : me sauvera-t-il encore ?

— Espère ! répondit la kadine.

Il y eut une pause. Le pauvre Omar avait les yeux attachés sur sa chère Adigué, et dans ce regard était passée toute son âme orientale.

— Je ne te reverrai plus, ô ma divine Circassienne ! dit-il.

— Ne m'appelle plus ainsi, répliqua-t-elle. Je suis Française.

— Que dis-tu ?... Française !

— Tu seras sauvé ; je te raconterai cela un jour... Adieu ! adieu, Omar !

Les deux amants demeurèrent plusieurs minutes enlacés, goûtant une âcre volupté dans ce moment suprême.

Enfin, Adigué s'échappa des bras du capitaine.

— Adieu ! dit-elle en se cachant les yeux de ses deux mains.

L'eunuque juif avait déposé dans le cachot tout ce qu'avait réclamé Omar. Il referma la porte et alla ouvrir celle du cabanon qui renfermait Martial et Charles Rivolet.

Adigué crut de son devoir d'informer les deux jeunes officiers du sort qui les attendait, mais elle eut soin de faire luire à leurs yeux le même espoir dont elle avait nourri l'esprit d'Omar.

— Mais j'y songe, Lévi ! Va chercher deux poignards.

L'eunuque courut à la salle des tortures, et revint avec les kanjars.

—·Prenez aussi, dit-elle aux deux lieutenants ; mais, comme Omar, ne vous frappez qu'à la dernière extrémité.

Les jeunes gens s'emparèrent de l'arme qui devait leur éviter au moins l'attouchement du bourreau et les tourments de l'agonie.

— Et Zaïra ?

— Et Louise ?

On devine par qui chacune de ces questions fut adressée à la kadine.

— Elles ignorent tout, répondit cette dernière. Elles m'avaient chargée de vous apporter de leurs nouvelles et de vous consoler dans ce triste cachot. Moi-même je ne sais que depuis un instant, et par hasard, l'affreuse nouvelle.

— Qu'elles continuent à l'ignorer, madame ! Ne leur dites rien ! elles souffriraient trop.

— Elles vous aiment d'un amour sans bornes...

— Cela suffit : nous mourrons contents.

Adigué eut quelque peine à se débarrasser des deux officiers, qui, oublieux déjà de la mort qui les menaçait, ne songeaient qu'au bonheur et remplissaient ses oreilles de tendres paroles pour les jeunes filles, hôtesses du harem.

Enfin la porte se referma derrière la femme de Djezzar, qui reprit le chemin de son appartement.

Quelle ne fut pas sa douleur en apprenant d'unee sclave, sa camériste habituelle, que les cettis, qui couchaient dans la chambre voisine, avaient été, aussitôt après son départ, emmenées tout en pleurs par le chef des eunuques.

— Pauvres enfants ! murmura-t-elle en poussant un soupir. Que vont-elles devenir ?

Mais il fallait songer à faire prévenir le commodore anglais.

— Lévi ! dit-elle, va trouver le jardinier hollandais.

— J'y cours, répondit l'Israélite.

— Dis au bostangi-bachi que, pour l'amour de moi, il prenne sans tarder un canot sur le port, qu'il se fasse conduire à bord du *Theseus*, qui croise dans la rade... Qu'il voie le commodore Sidney Smith, qu'il lui raconte... Non, qu'il dise seulement au commodore qu'Adigué le supplie de venir à Acre au point du jour, de se rendre à la place de la mosquée, où l'on doit exécuter les trois Français, qu'il les sauve, coûte que coûte !... J'y serai d'ailleurs... Oui, j'aurai ce courage ; il le faut... Va, cours !... En passant, ordonne de ma part au chef des eunuques de se trouver à ma porte avant que le coq chante... Tu entends ?

— J'ai compris.

— Le féroce Djezzar ne demandera pas mieux que de me faire assister au supplice... Ah ! pourquoi tous nos préparatifs de fuite ne sont-ils pas faits ?

El Dhoul disparut.

Quant à la kadine, elle passa une nuit sans sommeil au milieu de ses draperies de mousseline parfumée, derrière ses moustiquaires de gaze...

A peine les cymbales et les grossiers instruments de cuivre des deblis et des Arnautes eurent-ils fait entendre leur bruyante et discordante musique dans le sérail de Djezzar, pour annoncer le jour, que le dgellah, accompagné de deux nègres et d'un Indien cuivré, ses aides, se dirigea vers les cachots souterrains.

Mais il marchait lentement, en disant aux esclaves :

— Quelle nuit fatigante ! je n'en peux plus... Préparer les pieux, monter l'estrade du pacha, y transporter des coussins, les pipes, le tabac : ce n'est pas peu de chose.

— Maître ! demanda un des nègres, un Madécasse de l'île de la Lune, bien découplé, robuste et de haute taille ; faudra-t-il y porter aussi l'échafaud ?

— Ah ! je sais bien, Radowa, que dans tes bras de Goliath tu le soulèverais comme une plume, et que tu l'y porterais tout monté ! Mais ne t'échauffe pas : nous n'en avons pas besoin.

— Par le grand Lézard du Bénin ! s'écria un autre noir aux mouvements vifs et à la mine féroce, qui, à tout moment, examinait son ombre et semblait la consulter, je les expédierai en un clin d'œil, ces maudits ! La main me démange...

— Qu'Allah te confonde, si tu te presses, Coucouli !

— Pourquoi, maître ? La dernière fois, quand nous avons rompu les jambes à cet Arménien qui n'avait pas pu payer l'avanie au pacha, vous reprochiez à Telinga de ne pas aller assez vite en besogne, et pour le Grec qui s'est évadé, vous nous recommandiez la veille de ne pas nous endormir sur la besogne.

— C'est vrai, ton camarade le Naïre (Hindou) est mou comme un paquet d'étoupes ; mais je ne dirai rien aujourd'hui au Malabare... Quant à toi, Coucouli, consulte bien ton fétiche qui te suit partout.

— Mon ombre, c'est mon dieu particulier, maître ! comme le grand Lézard du Bénin est celui de ma peuplade.

— Eh bien ! tâche qu'elle aille lentement aujourd'hui, ton ombre, sinon, du plat de mon cimeterre je te rosserai si bien, que ton corps osseux et ton fétiche n'en feront plus qu'un, couchés de leur long sur le sable.

— Dgellah ! fit observer nonchalamment le Naïre de la côte de Malabar à la peau cuivrée, en montrant un paquet de cordes, faudra-t-il leur attacher les mains devant ou derrière ?

— Derrière, mais pas fort... Et va lentement !

— Soyez tranquille.

— Figure-toi, Telinga, que tu es encore dans ton pays, et que dans ton *zenana* (harem), la femme qui y commande, comme ici le pacha, t'accordera de préférence ses faveurs si tu agis aussi doucement, aussi mollement que possible,

La tribu des Naïres, sur la côte de Malabar, est à peu près la seule sur la terre où la polyandrie (mariage d'une femme avec plusieurs hommes) soit en usage.

— Hé ! vous autres, cria le bourreau aux nègres, au moment où ils pénétraient dans le corridor souterrain ; pas si vite ! Je suis fatigué.

On voit que le dgellah était résolu à tenir son serment musulman et à gagner la fortune promise par la kadine Adigué.

Aussi eut-il l'air de trouver difficilement les clefs des cabanons et chercha-t-il longtemps.

Il se ravisa même, marcha vers la chambre aux tortures à pas comptés, en ordonnant à ses aides de le suivre et d'y attacher ensemble les cinq pieux, instruments du supplice.

— Prends-les, Radowa ! dit-il au noir de Madagascar.

Celui-ci les chargea sur ses vigoureuses épaules. Il s'apprêtait déjà à les emporter, lorsque le bourreau l'arrêta par ces mots ;

— Vas-tu prendre les allures de Coucouli et de son ombre ? Demeure !

— Que faut-il faire, maître ? demanda le nègre fétichiste.

— Toi, amuse-toi à regarder ton ombre, et vous autres, rangez-moi tous ces instruments.

— Mais ils sont en ordre, fit remarquer l'Hindou.

— Alors, changez-les de place, et époussetez !

Et il leur fit bouleverser toute la hideuse collection, pour gagner du temps.

— La kadine sera contente, murmura-t-il, en voyant ses aides à l'ouvrage... Une fortune, un sérail de pacha !

Le bourreau demeura ainsi une bonne demi-heure dans son affreux sanctuaire.

Un kachef du vizir se présenta.

— Que fais-tu donc, dgellah ? demanda-t-il.

— Je prépare le supplice, seigneur.

— Djezzar s'impatiente et jure.

— Il faut le temps, ô kachef !

— Déjà la place est couverte de peuple, et le pacha attend sur son estrade avec son kiaya, le sous-beglier bey, l'iman, les cadis et tous ses officiers.

— Ils ne jouiront que mieux du spectacle.

— Le vizir vient de se faire allumer par son icholant favori le deuxième chibouk, et au frémissement de son voile on devine que la belle Circassienne est non moins impatiente que lui.

— La sublime kadine est là ? demanda le bourreau.

— Avec plusieurs de ses femmes, qui jasent et lèchent

des confitures, en attendant... Dépêche-toi, dgellah !

— Nous y sommes, seigneur.

— L'escorte albanaise est sous les armes dans la cour, avec la musique en tête.

— Je te suis, kachef.

Ce dernier s'éloigna, en recommandant encore au dgellah de se hâter.

— Allons ! dit le bourreau, allons aux cachots. Tiens tes cordes prêtes, Telinga... Mais va doucement.

Le dgellah alla ouvrir les cabanons...

La place de la mosquée est pleine de monde.

Des turbans de toute forme et de toute couleur, depuis le kaouk turcoman et le sasch arabe jusqu'au kalpak tartare, s'y pressent comme des têtes de pavots dans un champ de la Thébaïde.

Il y a aussi des campagnardes syriennes aux chapeaux de laiton en cône, avec de grands anneaux d'argent aux oreilles et même au cartilage du nez; il en est qui portent des sonnettes aux tresses de leurs cheveux. Les Grecques se distinguent par leurs hauts-de-chausses pareils à ceux des hommes.

Mais cette foule n'a rien de nos foules d'Europe. Elle est immobile, grave, fumant. Ceux qui causent ne le font que du bout des lèvres.

Aux maisons seulement, les treillages des fenêtres et des balcons frémissent : c'est que derrière ces grillages babillent et s'agitent des femmes de harem curieuses, livrées à elles-mêmes et toutes joyeuses de la permission accordée par le maître.

A la fontaine d'ablution de la mosquée, aux kiosques des cafés, comme aux échoppes et aux auvents des boutiques, sont accrochés en grappes vivantes, des enfants turbulents. Ce sont les seuls qui crient; ils n'ont pas encore la gravité de convention de leurs pères, bien que plusieurs fument déjà dans des houkas proportionnées à leur taille. Les enfants sont *gamins* partout.

Sur la galerie du dôme et aux balcons des minarets, ce sont des ulémas, des muphtis, des imans, des chaikrs; à eux le privilège d'être aux premières loges, sur la sainte mosquée. Les derviches et les santons, fretin de moines, sont perdus dans la foule.

L'estrade du pacha se dresse au milieu de la place. Djezzar et ses officiers, Adigué et ses femmes la garnissent.

On devine sans peine la mortelle anxiété qui dévore la belle kadine. Djezzar lui parle ; elle ne répond que par monosyllabes. Son esprit est ailleurs, et son regard fiévreux se dirige alternativement vers deux rues.

L'une de ces rues est celle par où elle suppose que doit arriver le commodore Sydney Smith ; par l'autre elle s'attend à voir s'avancer le funèbre cortège...

Au sein de la foule, devant l'estrade, un espace est vide. Les dehlis à cheval, les Arnautes et les Maggrebins de la garde du pacha y forment la haie.

— Pourquoi, demanda brusquement Djezzar à son kiaya, n'a-t-on pas encore creusé les trous où seront plantés les pieux?

— Le dgellah et ses aides sont chargés de ce soin, ô vizir ! répondit l'officier.

— D'ordinaire ces trous sont faits d'avance... Par la jument du Prophète ! il tarde bien, le dgellah !

Adigué frissonna. Elle ne craignait que trop, elle, qu'il arrivât avec ses victimes.

Enfin, le flegme musulman se rompit dans la foule.

— Allah ! Allah ! les voici ! cria-t-on.

Et les turbans de se mouvoir cette fois, les bras de se lever, les mains de s'agiter.

Le triste cortège, musique en tête, débouchait sur la place.

Une troupe d'Albanais au fez rouge, chaussés de socques et armés de fusils de chasse ou de tromblons, suivait un peloton de spahis qui ouvrait la marche.

Puis s'avançait le grand nègre madécasse, nu jusqu'à la ceinture et portant les pieux.

Après lui Omar, Charles Rivolet et Martial, les mains liées derrière le dos.

Les deux derniers avaient leur costume syrien; aussi attiraient-ils moins l'attention, malgré leur démarche fière et résolue, que le capitaine Omar, qui était venu apporter à Acre la lettre de Bonaparte, revêtu de son brillant uniforme d'officier des guides.

Ce fut lui surtout qu'on accabla d'invectives.

— Le voilà, ce chien ! criait-on.

— Le renégat digne de l'enfer !

— Il n'y boira que l'eau bourbeuse...

— Le feu de la géhenne le dévorera...

— L'impie !

— L'idolâtre !

Omar regardait droit devant lui, impassible, sans sourciller. Trois images flottaient à ses yeux dans le vague : Kléber, Adigué, Allah.

Tout à coup, il tressaillit pourtant. Il venait de reconnaître la kadine sur l'estrade, et à côté de la femme chérie le farouche Djezzar. Un éclair de haine et de jalousie lui passa dans les yeux. Mais ce ne fut qu'un éclair.

— Dieu le veut! murmura doucement le fataliste en baissant la tête.

Aux côtés des trois malheureux officiers marchaient le nègre fétichiste Coucouli, dont le regard de hyène couvait les victimes, et le nonchalant Hindou de la côte de Malabar.

Le dgellah, avec son caftan rouge et son grand cimeterre, suivait. La sueur mouillait son front. Il arrivait... et aucun signe ne se montrait.

— Ma fortune ! ma fortune ! marmottait-il dans sa barbe.

On atteignit l'espace libre devant l'estrade du vizir.

— Empale ! empale ! cria le féroce Djezzar, qui avait hâte de repaître ses yeux des tourments et de l'agonie de ses victimes.

Le supplice du pal, ou l'empalement, est une de ces monstruosités qu'a inventées la cruauté orientale.

Il consiste à enfoncer dans le corps du condamné un pieu de bois taillé en pointe, qui traverse les entrailles. On plante ensuite le pal en terre, et on laisse mourir lentement le patient dans cette position, au milieu des souffrances les plus atroces. Le poids du corps faisant toujours entrer davantage le pal, celui-ci finit par sortir par l'aisselle, la poitrine ou la gorge.

Ce supplice horrible est usité en Turquie, en Perse et dans le royaume de Siam. Il a été également en usage en Russie jusque vers le milieu du dix-huitième siècle, où il fut aboli par l'impératrice Élisabeth, fille de Pierre le Grand. En Russie, on empalait par le côté, ce qui évitait les tortures au supplicié, en le faisant périr immédiatement.

— O pacha ! dit le dgeallh, laisse-moi creuser les trous.

— Dépêche-toi ! cria Djezzar.

Le dgellah et ses aides mirent à cet ouvrage le plus de lenteur possible.

— Par Mahomet! si tu ne vas pas plus vite, cria encore Djezzar, je te fais empaler avec ces chiens.

Force fut au bourreau d'accélérer le travail. Entre-temps, il jetait autour de lui des regards effarés.

— Rien! rien! murmurait-il. La fortune m'échappe.

C'était la première fois que le *bras droit* de Djezzar craignait d'aller trop vite en besogne.

Tout à coup un rayon de joie brilla dans son œil gris.

Comme un tigre, il fit un énorme bond, écarta les Arnautes qui formaient la haie, et, saisissant par ses longues moustaches un homme qu'à ses vêtements il était facile de reconnaître pour un marchand grec, il s'écria :

— Ah! te voilà! maudit? Tu te trouves là à merveille... Viens!

A ces mots, il entraîna le Grec vers l'estrade.

— O puissant vizir! dit-il, voici le marchand grec qui s'est échappé du cachot la veille du jour fixé par toi pour son supplice... Il était condamné à la massole... Mais comme je n'ai pas apporté de massues, ordonne!... Il y a ici cinq pieux, au lieu de trois.

— Commence toujours par les Francs, répliqua Djezzar.

Le dgellah avait cru trouver le moyen de retarder encore le supplice des trois Français, amis de la kadine. Il essaya de faire revenir le vizir sur sa décision, en lui parlant en ces termes :

— O pacha! en toi réside la justice du grand Salomon, et ton esprit est subtil comme celui de Giafar, le favori de l'illustre kalife Aroun-Al-Raschid. Ce marchand grec étant condamné depuis longtemps, ne doit-il pas précéder les autres? D'un autre côté songe que la vue de son supplice et de son agonie donnera à ces chiens un avant-goût des tourments mérités qui les attendent.

L'œil du féroce pacha s'enflamma.

— Dgellah! dit-il, jamais tu n'as mieux parlé. Tu as raison : commence par le Grec...

— Et quand il sera prêt à expirer, j'empalerai les autres, répondit le bourreau, heureux et fier de la bonne idée qui lui était venue.

— Tu feras à mon signal, dgellah! Un quart d'heure de ce spectacle suffira pour leur apprendre, à ces maudits, ce qui les attend.

Un quart d'heure, c'était quelque chose. La fortune pouvait venir en moins de temps.

Ce Grec, on le devine sans peine, avait été délivré par Adigué, protectrice de toutes les victimes de Djezzar.

Mais, quelque peine que dût ressentir la kadine de voir souffrir et périr cet infortuné, dont tout le crime avait consisté à réclamer une dette au pacha, elle se résigna à laisser s'accomplir le supplice, dans l'espoir que pendant ce temps le commodore arriverait sur la place.

On empala le malheureux, qui jetait des cris déchirants, on hissa le pieu et on le ficha en terre.

— Mille millions de cartouches! fit tout à coup en français une voix dans la foule, et tu crois, l'ami Albanais, que je laisserai arranger de la sorte mes officiers ?

— Tais-toi, Jakko, tais-toi! répondit l'Albanais.

— Non, non, mille fois non, tonnerre!... Je m'appelle Jacquot Treillet, et il ne sera pas dit qu'un carabinier de la 2ᵉ légère...

Abdoul-Mousa voulut entraîner l'imprudent Mâconnais.

— Tu te perds, Jakko, et inutilement, lui dit-il.

— Encore une fois, non, laisse-moi!... Je vais lui dire

son fait à ce Djezzar, à ce *boucher*... Vois donc les souffrances de ce malheureux !

— Tu ne les sauveras pas.

— Tant pis ; je mourrai avec eux.

Le petit derviche que nous connaissons venait de se
glisser jusqu'à Jacquot et son ami l'Albanais.

Placée à quelque distance sur une borne, d'où elle
s'apprêtait à jouir à son aise de la scène du supplice,
comptant bien en rapporter tous les détails à la veuve
Fatouma, la femme dédaignée par Martial, l'almée avait
entendu et reconnu la voix du carabinier.

— Musulmans ! s'écria-t-elle, saisissez ce chien : c'est
aussi un Français.

Vingt bras se levèrent et s'abattirent sur le dévoué
Jacquot, le traînèrent et le poussèrent à travers la foule
jusqu'au lieu du supplice.

— Quel est cet homme ? demanda Djezzar.

— Le compagnon de ces chiens, répondit le derviche.

— Il y a un cinquième pieu... Dgellah, je te le livre.
Commence !

Il n'y avait plus à reculer : il fallait accomplir l'œuvre...

Le plus anxieux de tous, c'était le bourreau : la fortune promise s'évanouissait.

Il jeta un regard éperdu sur l'estrade, vers la kadine
Adigué, qui, de son côté, se sentait défaillir. Puis il
s'approcha lentement d'Omar, sur lequel il posa la
main.

Comme s'ils n'eussent attendu que ce signal, le féroce
nègre fétichiste et son compagnon se jetèrent sur l'ami
de Kléber, qui leva le regard au ciel en murmurant :

— Allah ! daigne m'envoyer Malek, ton ange qui assiste
les fidèles croyants voués au supplice !

Il n'avait pas achevé que l'esclave malabare soulevait derrière lui le pieu fatal...

Martial et Rivolet songeaient aux poignards que leur avait remis la kadine; hélas! leurs mains étaient liées.

Mais soudain un cri retentit sur l'estrade, cri de joie suprême, que le bourreau prit pour un ordre de sursis. Il repoussa brusquement les esclaves et les pieux.

C'était Adigué, debout et le bras étendu, qui avait poussé ce cri.

Djezzar fronça ses épais sourcils et s'écria plein de colère :

— Chiens! obéirez-vous?... Et vous, cetti, osez-vous bien...

Mais Adigué lui montrait une dizaine de matelots anglais qui se frayaient un passage, en bousculant la foule.

Un officier en grand costume les suivait, accompagné de l'ingénieur Phélipeaux :

— Le commodore! fit le pacha.

VII

LE PAVILLON BRITANNIQUE

Les Anglais avaient déjà fait irruption dans le carré formé par les delhis et les Albanais.

Sidney Smith marcha droit vers l'estrade, tandis que, sur un signe de lui, les marins se plaçaient entre les bourreaux et les victimes.

Le dgellah rayonnait : il se voyait déjà riche comme le Coré de la Bible.

— Vizir Ahmet ! prononça d'une voix ferme le commodore, est-ce ainsi que tu tiens ta promesse ?

— Tu ne sais donc pas les nouvelles, commodore ? répliqua le vizir.

— Je les connais aussi bien que toi, pacha ! Mais ce n'est pas en violant à la fois le droit des gens et les lois de l'humanité, qu'il faut venger la défaite de ses alliés ; c'est en combattant.

— Ce sont des espions, de vils espions !

— Qui le prouve ? Omar ne l'est point, en tout cas.

— Les autres se sont introduits déguisés dans Acca.

— Nous les jugerons en conseil de guerre, mais tu ne dois pas les assassiner.

— J'agis d'après nos coutumes de tous les temps.

— Tes coutumes sont barbares et ton supplice offense l'humanité.

— Qu'importe ! je suis le maître ici.

— Tu es le maître ! Oses-tu bien parler de la sorte ?

— Je suis le cadi suprême dans mon pachalik, et le Sultan de Stamboul lui-même...

— A merveille ! En ce cas, défends-toi seul aussi contre les Français.

— Mes murailles les défient maintenant. Qu'ils viennent !

— Grâce à Phélipeaux, tu pourras dire cela dans quelques jours ; mais aujourd'hui c'est encore trop tôt... L'artillerie d'ailleurs est à moi.

— Avec les dix mille Turcs qui doivent arriver ce jour, je brave tout.

— Tes dix mille Turcs, avec les vivres qu'on t'apporte et les munitions dont tu as besoin, je puis les couler sous tes yeux dans la rade.

— Tu n'oserais ; ton gouvernement...

— Je me justifierai, en disant que j'ai pris le convoi turc pour une flottille française.

Djezzar se tut ; il était dompté.

— Crois-moi, Ahmet, renonce à une vengeance indigne, reprit Sidney Smith. Le pavillon britannique, je te le jure, ne couvrira jamais un crime et une barbarie... Fais rentrer ces Français dans ton sérail. Garde-les comme prisonniers, si tu veux, mais traite-les humainement.

Le vizir finit par se rendre.

Il donna l'ordre de reconduire au cachot Omar et ses

compagnons. Le pauvre Jacquot, devenu prisonnier aussi, ne regrettait qu'une chose : c'était de se voir séparé de son petit chat Ismaël, qu'il avait laissé au caravansérail du bazar.

En quittant l'estrade, Djezzar ne put s'empêcher pourtant de serrer avec force le bras de sa kadine, et de lui dire avec une colère concentrée :

— C'est vous, cetti, qui avez fait cela !

Adigué regarda fixement le vieillard.

— Oui, répondit-elle avec assurance. Oui, c'est moi... J'ai voulu vous épargner une infamie et ses conséquences... Souvenez-vous de mon *sélam !*

Sous le rayon fascinateur qui jaillissait de l'œil noir de la femme qu'il aimait, Djezzar baissa les yeux ; il rentra dans son palais sans prononcer un mot. L'empire que la belle Adigué exerçait sur le vieillard ne faisait que se consolider davantage à chaque nouvelle épreuve.

Mais sitôt que la kadine, retirée au harem, se revit seule avec son fidèle El-Dhoul, elle lui dit :

— Lévi ! c'en est fait. Je me décide...

— Ordonnez, Esther !

— C'est pour cette nuit. Quoique Djezzar se soit soumis, je crains un retour de sa férocité. Il faut toujours se méfier d'un tigre. Nous avons un proverbe en français : « Chassez le naturel, il revient au galop. » Lévi ! il faut agir.

— Je suis prêt à obéir.

— Cours trouver l'Arnaute Abdoul-Mousa.

— Au caravansérail ? Bien.

— Qu'il s'entende avec son ami...

— Avec Beger, de la garde du sérail.

— Il faut que, cette nuit, Beger soit en sentinelle dans le corridor.

— Il y sera, vous pouvez y compter.

— Puis, tu verras le commodore.

— Que lui dirai-je ?

— Tu lui diras que je le prie de tenir son canot prêt sur le port, pour me recueillir, moi et les personnes qui m'accompagneront.

— Quand le canot devra-t-il être prêt ?

— Entre minuit et une heure.

— Je le lui dirai, Esther.

— Tu as la fiole et la poudre du vieux Ben-Saül ?

— Là, dans ma ceinture.

— Ceci te regarde, sois adroit.

— J'invoquerai le saint homme Mardochée, dont l'habileté sut sauver tout le peuple juif et faire mourir à sa place l'Amalécite Aman.

— Va donc, et que le dieu de nos pères te protège !

— Et le dgellah ? demanda El-Dhoul.

— C'est juste ; cet homme pourrait encore se trouver sous nos pas cette nuit. Il a, du reste, bien mérité la récompense.

Elle prit une cassette en bois de rose incrusté de nacre, la remplit d'or et de bijoux, et ajouta :

— Donne-lui tout cela ; il m'en reste encore suffisamment pour rendre Omar riche et puissant comme David et Salomon.

— Avec votre cœur, Esther, il sera toujours assez fortuné.

El-Dhoul alla tout préparer pour la fuite.

Tout réussit d'ailleurs à merveille. Defter atsiz et ses eunuques furent plongés dans un sommeil de plomb par les deux stupéfiants à la fois. Lévi avait trouvé l'occasion de verser le narcotique liquide dans leur café, et d'introduire la poudre dans leur tabac de Latakieh.

8.

L'Albanais Beger avait su devancer son tour de faction, en enivrant un de ses camarades avec de l'eau-de-
vie, puis en cherchant querelle à un autre, auquel il
brisa presque le poignet. Mœurs arnautes !

On prit les armes dans la salle des tortures, et les
quatre Français s'en munirent.

Beger, qui n'avait rien de bon à attendre de la part de
Djezzar après une pareille complicité, suivit les fugitifs.

Mais il fallait sortir du palais.

Le bostangi-bachi hollandais avait été prévenu. Il
attendait dans le jardin, ouvrit cette même porte qui
avait été si fatale à Charles Rivolet et à Martial, et se joi-
gnit à la petite troupe, au milieu de laquelle Adigué et
El-Dhoul, porteurs tous deux de coffrets renfermant tous
les objets précieux de la kadine : diamants, rubis,
perles.

Abdoul-Mouza attendait de l'autre côté du fossé, et le
carabinier Treillet poussa un cri de joie en voyant sur
le bras de l'Albanais son gentil guépard.

On se dirigea vers le port, non pas sans que Rivolet et
Martial ne poussassent maint soupir sur le sort des deux
jeunes filles emmenées du harem par le daï-kébir Ahmed.
Omar, lui, sentait doucement battre son cœur : celle
qu'il aimait était avec lui.

Un midshipman, avec un vingtaine de matelots bien
armés, attendait la petite troupe, qui prit place dans le
canot, et à force de rames on eut bientôt atteint le
Theseus.

On était sauvé.

Le lendemain, on prit congé du commodore Sidney
Smith, pour monter à bord d'une *sandale* grecque, qui
devait transporter nos amis à Damiette. On passa le long

de la flottille turque qui, la veille, avait amené de Rhodes des renforts à Djezzar.

Le capitaine Omar et les deux lieutenants avaient dû donner leur parole d'honneur à Sidney Smith qu'ils ne chercheraient point à regagner le camp de Bonaparte, ni qu'ils lui feraient connaître ce qu'ils avaient remarqué dans la place.

La sandale grecque qui portait nos amis vit bien un petit *perme* berbère la suivre pour ainsi dire dans son sillage ; mais nul sur le navire hellène ne fit attention à deux derviches, dont le plus petit se tenait presque constamment à la proue du perme, et ne perdait pas de vue la sandale.

L'armée française devant Saint-Jean d'Acre avait enfin reçu de l'artillerie de siège et des munitions suffisantes. Le contre-amiral Perrée, débarrassé de la croisière anglaise devant Alexandrie, était sorti de ce port et avait pu atteindre Jaffa avec les trois frégates la *Courageuse*, l'*Alceste* et la *Junon*.

On poussa dès lors le siège avec vigueur.

Mais, malgré les mines et les assauts, la place résistait.

Nous avions fait de grandes et regrettables pertes. Le général Caffarelli, entre autres, l'ami de Bonaparte, le brave et infatigable guerrier, avait été blessé le 7 avril, et était mort le 27.

Enfin Bonaparte ordonna une dernière tentative.

La division Kléber, qui n'avait pas encore pris part au siège, demanda à son tour la faveur de monter à l'assaut.

— Ce sont toujours les *Français d'Italie* qui donnent, disaient en murmurant les *Français du Rhin*. Tout est pour eux, rien pour nous.

— Il y aura de la gloire pour tout le monde, leur cria Bonaparte.

— A la bonne heure ! répondit-on.

Et sûrs d'avoir leur part, les grenadiers de la 32°, comme les carabiniers de la 2° légère, les uns et les autres d'anciennes connaissances pour nous, finirent par se piquer de politesse, comme jadis, dit-on, les gentilshommes français et les chevaliers anglais à la bataille de Fontenoy.

— A vous l'honneur, soldats du Rhin ! Nous vous soutiendrons, disaient-ils.

— Nous n'en ferons rien : à vous, soldats d'Italie ! Nous aurons l'honneur de vous appuyer.

— Allons ! pas tant de façons ! s'il vous plaît.

Le signal de l'assaut fut donné, que nos braves en étaient encore à échanger leurs politesses. Les ordres du général en chef tranchèrent la question.

Les 18° et 32° demi-brigades, sous les généraux Bon, Rampon et Vial, durent s'élancer les premières. A dix heures du matin, tous les ouvrages extérieurs étaient enlevés, comme aux attaques précédentes.

Cette fois, les Français pénétrèrent jusque dans la Tour carrée, après avoir comblé les boyaux et les places d'armes des cadavres de leurs ennemis. Plusieurs drapeaux furent enlevés, des canons pris, d'autres encloués.

La résistance des assiégés, le feu terrible de leurs remparts, rien n'avait pu arrêter l'impétueuse ardeur et le courage obstiné des braves soldats, des dignes officiers de la division Bon et de ses généraux.

Jamais, dit un historien militaire, on ne vit déployer une audace et une valeur plus surnaturelles ; jamais les champs de la Palestine n'avaient été témoins d'une lutte pareille et d'exploits aussi grands, alors même que l'enthousiasme religieux, dans son énergie la plus prononcée, excitait si puissamment les deux partis à faire triompher l'étendard de la Croix ou celui du Prophète. Généraux, officiers, soldats, tous combattaient pêle-mêle dans la tranchée, tous faisaient des prodiges.

Le chef de la 18° demi-brigade, Boyer, succomba dans cette mêlée sanglante, avec dix-sept officiers et plus de cent cinquante soldats de son corps.

Enfin la formidable tour fut au pouvoir des assiégeants, qui s'y étaient logés en se servant pour épaulement des cadavres de leurs adversaires amoncelés dans les décombres.

La nuit se passa dans cette situation.

Le jour du 8 mai retrouva les deux partis aux prises, et le combat recommença avec plus d'acharnement encore.

Un convoi de poudre et d'autres munitions venait d'arriver de Gaza. Bonaparte fit battre à la fois en brèche et la courtine à la droite de la tour, et la tour elle-même dans sa partie supérieure.

Au bout de deux heures de la plus vive canonnade, la courtine s'écroula en partie, et offrit trois brèches, qui furent jugées praticables. Bonaparte vint lui-même les reconnaître et ordonna à Lannes de conduire sa division à l'assaut.

L'intrépide général y marche avec joie, précédé de ses éclaireurs et de ses grenadiers, à la tête desquels se place le général Rambeaud. Les soldats postés sur l'emplacement de la tour fusillent et balayent les remparts et la brèche, pour empêcher la garnison de se porter à sa défense ou de tenter une sortie.

Rambeaud et Lannes s'élancent au pas de charge;

leurs soldats se jettent dans les boyaux, escaladent les remparts, et deux cents grenadiers, que précède toujours le valeureux Rambeaud, pénètrent enfin dans la ville d'Acre.

Des cris de victoire retentissent aussitôt.

— Vive la République ! Acre est à nous...

Telles sont les clameurs que poussent les grenadiers, et auxquelles répond aussitôt l'armée entière.

Tout à coup, les grenadiers se voient arrêtés par un obstacle inattendu.

Une seconde enceinte, plus formidable et plus savamment construite que la première, se présente à leurs regards. C'était celle que Phélipeaux avait élevée derrière l'ancienne, et qui devait, dans cette journée, décider du sort de la ville.

Pendant que les grenadiers, moins étonnés qu'excités encore par ce nouvel obstacle, se précipitent pour le franchir, les Turcs, qui tiennent toujours dans les débris d'un bastion, et ceux qui sont postés dans les places d'armes, engagent un feu très vif de mousqueterie, et, filant dans le fossé, prennent la brèche à revers, arrêtent l'escalade et l'impulsion des troupes qui doivent soutenir les grenadiers de Lannes.

Un nouveau feu, dirigé des maisons, des rues, des barricades et du sérail même de Djezzar, prend en face et à revers les grenadiers et ceux qui escaladent la première enceinte, et occasionne parmi ces derniers un mouvement d'hésitation qui paralyse leur ardeur.

On dit que quelques soldats anglais, revêtus d'uniformes français, après avoir réussi à se glisser dans les rangs des soldats au milieu du bruit et de la fumée, firent entendre ce cri funeste :

— « Nous sommes tournés, *sauve qui peut !!!* »

Quinze ans plus tard, ce même cri devait faire perdre à Napoléon le dernier espoir de se maintenir sur le trône, comme à Saint-Jean d'Acre, suivant ses propres expressions, il faisait manquer au général Bonaparte « sa fortune en Orient ».

Sidney-Smith, ajoute-t-on, crut devoir employer cette ruse de guerre, parce qu'il connaissait depuis longtemps l'effet terrible de ces mots dans une armée française. Nous devons dire, toutefois, que cette assertion a été révoquée en doute.

L'élan des assaillants était rompu. Les soldats qui se trouvaient à la brèche étant redescendus promptement, ceux qui étaient parvenus sur l'ancien rempart se crurent abandonnés et revinrent en désordre sur leurs pas.

En vain Lannes a-t-il rallié un instant les siens dans le fossé : il ne peut leur rendre cette première confiance et cette ardeur impétueuse qui les avaient portés sur le rempart.

Bonaparte envoya vainement ses guides à pied pour les soutenir ; il devenait impossible de rétablir avec avantage un combat où les soldats ne portaient plus le même enthousiasme. D'ailleurs, l'ennemi s'était rallié et garnissait en force le rempart de la seconde enceinte. Sur ces entrefaites, Lannes, blessé d'un coup de feu à la tête, se vit forcé d'abandonner le fossé, et les soldats le suivirent jusque dans la tranchée.

Cependant, les deux cents grenadiers qui avaient pénétré les premiers à travers la brèche et s'étaient trouvés arrêtés par la deuxième enceinte, avaient profité du désordre et de la terreur que leur témérité avait inspirés aux soldats ennemis.

Encouragés par l'exemple et les exhortations du valeureux général qui marchait à leur tête, ils avaient escaladé cette seconde enceinte, et sans aucun doute la place d'Acre eût été le prix glorieux de leur intrépidité, si le général Lannes eût pu les faire appuyer à temps.

Déjà les braves étaient parvenus jusque vis-à-vis du sérail du pacha... Ne se voyant point suivis par leurs camarades et perdant tout espoir d'être secourus, ces deux cents héros et leur chef, dignes d'un meilleur sort, prirent la résolution de se maintenir dans la place ou d'y périr jusqu'au dernier.

Ils marchent sur la mosquée, dont ils s'emparent, et s'y barricadent avec tout ce qu'ils y trouvent.

Les sièges des scheiks, la tribune des muezzins, la chaire du khatib, les candélabres des cierges, les lampes, les nattes et les tapis, tout est employé. Ces objets sont du reste les seuls qu'on rencontre dans les mosquées.

— Ah! disait Pâquot, le grenadier de la 32e, ce n'est pas comme en Italie, ni même comme chez nous, en Beauce : il n'y a ni tableaux, ni statues, ni bancs...

— Et l'orgue donc ! où est-il ? demanda Dumanet.

— Pas même de lutrin !

— Comment font-ils donc pour chanter, ces gens-là ?

— Vrai, comme je m'appelle Pâquot, je ne voudrais pas être enfant de chœur dans ces églises-là.

— Pourquoi? On ne marche pourtant que sur de beaux tapis.

— Il n'y a pas d'autel, partant ni messe, ni burettes...

— Des burettes ! ah oui ! ni vu ni connu.

— Moi, je buvais toujours le vin que laissait M. le curé : à preuve qu'un jour il me flanqua quelque part un grand coup de pied, au moment où, passant derrière un pilier, je vidais la burette, croyant qu'il ne me voyait pas.

La fusillade interrompit le dialogue des deux grenadiers, et la grosse voix du caporal Landuron leur cria :

— Aux créneaux ! Nous jaserons une autre fois...

Les créneaux, c'étaient les échancrures et les interstices aux barricades des portes. On s'y établit pour répondre au feu des assaillants.

D'autres grimpèrent aux fenêtres en ogive, surchagées d'ornements en stuc, en s'aidant des petites niches superposées aux angles rentrants, qui ressemblent à des stalactites, ainsi que des coupoles en pendentifs appelées *moitiés d'orange*. Nul ne s'amusa à déchiffrer les nombreuses inscriptions du Koran, encadrées dans des arabesques, qui ornaient les murs, ni à admirer les peintures, sculptures, métaux précieux, verres colorés et mosaïques, ornementation dans laquelle le génie arabe a déployé toute sa richesse.

Nos grenadiers se défendent en lions contre les efforts des soldats nombreux que le pacha Djezzar dirige sur eux, dans l'espoir de venger les pertes qu'il a essuyées dans cette journée désastreuse.

Déjà le noble Rambeaud et plusieurs de ses compagnons ont succombé... La mosquée va être forcée, et c'en est fait du reste de ses défenseurs.

Ceux-ci savent quel sort les attend, et que leurs têtes iront servir de trophées aux remparts de la ville et aux portes du féroce Djezzar.

Ils combattent toujours, mais en désespérés et d'un œil sombre. Les barricades ne peuvent plus tenir.

Déjà les soldats de Djezzar poussent des cris de mort.

Soudain, le tambour retentit sur la place, un tambour européen... Seraient-ce les Français ?

Des uniformes anglais sont apparus. C'est le généreux commodore Sidney Smith qui accourt en personne, avec un détachement de ses soldats, pour engager cette poignée de braves à se rendre à lui, c'est-à-dire pour les sauver...

Effectivement, il les emmène prisonniers vers son navire, malgré la colère du barbare Djezzar, qui voulait assouvir sur eux sa haine et sa rage.

Un moment même les farouches soldats du pacha faillirent arracher quelques-uns des prisonniers à la garde anglaise. Mais le commodore fit hisser un drapeau et s'écria :

— Malheur, trois fois malheur à qui y touche ! Respect au pavillon britannique !

A la vue du signe protecteur, les agas et les kachefs s'empressèrent de repousser leur sauvage soldatesque.

Une fois encore, Bonaparte voulut essayer de pénétrer dans la ville. A son tour, la division Kléber s'ébranla.

Grenadiers et carabiniers, commandés par le chef de brigade Venoux, s'avancent au pas de charge.

Ce dernier, en serrant la main à Murat, lui dit :

— « Ou ce soir Saint-Jean d'Acre est à nous, ou ce soir Venoux sera mort. »

L'assaut eut lieu et fut impétueux ; mais, le soir, Acre était toujours au pouvoir de Djezzar. Venoux avait tenu parole : il s'était fait tuer.

Huit assauts repoussés avaient enfin fait douter Bonaparte de sa fortune. Il ordonna la levée du siège, après soixante jours de tranchée ouverte.

Le but de l'expédition était atteint, puisqu'on avait détruit les armées de Palestine ; mais les desseins merveilleux formés par Bonaparte en Orient échouaient.

On dit qu'en s'éloignant de Saint-Jean d'Acre, il s'écria, en parlant de l'amiral anglais :

— « Cet homme m'a fait manquer ma fortune ! »

Pour le consoler, Kléber, qui avait toujours son mot, lui dit :

— « Général ! une petite tache ne gâte pas un bel habit. »

On assure même que plus tard, malgré son élévation, le général, devenu empereur, répéta plus d'une fois que l'échec de Saint-Jean d'Acre *avait renversé ses espérances et détruit son avenir*.

Ses espérances ! quel immense empire rêvait-il donc en Orient ?... Son avenir ! voir la Perse et les Indes à ses pieds, peut-être ce spectacle valait-il bien celui de l'Europe humiliée, mais toujours relevant la tête...

Les pertes essuyées devant Acre n'étaient pas les seules calamités qui affligeassent l'armée.

La peste l'avait suivie et exerçait ses ravages dans le camp, en remplissant de nouveau les esprits d'une sombre terreur. Ce fut cette circonstance surtout, jointe aux nouvelles qu'il reçut d'Égypte, qui détermina le général en chef à lever le siège et à retourner vers le Nil.

On lui annonçait du Kaire que la Basse-Égypte se préparait à un mouvement insurrectionnel, que la côte d'Alexandrie était continuellement menacée d'un débarquement, et que sa présence dans le pays devenait une nécessité presque indispensable.

Bonaparte avait appris, d'un autre côté, que l'armée des pachas, dispersée au Mont-Thabor, se rassemblait de nouveau dans les montagnes qui bordent le Jourdain.

Enfin, il était informé, par une voie sûre, que le convoi entré dans le port d'Acre n'était qu'un détachement de la grande armée turque rassemblée à Rhodes, et destinée à être incessamment débarquée en Égypte même.

Le 17 mai, l'ordre du jour suivant, qui résumait tous

les faits de la campagne, fut publié dans toutes les divisions de l'armée :

« Soldats !

» Vous avez traversé le désert qui sépare l'Afrique de l'Asie avec plus de rapidité qu'une armée d'Arabes.

» L'armée qui était en marche pour envahir l'Égypte est détruite ; vous avez pris son général, son équipage de campagne, ses bagages, ses outres, ses chameaux.

» Vous vous êtes emparés de toutes les places fortes qui défendent les puits du désert.

» Vous avez dispersé aux champs du Mont-Thabor cette nuée d'hommes accourus de toutes les parties de l'Asie, dans l'espoir de piller l'Égypte.

» Les trente vaisseaux que vous avez vus arriver devant Acre, il y a douze jours, portaient l'armée qui devait assiéger Alexandrie ; mais, obligée d'accourir à Acre, elle y a fini ses destins : une partie de ses drapeaux orneront votre entrée en Égypte.

» Enfin, après avoir, avec une poignée d'hommes, nourri la guerre pendant trois mois dans le cœur de la Syrie, pris quarante pièces de campagne, cinquante drapeaux, fait six mille prisonniers, rasé les fortifications de Gaza, Jaffa, Caïffa, Acre, nous allons rentrer en Égypte : la saison du débarquement m'y rappelle.

» Encore quelques jours, et vous aviez l'espoir de prendre le pacha même au milieu de son palais ; mais, dans cette saison, la prise du château d'Acre ne vaut pas la perte de quelques jours ; les braves que je devais y perdre me sont aujourd'hui nécessaires pour des opérations essentielles.

» Soldats, nous avons une carrière de fatigues et de dang ers à parcourir. Après avoir mis l'Orient hors d'état de rien faire contre nous cette campagne, il nous faudra peut-être repousser les efforts d'une partie de l'Occident.

» Vous y trouverez une nouvelle occasion de gloire ; et si au milieu de tant de combats, chaque jour est marqué par la mort d'un brave, il faut que de nouveaux braves se forment et prennent part à leur tour parmi ce petit nombre qui donne l'élan dans les dangers et maîtrise la victoire. »

On employa trois jours pour les préparatifs de départ.

Toutefois, avant de quitter la ville d'Acre, Bonaparte l'accabla de ses feux et la réduisit presque en cendres.

La retraite fut effectuée pendant la nuit. Ni les vaisseaux anglais, ni les chaloupes canonnières, ni la garnison de Djezzar ne purent ainsi inquiéter nos colonnes. On ne s'aperçut de l'abandon des tranchées qu'au jour.

Bonaparte avait perdu le tiers de son armée, c'est-à-dire quatre mille hommes. Il emmenait deux mille blessés environ, avec lesquels il fallait encore une fois traverser le désert. Cette marche fut plus pénible encore que la première.

A Jaffa, où se trouvait l'hôpital des pestiférés, Bonaparte, voyant quelques soldats trop malades pour être transportés, dit au médecin Desgenettes qu'il y aurait de l'humanité peut-être à donner de l'opium à ceux qui étaient désespérés. Desgenettes répondit :

« *Général ! mon métier est de les guérir, et non de les tuer !* »

Bonaparte, il faut être juste, n'insista point, et l'opium ne fut pas donné. La calomnie n'en attaqua pas moins le général, dont les paroles étaient dictées par l'humanité.

Le fait est que Sidney Smith, dans son rapport à l'amiral Nelson, annonce qu'il a trouvé dans l'hôpital de Jaffa « *sept pauvres malheureux*, dont il prendra soin ».

Tous les autres pestiférés, avec les blessés, furent soit embarqués sur le chébec la *Fortune*, la chaloupe l'*Hélène* et cinq djermes, pour être transportés à Damiette, soit emmenés par terre avec l'armée.

La marche dans le désert, qui semblait devoir être funeste à nos malheureux blessés et aux malades, leur fut au contraire favorable en général, bien qu'ils n'eussent pour nourriture que du biscuit et de l'eau souvent saumâtre. Le désir même de revoir l'Égypte, qui était presque une seconde patrie et les rapprochait de la France, soutenait leur courage. La plupart même se trouvèrent guéris en arrivant au Kaire.

La marche se faisait donc heureusement, malgré la chaleur. Le thermomètre, posé sur le sable, montait à 44 degrés Réaumur ; à l'air libre, il marquait 34. Mais c'était une chaleur sèche, à laquelle nos soldats avaient fini par s'habituer.

Perdus au milieu de ces mers de sable, ils plaisantaient encore, et disaient :

— Le général en chef nous a promis, à Toulon, *six arpents de terre à chacun ;* il peut nous en donner ici à discrétion, nous n'en abuserons pas.

Avant de quitter pour toujours la Syrie, rapportons une conversation qui avait eu lieu, devant le palais de Djezzar, dans la matinée qui suivit la nuit où la kadine Adigué s'était enfuie du sérail avec ses amis.

L'aga Ahmed sortait du palais. Avisant le santon Abou-Chanfara et l'almée Mirzane sous ses habits de derviche, il s'approcha d'eux rapidement.

— Savez-vous la nouvelle? leur dit-il.

— Non, aga. Qu'y a-t-il?

— Djezzar s'arrache la barbe et se déchire les vêtements.

— Pourquoi? demanda Mirzane.

— La cetti-kébir Adigué et un eunuque ont quitté le harem cette nuit, en délivrant les Français prisonniers.

L'almée bondit de colère et lança anathèmes sur anathèmes.

— Calme-toi, femme, reprit l'aga. Tu peux les rattraper en Égypte.

— Ils y sont retournés ?

— Le vizir a appris au point du jour, par ses *ababs* (matelots turcs) du port, qu'ils s'étaient rendus à bord du vaisseau du commodore. Il y a envoyé aussitôt un espion, qui est venu lui rapporter que les Français devaient se rendre à Damiette.

— J'y cours, alors ! s'écria l'almée.

— Bien... Par mer, n'est-ce pas ?

— J'ai de l'or, et, au besoin, les bijoux de Fatouma pour m'en procurer. Je fais partir à leur piste un navire marchand que je monte, et je ne les perdrai pas de vue.

— J'ai bien pensé que tu ferais cela, femme ! Emmène donc avec toi ce pieux santon.

Abou-Chanfara se mit à marmotter une prière, en tournant son chapelet, comme pour justifier l'honorable qualification que venait de lui donner l'aga.

— Soit ! répondit l'almée.

— D'autant plus, reprit Ahmed, qu'il servira tes desseins contre les Français, grâce à la mission que je vais lui donner.

Le daï-kébir prit alors le santon à part et lui expliqua ce qu'il attendait de son zèle musulman.

— Et j'aurai encore de l'or ? fit le santon, dont les yeux gris étincelèrent.

— Yousouf t'en couvrira, si tu fais bien ; je te le promets.

— Je prêcherai la guerre sainte, ô aga ! s'écria le moine, et je soulèverai tout le Delta... Sitôt débarqué, je verrai l'uléma Séyd-Mohammed.

— Pars donc, et qu'Allah soit avec toi !

Là-dessus, les deux derviches avaient couru au port. L'almée s'entendit avec le patron d'un perme berbère en partance, et le petit caboteur, comme nous l'avons vu, suivit la sandale grecque qui emportait Adigué et ses compagnons.

Quant au daï-kébir Ahmed, le jour même où l'armée française retournait vers Jaffa, il sortit d'Acre avec plusieurs Ismaéliens qui conduisaient deux femmes voilées, dont l'une ne cessait de sangloter, tandis que l'autre lançait aux Haschischins des regards de colère.

La petite troupe prit le chemin du Liban dans la direction d'Eden, couronné par les grands cèdres.

Revenons à l'armée de Bonaparte, qui eut à endurer encore bien des souffrances avant d'atteindre l'Égypte.

Sur la route, on ne trouvait dans quelques bas-fonds que de petites flaques d'eau douce, qui étaient recherchées avec avidité. Le soldat, pour approcher de ces sources, n'aurait pas cédé sa place pour de l'or aux chefs et aux généraux eux-mêmes.

Bonaparte faillit un moment suffoquer par la chaleur. Il avisa un soldat qui se tenait à l'ombre sous un débris de porche.

— Veux-tu me céder ta place ? lui demanda-t-il.

— Combien me donnerez-vous ?

Le général tira sa bourse. Mais le soldat se ravisa.

— Au fait, non ! dit-il. Prenez la place, citoyen général ! vous l'avez gagnée plus que moi.

— Voilà un homme, s'écria Bonaparte en s'adressant à sa suite, qui me fait une immense concession !

Pendant toute la retraite de Syrie, Kléber forma l'arrière-garde avec sa division, de même qu'il avait commandé l'avant-garde dans la marche sur la Palestine.

Il avait voulu être le premier à aborder ce pays qui renfermait tout ce qu'il avait de plus cher au monde, sa fille et son ami ; il voulut encore être le dernier à le quitter. Il y laissait, de plus, deux autres amis qui s'étaient sacrifiés en essayant de sauver Zaïra et Omar : il le croyait du moins.

— Mais que sont-ils devenus, ces braves cœurs ? se demandait Kléber. Et ma fille la reverrai-je jamais ?

En rentrant en Égypte, une nouvelle épreuve attendait l'armée.

Un ouragan terrible du simoun l'accueillit près de Salahieh, et faillit l'engloutir tout entière dans le sable. Cet ouragan fit périr plusieurs malades.

Enfin, le 14 juin, l'armée parut en vue du Kaire.

Les généraux Dugua et Destaing, le divan d'Égypte, l'aga des janissaires, se réunirent, au son de la générale battue dans tous les quartiers, sur la place Ezbekyeh, qui offrit alors le spectacle assez curieux d'un mélange d'Européens, de janissaires, de Grecs, de Cophtes, de fellahs, de Maggrebins, de Nubiens et autres peuples d'Afrique, de Mamelouks même à pied et à cheval.

La musique des corps français et celle des Égyptiens se faisaient entendre à la tête du cortège, composé des membres des diverses administrations civiles et militaires, du grand divan, de la nation cophte, des principaux né-

9.

gociants, et de tous les personnages distingués par leur naissance et leur richesse.

Cette troupe sortit à cinq heures du matin et se dirigea, par la porte de Boulaq, vers la Qoubbeh, où l'on aperçut dans le lointain l'armée rangée en bataille.

Les chefs français et égyptiens se portèrent aussitôt au-devant du général en chef, pour le complimenter.

Le scheik-el-bekry, le premier et le plus respecté de la nombreuse famille issue du Prophète, offrit en présent à Bonaparte un magnifique cheval arabe noir, et couvert d'une housse brodée d'or, de perles et de pierreries.

Ce cheval était conduit à la main par un Mamelouk, nommé *Roustan* (1), esclave du scheik, et que Bonaparte avait désiré avant son départ pour la Syrie.

L'intendant général cophte, Gergès-el-Gohary, offrit aussi au général en chef deux beaux dromadaires richement harnachés.

Bonaparte monta sur-le-champ le cheval de Roustan, et, prenant la tête du cortège, il fit son entrée triomphale dans le Kaire, par la porte *Babel-Nassar*, la superbe porte de la Victoire, un des plus beaux monuments arabes. Il était suivi des drapeaux pris sur l'ennemi.

Soit crainte, soit curiosité ou intérêt réel, une foule immense s'était portée dans toutes les rues par lesquelles le cortège devait passer. Imitateur, en ce moment, du peuple des grandes capitales de l'Europe, celui du Kaire, naturellement grave et silencieux, se laissant entraîner par le mouvement des Français, fit retentir l'air de bruyantes acclamations, vraies ou fausses, qui suivirent le général en chef jusqu'à la place Ezbekyeh.

---

(1) C'est ce même Mamelouk que Bonaparte emmena en France.

Le palais de Bonaparte, nous l'avons déjà dit, était situé sur cette place, où l'on avait planté, avant l'expédition de Syrie, un petit bois de sycomores et de figuiers. De nombreuses salves d'artillerie y annoncèrent l'arrivée du Sultan de feu, après quatre-vingt-quatorze jours d'absence.

Les drapeaux syriens furent exposés dans la mosquée du sultan Hassan, dont les coupoles hardies, les minarets élancés et ornés d'un double rang de galeries, sont l'un des plus gracieux modèles de l'architecture arabe. Les prisonniers furent promenés avec affectation par la ville.

Le divan de la ville du Kaire, la bien gardée, lança aux provinces d'Égypte une proclamation où, dans un style pompeux, étaient célébrés les exploits du général Bonaparte « qui aime la religion de Mahomet et dont le cœur étant bien porté pour les Musulmans, Dieu l'a comblé de faveurs ».

« Nous savons, ainsi se terminait la proclamation du divan, que Bonaparte est dans l'intention de bâtir une mosquée qui n'aura pas d'égale au monde, et d'embrasser la religion musulmane. »

A son tour, Kléber arrivait devant le Kaire, à la tête de l'arrière-garde, lorsque trois officiers s'élancèrent au devant de son cheval.

— Omar ! s'écria le général au comble de la joie. Et vous aussi, Rivolet et Martial !

— Heureusement échappés des mains de Djezzar, répondit Rivolet, au moment où il voulait nous faire empaler.

— Et ma fille ! Où est ma fille ?

— Hélas ! fit-on à cette question.

— Parlez !... Ne l'as-tu pas vue ? N'as-tu pas entendu parler d'elle ? Réponds, Omar !

— Dieu est grand !.prononça le Turc.

— Eh, parbleu ! oui, il est grand : qu'il me rende alors ma fille !... Mais tu me fais souffrir avec tes sentences musulmanes... Voyons, m'en apportez-vous des nouvelles ?

— Oui, répondit enfin Rivolet. Elle était auprès d'Adigué, la femme de Djezzar, avec ma pauvre sœur Louise.

— Qu'est-ce que c'est qu'Adigué ?

— Quant à cela, demandez-le au capitaine Omar. Dans tous les cas, c'est une brave et digne femme, une Française, une de vos compatriotes même, mon général ! une Alsacienne. En nous sauvant, elle nous a suivis...

— Elle a vu ma fille ! Où est-elle ?

— Demandez encore au capitaine Omar, à moins que...

— A moins que...

— Le jaloux ne veuille pas vous la montrer.

— Ah ! fit Kléber, c'était donc là ton secret, gros sournois de Turc ?

— Nous nous aimions depuis longtemps, dit l'ex-janissaire avec sa mélancolie ordinaire. A Damas, lors de mon retour de la Mecque...

— J'y suis maintenant. C'est donc pour cela que, revenu en France après ton pèlerinage, tu étais jaune comme une citrouille et triste comme un Cophte ?... Tu me feras faire sa connaissance.

— Aujourd'hui même, si tu veux.

Kléber s'étant mis à la tête de sa division, entra dans la ville. Chemin faisant, nos amis lui racontèrent leur voyage et ce qui leur était arrivé à Acre.

VIII

L'ANGE EL MOHDHI ET LE JOLI TURC BLESSÉ

Quand Kléber eut appris la conduite du commodore Sidney Smith à l'égard de ses amis, il s'écria :

— A la bonne heure! Tout Anglais qu'il est, je l'embrasserais volontiers.

— C'est un noble cœur, mon général, fit observer Rivolet.

— Ah! si ces b.....-là voulaient, comme nous ferions ensemble les affaires de la civilisation et de la liberté !

— Cela viendra peut-être, dit Martial.

— Et le bâtiment grec vous a transportés à Damiette ?

— D'où, par le Delta, nous avons gagné le Kaire, mais non sans peine, répondit le lieutenant des guides.

— Pourquoi ? Que se passe-t-il dans le Delta ?

— Mustapha-bey, le lieutenant de l'ancien pacha d'Égypte, qui pourtant nous avait juré fidélité, a levé l'étendard de la révolte dans la province de Charquieh. Le général Fugières est aux prises avec lui.

— Il en aura raison, dit Kléber.

— Aussi ne s'en préoccupe-t-on pas beaucoup. Mais

il est un autre ennemi, beaucoup plus redoutable, qui a surgi dans l'intérieur du Delta, presque aussitôt après notre arrivée à Damiette.

— Quel est donc cet ennemi ?

— Un fanatique qui se dit l'*Ange El Mohdhi*, dont la venue sur terre, à ce qu'il paraît, est promise aux hommes dans le Koran (1).

— Tu le vois, Omar : ton Alkoran en fait de belles.

— Allah est grand ! répondit le musulman Omar.

— Cet imposteur, continua Rivolet, annonce partout avec assurance qu'il est descendu du ciel pour remplir sa mission, qui est celle d'exterminer tous les infidèles.

— Elle est charmante, sa mission. Qu'en dis-tu, Omar ? Mais Omar ne répondait plus.

— A sa voix, reprit le lieutenant des guides, la plus grande partie des tribus arabes du désert de Barca se sont rassemblées autour de lui, et, se croyant invincibles sous un tel chef, ont marché à sa suite pour nous anéantir.

— Tu l'entends, Omar !.... Heureusement que nous voici de retour ; nous le verrons, ce bel ange !

— Le général Lanusse, qui gouverne à Belbeïs, s'avance contre lui, mais son corps n'est pas nombreux.

— On ira à son aide, s'il le faut.

Le lendemain même de l'arrivée de Kléber, Bonaparte lui ordonna de partir avec son corps pour le Delta, et d'y étouffer l'insurrection fomentée par l'Ange El Mohdhi.

— En route ! dit-il à son fidèle Omar et à Charles Rivolet, qui avaient repris leurs fonctions auprès de lui. En route ! et renvoyons l'Ange au ciel, dans un nuage de poudre !

---

(1) Ce *Messie* doit, selon Mahomet, délivrer les vrais croyants, et exterminer toute la race infidèle. Il surgit encore parfois un de ces imposteurs dans notre Algérie.

On devait gagner Damanhour, où se tenait l'Ange, et se réunir devant cette ville aux colonnes de Fugières et de Lanusse, avec lesquelles on allait agir de concert.

Tandis que Kléber traversait la ville de Tant, une des plus célèbres de l'intérieur du Delta, où se rendent, de tous les points de l'Orient, de nombreux pèlerins, pour y visiter le tombeau de la mosquée de Saïd-Ahmed-le-Bédouin, ce qui donne lieu à trois grandes foires, plusieurs femmes regardaient passer les Français du haut de la terrasse d'une des plus belles maisons de la ville.

— Le voilà! s'écria tout à coup l'une de ces femmes, en montrant le lieutenant Martial à la tête d'un peloton de carabiniers.

— Je le vois... Oui, c'est bien lui ! répondit une autre qu'à son rhabarah de soie bleue garni de riches broderies, on reconnaissait sans peine pour la cetti-kébir ou grande dame.

— Songeriez-vous encore à lui, cetti Fatouma ? Étiez-vous si éprise de ce Français ?

— Moi ! Je voudrais lui arracher le cœur, à ce chien.

Les yeux noirs de Fatouma, la riche veuve du scheik Esméir, jadis grand cadi de la ville de Tant, lançaient des éclairs.

— Où vont-ils ainsi ? reprit-elle. Je veux le savoir. Cours, Mirzane ! cours t'informer !

L'almée descendit de la terrasse, et, après avoir questionné les Français, remonta auprès de sa maîtresse :

— Ils vont du côté de Damanhour, lui dit-elle, pour faire la guerre à l'Ange El Mohdhi.

— Auprès duquel s'est rendu le cousin de mon mari, l'uléma Seyd-Mohammed el Gazhi, de la mosquée El Azhar ?

— Justement, et comme je vous l'ai dit, cetti, ce saint homme n'est autre que...

— Oui, je sais; c'est le santon que tu as connu à Acca.

— Et que j'ai ramèné en Égypte sur le perme berbère. Je lui ai même donné ce qui me restait d'or, pour l'aider dans ses projets.

La haineuse veuve d'Esméir s'élança de la terrasse dans ses appartements, en criant à ses femmes :

— Des habits d'hommes et deux chevaux rapides comme le vent ! Vite, vite !.

— Quel est votre dessein, cetti? demanda l'almée.

— Je cours auprès de l'Ange. Mirzane ! tu m'accompagneras !

— Je suis toute à vos ordres.

— Quel est le chemin le plus court pour atteindre Damanhour?

— Par le Nil, jusqu'à Ramanieh.

— C'est bien, suis-moi ! Gagnons le Nil !

Quelques minutes après, les deux cavaliers féminins galopaient sur la route qui menait à la branche occidentale du fleuve. Leur ceinture était garnie de pistolets et de poignards. Par-dessus leur enteri de soie écarlate, flottait un ample caftan de drap brun, et un turban de cachemire couvrait leur tête.

L'Ange El Mohdhi, ou plutôt notre santon Abou-Chanfara, l'agent d'Ahmed et du grand-vizir Yousouf, avait déjà fait de grands progrès depuis son débarquement.

Il était nécessaire que des miracles appuyassent la divine mission de l'Ange prétendu, et le santon n'ignorait pas l'efficacité d'un pareil moyen.

Il essaya d'abord de faire croire aux Arabes que son corps était immatériel, malgré sa forme apparente ; pour toute nourriture il se bornait à tremper ses doigts dans un vase de lait et se frottait légèrement les lèvres avec cette liqueur. Il souffrait bien de cette abstinence et de ce jeûne, le gourmand santon ; mais il se disait :

— Par Mahomet ! je me rattraperai bientôt avec l'or du grand vizir.

Vêtu seulement d'une petite jupe de coton blanc, qui laissait apercevoir ses jambes grêles et sa peau de vieux parchemin, il assurait que les balles des Français, loin de l'atteindre, retourneraient contre les infidèles, et qu'en jetant quelques grains de poussière devant les canons, il paralyserait l'effet de leur formidable artillerie.

Il avait commencé par faire des largesses à ceux qui, les premiers, s'étaient réunis à lui, en disant que c'était l'or du ciel qu'il leur distribuait. Dans le fait, il répandait les sequins du grand vizir, de l'aga Ahmed et de la danseuse de Fatouma.

Quelques jours avaient suffi à l'Ange El-Mohdhi pour former une espèce d'armée, à laquelle vinrent se joindre les Mamelouks d'Osman-Bey-el-Bardisi, et les Arabes des tribus Djeouabis, Ouadalis, Anadis et Foadis.

Cette bande de fanatiques se porta sur le Delta, et après avoir exercé les plus grands ravages sur son passage, elle se présenta, pendant la nuit, devant la ville de Damanhour, défendue seulement par un détachement de soixante hommes de la légion nautique, formée avec les matelots des vaisseaux détruits par Nelson à Aboukir.

L'Ange, après avoir promis aux siens une victoire facile, leur ordonna de pénétrer dans la ville. Ce fut vainement que les malheureux marins, presque surpris, opposèrent au débordement de ces furieux une résistance héroïque.

Retirés dans une mosquée, les Français s'y étaient

barricadés et faisaient un feu terrible sur les assaillants.

Le prétendu missionnaire divin ordonna qu'on incendiât l'édifice, et bientôt les flammes eurent dévoré le détachement et le lieutenant Martin qui les commandait.

Après ce premier essai du pouvoir de son guide céleste, la bande d'El-Mohdhi s'avança vers le Nil, dans l'intention de remonter ce fleuve et de pénétrer dans le Delta, où elle repoussa tout d'abord une petite colonne commandée par le chef de bataillon Redon.

Le chef de brigade Lefebvre, ayant pu réunir cinq cents hommes et une artillerie convenable, se crut en mesure d'attaquer l'imposteur.

Les deux partis se rencontrèrent au village de Sanhour, à quelque distance de Damanhour. La troupe des fanatiques montait à près de quatre mille chevaux, et à douze ou quinze mille fellahs ou Arabes à pied.

Cette masse énorme n'effraya pas le brave Lefebvre, qui, plein de confiance dans la valeur de sa troupe, engagea le premier le combat.

L'action fut terrible et dura plus de sept heures. Les Arabes étaient si persuadés de l'infaillibilité des promesses de leur chef, qu'ils ne firent aucune attention aux morts et aux blessés qui succombaient dans leurs rangs.

L'Ange n'avait point oublié de les prévenir que tous ceux qu'ils verraient atteints ainsi par le fer et le feu des infidèles étaient des hommes d'une foi peu robuste, qui avaient besoin de cette épreuve expiatoire pour mériter la palme du martyre. Aussi tous ces hommes crédules se battaient-ils avec la fureur la plus aveugle et le mépris le plus absolu de la mort.

Les Français, formés en bataillon carré, se portaient successivement sur les différents pelotons ennemis, et semaient partout le carnage sans se laisser entamer. Peut-être auraient-ils forcé les fanatiques à la retraite, si l'Ange El-Mohdhy n'eût employé un moyen assez sûr pour empêcher par lui-même les manœuvres de ses adversaires, et les contraindre à quitter le terrain sur lequel ils combattaient.

On était alors dans la saison de la moisson, et les champs étaient couverts de blés mûrs, de maïs, de fèves, de lentilles et de *dourra*, ou grand millet jaune. El-Mohdhy ayant examiné la direction du vent, prit cet avantage sur les Français, et fit mettre le feu aux guérets sur plusieurs points de l'immense plaine où l'action était engagée.

Pour échapper à l'incendie et éviter la fumée, qui leur venait dans les yeux, les Français se jetèrent dans un champ d'oignons encore verts.

Les bienheureux et gros oignons d'Égypte, si en crédit déjà du temps des Pharaons, et que regrettaient tant les Hébreux forcés de quitter les bords du Nil, servirent admirablement à nos soldats en cette circonstance critique. Le feu ne pouvait plus les atteindre, et du champ d'oignons ils purent continuer à canonner et à fusiller leurs ennemis.

Ceux-ci ripostaient par une pièce de huit, prise à Damanhour, et qu'ils avaient placée sur un traîneau attelé de bœufs, parce que, dans leur première et aveugle fureur, ils en avaient brûlé l'affût. Le combat se prolongea ainsi jusqu'à la nuit.

Accablés de fatigue et ayant épuisé toutes leurs munitions, les Français songèrent alors à se retirer; mais, pour effectuer cette retraite, il fallait encore un dernier effort et se faire jour à travers la foule immense qui les entourait.

Lefebvre fit placer son artillerie aux quatre angles de son carré, et, s'avançant à la baïonnette, il passa sur le ventre des Arabes, et parvint à gagner Ramanieh, après avoir fait perdre à l'ennemi plus de deux mille hommes tués ou blessés, parmi lesquels plusieurs scheiks.

Après le combat de Sanhour, El-Mohdhy envoya un détachement de sa bande du côté de Rosette, qu'il savait dégarnie. Quant à lui, il resta à Damanhour, dont il avait résolu de faire sa place d'armes, pour y attendre les renforts que ses nombreux émissaires devaient faire arriver de toutes les provinces de l'Égypte.

Le lendemain du jour où nos deux cavaliers féminins de Tant étaient arrivés à Damanhour, auprès de l'Ange et de l'uléma Seyd-Mohammed el Gazhi, son principal conseil, on signala l'apparition du corps d'armée français, envoyé du Kaire.

— Le *sakar* (l'enfer) les attend! s'écria le santon.

Mais cette fois l'Ange avait affaire à Kléber.

Conduits par un lion, les Français se jetèrent sur les Arabes, culbutant tout ce qui pouvait leur opposer de la résistance.

Nos soldats étaient exaspérés au dernier degré; le désir de venger les soixante marins, dont les dépouilles étaient encore sous leurs yeux, leur fit massacrer tous les fanatiques qui tombèrent en leur pouvoir. Tout fut passé au fil de l'épée, et Damanhour, livré aux flammes, n'offrit plus qu'un épouvantable amas de pierres, de cendres et de cadavres.

Heureusement pour El-Mohdhy, qu'il avait pris la fuite dès le commencement du combat. L'Ange était prudent quand il le fallait, tout invulnérable et tout invincible qu'il se disait.

Accompagné de l'uléma, de la belle Fatouma et de

son almée, ainsi que de tous les Arabes à cheval, il avait profité de la résistance qu'offraient les Maggrebins, les fellahs et les habitants de Damanhour pour se retirer, sans être inquiété, dans la partie supérieure de la province de Baheireh.

On se mit à la poursuite de l'Ange, qui ne s'était point laissé abattre par le revers de Damanhour et qui accepta le combat sur les confins de la province.

Mais si son conseil, l'uléma, se montrait adroit politique et conspirateur, il était loin d'être un tacticien. Il avait choisi un endroit détestable pour champ de bataille, entre le canal de Baheireh et l'un des lacs de Natron, le dos appuyé à un second canal reliant le premier au lac. Les fanatiques étaient acculés dans une impasse, sans retraite possible en cas de défaite.

Les Français étant arrivés à un village nommé Efrim, au delà duquel on voyait, dans la direction du *Fleuve sans eau*, au milieu des sables, une espèce de forteresse ou de prison, qui n'était autre qu'un couvent de moines grecs, on fit halte pour s'informer auprès des misérables habitants, où était l'Ange El-Modhdy. Mais aucun fellah ne se montra.

Une femme égyptienne, ayant enfin paru prendre confiance à la vue des francs visages de nos soldats, sortit de sa maison de terre sèche et noire en forme de ruche à miel, et leur indiqua l'occident.

Avec ses yeux noirs, qui dardaient leurs feux par le trou du voile formant bandelette sur le front, avec son bras, ses jambes et ses pieds nus et bronzés, drapée gracieusement dans son *khamit*, simple tunique de coton bleu, elle rappelait en tous points les femmes du temps des Pharaons. Elle tenait par la main un enfant curieux, en blouse de laine et une corde autour des reins, et derrière elle se montrait avec défiance un vieillard à longue barbe blanche, beau de tenue, et le chibouk aux lèvres.

— Belle femme tout de même! murmura Kléber. Qu'en dis-tu, Omar? Mais je voudrais bien voir à sa figure si elle est aussi jolie que belle de formes.

— Le Koran le défend, répondit flegmatiquement l'ex-janissaire.

— Tu as bien vu, toi, le visage de la femme de Djezzar.

Omar ne répondit que par un léger mouvement des lèvres.

— Allons, ne te tourmente pas, Omar... Tu la retrouveras bientôt au Kaire... C'est égal : tu es plus heureux que moi... Moi qui me voyais déjà, en m'embarquant pour l'Égypte, à la tête d'un harem, je n'ai pas encore eu le loisir de faire connaissance avec le moindre échantillon du beau sexe de ce pays... Je joue de malheur.

— Songe à ta fille! répliqua brièvement Omar.

A l'évocation de ce souvenir, Kléber allait peut-être oublier kadines et odalisques, lorsque du fond de la hutte égyptienne s'avança, soutenu par un autre, un jeune Turc au visage blanc et imberbe, dont l'ovale parfait était illuminé par de grands yeux ardents.

Ce jeune Turc boitait, et sa cheville était entourée de bandelettes tachées de sang vermeil.

— Seigneur, dit-il résolument à Kléber, tu es grand et beau comme Goliath, brave comme le kalife Omar... Es-tu généreux comme la renommée le dit?

Surpris en voyant ce charmant visage, en entendant cette voix harmonieuse, Kléber examinait le jeune Turc, qui paraissait vouloir tempérer le plus possible le feu habituel de son regard, pour le rendre caressant.

Sa blessure, du reste, quoique légère, l'aidait un peu, en chargeant d'une certaine langueur ses beaux yeux surmontés de deux longues arcades sourcilières. De plus, sous son cafetan de drap brun, que le joli personnage semblait avoir écarté à dessein, une veste de soie écarlate se montrait et se soulevait précipitamment sur une poitrine qui n'avait rien de masculin.

Évidemment, c'était une femme, et une jolie femme.

— Madame ! répondit vivement Kléber, qui avait sans peine, dans cette femme, deviné une grande dame, que voulez-vous de moi ? Parlez... Mais vous êtes blessée !

— Une balle de vos soldats, répondit-elle.

— Comment ! Où ?... Ne craignez rien !

— C'est à Damanhour que j'ai reçu cette blessure.

— Vous étiez avec cet imposteur ?

— C'est une ennemie qui se rend à vous et qui vous son vainimplore, connaissant votre générosité.

Cette réponse était accompagnée d'un regard qui, chez un vaincu, dénotait évidemment l'intention de subjuguer queur autrement que par les armes.

Omar, qui avait observé la sirène et sa compagne, dont le visage et l'œil effronté ne lui semblaient pas inconnus, se pencha vers l'oreille de son ami, et lui dit :

— Kléber, prends garde !... La fleur la plus parfumée recèle souvent le poison le plus subtil.

Mais déjà Kléber subissait l'ascendant de l'enchanteresse ; il était charmé à la fois par le regard et par la voix de la magicienne.

Plus que tout autre, du reste, Kléber était facilement dominé par la beauté, et comme jusqu'alors il n'avait vu des mystérieuses femmes de l'Orient que les yeux et les amples voiles, il se sentait fasciné par ce visage réellement merveilleux, animé d'un sourire plein de séduction et d'un regard qui le remuait profondément.

La passion subite, telle qu'elle éclôt sous l'ardeur du

soleil oriental, éclatait dans tous les traits de la belle ennemie, dans son attitude, dans les mouvements d'un sein tumultueux. Le costume masculin qui la revêtait, le large pantalon, la ceinture qui entourait ses reins cambrés et dont un bout flottait sur des hanches rebondies, ajoutaient un piquant de plus aux yeux de Kléber. Les nombreuses aventures de notre héros prouvaient qu'il ne fallait pas tant que cela pour lui faire perdre la raison.

Il tendit ses deux larges mains à la Circé égyptienne, qui y posa les siennes, si satinées et si tièdes, qu'un frisson magnétique le parcourut de la tête aux pieds.

— Madame! vous me devenez sacrée, lui dit-il chaleureusement. Kléber est votre ami.

Il appela aussitôt un chirurgien, qui examina la blessure et déclara qu'au bout de quinze jours il n'y paraîtrait plus.

— Où vous rendez-vous, madame? demanda le général. Quel endroit habitez-vous?

— Je demeure au Kaire, répondit-elle.

— Votre nom et celui de la rue?

Elle allait ouvrir la bouche pour prononcer son nom et indiquer son sérail, lorsqu'elle fut arrêtée par sa compagne, qui, se penchant vivement à son oreille, lui murmura quelques paroles en jetant sur Omar un regard rapide.

— Seigneur! reprit-elle, permettez-moi de me taire en ce moment.

— Quoi! madame, il ne me serait pas permis d'espérer...

— Espérez, au contraire...

Et une nouvelle œillade, des plus éloquentes, fit tourner complètement la tête à Kléber, qui y lut l'invitation d'espérer tout.

— Ainsi, vous retournez au Kaire, madame? demanda-t-il encore.

Quelques mots mystérieux, prononcés encore tout bas par l'autre femme, déterminèrent la belle inconnue à adresser à Kléber une question aussi singulière qu'inattendue.

— Et si je sollicitais la permission de vous accompagner, demanda-t-elle, me refuseriez-vous?

— Qu'Allah m'en garde! comme on dit dans votre pays, charmante kadine. Mais songez-y : nous allons livrer bataille.

— A Damanhour, je n'ai pas eu de crainte, répliqua-t-elle.

— Mais votre blessure!

— N'est-elle pas insignifiante?

Elle ajouta avec un nouveau sourire des moins équivoques :

— Depuis quelques moments, du reste, je ne la sens plus.

Kléber lui baisa la main. A ce contact, la digne compatriote de la femme de Putiphar se voila les yeux de ses longues paupières, se renversa légèrement et parut frémir de tout son corps.

Mais, à travers ses cils soyeux, un furtif coup d'œil lui ayant montré son nouvel esclave tout subjugué, elle eut cette fois un sourire imperceptible d'orgueil et de contentement.

— Qu'il en soit donc comme vous le désirez, ô la plus aimable des femmes! murmura Kléber.

En ce moment, une vedette détachée de l'avant-garde vint annoncer qu'on voyait à une lieue, dans les sables, auprès d'une touffe de palmiers, l'armée de l'Ange El-Mohdhy.

Tandis que le général demandait au cavalier quelques explications, la compagne de la belle cetti disait à celle-ci :

— Demandez-lui la vie sauve pour l'uléma ; car je suis sûre que les nôtres seront défaits.

— Patience ! répondit la dame, ne précipitons rien... En route, je lui parlerai. N'est-ce pas pour cela que tu m'as conseillé de l'accompagner ?

— Moi, je reste ici, cetti, en attendant votre retour.

— Pourquoi? demanda la belle Égyptienne.

— Déjà ce kichja, qu'on nomme Omar, m'a examinée, mais il ne m'a pas devinée. L'autre, le lieutenant, comme ils l'appellent, le chien! me reconnaîtrait, j'en suis certaine, s'il m'apercevait... En me voyant en votre compagnie, cetti, tout le fruit de vos adroites manœuvres serait perdu.

— Tu as raison, Mirzane... Tu es toujours de bon conseil.

— Ne vous avais-je pas dit que vous feriez bien d'attirer dans vos filets le pacha Kléber? Vous avez agi sagement en abandonnant les gens du santon : ils sont perdus.

— Tais-toi ! cet Omar nous observe...

— Au revoir, cetti! Au Kaire vous verrez Kléber à vos pieds, comme un esclave, et vous pourrez tout contre ce chien de Martial, le but secret de nos vengeances.

La colonne s'ébranla dans la direction du lac de Natron.

C'est la région la plus curieuse de l'Égypte, que celle qui renferme la vallée du fleuve sans eau et le bassin des lacs de Natron. Ces deux vallées sont parallèles. Six lacs se suivent dans la direction du bassin. Leurs bords et leurs eaux sont couverts de cristallisations, tant de sel commun ou chlorure de sodium, que de natron ou carbonate de soude.

Cette curieuse vallée, où des caravanes viennent chercher le natron pour le blanchiment du fil et de la toile, n'est habitée que par des moines grecs, qui n'y vivent que d'un peu de légumes et sont claquemurés dans leurs couvents, toujours à la défensive contre les maraudeurs bédouins.

Même la végétation de ces vallées offre un aspect sauvage et triste. Les palmiers ne forment que des buissons et ne portent pas de fruit. Des troupeaux de bêtes fauves s'y donnent rendez-vous au bord des lacs. Il y a aussi des oiseaux de toute espèce, parmi lesquels le pluvier à la voix aiguë et criarde, et le flamant, au plumage rouge de feu, aux hautes jambes, et dont les bandes alignées ressemblent à des soldats rangés en bataille.

Malgré le vif désir qu'elle en avait, la belle Fatouma ne trouva pas moyen, pendant le trajet d'Efrim au lac de Natron, où les fanatiques d'El-Mohdhy s'étaient placés, d'exercer sur Kléber le pouvoir de ses charmes et de lui parler en faveur de son parent. Kléber sentait la bataille, et, à l'approche du combat, toute autre pensée que celle de vaincre s'évanouissait chez notre héros.

La lutte ne fut pas longue avec l'envoyé du ciel. Toute cette tourbe indisciplinée fut, en moins d'une heure, taillée en pièces, tuée ou jetée dans le lac et le canal de jonction. La moitié à peine put gagner l'autre rive du canal.

Celui dont le corps était invulnérable fut percé d'une balle et tomba mort sur le champ de bataille.

Le santon avait perdu tout le fruit de ses prédications et de ses peines ; le gourmand Abou-Chanfara dut se résigner à aller demander au paradis de Mahomet toutes les friandises dont il avait espéré s'entourer ici-bas avec l'or du grand vizir. Que d'imposteurs sont ainsi trompés dans leurs calculs !

Quelques centaines de prisonniers furent conduits devant le général. Il ordonna de les emmener au Kaire.

— O généreux pacha, daignez m'écouter ! dit la belle veuve d'Esméir, en s'approchant de Kléber et en le couvrant de son regard qui n'avait déjà eu que trop de puissance.

— Que désirez-vous, adorable kadine ? demanda le général.

— Parmi ces captifs, j'aperçois un parent de défunt mon mari...

— Ah ! vous êtes veuve...

— Veuve d'un des plus riches scheiks du Delta. Mes rizières s'étendent à perte de vue...

— Elle me fera des croquettes de riz : j'en raffole, pensa Kléber. Elle est riche : je l'épouserai... Eh bien ! reprit-il tout haut, parlez, charmante veuve ! Vous avez un parent, dites-vous, parmi ces prisonniers ?

— Accordez-moi sa grâce, ô pacha !

— Pacha, soit ! dit encore Kléber. Je ferai porter trois queues de cheval devant moi, quand j'irai la voir... Sa grâce ! reprit-il. Mais nous ne tuons pas nos prisonniers.

— Sa liberté, je veux dire.

Fatouma savait que l'uléma, condamné à mort après la révolte du Kaire, serait infailliblement reconnu en arrivant dans cette ville.

— Sa liberté ! Vous me demandez beaucoup, dit Kléber.

— Refuseriez-vous ?

Le ton harmonieux et le regard magique dont la sirène accompagna ces paroles firent que le galant général ne put résister à la demande de la ravissante postulante.

L'uléma Seyd-Mohammed fut rendu à la liberté.

Avant de s'éloigner avec lui, la veuve d'Esméir prit la main du général, s'inclina et la baisa avec transport.

— Comment vous reverrai-je au Kaire? demanda Kléber, encore tout étourdi de ce baiser brûlant. Permettez de vous faire sa cour à celui qui aspire à terminer votre veuvage.

— Je vous enverrai une de mes esclaves, répondit la musulmane, qui pouvait à peine cacher sa joie.

— Que ce soit bientôt !

— Promettez-moi seulement une chose.

— Laquelle, charmante dame?

— Quoique veuve, je dois sauvegarder ma réputation. Venez seul, et ne révélez à aucun de vos compatriotes mon nom et ma demeure, quand vous les connaîtrez.

— Que ne vous promettrais-je pas, divine houri!

— Adieu donc ! ou plutôt... au revoir !

A ces mots, la veuve reprit avec l'uléma le chemin du village d'Efrim, où l'attendait la prudente almée.

— Eh bien ! que dis-tu de cela, Omar ? demanda Kléber à son ami.

Celui-ci, avec sa figure grave et réfléchie, avait suivi de l'œil l'adroite séductrice. Il hocha la tête et répondit d'un air sentencieux :

— Certes, grandes sont les fourberies des femmes !

— Un verset du Koran, j'en suis sûr !

— Du chapitre intitulé *Joseph*, où il est question de la femme de l'*azis* Putiphar et de ses séductions.

— Connue, l'histoire !... Mon cher Omar, Joseph n'était qu'un niais.

— Kléber! prends garde... Plus que toutes les autres, les femmes de l'Égypte sont jalouses et nourrissent l'esprit de la vengeance. Dissimulées et cruelles, elles mé-

10.

ditent leurs coups dans le silence, et le poison que distille leur propre sein produit de terribles ravages (1).

— Le moyen de rendre une si belle créature jalouse !... Peut-on en aimer une autre, quand on a vu celle-là ?

—. Tu répètes la même chose à chaque aventure nouvelle... Je te le dis, en vérité, Kléber : tu périras à cause d'une femme !

Il ne croyait pas dire si vrai, le fidèle Omar. Fasciné par la veuve d'Esméir, Kléber venait de sauver l'uléma du supplice qui l'attendait au Kaire : cet uléma devait lui devenir fatal, en contribuant à... Mais continuons notre récit.

La chute de l'Ange El-Mohdhy devait, selon toute apparence, faire tomber l'échafaudage de sa mission divine ; mais il est bien difficile de pouvoir calmer promptement les têtes exaltées par le fanatisme.

La bande du misérable Abou-Chanfara resta persuadée que l'Ange n'était point anéanti, mais qu'il était remonté au ciel, d'où il allait diriger avec plus de certitude les coups des vrais croyants. Tous les fanatiques qui avaient survécu au massacre du lac de Natron restèrent donc en armes et se répandirent par petits détachements sur les rives du Nil et jusqu'aux environs de Damiette. Ils y exercèrent longtemps leurs brigandages, continuant de troubler la tranquillité des provinces du Delta, en excitant les fellahs à la révolte.

Mais comme ce n'était plus l'affaire que de quelques colonnes volantes, Kléber reprit la route du Kaire avec le gros de sa division.

---

(1) Sonnini parle au long de ce poison que les femmes des harems égyptiens préparent à de certaines phases de la lune, et qui produit à peu près les mêmes symptômes que le scorbut.

La source de tous ces mouvements insurrectionnels était dans le gouvernement ottoman, incité et dirigé par les Anglais. Ceux-ci, en attendant que l'armement extraordinaire préparé dans l'île de Rhodes fût achevé, cherchaient à donner la main aux Mamelouks de la Haute-Égypte, par l'entremise du Baheireh révolté.

C'était ce même motif qui avait engagé Mourad-bey à quitter la *grande oasis*, où il avait été forcé par Desaix de se confiner pendant la campagne de Syrie.

Instruit de la levée de boucliers faite par le lieutenant de l'ancien pacha d'Égypte dans la province de Charqieh, et des premiers avantages obtenus par l'Ange El-Mohdhy dans le Baheireh, Mourad était accouru avec les trois autres beys, Hassan, Osman et Saleh, pour prendre part à ces nouvelles opérations contre les Français.

Déjà il était descendu à la hauteur des Pyramides de Gizeh, lorsque la nouvelle de la reprise de Damanhour vint lui enlever toutes les espérances qu'il avait conçues de ce côté.

Poursuivi par le général Davoust, Mourad fut obligé de se jeter de nouveau dans le désert.

Il se dirigea par le *Bahr-el-Belama* (le fleuve sans eau), vers le golfe des Arabes, pour y attendre l'armée turque dont on lui annonçait la prochaine arrivée, et se joindre à elle.

Malgré les fêtes magnifiques données par Bonaparte au Kaire, pour célébrer son retour, l'armée, les chefs surtout, qui avaient revu avec empressement la capitale de l'Égypte, ne tardèrent pas à murmurer de nouveau et à se plaindre.

Il y avait un an que nos soldats avaient quitté Toulon, et qu'ils étaient sur les rives du Nil. Ils désiraient revoir la France. La nostalgie avait gagné tous les esprits. Les généraux demandaient des congés pour passer en Europe, au risque d'être enlevés par les croiseurs anglais.

L'armée elle-même demandait en masse qu'on la ramenât en France. Un jour on alla jusqu'à former le projet d'enlever les drapeaux du Kaire et de marcher sur Alexandrie pour s'y embarquer; mais ce projet ne fut pas mis à exécution.

Avant de clore ce chapitre, consacrons quelques lignes à la situation pacifique de la Haute-Égypte, sous l'administration éclairée de Desaix.

Mourad et ses Mamelouks une fois disparus de la vallée du Nil, toutes les tribus arabes qui habitent le désert entre ce fleuve et la mer Rouge, et qui jusqu'alors avaient suivi le bey guerrier, s'en détachèrent entièrement, se rapprochèrent des Français et parurent servir ces derniers avec le même zèle qu'ils avaient manifesté envers les anciens maîtres de l'Égypte.

Il faut bien convenir que les belles qualités qui distinguaient si éminemment Desaix, son amour de la justice, sa loyauté, l'inviolable générosité de son caractère avaient, plus que la force des armes, amené ce changement de dispositions dans les esprits.

Ce général fut bientôt aimé et respecté de tous les peuples qui avoisinent la Haute-Égypte. Ces hommes à demi sauvages avaient une telle idée de ses vertus, qu'ils ne le désignaient plus jamais que sous le nom de *Sultan juste*. Le souvenir de cette dénomination, qui ne fut point une concession de la crainte ni l'hommage d'une basse flatterie, subsiste encore de nos jours chez ces Arabes.

Le *Sultan juste* figure dans les récits romanesques par lesquels les *kouals* (maîtres de la parole) et les *scha'aras* (poètes) de ces peuples du désert, dont l'imagination est si vive et si brillante, charment les plaisirs de leur vie nomade. C'est au rang des personnages les plus distingués et les plus classiques qu'ils placent Desaix, dont ils ne se lassent de célébrer les qualités dans leurs *kassidés* (poésies), en s'accompagnant du *rébaba*, espèce de guitare, le seul instrument de musique qu'on possède dans le désert.

Les résultats de la sage et bienfaisante administration du général Desaix furent immenses pour les Français.

Ceux-ci n'eurent plus d'ennemis à craindre dans le Saïd, du côté des Arabes. Le schérif de la Mecque lui-même, désavouant les incursions faites par ses sujets, parut oublier que les nouveaux dominateurs de l'Égypte étaient des infidèles. Il rechercha l'amitié de Desaix, entra en relation directe et s'entendit avec lui pour donner au commerce des deux pays une nouvelle activité.

Sûres désormais de trouver assistance et protection en traversant le sol occupé par les Français, les caravanes reprirent leur cours accoutumé, et le port de Kosséir, sur la mer Rouge, redevint un entrepôt où l'on voyait s'échanger les cafés de Moka, les marchandises de la Perse et de l'Inde, contre les blés et d'autres productions de l'Égypte, avec autant de confiance que si la guerre eût cessé depuis longtemps.

IX

LE DÉSASTRE D'ABOUKIR VENGÉ

L'époque du débarquement à Alexandrie de l'armée turque approchait. On était au milieu de juillet.

Le général Lagrange venait de surprendre les Mamelouks du bey Osman à l'oasis de Sebabayar, et s'était rendu maître de leur camp. Mourad-bey, de son côté, avait quitté l'oasis des lacs de Natron, et était venu camper non loin des Pyramides.

Bonaparte en personne, avec les guides à pied et à cheval, les grenadiers des 18° et 32° demi-brigades, une division du régiment des dromadaires et deux pièces d'artillerie légère, voulut faire l'honneur au bey Mourad de le combattre. Mais en arrivant aux Pyramides, il apprit que le bey, suivant sa coutume, s'était enfoncé dans le désert.

Le général Murat reçut l'ordre de le poursuivre avec sa cavalerie et les dromadaires.

Au moment où Bonaparte se disposait à retourner au Kaire, un courrier arriva à franc étrier, lui apportant une dépêche de Marmont, gouverneur d'Alexandrie.

Les Turcs venaient de débarquer sur la plage d'Aboukir.

Leur flotte, partie de Rhodes, avait été escortée par la division navale de Sydney Smith.

Le débarquement avait eu lieu dans la presqu'île d'Aboukir, qui s'avance entre la mer et le lac Madich, et se termine par un rocher, sur lequel est un fort. Les Turcs abordèrent hardiment la plage et enlevèrent le village et le fort d'Aboukir, après en avoir égorgé la garnison. Toutefois, le commandant Vinache et trente-cinq soldats furent encore sauvés là par l'intervention du généreux commodore.

L'armée du Sultan était commandée par Mustapha-pacha, séraskier de Roumélie, autrement dit commandant militaire de cette province.

Elle était de 18,000 hommes environ, et composée de l'élite des troupes ottomanes, c'est-à-dire de janissaires aguerris. Son artillerie était nombreuse, et elle était servie par des officiers anglais. L'armée n'avait point de cavalerie, mais elle comptait sur les 2,000 Mamelouks qui restaient à Mourad-bey, et qui devaient venir la rejoindre à Aboukir.

Les chefs ignoraient que Mourad, vaincu dans la personne des beys, ses officiers, avec les débris de son ancienne et si brillante armée, était en fuite, à la tête de quelques centaines de cavaliers, au delà des lacs de Natron, n'ayant plus pour fortune que ses armes souillées de sang et de poussière, et d'autre patrie que la selle de son cheval.

Bonaparte était parti du Kaire sur-le-champ. Il arriva à Alexandrie après une marche rapide, ayant avec lui les divisions Lannes, Bon et Murat. Kléber, Reynier et Desaix devaient venir le rejoindre à Aboukir.

Kléber avait reçu ses ordres au moment où il allait se

rendre au faubourg El-Karafe, quartier de la riche veuve. Il poussa d'abord un gros jurement, puis un soupir. Mais ce fut tout : le lion s'était déjà réveillé...

Toutefois, il envoya aussitôt par un Cophte, à Fatouma, qu'il voyait secrètement, une petite lettre dans laquelle il lui jurait de revenir à ses pieds dès que l'ennemi serait anéanti.

Puis il monta à cheval avec Omar et Rivolet, pour rejoindre Bonaparte.

Le général en chef s'établit à Berket, point intermédiaire entre Alexandrie et la mer. Après avoir examiné la position des troupes ennemies, il se porta à l'entrée de la presqu'île. Déjà son plan était arrêté, et, bien qu'il n'eût encore sous la main que 6,000 hommes, il fit attaquer sur-le-champ.

Les Turcs, maîtres d'Aboukir, avaient pris position dans le fond de la presqu'île, où ils s'étaient couverts par deux lignes de retranchements. Bonaparte espérait les enfermer dans le village d'Aboukir, et les y accabler sous une grêle de bombes et d'obus.

Il ordonna l'attaque aussitôt. Il porta le général Destaing à l'extrémité gauche de la première ligne, Lannes à celle de droite ; et Murat, qui était au centre, reçut l'ordre de faire filer sa cavalerie sur les derrières de la première ligne. Ces ordres furent accomplis littéralement.

Destaing aborda la position de gauche, espèce de mamelon de sable, pendant que Murat la faisait tourner par un escadron et s'en emparait. A droite, même manœuvre et même résultat.

Les deux colonnes victorieuses portent ensuite leurs efforts vers le centre de la ligne, fortement retranché, et l'enlèvent après un sanglant combat. Les Turcs, forcés dans leurs retranchements, se jettent dans la mer plutôt que de se rendre. Près de quatre mille se noient ainsi.

Le plan de Bonaparte était en partie rempli. Il avait enlevé la première ligne et acculé les Turcs au village d'Aboukir, où il pouvait les bombarder en attendant l'arrivée de ses autres divisions. Mais il résolut de profiter de ce premier succès, et de terminer cette bataille d'un seul coup.

Mustapha-pacha, généralissime de l'armée turque, avait encore 12,000 hommes de troupes fraîches, et il occupait la forte position d'Aboukir, se liant par la droite à la mer et par la gauche au lac Madieh.

Bonaparte, sachant combien les soldats turcs, solides derrière un retranchement, redoutent la cavalerie en plaine, fit répéter la même manœuvre par Murat, c'est-à-dire que, pendant que les divisions d'attaque de Lannes et de Desaix abordaient la position sur le front et sur la droite, Murat, avec sa cavalerie, devait tourner l'ennemi par la gauche, en passant sous le feu de la redoute et des barques canonnières.

En voyant nos divisions s'avancer l'arme au bras, les Turcs sortent des retranchements et se jettent à leur tour en avant. Ces soldats, armés d'un fusil sans baïonnette et de deux pistolets, tirent d'abord leurs trois coups de feu et prennent ensuite leur sabre : mais ils rencontrent les baïonnettes de notre intrépide 32ᵉ demi-brigade.

— Fonce ! fonce, mon ami Pâquot ! disait un grenadier dans la mêlée.

— Hé ! oui, Dumanet !... Mais regarde donc, il veut m'arracher la baïonnette, ce gros Turc !... Il est fort comme un bœuf...

— Gare, Pâquot ! cria la grosse voix du caporal Landuron.

Le janissaire avait levé son sabre, qui s'abattit sur le bonnet à poil du Beauceron. Mais le coup s'aplatit sur la plaque de cuivre, et comme dans ce mouvement du bras droit, la main gauche du Turc qui étreignait la baïonnette avait molli un peu, Pâquot put dégager cette dernière, et, se fendant, l'enfonça dans le ventre du janissaire jusqu'à la douille. Le Turc tomba, en invoquant Allah.

C'est ainsi que les soldats de Mustapha se font poignarder, en voulant saisir avec leurs mains la terrible arme française, qui leur est inconnue.

Nos colonnes se portent en avant. Déjà la 18e demi-brigade est arrivée au pied de la redoute ; une épouvantable canonnade des *topdjys* (artilleurs turcs) la repousse. L'adjudant-général Leturque est tué ; le général Figuières a le bras emporté. Murat, de son côté, n'a pu accomplir son mouvement, tant le feu des redoutes, dirigé par les officiers anglais, est violent.

Bonaparte voit les efforts de ses troupes échouer contre cette seconde ligne. Il hésite et ne sait s'il doit tenter une nouvelle attaque.

En ce moment, il s'aperçoit que les Turcs sortent en masse de la grande redoute, pour venir couper les têtes des morts épars dans la plaine.

Cet usage barbare de couper les têtes, auquel se livraient naguère encore les tribus révoltées de l'Algérie, a eu de la peine à disparaître dans les armées du Sultan. Les Osmanlis le tenaient des Tartares et des Turcomans leurs aïeux. On payait un prix convenu pour chaque tête ennemie apportée au camp pendant et après l'action.

L'œuvre sanguinaire que les Turcs accomplissaient en cette circonstance devint fatale à l'armée de Mustapha.

Bonaparte profita de la confusion avec sa promptitude habituelle.

Le général Lannes, qui était en bataille derrière le village, s'élance au pas de course sur la redoute dégarnie. L'aile gauche se rallie à son tour, et marche en avant. En même temps, le général Murat, par une heureuse inspiration, ordonne une charge générale pour tourner la gauche des ennemis.

Tout s'ébranle à la fois. Lannes emporte les retranchements.

Murat, qui a enlevé ses escadrons avec sa fougue ordinaire, obtient un plein succès et rend la victoire décisive. Placé entre le fort d'Aboukir et les retranchements, il coupe la retraite aux ennemis, et les pousse dans la mer.

Il pénètre de sa personne dans le camp de Mustapha-pacha, et court à la tente du généralissime. Celui-ci se tient à la tête de deux cents janissaires d'élite ; voyant accourir Murat, il s'avance lui-même rapidement à la rencontre du brillant général.

Par une prouesse qui rappelle les paladins des Croisades, Murat engage avec le séraskier un combat singulier auquel assistent, silencieux, dragons et janissaires.

L'étincelle jaillit des sabres, les chevaux hennissent et soufflent bruyamment sous l'éperon : les deux adversaires, dignes l'un de l'autre par leur courage, se portent des coups terribles. Enfin, le cimeterre de Mustapha vole à dix pas... Le séraskier a fait reculer son coursier.

— Rends-toi, pacha ! lui crie Murat.

— Par Allah ! non.

— Je te prendrai vivant, je le jure.

— Moi, je te tue.

— C'est ce que nous allons voir.

Mais déjà le séraskier a tiré un pistolet de l'arçon de sa selle ; il tire, et la balle atteint Murat au-dessous de la mâchoire inférieure, mais ne le blesse que légèrement.

Murat fond sur le pacha, et d'un coup de sabre lui abat deux doigts.

Vaincu par la douleur, Mustapha chancelle sur son coursier, ses yeux se voilent : il va vider les arçons...

Maintenant en respect les janissaires, qui du reste sont frappés de stupeur, Murat ordonne à deux dragons de s'emparer du séraskier, et le mène prisonnier au quartier général avec les deux cents janissaires, qui ont mis bas les armes.

Un tableau représente ce beau fait d'armes. On le voyait naguère encore à Naples dans le Palazzo-Reale, résidence du roi Joachim pendant sept ans.

Cependant un effroyable carnage avait commencé sur la plage d'Aboukir. Les Turcs, assaillis de tous côtés, poussés la baïonnette dans les reins par l'infanterie de Lannes et de Rampon, sabrés par les dragons, les chasseurs et les hussards de Murat, se précipitent dans les flots, et bientôt neuf ou dix mille cadavres flottent sur cette même rade d'Aboukir, si funeste à nos marins l'année précédente.

Kléber courut embrasser Bonaparte, en s'écriant :

— « Général, vous êtes grand comme le monde ! »

Plus tard, le général en chef reçut du Directoire une longue lettre de félicitations dans laquelle on trouve ce passage :

. « Le Directoire ne cesse d'apprécier l'admirable conduite de l'armée que vous commandez, et vous renouvelle à vous-même, citoyen général, avec une satisfaction sans bornes, l'expression de son inaltérable confiance dans vos rares talents, qui ont si bien servi la gloire de la République, et qui concourront nécessairement à accélérer les jours si désirés de la paix. »

A cette lettre flatteuse était jointe l'expédition d'un décret rendu par le Corps législatif, et qui déclarait que l'*Armée d'Orient ne cessait point de bien mériter de la patrie.*

Jamais, en effet, victoire n'avait été aussi complète, aussi décisive ; jamais armée n'avait été détruite avec autant de rapidité, de bonheur et de gloire. Six mille hommes en avaient anéanti dix-huit mille !... Et ces dix-huit mille soldats étaient l'élite des troupes ottomanes ! L'histoire n'avait point encore fourni un pareil exemple.

La possession de l'Égypte était assurée désormais contre les ennemis, et l'armée d'Orient, quoique réduite, présentait encore un effectif de vingt-cinq mille soldats, les plus aguerris du monde et les mieux commandés.

Sur le Nil, comme en France, la grande victoire d'Aboukir fut accueillie par des transports de joie et d'enthousiasme. Les Français et les Égyptiens chrétiens, Grecs et Cophtes, s'embrassaient dans les rues et se félicitaient mutuellement. Le débarquement des Turcs, appuyé par les vaisseaux anglais, avait inspiré une crainte si grande qu'il était naturel que leur destruction excitât une satisfaction universelle.

C'est sous l'impression de cet éclatant triomphe que, revenu au Kaire, Bonaparte résolut de retourner en France.

Il était sans nouvelles depuis six mois. Des journaux qu'il parvint à se procurer et une lettre de son frère Joseph lui apprirent que de grands désastres avaient frappé les armées de la République, que l'Italie était perdue, que Turin et Mantoue étaient bloquées, que Malte était menacée, que Corfou était prise, et que nos armées du Rhin et du Danube avaient éprouvé des revers.

Sa résolution fut arrêtée; il se décida à partir et à essayer la traversée au milieu des escadres anglaises qui sillonnaient la Méditerranée. Il comptait sur sa fortune.

Il tint son projet de départ caché jusqu'au dernier moment, puis il simula une tournée dans le Delta. Il emmena avec lui les généraux Berthier, Lannes, Murat, Marmont et Andréossi, les savants Monge, Berthollet et Denon, et deux cent cinquante guides, que commandait le général Bessières. Le 18 août, il partit pour Alexandrie, où il s'embarqua sur la frégate la *Muiron*.

— Ne craignez rien, dit Bonaparte à ses officiers, qui redoutaient les croisières anglaises, nous arriverons ; la fortune ne nous trahira pas. Nous arriverons en dépit des Anglais.

Il allait saisir en France ce trône qu'il avait rêvé en Orient, mais en violant les lois de son pays.

Kléber rentrait chez lui du faubourg El Karafe, plus amoureux que jamais de la belle veuve Fatouma, lorsqu'un officier des guides lui remit un pli cacheté.

— Du citoyen général en chef, dit le guide.

Kléber croyait naïvement Bonaparte occupé à faire sa tournée dans le Delta.

— D'où venez-vous, lieutenant ? demanda-t-il à l'officier.

— D'Alexandrie, répondit celui-ci.

— Le général en chef est déjà à Alexandrie! s'écria Kléber tout étonné.

Mais sa surprise devint extrême, dès qu'il eut commencé la lecture des dépêches, et il poussa un énorme jurement.

Bonaparte lui annonçait son départ pour la France et

l'investissait du commandement de l'armée d'Orient, en lui donnant toutes les instructions nécessaires.

Sa lettre confidentielle à Kléber se terminait par les passages suivants :

« Citoyen général, la place importante que vous allez occuper va vous mettre à même de déployer les talents que la nature vous a donnés. L'intérêt de ce qui se passe est vif, et les résultats en seront immenses pour le commerce et la civilisation : ce sera l'époque d'où dateront les grandes révolutions...

» Je serai d'esprit et de cœur avec vous ; vos succès me seront aussi chers que ceux où je me trouverai moi-même... Consolidez le magnifique établissement dont les fondements viennent d'être jetés...

» Entretenez les soldats dans les mêmes sentiments que ceux du passé ; vous le devez, pour l'amitié et l'estime toute particulière que j'ai pour vous, et l'attachement que je vous porte. »

Une proclamation à l'armée était jointe à la lettre. Kléber était chargé de la publier. Cette proclamation, très courte et qui se ressentait de la gêne de cœur et d'esprit où Bonaparte se trouvait en l'écrivant, était ainsi conçue :

« Soldats !

» Des nouvelles de l'Europe m'ont décidé à partir pour la France. Je laisse le commandement de l'armée au général Kléber. L'armée aura bientôt de mes nouvelles : je ne puis en dire davantage. Il me coûte de quitter des soldats auxquels je suis le plus attaché ; mais ce ne sera que momentanément, et le général que je leur laisse a la confiance du gouvernement et la mienne. »

Le départ de Bonaparte a été diversement apprécié.

Blâmé sévèrement par quelques historiens, il a été approuvé par d'autres, et notamment par Jomini et Thiers.

« Ce n'était pas, dit ce dernier, une lâche désertion, car il laissait une armée victorieuse pour aller braver des dangers de tout genre, et le plus horrible de tous, celui d'aller porter des fers à Londres. C'était une de ces témérités par lesquelles les grands ambitieux tentent le ciel, et auxquelles ils doivent ensuite cette confiance immense qui tour à tour les élève et les précipite. »

Bonaparte, il faut le dire, n'avait, du reste, rien négligé avant son départ pour consolider par tous les moyens politiques et religieux notre établissement en Égypte.

Des ordres avaient été donnés à tous les commandants de provinces et de places pour que ceux-ci apportassent la plus grande douceur et les meilleurs procédés dans l'exercice de leur autorité. Il leur était surtout recommandé de faire tous leurs efforts pour persuader aux musulmans que la cause de leur religion ne courait aucun danger par suite du séjour des Français au milieu d'eux.

Par cette conduite adroite, Bonaparte avait déjà enlevé aux Mamelouks et aux Osmanlis un grand nombre de partisans. Il s'était attaché à persuader aux sectateurs de l'islamisme qu'il aimait et respectait leur religion, et se ferait toujours gloire de la protéger.

La plupart des scheiks et gens de la loi musulmane, au Kaire, avaient été enchantés de ces dispositions du général français. Ils souriaient à l'idée que leurs nouveaux dominateurs finiraient par embrasser la religion mahométane comme déjà l'avait fait le général Menou.

Avant de quitter le Kaire, Bonaparte avait en outre tenté d'entrer en négociation avec le grand vizir. Yousouf était alors à Damas, attendant la réunion d'une nouvelle armée, à la tête de laquelle il devait, en personne, reprendre les hostilités.

Mais revenons à nos braves d'Égypte.

L'armée fut consternée en apprenant le départ de son général en chef. La longue et difficile campagne de Syrie, qu'elle venait d'accomplir, avait rudement éprouvé tous ces hommes si éloignés de leur patrie depuis plus d'un an et sans espoir d'y revenir.

La nostalgie, cette cruelle maladie morale, avait pris naissance au milieu des déserts de la Syrie, et fait en peu de temps de rapides progrès. Le désir de revoir le sol natal s'était réveillé plus violent dans le cœur des soldats, et avait éclaté d'abord en suicides, puis en murmures, et même en révoltes.

Affaiblie par les maladies, décimée par les marches dans les sables ardents, par les combats, réduite enfin de plus d'un quart, l'armée d'Égypte se croyait près de périr tout entière dans ce pays, car le chemin de la patrie lui semblait à jamais fermé.

De quelque côté qu'on tournât les regards, l'espérance du retour en Europe paraissait impossible. Du côté de la mer, c'étaient les croisières anglaises, du côté de la Syrie, c'était Saint-Jean d'Acre, l'imprenable ; de tous les autres côtés c'était le désert avec ses immenses plaines de sable.

Un sombre ennui dévorait indistinctement chefs et soldats. Bonaparte, par sa présence, faisait luire quelques rayons d'espoir dans ces pauvres esprits abattus et calmait l'effervescence toujours prête à éclater. Mais quand l'homme qui semblait résumer en lui seul l'espérance et la force de cette armée fut disparu, le désespoir devint extrême.

— Qu'allons-nous devenir, Treillet?

11.

— Hélas! je n'en sais rien, mon pauvre Jeannot !

Cette question et cette réponse se faisaient pourtant dans un endroit charmant. C'était un des jardins les plus féeriques de ce Kaire, dont les récits orientaux disent que *le sol est d'or et le ciel d'azur*, c'est-à-dire un des nombreux *geneyneh* ou jardins de l'intérieur de la ville.

Les petits bois d'orangers, les massifs de citronniers, les berceaux de vigne de ces délicieuses retraites sont continuellement fréquentés par les promeneurs. L'acacia-lebbek et le sycomore, les plus grands arbres de l'Égypte, y croissent confusément à côté du dattier à la tige élancée, du mûrier, du grenadier, du rhamnus, du myrte et du bananier aux feuilles gigantesques. Dans l'air embaumé et sur les branches vertes voltigent des milliers d'oiseaux, si familiers sur les bords du Nil, où l'Arabe se garderait bien d'inquiéter ces paisibles hôtes de son hiver printanier.

Les deux carabiniers, avec leur camarade Croustillac, sont' assis dans un bosquet touffu. Jacquot Treillet, quoique triste comme ses compagnons, n'en joue pas moins avec son guépard, dont la taille est devenue élancée, sans que les mouvements du joli félin aient perdu quelque chose de leur légèreté et de leur grâce.

— Je ne boirai plus de notre bon cidre du Maine, reprit Jeannot en gémissant.

— Ni moi, de notre rouge mâcon.

— Je ne mangerai plus de nos grasses volailles du Mans.

— Ni moi des châtaignes et du raisiné de Bourgogne.

— Hé, milladious! larmoya Croustillac, la belle Gascogne ne me verra plus.

— La payse pleurera toutes ses larmes, dit encore le Manceau.

— O Tolosa ! patrie des sept trobadors et de la divine Clémence Isaure, ajouta le poétique Gascon, je n'assisterai plus à tes *Jeux floraux*.

Survinrent quelques grenadiers de la 32ᵉ qui mêlèrent leurs plaintes à celles des carabiniers.

Tandis que Français du Rhin et Français d'Italie gémissaient à l'unisson, Kléber, le nouveau général en chef, vint à passer dans le geneyneh.

Il revenait à cheval de Gizeh, où il avait été voir Eh-Nehfiz, l'épouse géorgienne de Mourad-bey, et se rendait à son palais sur la place Ezbekyeh. Il était accompagné du capitaine des guides Omar, de Rivolet et de Martial. Sa visite avait eu pour but de voir s'il ne lui serait pas possible d'entrer enfin en arrangement avec le bey, par l'entremise de sa femme.

Les soldats se levèrent pour faire le salut militaire à leur général, mais cela d'un air si rébarbatif, si bourru, que Kléber en fut frappé.

— Voilà encore des mécontents, je parie, dit-il en se tournant vers ses officiers.

— Tout le monde l'est, citoyen général ! répliqua hardiment le Mâconnais Treillet.

— Là ! que te disais-je, Omar ? Ils veulent tous retourner en France.

— Ce sont pourtant des braves, intervint Martial. Je les connais... C'est égal : Jacquot, tu t'es oublié.

— Que voulez-vous, mon lieutenant, nous avons tous le mal du pays.

— Un dur-à-cuire comme toi ! s'écria sur le ton du reproche le lieutenant Rivolet. Un homme qui nous a accompagnés dans le pays des Assassins ?

— Ah ! fit Kléber, c'est ce soldat qui a été avec vous, mes amis ?

— Pour rechercher ta fille, Kléber! murmura Omar à l'oreille du général.

Ce dernier tressaillit, et, baissant la tête, il piqua des deux. Les officiers le suivirent.

Arrivé dans son cabinet, dès qu'il se vit seul avec Omar, Kléber s'écria en se promenant à grands pas :

— Ma tête brûle, j'ai la fièvre... Quelle singulière créature que l'homme!... Comment le Koran définit-il l'homme? Le sais-tu, Omar?

— « L'homme a été créé de précipitation, » repartit Omar.

— Qu'est-ce que cela veut dire?

— Les commentateurs traduisent ainsi : « L'homme est prompt et impétueux par sa nature, et inconstant. »

— Voilà la première chose vraie qu'on me cite de ton Koran. A la bonne heure!... C'est comme qui dirait : « L'homme est un sot animal. » Eh bien! tel que tu me vois, Omar, la vérité de ton Koran s'applique parfaitement à moi, à l'heure qu'il est.

— Que prétends-tu dire, Kléber?

— Voici : je veux et je ne veux pas; j'aime l'Égypte et elle m'est en horreur : je voudrais rester et partir...

— Je ne comprends pas.

— Tu dois pourtant savoir pourquoi j'aime ton maudit Orient, et pourquoi je voudrais y rester.

— Ta fille... je comprends.

— Oui. Où est-elle? Qu'en a-t-on fait?

— Patience! Dieu est grand...

Kléber frappa du pied le tapis avec force.

— Encore!... dit-il. Puisqu'il est si grand, pourquoi n'étend-il pas son bras pour me rendre Zaïra?... Car enfin, une fille doit être réunie à son père, un père doit avoir son enfant. Si ton Dieu et ton Mahomet ne sont pas de cet avis, à quoi sont-ils bons?

— Ne blasphème pas, Kléber, et demeure en Égypte.

— Non... mille fois non. Je retournerai plutôt en Syrie !

— Attends tout des événements.

— C'est ce que me disait l'autre jour ta Circassienne, qui n'est pas plus Circassienne que toi et moi. Non, je veux ramener nos soldats en France : toute l'armée le désire...

— Qu'est-ce qui te presse ?

— Il y a d'abord cette femme...

Kléber s'arrêta court. Omar ne faisait que soupçonner son intrigue avec la belle veuve du faubourg El-Karafe, et le général n'avait pas voulu, jusqu'à présent, le mettre au courant de ses amours.

— La femme du village d'Efrim, habillée en homme, fit observer le capitaine. Je m'en doutais.

— Eh bien! oui. J'en ai assez. Elle est volontaire comme un enfant, capricieuse et exigeante comme une petite-maîtresse, fantasque comme un feu follet, jalouse comme... comme un Turc, comme toi !

Cette fois, Omar eut un sourire. Kléber continua :

— Sous sa main satinée, on sent la griffe du chat.

— Je t'avais prévenu que les fleurs cachaient le poison.

— Sais-tu bien ce qu'elle m'a demandé hier?

— Comment veux-tu que je le sache ? Tu te caches de moi.

— Eh bien! tu as raison, je ne veux pas te le dire : elle m'a demandé une injustice, un crime!... Ah! çà, vos femmes, en Orient, ont donc l'habitude de réclamer d'un pacha la tête du premier venu qui leur déplaît ?

— Cela se voit quelquefois dans nos contrées.

— Tiens! quittons cet affreux pays où un regard de femme peut devenir un arrêt de mort.

— Mais ta fille, Kléber... ta fille!

— Si j'ai été rendre visite à la Géorgienne, c'est pour entrer en relation d'amitié avec Mourad-bey, et tu as vu que...

— Qu'Eh-Nehfiz avait bon espoir d'amener son époux à un arrangement.

— Sais-tu pourquoi je désire surtout me rendre Mourad-bey favorable?

— Pour pacifier notre conquête.

— C'est qu'après avoir reconduit l'armée en France, je veux revenir ici en simple particulier... avec toi, si tu y consens.

— Je commence à comprendre : tu peux compter sur Omar.

— N'ayant plus charge d'armée, je puis voyager et chercher Zaïra partout.

— Mais la nouvelle armée turque qui s'assemble à Damas?

— Justement j'allais t'en parler.

— C'est Yousouf en personne, Yousouf, ton ennemi mortel, qui la commande.

— J'ai écrit ce matin au commodore Sidney Smith. L'adjudant général Morand est parti avec la lettre pour Alexandrie, où se trouve le vaisseau le *Tigre*. Je demande au commodore qu'il veuille recevoir à son bord le général Desaix et l'administrateur général Poussielgue, qui entreraient en négociation avec deux officiers de marque, chargés de la même mission par le grand vizir.

— Et tu crois que Yousouf, à la tête de quatre-vingt mille hommes, consentira à laisser sortir d'Égypte une armée de dix-huit mille hommes au plus, qu'il espère anéantir ?

— Au Mont-Thabor, avec ma poignée de braves, j'ai tenu une journée entière contre vingt-six mille Syriens ! A Aboukir, six mille Français en ont anéanti dix-huit mille !... Si Yousouf refuse, je bats ses quatre-vingt mille hommes, ramassis de troupes indisciplinées.

— Qu'Allah te protège ! dit l'ex-janissaire.

— En attendant, Omar, tâchons de relever un peu le moral du soldat. N'ayons pas l'air de vouloir abandonner la partie. Des fêtes ! des fêtes ! cela frappe les yeux et l'esprit.

— C'est demain, 1er vendémiaire, le septième anniversaire de la République.

— Je m'y montrerai solennellement comme...

— Comme le *Mars français :* on t'a surnommé ainsi.

— Pas de flatterie, Omar ! répliqua finement le général, ça ne te va pas du tout. J'aurai tout bonnement l'air d'un bey ou d'un sultan, cela imposera aux Égyptiens. En France, ce serait différent ; j'en rirais.

Le lendemain eut lieu effectivement la fête anniversaire.

Le nouveau général en chef y déploya tout le luxe d'une grande représentation et toute la pompe orientale.

X

LE SULTAN KLÉBER

Le successeur de Bonaparte, que sa stature imposante et héroïque avait fait surnommer par les soldats le *Mars français*, tenait beaucoup à la représentation dans cet Orient où il faut frapper les yeux.

Il exigea donc que désormais les habitants du pays lui rendissent les mêmes honneurs que ceux qui étaient affectés aux pachas et chefs des beys.

Bonaparte avait dédaigné cet appareil et l'avait interdit, excepté dans les cérémonies publiques ; il ne se faisait accompagner ordinairement que par ses aides de camp et par quelques guides. Toutefois, pour se conformer en quelque chose aux usages du pays, il avait pris à son service des fellahs, dont deux, portant des *djerids*, espèce de fort javelot ou demi-pique, fait de bois de palmier et sans fer, marchaient constamment à ses côtés, et tenaient, l'un la bride et l'autre l'étrier, quand il montait à cheval ou lorsqu'il en descendait.

Kléber trouva cette étiquette trop simple.

Aussi quand il arriva sur le lieu de la fête, pour lequel il avait choisi la vaste plaine qui s'étend entre la ferme d'Ibrahim et le fort dit de l'Institut, et qu'il y parut dans tout l'appareil et avec toute la pompe qui peut environner un monarque d'Orient, excita-t-il parmi nos soldats la plus vive curiosité, et dans l'immense population qui s'y était rendue un respect mêlé d'admiration.

Kléber était précédé par une double rangée de ces bâtonniers dont nous avons déjà parlé plusieurs fois, et qui, frappant la terre avec leurs longs et gros bâtons, criaient en arabe :

— Voilà le *Sultan* (Seigneur), commandant en chef· Musulmans ! prosternez-vous.

La foule se rangeait dans un religieux silence, pour laisser la voie libre. Ceux qui étaient montés sur des chameaux, des ânes ou des mulets, en descendaient, et tous, s'inclinant et croisant les mains sur la poitrine, saluaient le général en chef à la manière orientale.

Il était suivi de l'aga des janissaires, des grands du Kaire, scheiks, ulémas, imans, membres du divan, des plus riches négociants, ainsi que de tout l'état-major de l'armée.

C'était lui le plus brillamment vêtu. Son costume de général en chef, qu'il avait conservé, avait pourtant pris un cachet oriental. Son chapeau était ombragé d'un large panache tricolore et orné de perles. Son uniforme était couvert de broderies d'or et un magnifique cachemire lui ceignait les reins, auquel était attaché un grand sabre recourbé, à la poignée étincelante de pierreries. Le manteau de soie de Brousse, de couleur pourpre, qui flottait élégamment sur son dos, donnait de la majesté à ce costume splendide.

Ce cérémonial, qu'on eût blâmé en Europe, imposait

réellement aux musulmans, habitués aux démonstrations du despotisme, et qui ne regardent un homme comme véritablement grand, qu'alors qu'ils sont prosternés à ses pieds.

Ils avaient eu beaucoup de peine à se persuader que Bonaparte fût digne d'être le chef des Français, en le voyant affecter une aussi grande simplicité, et ne pas exiger les hommages de la multitude. Sa petite taille et sa mine chétive ne leur paraissaient point en rapport avec toutes les qualités que ses soldats lui attribuaient et le rang éminent qu'il occupait.

Le général Kléber, au contraire, avec sa haute stature, ses formes athlétiques et sa figure majestueuse, leur parut un homme appelé au commandement, un véritable sultan ; et plus il exigeait les honneurs du peuple, plus ce même peuple, dont l'esprit était nourri par les récits merveilleux sur les splendeurs des kalifes, se plaisait à lui payer un juste tribut d'obéissance et d'admiration.

Des détachements de toutes les armes, y compris les mamelouks français, des pelotons du régiment des dromadaires, de la légion grecque, de la légion cophte, ces dernières récemment formées, ainsi que les nègres de la 21e demi-brigade, attendaient le général en chef dans la plaine de la ferme d'Ibrahim.

L'infanterie formait les deux côtés d'un grand carré, dont l'extrémité opposée à celle par où Kléber et son brillant cortège devaient arriver, était fermée par l'artillerie, les dromadaires et des escadrons de dragons, de chasseurs et de houzards.

Les monticules qui séparent la plaine de la ville étaient couronnés par d'autres troupes d'infanterie, et formaient le fond de cet imposant tableau.

Kléber parut, passa en revue les différents corps, et vint se placer avec son escorte sur un tertre élevé, au milieu du carré.

Là, entouré des officiers généraux, de l'état-major général, des administrateurs de l'armée, il distribua des présents à l'aga des janissaires, au président du Divan, au chef des gens de loi. Il dit au premier, qui était le chef de la police :

« Recevez cette pelisse comme un témoignage de ma confiance, comme une marque de l'autorité dont je veux que vous soyez investi. Lorsque vous veillez, je dois dormir tranquille. »

S'adressant ensuite au président du Divan :

— « Rappelez sans cesse au corps que vous présidez, dit-il, qu'il est établi pour aider l'autorité de sa sagesse et de ses conseils ; qu'il doit prévenir les passions désordonnées qui portent au crime ; mais qu'il n'appartient qu'aux dépositaires des lois de les punir. »

Il dit au cadi, ou chef des gens de loi :

— « Ministre de la justice, rendez-la impartialement à tous les hommes, qui sont égaux devant la loi, et faites bénir par l'équité de vos jugements le gouvernement français, auquel vous êtes lié par des serments solennels. »

Enfin, un long roulement de tambours ayant retenti, il se tourna vers l'armée, à laquelle il adressa d'une voix forte et sonore une harangue, qui se terminait ainsi :

« Vos drapeaux, braves compagnons d'armes, se courbent sous le poids des lauriers, et tant de travaux demandent un terme, tant de gloire exige un prix.

» Encore un moment de persévérance : vous êtes près d'atteindre et d'obtenir l'un et l'autre. Encore un moment, et vous donnerez une paix durable au monde, après l'avoir combattu.

» Vive la République ! vive la France ! »

Ce cri fut répété avec enthousiasme. Les Pyramides poudreuses des Pharaons bubastites l'entendirent étonnées ; le Sphynx, à son tour, eut une énigme à résoudre, et, au Champ des momies voisin, les rois embaumés de la vieille Égypte durent en tressaillir dans leurs sarcophages de marbre.

Les troupes exécutèrent différentes évolutions qui remplirent d'étonnement et de crainte le pacha et les officiers turcs faits prisonniers à Aboukir, et que Kléber avait voulu rendre témoins de ce spectacle extraordinaire.

De retour au Kaire, Kléber donna un festin magnifique, moitié à la turque, moitié à la française, aux scheiks, aux ulémas et aux autres personnages de distinction. La fête se termina par un brillant feu d'artifice.

En attendant la réponse de Sidney Smith relativement à l'ouverture des conférences, le nouveau général en chef, bien qu'il eût bon espoir, ne négligea pourtant aucun détail de son administration.

Donnant le soir à ses rêves de mariage, dans la demeure de la belle Fatouma, avec laquelle il ne se brouillait un moment que pour se raccommoder aussitôt, Kléber s'occupait le jour, avec la plus grande activité, de tous les devoirs que lui imposaient les importantes et délicates fonctions de sa place.

Sur ces entrefaites, le grand vizir Yousouf s'avançait en Syrie avec son armée de 80,000 hommes. Il était déjà à Gaza.

En même temps, pour détourner l'attention des Français du côté des frontières de la Syrie et faciliter le passage du désert, Yousouf envoyait un corps de 8,000 janissaires débarquer sur les côtes de Damiette.

Ce corps s'empara de la tour Bogaz, qui en défend le passage. Mais le général Verdier, qui commandait à Damiette, attaqua les janissaires avec tant d'à-propos et de hardiesse, qu'en quelques minutes, près de la moitié de ces 8,000 hommes furent pris ou tués. Le reste se sauva en désordre sur les embarcations et fut recueilli par Sydney-Smith, qui avait convoyé les bâtiments de transport turcs.

Cependant, dans la nuit qui suivit le combat, les roseaux des bords du lac Bourlos, où fut, dit-on, *l'Éléarchie*, le pays des sauvages Baschmourins, s'agitaient derrière la bourgade de Beltim, comme si les anciens pasteurs de buffles les eussent encore hantés.

Si quelque éclaireur français eût osé s'aventurer jusque dans ces parages marécageux, il eût vu, parmi les roseaux, glisser une longue file de formes blanches, qui se dirigeaient le long du lac vers les rizières du Delta.

— Halte! fit une voix, lorsque la tête de cette étrange colonne eut enfin atteint le premier champ de riz, dont le chaume haut d'un mètre, les feuilles allongées et les épillets mûrs (on était en octobre, à la veille de la moisson), s'élevaient par-dessus la petite digue destinée à maintenir l'eau du Nil emmenée par des rigoles à l'époque de l'inondation.

A ce commandement, fait par le chef de file, l'homme qui suivait s'arrêta court ; les autres vinrent successivement se ranger à ses côtés, devant la digue.

Il y en avait bien une centaine.

Sous les rayons de la lune, la face pâle et maigre de toutes ces ombres, à peine plus colorée que le turban et les longs vêtements blancs qui les couvraient, prenait une teinte blafarde...

On eût vraiment dit des spectres, ceux des anciens habitants des Bucolies.

Lorsque tous furent rangés, celui qui avait dit halte leur parla en ces termes.

— Enfants d'Ismaël! Grâce au grand vizir Yousouf, — qu'Allah le protège! — vous avez atteint la terre d'Égypte, sans avoir eu à souffrir des ardeurs du désert. Un vaisseau vous a transportés. Aucune fatigue n'a exténué votre corps, et votre bras, ô fédavis! est toujours disposé à frapper sûrement...

— Parle, ô daï-kébir! répliqua un des Ismaéliens; qui faut-il frapper?

— Celui qui doit être désigné habite les bords du fleuve sacré de l'Égypte. Patiente donc, Soleyman!

— Tu nous conduis à Masr?

— Je retourne à Gaza, où m'attend Yousouf. Toi, mon fils Soleyman, qui connais ces pays et Masr, tu mèneras tes frères dans la ville sainte. Tu te rendras à la mosquée El Azhar, où tu trouveras les ulémas. Ils vous recevront, toi et tes frères, et vous attendrez là, dans le recueillement et la prière, le grand jour de la réunion ismaélite.

— Où doit se tenir cette réunion?

— Seyd-Mohammed el Gazhi, qui se cache, car sa tête est menacée, et avec lequel les deux ulémas de la mosquée te mettront en rapport, te dira l'endroit convenu où tous nos daïs, rékifs et fédavis réunis nommeront enfin le nouveau *Scheik al Djebel*, et investiront le successeur du *Vieux de la Montagne*, en le couvrant du manteau d'Ali.

— Que ce jour arrive bientôt, ô daï-kébir! afin qu'il me soit donné, ainsi que tu me l'as promis, d'aller au *sacrifice*, et de mériter enfin celle qui m'est destinée.

— Encore un coup, prends patience, mon fils ! Dieu aime ceux qui se sacrifient pour lui : il est bon et miséricordieux.

— Amin ! conclut enfin le farouche jeune homme.

— En conduisant tes frères vers la ville sainte, sois prudent, Soleyman !

— Je le serai, ô daï-kébir !

— Ne voyage que la nuit, afin d'échapper à l'œil soupçonneux des Français.

— Repose-toi sur moi.

— Le jour vous vous cacherez parmi les palmiers ou dans les rizières.

— Nous serons invisibles.

— Tu iras sans doute voir le schérif Mustapha-effendi ?

— Il fut mon maître en écriture.

— Ne lui parle point de la réunion projetée des Ismaéliens sur les rives du Nil.

— Pourquoi ? Douterais-tu de lui ?

— J'ai des motifs pour qu'il en soit ainsi.

— Cela suffit. Et toi, ô daï-kébir ! quand reviendras-tu ?

— Je reviendrai avec l'armée de Yousouf. Je suis aga aux ordres du grand vizir. D'ailleurs ce n'est qu'à la suite de l'armée turque que tous nos Ismaéliens du Liban pourront pénétrer en Égypte.

— Combattront-ils ? demanda Soleyman.

— Beaucoup ont dû prendre rang parmi les *toplatys* (milice féodale servant, en Turquie, à ses frais, pendant la guerre). Ce n'est que par exception que j'ai obtenu du grand vizir que vous, mes fidèles fédavis, mes enfants d'élite, vous en fussiez dispensés.

— L'armée traversera-t-elle bientôt le désert ?

— Bientôt... Maintenant, partez, et qu'Allah vous conduise !

A ces mots, le dai-kébir Ahmed étendit ses mains sur les fédavis voués au sacrifice, qui, tous, inclinèrent la tête. Puis il reprit le chemin de la plage de Damiette.

Les Ismaéliens s'engagèrent au milieu des rizières, dans la direction du Kaire.

Le ciel blanchissait à l'orient, au-dessus du lac de Menzaleh, lorsque les mystérieux voyageurs de la nuit atteignirent un groupe de moulins à riz, établis sur une petite éminence, parmi des dattiers.

— Frères! il faut nous arrêter, dit Soleyman. Les infidèles sont maîtres de la terre des Arabes, et les enfants de l'Islam obligés de se cacher, comme les vautours blancs, quand luit le soleil.

Les fédavis se disséminèrent dans l'exploitation, les uns s'abritant sous les *sakies*, ou machines hydrauliques dont on se sert pour l'irrigation, les autres dans les rigoles à sec, derrière les auges où l'on bat le grain, sous les moulins mêmes, consistant en roues tournées par des bœufs, et qui font mouvoir plusieurs leviers, à l'extrémité desquels est un cylindre en fer.

Plusieurs allèrent dans les étables, veuves de leurs bœufs, les fellahs de la propriété ayant disparu, ou se glissèrent jusque dans les fourneaux destinés à l'éclosion des poulets et enterrés dans une espèce de butte, avec cheminées et soupiraux.

Fatigués par la marche de la nuit, la plupart s'endormirent.

Vers dix heures du matin, ils furent réveillés par un bruit de tambours et de trompettes.

Ils virent alors, non sans appréhension, un corps français qui s'arrêtait non loin de là, sous un bois de palmiers.

C'était un gros détachement de la colonne Desaix, envoyée sur Damiette par Kléber, mais qui devenait inutile sur le point menacé, le brave Verdier ayant déjà battu et repoussé les janissaires. Le détachement allait faire la sieste en cet endroit, pendant les heures de chaleur.

Après une demi-heure de repos, une douzaine de fantassins se détachèrent du lieu du campement. C'étaient des carabiniers.

— Allons, soit! disait un officier. Nous allons voir, Jacquot, si tu as bien dressé ton petit tigre.

— Pourvu qu'il y ait du gibier, mon lieutenant, je réponds de lui, répliqua Treillet.

— Hé, milladious! intervint le Gascon, pour ma part je mangerais bien une *coustelette* de lièvre, et je suis sûr que le lieutenant Martial ne serait pas fâché non plus d'en voir rôtir une à ma baguette de fusil.

— Y a-t-il au moins des lièvres en Égypte? demanda Jeannot.

— Tais ton bec, Manceau! Tu n'as jamais rien vu, toi... S'il y a des lièvres en Égypte! Hé, mordious! un jour, derrière les grandes Pyramides, j'en vis toute une armée... Ils étaient d'un gris blanc et couraient comme le diable... Mais, milladious! je tirai au beau milieu de la bande, et j'en tuai au moins une douzaine.

— Rien que ça! avec une seule balle encore, je le gage.

— Hé oui! mais je n'en rapportai qu'un; les autres furent mangés par des Arabes qui se trouvaient là, et qui...

— Ah! voilà le Gascon qui se coupe, interrompit Treillet. Les musulmans n'en mangent point; la chair leur en est interdite. Demande plutôt aux deux camarades albanais.

Le Mâconnais désignait Abdoul-Mousa et son ami

II.   12

Beger, tout fiers d'avoir été incorporés dans la 2ᵉ légère et de porter l'uniforme des carabiniers.

Tous deux confirmèrent le dire de Jacquot et initièrent leurs compagnons français à quelques-unes des prescriptions et défenses du Koran. Ils expliquèrent ce qu'était *makrouh* ou *non-makrouh*, licite ou non.

Abdoul-Mousa, en montrant le guépard, raconta même l'anecdote de Mahomet et de son chat. Le Prophète, un jour pressé de sortir, aima mieux couper la manche de sa robe que de réveiller son chat, qui s'y était endormi.

Le chat est du reste vénéré dans l'Orient depuis la plus haute antiquité. Au temps de Sésostris, quand un chat mourait dans une maison, on se rasait les sourcils en signe de deuil, et on l'embaumait avant de l'enterrer dans la ville consacrée de Bubastis. On laisse aujourd'hui encore les chats faire élection de domicile dans les mosquées, tandis qu'on punirait de mort le chien assez audacieux pour en fouler les tapis. Aucun musulman n'oserait faire le moindre mal à ce félin aimé de Mahomet.

Confondu par les paroles de Treillet et des deux Arnautes, Croustillac se grattait encore l'oreille, en cherchant une repartie pour sa réhabilitation, lorsque le Manceau s'écria :

— Voilà un lièvre !

— Où cela? demanda-t-on avec empressement.

— Il y en a même deux, trois, quatre...

— Où donc?

— Là-bas, dans la direction des moulins à riz.

— Il a la berlue, le Manceau, le diable m'emporte! dit la grosse voix du sergent Leblanc. Ce ne sont pas des lièvres, ça; ce sont tout au plus des civettes ou des rats.

— Ah! j'y suis, s'écria le lieutenant. Les mangoustes d'Égypte sont gris-blanc comme les lièvres du pays.

— Oui, des *rats de Pharaon*, comme on les appelle.

— Des *ichneumons*, sacrés aux yeux des habitants. On leur rendait des honneurs à leur mort dans l'ancienne Égypte ; de leur vivant on leur servait dans les temples, comme aux chats également sacrés, du pain trempé dans du lait, ou du poisson du Nil, coupé par morceaux. C'est l'ennemi du crocodile...

— Hé ! oui, milliadious ! j'ai lu quelque part que ces petites bêtes-là s'élançaient dans la gueule béante des crocodiles, se glissaient dans leur ventre et n'en sortaient qu'après leur avoir mangé les entrailles.

— Une fable !... L'ichneumon est tout simplement avide des œufs de crocodile.

Jacquot Treillet ne disait plus rien. Il était occupé à défaire le nœud de la corde qui retenait le guépard accroupi sur ses épaules. Quand il y fut parvenu, il cria au chat.

— Chasse, Ismaël !

Ismaël ne se le fit pas répéter. Il s'élança des épaules de Jacquot, et gagna une touffe de nopals derrière laquelle on le vit disparaître. Quelques minutes après, il revint avec une mangouste dans la gueule.

Le guépard, qu'on nomme aussi *tigre chasseur* et *léopard à crinière*, court avec beaucoup plus d'agilité que les autres espèces de chats et peut atteindre aisément le gibier qu'il poursuit ; seulement, il ne peut grimper sur les arbres, ses ongles étant faibles et non rétractiles.

Il se laisse facilement apprivoiser, et n'a pas le caractère perfide des grands chats avec lesquels on le classe. Il s'attache, au contraire, à son maître, répond à sa voix, le caresse, et se laisse dresser à chasser pour lui. Depuis fort longtemps on l'emploie en Orient à cet usage.

Le chasseur porte son guépard en croupe. Aussitô

qu'il aperçoit une pièce de gibier, il s'arrête et met l'animal en liberté. Le guépard descend, se glisse derrière les buissons, et s'approche en louvoyant et sans bruit ; puis quand il se croit assez près de sa victime, il s'élance, et en cinq ou six bonds il est près de lui, le saisit et l'étrangle. Il atteint à peu près la taille de la panthère, mais il a plutôt de la ressemblance avec le léopard.

— Eh bien ! qu'en dites-vous, mon lieutenant ? demanda Treillet.

— Parfait ! mais il ne faudrait pas que des Arabes nous vissent chasser des mangoustes. Nous aurions une querelle, et il faut respecter leurs croyances.

— Bah ! il n'y en a pas à plusieurs lieues à la ronde.

En se rapprochant des moulins à riz, on continua à lancer le guépard, qui eut bientôt fait une hécatombe de rats de Pharaon et de gerboises.

Il attrapa aussi quelques pigeons, deux ou trois huppes, et même un *abou-hannés* aux reflets violets.

— Un ibis ! s'écria Martial. Ah ! pour le coup, on nous lapiderait, si l'on voyait un pareil sacrilège !

— Pourquoi, lieutenant ?

— C'est une véritable divinité, que l'ibis ! toujours comme ennemi des crocodiles.

— Hé ! milladious ! leur plonge-t-il donc, lui aussi, son bec dans le ventre ?

— Des Arabes racontent, d'après les anciens Égyptiens, que les ibis vont chaque année à la rencontre des serpents ailés et venimeux qui viennent des déserts, et les détruisent. C'est du moins là la tradition. Leurs plumes même auraient la propriété de frapper de stupeur les reptiles qui en sont touchés.

— Et on les adorait ? demanda-t-on.

— On les élevait dans l'enceinte des temples, et on les

embaumait après leur mort; aussi trouve-t-on beaucoup de momies d'ibis dans les nécropoles. Le meurtre même involontaire d'un ibis était puni de mort.

— Nous voilà propres! dit Jeannot.

Il n'achevait pas, que du groupe des moulins à riz, auprès duquel on était arrivé, bondirent, le poignard à la main, une centaine de figures de bronze en longues robes blanches, qui se ruèrent sur notre poignée de Français, en hurlant.

— A mort! criaient-ils. A mort! les tueurs de *nems* (mangoustes) et d'*abou-hannés!*

C'était Soleyman, qui avait excité les Ismaéliens, non pas tant parce qu'il avait habité l'Égypte, où les deux animaux sont encore en honneur, circonstance que ne connaissaient guère les Syriens, mais parce qu'il avait reconnu Jacquot Treillet et surtout Martial, son rival.

Malgré le voisinage du corps français, les fanatiques fédavis avaient oublié toute prudence en voyant ces quelques infidèles si près d'eux.

Mais les Français n'étaient pas une proie aussi facile qu'ils le supposaient. Suivant la tactique ordinaire de leurs généraux en Orient, ils se formèrent en un petit carré et présentèrent la baïonnette aux sicaires du *Vieux de la Montagne.*

Par-dessus l'épaule des carabiniers, le lieutenant déchargea ses pistolets et abattit deux des assaillants. De son côté, Jacquot avait lancé son guépard par ces mots :

— Chasse, Ismaël !

Et Ismaël étrangla aussitôt un des fédavis, sans la moindre reconnaissance pour ceux auxquels précisément il devait son nom.

Ne pouvant atteindre les Français avec leurs poignards, voyant trois des leurs se tordre dans la poussière, et

12.

l'éveil ayant été donné au camp par les coups de pistolet, les Ismaéliens, sur un cri poussé par Soleyman, finirent par s'enfuir dans la direction du désert en emportant leurs mourants.

On leur lâcha quelques coups de fusils; mais s'il y eut des blessés, le haut chaume des rizières en cacha la chute. On fouilla bien les champs ; mais, sauf quelques traces de sang, on ne trouva rien.

Le lieutenant Martial et ses carabiniers regagnèrent le campement, en riant presque de l'aventure et en s'apprêtant à faire rôtir gaiement le produit d'une chasse qui avait failli leur devenir funeste. Ismaël eut sa bonne part du festin.

A la fin de décembre, les conférences entre les plénipotentiaires français et turcs commencèrent à bord du *Tigre*, devant Alexandrie.

La première demande de Desaix et de Poussielgue fut le libre passage pour le retour en France des blessés et des membres de la Commission des sciences et des arts ; cet article fut consenti sans difficulté et sans discussion.

On convint ensuite d'un armistice pendant la durée des conférences, puis on aborda la grande question de l'évacuation.

Le général Desaix et son collègue voulaient stipuler, comme conditions essentielles, que le traité qu'on allait conclure servît de préliminaire à celui de la paix entre la France et le Sultan ; que l'alliance entre la Porte, l'Angleterre et la Russie fût dissoute, puisqu'elle n'avait pour but que la garantie de l'intégrité du territoire ottoman, et que ce dernier se trouvait replacé par l'évacuation *in statu quo ante bellum ;* que l'on rendît à la France, par compensation, les îles Ioniennes, dont les Russes s'étaient emparés ; enfin, que l'armée eût la faculté de se porter

sur celle des possessions françaises qu'elle jugerait convenable.

A ces dernières demandes, un des plénipotentiaires
turcs s'écria en se levant du divan :

— Par Allah ! c'est impossible. Nous n'avons à nous
occuper que d'un traité purement militaire et local, et
non pas de négociations de paix. Nous allons en référer
au suprême vizir.

Disant cela, il se caressait la barbe, puis il se retira.

Une caravelle le transporta aussitôt, lui et ses col-
lègues, dans le golfe d'El-Arich, où ils débarquèrent.

El-Arich était commandé par le commandant Cazals.

La grande armée turque, à la tête de laquelle se trouvait le vizir Yousouf, campait de l'autre côté du torrent,
au delà de la frontière. Le fort était menacé.

Parvenus au camp du grand vizir, les plénipotentiaires
turcs se dirigèrent immédiatement vers la tente de Yousouf, reconnaissable à sa grandeur et au *sangiab-schérif*
(noble drapeau) qui y flottait. On prétend que c'est
l'étendard même du Prophète, que, sous ce nom, possède le sultan de Constantinople.

La tente était gardée par des janissaires et des spahis. Celui qui avait parlé à bord du *Tigre* fut seul admis.

— Te voici, Ahmed ! dit le vizir, vêtu d'une magnifique
robe de Brousse et coiffé d'un turban où brillait un rubis
étincelant, servant d'agrafe à une aigrette de perles ; les
cornes d'un croissant d'or massif semblaient enchâsser
le rubis.

— Que les bénédictions du Très-Haut descendent sur
toi, ô suprême vizir ! répondit l'aga Ahmed. Nous sommes
de retour.

— Eh bien ! quel est le résultat des conférences ?

— Réjouis-toi ! J'ai tout rompu, tu peux marcher.

— Taïb ! c'est bien... Mais ils y reviendront.

— Tu crois ?

— Sidney Smith tient à ce que le traité se fasse, et il voudra renouer les pourparlers.

— Aussi je viens te dire : Hâte-toi, ô vizir ! Frappe un grand coup, fais-nous pénétrer, moi et mes Ismaéliens, jusqu'à Masr, et ta juste vengeance sera accomplie.

— Je veux la mort de Kléber, s'écria Yousouf en serrant le poing.

— Tu l'auras, vizir.

— Je l'obtiendrai dans la bataille, je le jure par les dix nuits sacrées de la lune de Doul-Hedja ! Maudit soit ce chien !

— Qu'importe que ce soit dans la bataille ou autrement, pourvu qu'il meure ! Et le poignard d'un fédavi, qui choisit son moment, est plus sûr qu'une balle de mousquet ou un coup de cimeterre dans la mêlée.

— Tu oublies que je veux le torturer avant qu'il expire.

— Quel est ton projet ?

— Avec mes 80,000 hommes, il ne peut m'échapper : ce serait un miracle que Mahomet (Dieu lui soit propice et le conserve !) ne fera point.

— Ces Français sont des *djinns* vomis par l'enfer.

— Je donnerai des ordres à tous mes pachas, soudjars-beys, kichjas et kachefs, de m'amener Kléber vivant.

— Après ? demanda tranquillement Ahmed.

— De ma propre main je le frappe au visage, en lui rappelant Belgrade. Ensuite...

— Très bien... Ensuite ?

— Je lui fends le ventre. Puis...

— Ce n'est donc pas tout ?

— La fille de Kalila ne me quittera pas un instant...

— C'est vrai : tu me l'as réclamée, ô vizir !

— Elle est sous ma tente, au milieu de mes femmes, avec l'esclave française...

— Qu'en revanche, tu m'as promis de me rendre.

— Tu l'auras... Je montrerai à ce chien maudit sa fille, et avant qu'il ne meure, je la ferai étrangler sous ses yeux par un janissaire.

— O vizir suprême, tu es la justice même !

— Tu vois, Ahmed, que j'ai raison de vouloir la bataille.

— Franchis donc la frontière avant que Sidney Smith et les plénipotentiaires français ne viennent te trouver dans ton camp ; car ils y viendront, puisque le commodore veut ce traité.

— Tu parles bien, Ahmed !

— Ne perds pas un jour.

— A l'instant même...

Le grand vizir frappa dans ses mains. Un soudjarbey se présenta.

— Qu'on appelle le konakdjy ! ordonna Yousouf.

Le konakdjy est une espèce de chef d'état-major général.

Quand cet officier fut en présence du vizir, qu'il salua en se prosternant :

— Fais avancer contre El-Arich, lui cria Yousouf, deux pachas avec leur serratcouly, une troupe de dehlis bien montés, quarante buffles avec leurs canons et les meilleurs topdjys (artilleurs). Qu'on s'empare du fort !...

Le konakdjy s'inclinait pour se retirer, lorsque Yousouf ajouta :

— Il y a un Anglais dans le camp, fort habile, dit-on.

— John Douglas est son nom, répondit l'officier.

— Dis-lui que je serais bien aise de le voir diriger
l'attaque.

Un quart d'heure après, le crieur du camp parcourait
le cantonnement des troupes désignées, en répétant
d'intervalle en intervalle, suivant l'usage dans les armées
ottomanes :

« — Vous marcherez dans une heure vers l'Occident,
pour franchir le torrent et gagner le fort El-Arich. Ceux
qui veulent partir, le peuvent dès ce moment... Musulmans, n'oubliez pas la prière ! »

Les ordres, chez les Turcs, ne sont pas transmis autrement, et la serrat-couly, qui est une espèce de milice
commandée et payée par les pachas, se met en route
sans ordre, comme bon lui semble, chacun pour son
propre compte et séparément. Les sakkas, ou corps de
porteurs d'eau chargés de traîner l'eau indispensable
aux soldats pour leurs fréquentes ablutions, suivent immédiatement avec les djebdis, soldats pour les escortes
d'équipages et de vivres.

Les janissaires seuls et les artilleurs marchent suivant
un ordre plus régulier.

Lorsque l'avant-garde rencontre un endroit qui lui
semble convenable, elle y campe, et l'armée en fait autant successivement, souvent sans achever le mouvement
projeté.

Quelquefois les troupes se battent entre elles pour des
vivres ou pour un puits, car elles ne subsistent que par
le pillage.

Tel était alors l'état militaire des armées de l'empire
ottoman ; leur tactique n'était guère moins rudimentaire.

L'armée se formait ordinairement en une masse pyra-
midale, composée de l'infanterie des pachas et des janissaires. Cette masse, armée sans la moindre uniformité,

et chez laquelle on voyait encore des arcs, des lances, des boucliers de cuir, des casques de fer, des cottes de mailles, armes depuis longtemps abandonnées dans les corps européens, recevait le choc et se déployait peu à peu, tandis que la cavalerie cherchait à déborder lestement le flanc de l'ennemi.

Aujourd'hui la tactique militaire des Turcs est beaucoup plus avancée, et s'éloigne chaque jour davantage des vieilles routines, grâce aux camps de manœuvres que les sultans ont établis, et où l'on étudie les théories nouvelles apportées par des officiers polonais et hongrois.

La place d'El-Arich avait été regardée par Bonaparte comme la clef de l'Égypte du côté de la Syrie; aussi l'avait-il fait mettre dans un état de défense respectable.

Mais dans cette garnison avaient germé les imprudentes et funestes dispositions manifestées par les chefs mêmes de l'armée. Comme ces derniers, les soldats, placés là au milieu du désert, soupiraient après le retour en France. Informés que des négociations étaient entamées pour l'évacuation de l'Égypte, ils attendaient avec impatience l'heure à laquelle ils devaient abandonner ce pays maudit par eux, oubliant que la patrie est partout où flotte le drapeau national.

Les détachements envoyés par le grand vizir arrivèrent sous les murs du fort. Le colonel John Douglas, chargé de diriger l'attaque, osa immédiatement sommer le commandant Cazals de se rendre prisonnier, ainsi que la garnison.

Une telle démarche, faite contre toutes les règles de la guerre, et quand la place d'El-Arich avait encore presque toutes ses communications libres, était aussi ridicule que déplacée, surtout de la part d'un homme qui ne devait point ignorer les usages européens.

Le commandant Cazals fit répondre à John Douglas que la garnison d'El-Arich lui apprendrait comment de braves gens se conduisent, lorsqu'ils sont chargés de défendre une place.

Les efforts des Turcs furent, en effet, repoussés. Le feu de nos batteries éteignit bien vite celui des ennemis, qui n'avaient qu'un matériel lourd, mal construit et traîné par des buffles. Cependant ils parvinrent à pousser les tranchées jusqu'au saillant d'un bastion.

Mais le brave Cazals fut cruellement trahi par ses propres soldats. Il ne servait à rien que le fort fût imprenable : la garnison se révolta.

Le drapeau de la France fut abattu et relevé ; une lutte s'engagea entre les troupes françaises. Cazals essaya vainement de les apaiser, en leur parlant de discipline et d'honneur. Quelques hommes se rangèrent autour de lui ; mais pendant ce temps, d'autres révoltés jetèrent aux Turcs, du haut des murailles, des cordes qui leur permirent de les escalader.

A peine dans la place, les Ottomans égorgèrent indistinctement tous ceux qui s'y trouvaient, en commençant par ceux-là mêmes qui les avaient introduits. Cent cinquante soldats environ, qui se défendaient comme des lions, durent la vie à l'intervention du colonel anglais Douglas, et échappèrent seuls à ce désastre.

Cet horrible massacre produisit une douloureuse sensation dans l'armée. Kléber en fut indigné, mais pas autant peut-être qu'il aurait dû l'être ; car les négociations ne furent point rompues.

Sir Sidney, le général Desaix et Poussielgue arrivèrent au camp turc, pour hâter la conclusion du traité d'évacuation. Il est vrai que Desaix ne se prêtait plus qu'avec répugnance aux négociations, dont il n'approuvait plus les motifs et les bases.

Mais Kléber envoya l'ordre précis de traiter à toutes conditions : « pourvu, disait-il, que l'honneur de la République et de l'armée ne fût point compromis ».

La convention fut enfin conclue à El-Arich le 24 janvier 1800, malgré le secret déplaisir de Yousouf et la répugnance de Desaix.

Aux termes de cette convention, si célèbre par son inexécution de la part des Turcs et des Anglais, sous les auspices desquels elle avait pourtant été négociée, l'armée française devait être transportée, avec armes et bagages, tant sur ses propres vaisseaux que sur ceux des Turcs ; elle devait livrer immédiatement à ceux-ci toutes les places de l'Égypte, à l'exception d'Alexandrie, Rosette et Aboukir, où aurait lieu l'embarquement, et de la ville du Kaire, qui ne devait être rendue que quarante-cinq jours après la signature du traité. On remit immédiatement aux Osmanlis les villes de Katieh, Salahieh, Belbeïs, Damiette et Lesbeh.

Des bâtiments se préparaient à transporter en France plusieurs généraux, parmi lesquels Desaix, qui allait prendre une part si glorieuse à la victoire de Marengo.

On venait d'apprendre le coup d'État du 18 brumaire. Lorsqu'il eut lu les dépêches qui le lui annonçaient, Kléber se borna à faire savoir à l'armée qu'une nouvelle Constitution avait été adoptée en France.

Enfin, les troupes commençaient déjà à évacuer le Kaire et étaient en marche vers Alexandrie, quand Kléber apprit que la convention d'El-Arich allait être violée ; que le gouvernement anglais refusait de la ratifier et demandait que l'armée française *se rendît prisonnière...*

Pour le coup, c'était trop d'outrages pour une âme comme celle de Kléber.

Honteux de sa faiblesse, dont nos lecteurs connaissent la cause secrète, et plein d'une noble indignation, il se prépara aussitôt à en tirer une prompte et éclatante vengeance.

Certain que l'armée partagerait ses sentiments, quand elle connaîtrait l'odieuse lettre des Anglais, il la fit imprimer pendant la nuit, afin qu'elle servît de proclamation.

Les vainqueurs des Pyramides et du Mont-Thabor ne pouvaient lire de sang-froid un pareil outrage fait à leur gloire et à leur valeur. Aussi Kléber se contenta-t-il d'ajouter au bas ce *post-scriptum* laconique, modèle le plus sublime et le plus éloquent des harangues militaires :

« Soldats !

» On ne répond à une telle insolence que par des victoires ; apprêtez-vous à combattre ! »

XI

LE CHAT DU CARABINIER JACQUOT

Kléber ne s'était point trompé. L'armée poussa un cri unanime d'indignation et de fureur, et se prépara au combat.

Cependant la position était bien changée. Un mois auparavant, l'armée ennemie se trouvait sur les frontières du désert, et l'Égypte était soumise. Aujourd'hui, 80,000 hommes occupaient l'intérieur du pays, et le Kaire n'attendait qu'un signal pour se révolter.

Ainsi, devant elle, l'armée française avait un ennemi nombreux; derrière elle, une ville hostile de trois cent mille habitants. Elle n'occupait que le terrain qu'elle avait sous les pieds, selon l'expression de Kléber; mais « elle était sans crainte! glorieuse réparation d'une grande faute », comme dit l'historien du Consulat.

Kléber prescrivit au grand vizir d'évacuer à l'instant même les villes qui lui avaient été livrées. Yousouf fit une réponse négative.

Aussitôt l'armée française se mit en marche. C'était le 20 mars 1800. Elle comptait 12,000 combattants.

Les Turcs occupaient la position d'El-Kanka, à l'est du Delta, non loin du Kaire. 6,000 janissaires gardaient le village de Matarieh, et l'avaient couvert par quelques retranchements. Une partie de la cavalerie ottomane se prolongeait à droite de cette position jusqu'au Nil.

Kléber, après une rapide reconnaissance, s'écria :

— La victoire est assurée, si je parviens à couper les corps avancés de l'ennemi.

Au milieu de la nuit, il se rendit dans la plaine de Koubé, accompagné des guides de l'armée et de son état-major. Les troupes françaises, venues à marches forcées du Delta et du Saïd, à cause de l'imminence du danger, y arrivaient successivement et se rangeaient en bataille.

La clarté du ciel, toujours serein dans ce climat, suffisait pour l'exécution des mouvements, qui ne pouvaient être aperçus de l'ennemi.

Le général en chef parcourut les rangs. La confiance que respiraient ses traits, son mâle et beau visage, que les soldats aimaient tant à voir dans la mêlée, et surtout ses paroles, excitèrent un enthousiasme indicible, présage assuré de la victoire.

Il divisa son armée en quatre carrés : ceux de droite furent placés sous les ordres du général Friant, ceux de gauche obéissaient à Reynier. L'artillerie légère occupait les intervalles d'un carré à l'autre. La cavalerie, en colonne dans l'intervalle du centre, était commandée par Leclerc et soutenue par deux divisions du régiment des dromadaires.

Derrière la gauche, et en seconde ligne, était un petit carré de deux bataillons ; l'artillerie de réserve était placée là au centre, couverte par quelques compagnies de grenadiers et de sapeurs armés de fusils ; d'autres pièces étaient postées sur les deux côtés du rectangle, soutenues et flanquées par les tirailleurs. Enfin des compagnies de grenadiers et de carabiniers doublaient les angles de chaque carré, et pouvaient être employées pour l'attaque des postes.

Il était trois heures du matin quand ces dispositions furent terminées. Immédiatement on s'avança.

Au point du jour, on aperçut à deux portées de fusil les avant-postes de l'armée turque, placés à Matarieh, et plus loin, à l'extrémité de l'immense plaine du Nil, près d'un bois de palmiers, les ruines de l'*Héliopolis* égyptienne, où l'on adorait *Fré*, le soleil, sous la forme du bœuf *Mnévis*. Ces ruines, comme aux Pyramides, donnaient un aspect plus imposant au tableau du champ de bataille. Apollon Hélios, qui, jadis aussi, y rendait des oracles, eût-il pu prédire de quel côté serait la victoire ?

L'ordre de combat de l'armée ennemie eût été difficile à expliquer, tant elle était irrégulièrement distribuée.

Nassif-pacha occupait le village de Matarieh, qui avait été retranché et armé de seize pièces d'artillerie, et qui était défendu par 6,000 janissaires et par un corps de cavalerie. Les avant-postes se prolongeaient sur la droite jusqu'au Nil, vers la mosquée Sibilli-Hallem. C'étaient les seules dispositions qui eussent été prises ; le reste de l'armée campait confusément entre El-Kanka et le village d'Abouzabel.

Tandis que Kléber observait les lignes ennemies, il vit tout à coup un petit corps de cavalerie s'en détacher et se porter à l'est.

— Encore des Mamelouks ! s'écria-t-il. Qui donc

disait qu'il n'y en avait plus ? Mais où vont-ils ainsi ?

En ce moment même, on amena une femme habillée en Mamelouk et montée sur un coursier à l'allure fringante.

— Esther !

— Adigué !

Tels furent les deux cris qui accueillirent la belle juive alsacienne.

— Que venez-vous faire ici ? demanda Omar.

— Parler au général Kléber de la part d'Eh-Nehfiz, la Géorgienne, répondit-elle en souriant. C'est une bonne nouvelle que j'apporte.

— Apprenez-nous donc cette bonne nouvelle, charmante compatriote, dit Kléber.

— Vous voyez d'ici cette cavalerie qui s'éloigne au galop de l'armée turque, fit remarquer l'ancienne kadine de Djezzar.

— Ce sont des Mamelouks. J'en parlais tout à l'heure.

— C'est Mourad-bey, qui va devenir votre allié !

— Que dites-vous là ? s'écria le général.

— Il a fait savoir à Eh-Nehfiz, dans la nuit, qu'il se rendait enfin à ses désirs, et que, pour montrer au *Sultan grand* combien il l'aimait et l'estimait, il ne prendrait aucune part à l'action, bien que le nombre disproportionné des Turcs leur promît la victoire.

— C'est ce que nous verrons... N'importe ! merci, belle Esther. Quant à Mourad, je lui saurai gré de cet acte de neutralité... Mes remerciements sincères à la belle Géorgienne !

Adigué reprit la parole et dit vivement :

— Mais ce n'est pas tout, général.

— Quoi encore ? demanda Kléber.

— Mourad a prévenu Eh-Nehfiz que le grand vizir avait

dessein d'envoyer un fort détachement au Kaire, pour faire révolter la ville, pendant que le gros de l'armée arrêterait notre faible armée, l'envelopperait de tous côtés et l'étoufferait dans ses étreintes.

— Ah ! c'est ainsi... En avant, les guides !

Le général en chef avait à peine donné ses instructions, que l'on distingua une forte troupe d'infanterie et de cavalerie, qui, après avoir fait un long détour dans les terres cultivées, se dirigeait vers le Kaire.

Le brillant escadron des guides partit au galop dans la même direction.

— Mais vous, Adigué, demanda Omar inquiet, comment allez-vous faire? Vous ne pouvez rentrer au Kaire.

— Aussi je reste à vos côtés, répondit Esther.

— Y songez-vous? Affronter le péril !

— Je connais la bataille. N'ai-je pas fait la campagne d'Italie? Que de fois ai-je caracolé dans les plaines de la Lombardie !

Le capitaine des guides n'avait plus rien à objecter : le retour au Kaire devenait du reste dangereux pour celle qu'il aimait. Le gracieux Mamelouk prit rang dans l'état-major, aux applaudissements de tous les officiers.

Cependant les guides avaient atteint la troupe ennemie; mais les spahis et les delhis, plus nombreux, leur firent face résolument, et l'issue de cette attaque commençait à devenir douteuse, quand le général en chef la fit appuyer par le 22e régiment de chasseurs et le 14e de dragons.

Les ennemis furent mis en fuite; mais ils ne réussirent pas moins, quoique en désordre, à se jeter dans le Kaire, but de leur marche.

Pendant ce temps, le général Reynier commençait l'attaque de la position retranchée de Matarieh. Les compagnies de grenadiers mises en réserve reçurent l'ordre d'emporter les retranchements. Ces braves marchèrent aussitôt au pas de charge, sous le feu de l'artillerie ennemie, avec une résolution digne de tels soldats.

En ce moment, on vit sortir du village une troupe nombreuse de janissaires, qui se précipita à l'arme blanche sur les colonnes de gauche; mais aucun d'eux ne devait s'en retourner...

Arrêtés de front par le feu de ces colonnes, plusieurs tombent sur place; les autres, pris en flanc par la colonne de droite, et bientôt enveloppés de toutes parts, périssent tous sous les coups de baïonnette. Leurs cadavres comblent les fossés et servent de point d'appui aux grenadiers, pour escalader les retranchements, qui sont enlevés.

Tout ce qui s'y trouve tombe dans nos mains : drapeaux surmontés du croissant, queues de pacha, artillerie, effets de campement, etc. Une partie des défenseurs de Matarieh se jette dans les maisons pour s'y retrancher. On ne leur en donne pas le temps : ils sont égorgés et livrés aux flammes.

Un grand nombre de Turcs fuient en désordre et expirent sous les sabres de nos cavaliers; quelques-uns, et entre autres Nassif-pacha, parviennent à s'échapper et à gagner le Kaire. Le camp de Matarieh est enlevé. Ce brillant combat est l'œuvre de nos grenadiers.

Mais tout cela n'était que le prélude de la bataille.

Le général Reynier, ayant rallié tous nos corps d'armée autour de l'obélisque d'Héliopolis, se reforme dans l'ordre de bataille qu'il avait en commençant; car on aperçoit au loin des nuages de poussière qui annoncent l'approche de l'ennemi.

Bientôt le nuage disparaît aux yeux de nos soldats, et ils découvrent sur une légère éminence qui unit les deux villages de Sérikaur et d'El-Mareck, les masses nombreuses de l'armée ottomane tout entière. A cet aspect, les deux généraux Friant et Reynier s'ébranlent à la droite et à la gauche, et se portent en avant dans leur ordre de bataille.

Le grand vizir, qu'on reconnaît à la richesse et à l'éclat de ses armes, est en personne près du village d'El-Mareck, où il a établi son quartier général, surmonté du grand étendard, le *Sangiak-Schérif*.

Derrière lui, on distingue plusieurs litières, dont les dorures brillent sous les rayons du soleil.

— Ce sont ses femmes, dit l'ancienne kadine du pacha d'Acre.

— Ah! si c'était aussi bien Djezzar! s'écria étourdiment Charles Rivolet.

— Que dites-vous là, lieutenant? demanda vivement Adigué.

— Ah! pardon, madame!... Je n'exprimais ce souhait qu'en songeant à Zaïra et à ma sœur.

— Taisez-vous, Rivolet, intervint Omar. Le général pourrait vous entendre.

— C'est juste, et il a besoin aujourd'hui, comme il dit, *de toutes ses facultés.*

— Mais qu'est-ce donc, demanda Adigué, que j'aperçois au milieu des litières portées par les mulets?...

— On dirait un carrosse.

— Les Turcs traînent rarement avec eux une voiture de parade, fit observer l'ex-janissaire.

— C'est pourtant bien une voiture, et une belle voiture suspendue sur des ressorts...

— Un cadeau des Anglais alors (1)!

(1) On trouva effectivement cette voiture anglaise dans le butin pris à Salahieh.

13.

Adigué réfléchissait, sans quitter le carrosse des yeux,

— Qu'en pensez-vous, madame? demanda le lieutenant.

— C'est une révélation ! s'écria Adigué.

— Que voulez-vous dire?

L'ancienne favorite de Djezzar ne répondit point d'abord. Puis elle murmura :

— Mais je pourrais me tromper...

— Quelle est votre pensée, de grâce? Qu'en augurez-vous? demanda encore Rivolet.

— Oh! rien... rien, fit-elle.

Mais la kadine du harem d'Ahmet ne cessait de regarder dans la direction du quartier général turc.

L'ennemi avait lancé sur nos colonnes des nuées de tirailleurs. Quelques coups de canon à mitraille les eurent bientôt dispersés.

Le général Friant attaqua alors le gros de l'armée ennemie. Des pièces d'artillerie mal montées et mal servies, placées sur le front de l'armée turque, tirèrent longtemps sur nos carrés, mais sans succès; les boulets passaient de plusieurs toises au-dessus de la tête de nos soldats. Nos artilleurs répondirent à ce feu par des décharges qui l'eurent bientôt éteint.

Alors on vit les nombreux drapeaux de l'armée turque s'agiter et se réunir sur divers points. C'étaient les chefs qui ralliaient leurs soldats pour une attaque générale ; les nôtres attendirent de pied ferme.

Tout à coup, la masse entière des ennemis s'ébranla, la cavalerie au premier rang. Les rives du Nil tremblaient sous les pas des nombreux assaillants. Un silence solennel régnait dans nos carrés...

Bientôt cette cavalerie, les débordant à droite et à gauche, enveloppa les nôtres de toutes parts, en poussant une immense clameur :

— Allah ! Allah ! criaient les cavaliers ottomans.

En même temps, des masses profondes de l'infanterie turque s'élevèrent au ciel les sons bruyants de leur musique guerrière. C'était la *surme*, grande trompette qui rappelle celle des Hébreux devant les murs de Jéricho, le *tabbel* ou grand tambour qui se bat des deux côtés, le hautbois aux notes aiguës, les cymbales de cuivre, l'*icitari*, le *kussir*, instruments turcs inconnus des Européens.

Le carré de Friant est assailli le premier. Le général ordonne à ses soldats de ne tirer qu'à bout portant. Ceux-ci, calmes, impassibles au milieu des attaques impétueuses des ennemis, font un feu continu et si bien dirigé, que presque tous les coups portent.

Les soldats turcs tombent par centaines, et nulle part ils ne peuvent approcher de nos redoutables et invincibles carrés. Enfin, de guerre lasse, ils abandonnent le champ de bataille et prennent la fuite en désordre.

Une demi-heure avait suffi pour mettre en déroute cette innombrable armée...

Le vizir se replia sur El-Kanka.

Kléber, inquiet sur les desseins de Yousouf, et craignant qu'il ne se portât sur la ville du Kaire, ordonna de le poursuivre à outrance, sur les terres cultivées, dans le désert, partout enfin, jusqu'à ce qu'on eût complètement détruit ces hordes confuses.

Mais le généralissime turc était déjà en retraite sur Belbéïs.

Tandis que nos carrés se formaient en colonnes et en détachements pour la poursuite de l'ennemi, Omar, en sa qualité d'officier d'ordonnance du général en chef, galopait d'une brigade à l'autre pour transmettre les ordres. Quand il revint auprès de Kléber, il ne retrouva plus Adigué.

Il s'informe; on lui apprend que la jeune guerrière habillée en Mamelouk est sortie soudainement des rangs de l'état-major, s'est dirigée vers un détachement français qui se mettait en route au pas redoublé, et qu'elle a pris la tête de la colonne vers El-Mareck.

Omar se souvint alors que c'était auprès de ce village, qu'avant la bataille on avait aperçu le grand vizir avec son étendard, ses litières et la voiture qui avait si fort intrigué Charles Rivolet et Adigué.

— Les femmes sont les mêmes partout, s'écria-t-il : curieuses comme leur mère Ève.

Puis, l'ex-janissaire ajouta, mais cette fois avec un gros soupir qui montrait que le divin sentiment de l'amour peut le disputer au fatalisme le plus enraciné :

— *Allah kérim!* Dieu le veut!

Le général en chef s'étant mis en marche, Omar dut le suivre dans une autre direction que celle prise par sa bien-aimée.

Adigué avait espéré, en s'élançant vers El-Mareck, retrouver les litières et la voiture. Mais le vizir les avait emmenées. Elle se disposait à pousser plus avant, à la tête de la colonne dans laquelle elle avait reconnu la 2e demi-brigade légère et les carabiniers de Martial.

— Que dira le capitaine Omar? demanda Martial à la belle juive.

— En sa qualité d'ami de Kléber, il m'en saura gré, si je découvre quelque chose, répondit Esther. Et vous me remercierez.

— Que comptez-vous donc trouver, madame?

— C'est mon secret.

Le jeune officier devinait-il le secret d'Adigué? Le fait est que son cœur se mit à battre violemment.

Tout à coup l'ancienne kadine de Djezzar poussa un cri de joie.

— Qu'est-ce? demanda le lieutenant.

— Voyez si je n'avais pas raison de chercher : mon pressentiment ne m'avait pas trompée.

Elle montrait un arbre au vaste feuillage et au tronc creux, tout creux, tout couvert d'incisions et d'entailles. Aux branches pendaient de petites médailles et même quelques images.

— Je ne vois qu'une vieille femme éplorée au pied d'un sycomore, fit observer Martial : il est vrai que cet arbre doit avoir sa légende sainte, sa tradition biblique.

— Cette vieille femme, c'est Hidja ! dit Adigué.

— Hidja ! s'écria Martial étonné.

— La nourrice de Zaïra... Dieu est grand ! comme disent les musulmans. Mais vous ne connaissez pas Hidja...

— Je ne l'ai jamais vue.

Adigué avait déjà poussé son cheval vers la nourrice servienne, qui à son tour jeta un cri de joie en reconnaissant la cetti.

— Que faites-vous ici? demanda vivement cette dernière. Où est Zaïra?

— Avec le grand vizir, répondit la nourrice.

— Je m'en doutais !

— Il nous a traînées avec lui du fond de la Syrie.

— Dans quel but?

— Je l'ignore... Cetti Louise est avec Zaïra.

Ce fut au tour de Martial à pousser une exclamation de bonheur.

— Courons, ajouta-t-il aussitôt, courons les ravir à Yousouf!

— Un moment, lieutenant, dit Adigué, laissez-moi questionner Hidja.

— Hâtez-vous, madame ! de grâce...

— Quelles sont ces litières, quelle est cette voiture que nous avons distinguées de loin dans le camp turc ? demanda Esther. Répondez, Hidja !

— Dans les palanquins, répondit la nourrice, nous avions été enfermées avec les esclaves de Yousouf jusqu'à El Arich. Là, les Anglais ont fait cadeau au vizir d'une voiture suspendue. Celui-ci fit mettre alors Zaïra et Louise dans le carrosse, traîné par des chevaux qui devaient le suivre partout.

— Et vous ?

— Je dus rester avec les esclaves dans les litières. Mais tout à l'heure, quand j'entendis le bruit de la mousqueterie et du canon si près de nous, j'eus peur pour Zaïra. Je jetai les hauts cris et m'élançai hors du palanquin pour courir vers la voiture. Importuné de mes plaintes et de mes lamentations, le cruel vizir ordonna à deux nègres de me précipiter dans le canal voisin. Mais j'échappai aux nègres, et, avisant ce sycomore, je m'y jetai à genoux.

— Et les nègres ? demanda Esther.

— Ils me poursuivirent jusqu'ici ; mais à la vue de l'arbre vénéré, ils se prosternèrent et me laissèrent en repos.

— Quel est donc cet arbre ?

— Lisez ! dit la nourrice en montrant l'arbre.

Des inscriptions latines, grecques, arabes indiquaient ce que c'était que ce sycomore. Adigué déchiffra aisément l'arabe.

La tradition veut que la Sainte Famille ait trouvé un refuge dans cet arbre lors de sa fuite en Égypte. Aussi, chrétiens et musulmans, chacun coupe un morceau du sycomore. Tout ce qui se rapporte à Jésus, le saint Prophète honoré par Mahomet dans le Koran, est aussi vénéré et respecté par les fils de l'Islam, bien que, étrange contradiction ! ils injurient sans cesse ceux qui professent la religion du Christ.

Le fanatisme produit les mêmes aberrations partout. N'avons-nous pas aussi persécuté odieusement les Juifs au moyen âge, nous qui tenons en honneur les patriarches et tous les saints personnages de la Bible ? Et les protestants, ne les avons-nous pas pendus à Amboise, arquebusés à la Saint-Barthélemy, *dragonnés* dans les Cévennes ? Ils adoraient pourtant le Christ comme nous.

Le sycomore de Matarieh n'est pas le seul endroit, en Égypte, qui rappelle la fuite de la Sainte Famille. A Fostat, port du Kaire sur le Nil supérieur, on révère également une grotte sous une des églises cophtes, parce qu'elle lui a servi de retraite.

— Hidja ! demeurez là, dit Adigué à la vieille nourrice. Nous allons à la recherche de Zaïra.

— O cetti ! ramenez-la-moi : c'est mon enfant, l'orgueil de ma vieillesse.

— Espérez ! répondit Esther.

A ces mots, la cetti et le lieutenant Martial rejoignirent la colonne.

Mais on ne put atteindre le vizir, qui avait déjà quitté El-Kanka quand les Français s'y présentèrent. On n'y trouva qu'une partie des effets de campement et des équipages abandonnés par l'ennemi, ainsi que des vivres en abondance.

Nos soldats prirent sous les tentes turques le premier repos et la première nourriture de la journée. Depuis vingt-quatre heures, les intrépides ne s'étaient soutenus qu'avec de l'eau-de-vie, dont on leur avait fait une distribution pendant la nuit.

Indépendamment de nombreux effets de campement, on recueillit à El-Kanka une grande quantité de cottes de mailles, de casques de fer, de vieilles armes et des munitions de guerre en grand nombre.

Adigué y vit bien aussi deux litières, mais elles étaient vides.

Kléber ayant donné ses ordres pour la poursuite du lendemain, Martial et sa déterminée compagne apprirent avec joie que leur détachement ferait partie de l'extrême avant-garde.

Jacquot Treillet en sauta de joie ; lui aussi était heureux de penser qu'il pourrait contribuer à retrouver la jeune et belle compatriote au salut de laquelle il avait déjà travaillé en Syrie. Son guépard, qu'il portait sur son havresac, en poussa un miaulement de plaisir ; l'intelligent animal paraissait comprendre son maître.

On dormait dans le camp conquis, lorsque le silence de la nuit permit d'entendre le canon qui se tirait au Kaire.

— Voilà Verdier attaqué dans la ville ! s'écria Kléber, retiré dans une tente de pacha avec Omar. Cours vers le général Lagrange, dit-il à ce dernier, et transmets-lui l'ordre de mener à Verdier quatre bataillons de renfort.

Verdier n'avait que deux mille hommes dans la ville, parmi lesquels la 32ᵉ demi-brigade.

Omar alla porter l'ordre de Kléber, mais en route il murmurait :

— Où est Adigué ?

Mais Adigué s'obstinait dans ses desseins ; ce que femme veut, Dieu le veut. L'*Allah kérim* d'Omar était mis en action par celle qu'il aimait.

Aussi, dès la pointe du jour, la vit-on encore avec l'avant-garde où étaient nos carabiniers.

Belbeïs fut défendu par les Turcs, mais ne put résister aux Français. L'ennemi se retira sur Koraïm et Salahieh, en abandonnant une partie de son artillerie. On y trouva deux canons anglais portant la devise de l'Ordre de la Jarretière : *Honni soit qui mal y pense.*

On marcha sur Koraïm. Kléber était avec la brigade du général Belliard, les guides et le 7e régiment de hussards. La division Reynier le précédait.

Le général en chef atteignait Koraïm, lorsqu'il entendit une forte canonnade en avant de ce village.

— Qu'est-ce que cela ? s'écria Kléber. Oseraient-ils résister encore ?... Lieutenant Rivolet ! allez donc voir.

L'officier des guides revint, au galop, au bout de vingt minutes.

— Général ! dit-il, la division Reynier est fortement engagée.

— En avant alors !

Tout en s'élançant à la suite du général, Rivolet se pencha vers Omar et lui dit :

— Je viens de voir Adigué.

— Où ? demanda l'ex-janissaire en tressaillant.

— De l'autre côté de ces monticules de sable, à gauche du village de Koraïm, avec les carabiniers de Martial. J'ai parfaitement reconnu son costume de Mamelouk à la lisière d'un bouquet de dattiers.

— Que font-ils là ?

— Ils sont en embuscade... Adigué est à pied au milieu d'eux... Ils observent le village.

Kléber s'était porté en avant, avec ses guides et ses hussards, pour être présent à l'action. La brigade Belliard était encore loin derrière lui.

Arrivé sur les monticules de sable, Kléber vit la division française entourée par un corps de quatre mille cavaliers turcs, et cherchant à les repousser avec sa cavalerie.

Il était pleinement en vue avec sa faible escorte.

A peine eut-il le temps de reconnaître les dispositions du combat, que du village s'élança une troupe de spahis. A leur tête, le grand vizir en personne...

— Le sabre au poing ! s'écria Kléber, défendons-nous !

Il s'agissait, en effet, de défendre sa vie cette fois. La troupe ennemie était quatre fois plus nombreuse que l'escorte, et c'était la garde même du vizir, des cavaliers d'élite.

De l'aveu de tous les historiens, la position de Kléber était à ce moment fort critique. Franchir l'intervalle qui le séparait du carré de Reynier était impossible à cause des masses ennemies qui entouraient la division ; d'un autre côté, la brigade Belliard, quoique marchant au pas redoublé, était encore à un quart de lieue au moins. Il est vrai qu'il y avait là, caché sous les dattiers, un peloton de carabiniers ; Kléber ne le voyait point, mais ce détachement ne pouvait faire qu'une faible diversion.

Yousouf avait-il calculé si habilement le moyen de saisir sa proie, ou bien le hasard le servait-il ?

Quoi qu'il en soit, sur ses traits se peignait une joie féroce, et, tout en galopant, il lança derrière lui un ordre qui fut immédiatement exécuté.

Des cris déchirants percèrent alors les airs...

— Que vois-je ? s'écria Kléber. Deux femmes attachées sur un cheval !

Le cheval sur lequel étaient liées les deux pauvres victimes de la haine de Yousouf était tenu par un kachef de spahis, qui venait de le pousser aux côtés du vizir.

— Ma sœur ! s'écria Charles Rivolet.

— Zaïra ! fit Kléber.

Kléber avait instinctivement deviné sa fille, comme Rivolet avait reconnu les cris de Louise.

Mais un autre cri avait retenti sous le massif de dattiers. C'était Martial qui l'avait poussé.

Plusieurs coups de fusil partirent des arbres presque en même temps.

— Arrêtez ! que personne ne tire ! cria Martial. Il y a deux Françaises sur ce cheval... A la baïonnette !

Il s'élança, suivi d'Adigué et de Jacquot Treillet, son guépard sur le havresac.

Mais les autres carabiniers, n'osant se commettre à l'arme blanche avec une troupe de cavalerie si nombreuse, se contentèrent d'ouvrir un feu bien nourri, en ayant soin de ne point le diriger sur la tête de la colonne, au-devant de laquelle avaient bondi Martial et ses deux compagnons.

Hélas ! qu'espéraient ces derniers en attaquant de front Yousouf et sa troupe ? Ils se vouaient à la mort.

Cependant, le feu de l'embuscade, bien dirigé par le sergent Leblanc, ne laissait pas de jeter quelque désordre parmi les cavaliers. D'un autre côté, Kléber, Omar et Rivolet, voyant le danger que couraient des têtes si chères, s'étaient ébranlés avec l'escorte et fondaient sur le vizir.

Yousouf poussa un rugissement de bête féroce et s'écria, tout en s'apprêtant à fouler aux pieds de son coursier les trois fantassins qui osaient lui barrer le passage :

— Par Allah ! il est à moi !

Son cimeterre siffla dans l'air... Mais avant de le laisser retomber sur les deux malheureuses jeunes filles, qu'il allait immoler à sa vengeance, il hurla :

— Kléber ! souviens-toi de Belgrade !

Puis son sabre s'abattit... Mais il ne frappa que sur un canon de fusil.

Sa haine et le plaisir qu'il avait voulu se donner de bien expliquer à Kléber le motif de sa conduite cruelle, en suspendant son coup, avaient sauvé les jeunes filles.

D'un coup de pistolet, Martial avait fracassé la tête au kachef. Un autre coup de pistolet avait frappé le spahi qui suivait.

Quant à Jacquot Treillet, prompt comme un Bourgui-gnon, il avait tiré violemment par la bride le cheval sur lequel étaient garrottées les jeunes filles, s'était placé en avant de l'animal, et, les jambes écartées, suivant la théorie, bien campé sur les hanches, il avait croisé la baïonnette à la hauteur des naseaux du coursier de Yousouf.

L'étalon du vizir s'était arrêté en hennissant.

Tout cela s'était fait en moins de temps que nous n'en mettons à le raconter.

— Chien ! cria le vizir en se dressant sur ses larges et massifs étriers, pour atteindre plus facilement le cara-binier.

Il avait relevé son redoutable cimeterre : c'en était fait de Jacquot...

On vit alors une étrange chose.

Un crachement strident, mêlé de miaulements de colère, arrêta court le bras de Yousouf.

Sur le havresac du carabinier, Ismaël, le fidèle gué-pard, s'était planté sur ses quatre pattes, et faisant un gros dos formidable, le poil hérissé, il fronçait les mous-taches et montrait les dents par un rictus menaçant.

A la vue de l'animal vénéré du Prophète, qu'il pouvait blesser avec son cimeterre, le vizir suprême du Commandeur des croyants fit reculer son cheval vivement.

— Allah! Allah! murmura-t-il avec un religieux respect.

En ce moment arrivaient Kléber et son escorte, et du carré de Reynier le 14ᵉ dragons s'échappait avec un hurrah retentissant, chargeant avec fureur les dehlis qui entouraient la division, les culbutant, et se frayant un chemin sanglant jusqu'aux guides du général en chef, dont Reynier avait vu le danger.

En même temps, le tambour de la colonne Belliard battait la charge, en atteignant les monticules.

Yousouf ordonna la retraite, qui se fit rapide comme le vent; mais il lança les plus formidables malédictions du Koran contre Kléber et ses chiens d'infidèles.

Il était impossible de le poursuivre pour le moment dans le village, dont on voyait les habitants en armes derrière des retranchements solides. Il fallait d'abord dégager Reynier.

Il faut le dire aussi : Kléber avait hâte de serrer enfin dans ses bras sa chère Zaïra.

La pauvre enfant et sa compagne Louise étaient plus mortes que vives. On les avait détachées, et Adigué leur prodiguait les soins d'une mère.

Quand Kléber eut enfin soulagé son cœur paternel, i remonta à cheval pour voler au combat, non pas sans avoir préalablement donné une caresse au guépard de Jacquot, qui avait si puissamment contribué à l'heureuse issue d'une situation si critique.

— On aura soin de toi, mon brave carabinier! dit-il au Mâconnais, et de ton chat aussi. Je veux qu'il ait désormais sa part à l'ordinaire de la compagnie, et quand il mourra, on l'embaumera comme au temps de Sésostris, et cela à mes frais... En avant, maintenant, et chassons ces hordes-là !

Ce fut bientôt fait. Au bout d'un quart d'heure, Reynier était délivré et Koraïm pris. Mais le vizir était déjà sur la route de Salahieh.

Le lendemain, on atteignit cette dernière ville, au delà de laquelle était le désert, la route de Syrie.

Le général en chef s'attendait à trouver l'armée turque ralliée à Salahieh, et déterminée à se battre jusqu'à la dernière extrémité, plutôt que de repasser le désert. Il se disposa donc à livrer bataille le lendemain matin, et fit arrêter ses troupes à deux lieues de Salahieh, pour le repos de la nuit.

Mais, à la pointe du jour, se présentèrent les habitants de Salahieh avec la nouvelle que le grand vizir avait pris la fuite, ayant à peine conservé cinq cents hommes de bonne escorte, et que, dans la confusion et le désordre de leur retraite, les Turcs épouvantés avaient abandonné leur camp, leur artillerie, leurs bagages.

Effectivement, en arrivant au camp du vizir, qui occupait un espace de trois quarts de lieue en carré, les Français le virent couvert de tentes placées sans ordre ou renversées.

Une multitude de coffres brisés et de caisses encore remplies de vêtements, de parfums, étaient répandus dans les intervalles. Les pièces d'artillerie étaient éparses, et la plus grande partie des munitions [avait été pillée déjà par les Arabes accourus du désert. On y trouva une quantité considérable de selles et de riches harnais, les outres qu'on n'avait pas eu le temps de remplir d'eau, plus de quarante mille fers à cheval, douze litières dorées et sculptées, la voiture anglaise où avaient été renfermées Zaïra et Louise, des ameublements de prix confondus avec les tentes et les dépouilles grossières des soldats.

Après avoir ainsi refoulé dans le désert les tristes

lébris de cette nombreuse armée, que harcelaient dans à retraite des nuées de Bédouins, « et jugeant ainsi 'affaire en bonnes mains », Kléber revint en toute hâte ers le Kaire, où s'étaient réfugiés Nassif-pacha, Ibrahim-jey et des corps nombreux de cavalerie et d'infanterie, auxquels on n'avait pu fermer la route pendant la)ataille.

Il confia sa fille, Adigué et Louise, qui retrouvèrent la nourrice Hidja sous le sycomore, à un fort peloton de guides, commandé par Omar, lequel devait les conduire auprès de la Géorgienne Eh-Nehfiz, dans son sérail de Gizeh.

Gizeh était occupé par le général Zayonschak, tandis que les autres troupes de la garnison s'étaient retirées dans les forts du Kaire. Verdier avait reçu l'ordre de se borner à maintenir les communications entre la ferme d'Ibrahim, la citadelle et le fort Camin, et d'observer la ville révoltée.

Les habitants du Kaire, excités par la présence des Turcs, avaient attaqué nos soldats dès le commencement de la bataille d'Héliopolis, et égorgé les chrétiens qu'ils trouvaient dans la ville. Nassif-pacha avait fait empaler le chef de la police Mustapha-aga, dévoué aux Français.

Mais l'heure de la vengeance approchait.

Le général Friant, envoyé par Kléber, arriva le premier sous les murs du Kaire. Kléber lui-même ne tarda pas à paraître. Il fit bloquer étroitement la ville et attaquer le faubourg isolé de Boulaq, où s'étaient réfugiés un grand nombre de révoltés.

En un instant le faubourg fut couvert de projectiles enflammés, et nos soldats montèrent à l'assaut. La résistance fut longue ; il fallut enlever chaque maison de vive force.

Kléber fit suspendre le carnage et sommer les habitants de se rendre. Sa proposition fut repoussée, et le
fer et l'incendie recommencèrent leur œuvre de destruction. A la fin pourtant, les habitants, chassés de leurs
maisons par les flammes, vinrent implorer la clémence
des Français. Kléber fit cesser le feu et épargna ainsi les
restes de ce malheureux faubourg.

Profitant ensuite avec à-propos de la terreur que cette
sanglante exécution avait produite sur la population du
Kaire, il fit commencer aussitôt l'attaque de la ville.

Un combat terrible s'engagea dans les rues, entre les
troupes françaises et les janissaires. Plusieurs milliers
de Turcs et de révoltés y perdirent la vie, et quatre
cents maisons devinrent la proie des flammes.

Nassif-pacha et Ibrahim-bey proposèrent enfin une
capitulation. Le général en chef y consentit.

Mais lorsqu'il s'agit de l'exécuter, ceux des révoltés de
la ville qui avaient le plus contribué aux crimes dont la
populace s'était rendue coupable, se jetèrent aux pieds des
Turcs, les suppliant de ne pas les abandonner. Parmi
eux, on remarquait encore les ulémas des mosquées.

Redoutant une vengeance qu'ils croyaient devoir être,
suivant les mœurs de l'Orient, terrible et universelle, ces
mêmes hommes soulevèrent et ameutèrent de nouveau
la multitude, distribuèrent de l'argent, des subsistances,
et ordonnèrent des prières publiques.

Il en résulta que les troupes turques refusèrent de
livrer les portes, et Kléber se voyait déjà forcé de faire
recommencer les hostilités sur tous les points, lorsque
Omar vint lui parler à l'oreille.

— Ah ! il est à Gizeh ! s'écria le général en chef.

— Mourad-bey est venu cette nuit au sérail d'Adigué,
sous un déguisement, répliqua Omar.

— Qu'en avait-il besoin ? Je n'ai pas deux langues, et l'on a dû lui dire que je lui savais gré de sa conduite à Héliopolis.

— Aussi Adigué a-t-elle cru devoir le rassurer.

— Elle a bien fait... La présence de Mourad me donne l'idée de traiter immédiatement avec lui. Omar, tu vas te rendre au palais de Gizeh.

— Je suis prêt, répondit l'ancien janissaire.

— J'ai horreur de ces scènes de carnage, vois-tu, et je veux sacrifier l'éclat d'un avantage glorieux, mais sanglant, à deux intérêts bien plus chers, la conservation de mes soldats et celle d'une ville nécessaire à notre établissement dans ce pays.

— Alors tu renonces à retourner en France ?

— N'ai-je pas ma fille maintenant ? Je veux faire de la vieille Égypte une colonie française dont je serai le gouverneur au nom de la République !... Un sultan républicain ! hein ! qu'en dis-tu ?

— Allah est grand !

— Décidément oui, il est grand, ton Allah, puisqu'il m'a donné la victoire sur le vizir du successeur de son Prophète. Mais qu'il doit être petit maintenant aux yeux des Turcs !

— Tu railles, Kléber !

— Je ne le devrais pourtant pas, en présence de tant de cadavres et de décombres. Mais que veux-tu ? c'est ma nature... Ainsi, tu vas voir Mourad...

— Que faut-il lui dire ?

— Que je consens à tout ce qu'il demandera, hormis le gouvernement de l'Égypte, s'il veut être mon allié et déterminer le Kaire à se rendre, sans que je sois obligé de décimer la population et de détruire la ville sainte. Qu'il me dise ses conditions !

Omar se rendit à Gizeh. Mourad-bey répondit franchement à ces ouvertures comme suit :

— Tu diras au sultan Kléber que je consens à m'unir aux Français aujourd'hui, parce qu'ils m'ont mis dans l'impossibilité de continuer la guerre. Je demande à m'établir dans une partie de l'Égypte, afin que s'ils la quittent un jour, je puisse m'emparer d'un pays qui m'appartient, et qu'eux seuls pouvaient m'enlever. Je jure d'unir mon sort au leur jusqu'à cette époque, et je serai fidèle à nos conventions !

Kléber fut enchanté de cette franche et loyale réponse.

Il écrivit au chef des Mamelouks, en lui donnant sa parole d'honneur qu'il ne serait plus inquiété par les troupes françaises.

— « Après les intérêts de l'armée que je commande, ajoutait-il, je n'en aurai point de plus chers que les vôtres ! »

Le traité fut conclu entre ces deux illustres guerriers, qu'une égale franchise et l'entremise d'une noble femme avaient fini par rapprocher. Kléber accorda à Mourad la province du Haud-Saïd, avec le titre de bey-gouverneur pour les Français.

Aussitôt après l'échange du traité, Mourad envoya des subsistances pour l'armée française. Il livra les Osmanlis qui s'étaient réfugiés dans son camp, et ouvrit avec l'intérieur du Kaire des intelligences qui préparèrent une capitulation définitive.

L'échange des otages qui devaient garantir l'exécution de cet acte s'exécuta sur la place Ezbekyeh, et les Français placèrent aussitôt des postes sur le grand canal Kalisch, qui traverse la ville dans toute sa longueur.

Le 25 mars, Kléber fit sa rentrée solennelle dans El-Kahirah, la ville sainte, au bruit des décharges répétées de l'artillerie et des forts, et en présence du peuple du Kaire, tout étonné de la magnanimité des vainqueurs.

XII

UNE PERFIDIE ORIENTALE

Le vainqueur d'Héliopolis venait une seconde fois de conquérir l'Égypte, qu'une faute avait failli lui faire perdre et qu'une grande victoire lui rendait.

La violation du traité d'El-Arich, par les Anglais et les Turcs, avait mis la justice du côté des Français. Obligés de garder l'Égypte malgré eux, pour ainsi dire, ces derniers allaient recueillir, dans la vénération et l'entière obéissance des habitants, la récompense de leurs nobles efforts et des sentiments les plus généreux.

Jusqu'alors les Égyptiens n'avaient voulu voir dans les vainqueurs des Mamelouks qu'une armée passagère, destinée tôt ou tard à être détruite par les Osmanlis. Ils changèrent d'opinion après l'étonnante victoire d'Héliopolis, où une poignée de Français avait détruit une armée de 80,000 hommes, et surtout après la reddition du Kaire.

La défaite de l'immense armée du grand vizir fut pour les musulmans un témoignage éclatant, irrécusable, du dessein de Dieu et de son Prophète.

La conquête de l'Égypte leur paraissant ainsi sanctionnée par le ciel, ils se persuadèrent que rien ne pouvait plus renverser la domination des Francs, et qu'ils devaient se soumettre, sans murmurer, aux volontés d'Allah.

Ce peuple grossier, mais ingénieux, rangea le général Kléber parmi les plus fameux héros dont les exploits sont retracés par les historiens et les poètes arabes ou persans avec tout le luxe de l'imagination orientale.

Dès ce moment, l'armée française recueillit toutes les preuves de l'affection des Égyptiens, et ceux-ci ne virent plus dans les Turcs que des ennemis qui avaient perdu tous leurs droits sur la possession de la grande vallée arrosée par le Nil.

Ces nouvelles dispositions de la population égyptienne, l'hommage qu'elle rendait aux grands talents de Kléber, à ses vertus, la reconnaissance des habitants du Kaire envers un vainqueur généreux qui, au lieu des vengeances atroces et des avanies ordinaires des vainqueurs en Orient, avait pardonné, en se contentant d'imposer la ville d'une contribution de douze millions pour les besoins et l'entretien de l'armée; ces dispositions, disons-nous, opérèrent un changement remarquable dans l'esprit du général en chef.

Malgré sa froideur apparente, le cœur de Kléber, nous le savons, était accessible à ces émotions douces que n'exclut nullement la vie des camps, et qui ne sont pas plus étrangères au guerrier qu'au citoyen. Kléber était touché des témoignages d'affection des Égyptiens.

Un de ses motifs, en traitant à El-Arich, avait été de conduire en Europe les vieilles phalanges de l'armée d'Orient, pour les faire contribuer à sauver la patrie menacée.

14.

Mais les circonstances n'étaient plus les mêmes. Bonaparte, consul, était en mesure de relever la gloire du drapeau français.

Ainsi que nous l'avons déjà entendu s'exprimer vis-à-vis de son fidèle Omar, Kléber ne songea plus à abandonner un pays qu'on l'avait forcé de reconquérir. Assuré de la vénération et de l'attachement du peuple égyptien, ne pouvant plus douter de la reconnaissance des troupes dont il était le sauveur, désireux, en outre, de laisser à sa fille Zaïra un héritage de gloire et de grandeur, il conçut l'espérance de consolider sur les bords du Nil l'établissement colonial dont il avait regardé la fondation comme illusoire.

Les grands cœurs se rattachent promptement à la poursuite d'un noble but, et n'hésitent pas à reconnaître leurs erreurs.

Bientôt, grâce à ses soins, tout le pays, depuis les cataractes jusqu'aux bouches du Nil, prit l'aspect d'un établissement prospère et durable. L'administration habilement organisée, la justice impartialement rendue, Mourad-bey, notre ardent ennemi, devenu un allié fidèle, tout semblait présager à la colonie militaire l'avenir le plus heureux. Les soldats eux-mêmes commencèrent à retrouver leur insouciance et leur gaieté...

Deux mois se sont écoulés depuis la bataille d'Héliopolis et la réduction du Kaire. Omar est toujours capitaine, Martial et Rivolet lieutenants ; mais le général en chef va faire une promotion, et les trois amis vont monter en grade.

Jusqu'alors, il n'y avait pas eu grand avancement dans l'armée : bien des officiers avaient été tués, il est vrai, mais l'armée aussi s'était réduite, et partant les cadres avaient diminué.

Kléber veut faire à chacun de ses officiers favoris un cadeau de noces, car Omar va épouser Adigué, Charles Rivolet et Martial ont demandé, chacun, la main de celles qu'ils aiment. Zaïra est la fiancée du lieutenant des guides, Louise celle du lieutenant des carabiniers.

Louise s'est retirée chez ses parents, au quartier franc, Adigué avec Zaïra au palais du général en chef, sur la place Ezbekyeh. Eh-Nehfiz a suivi son époux Mourad-bey dans le Saïd. Quant à Martial, il a repris son ancien logement chez le barbier Ibn-Hâni.

Pendant un mois entier, Kléber, sans négliger tout à fait la belle veuve du faubourg El-Karafe, avait partagé son temps entre les soins de l'administration et sa fille chérie.

Il avait donné à cette dernière deux membres de l'Institut pour professeurs, car son éducation avait été presque nulle. Mais Zaïra avait une intelligence remarquable, et elle faisait des progrès rapides dans la langue française et dans les arts.

Aussi, au bout d'un mois, Kléber était complètement revenu à Fatouma, et il ne se passait pas deux jours qu'il n'allât rendre visite à la belle veuve.

C'était toujours mystérieusement qu'il se rendait au faubourg El-Karafe; il se déguisait. Omar l'avertissait souvent de se tenir sur ses gardes, mais le général haussait les épaules et allait à ses amours. Il avait même fait promettre sur l'honneur à Omar de ne jamais le suivre.

Un soir, au moment où Kléber se disposait à quitter son palais comme d'habitude, sous un habillement de marchand, le capitaine des guides l'accosta avec une certaine agitation qui ne lui était pas ordinaire.

— Kléber, lui dit-il, prends garde à toi !...

— Pourquoi ? demanda le général.

— Yousouf est resté à Jaffa.

— Je le sais. Mais que m'importe maintenant !

— Sa haine est plus ardente que jamais.

— Je me moque de lui. Ma fille est auprès de moi.

— Tu as tort; il ne songe qu'à se venger de toi.

— Il en sera pour ses peines. Je ne le crains pas.

— Il vient d'appeler tous les croyants au *combat sacré*.

— Eh bien ! après?

— Sais-tu bien ce que cela veut dire?

— Je ne connais pas assez le Koran, répondit Kléber.

— Cela signifie ; « Tuez-les partout où vous les trouverez! » Ainsi s'exprime le Tanzil.

— Belles instructions que donne là le livre de ta religion! Conviens-en cette fois, Omar, c'est une abominable manière de faire la guerre qu'enseigne là le Koran.

— L'ange Gabriel a dicté lui-même le saint Moshaf.

— Tu crois cela, toi?... Tiens, veux-tu que je te dise, Omar, Gabriel ne s'est pas plus occupé de cela, que moi je ne m'occupe du grand Lama... Mais ne crains rien : j'ai toujours ce sabre turc sous mon caftan, une fine lame que j'ai trouvée à Salahieh.

A ces mots, Kléber se dirigea vers le faubourg El Karafe.

Ce soir-là, Fatouma fut plus adorable que jamais. Elle s'était couverte de ses plus charmants atours, elle avait les poses les plus gracieuses, le regard le plus langoureux et parfois les chatteries les plus agaçantes. La magicienne Armide n'employait pas de plus séduisants artifices pour soumettre Renaud à ses volontés, et retenir le héros dans les îles Fortunées.

La haineuse veuve n'avait pu encore parvenir au but de sa vengeance. Elle avait demandé vainement à Kléber, un jour, à la façon orientale, la tête d'un de ses officiers.

On se souvient que le général avait parlé à Omar de
cette sauvage exigence. La vindicative femme songeait à
un autre moyen pour obtenir la mort du jeune officier.
Elle s'était gardée, toutefois, de nommer à Kléber celui
qui, disait-elle, l'avait un jour insultée grossièrement dans
les rues du Kaire.

Fatouma sut amener fort naturellement la conversation
sur la campagne de Syrie.

— Cher sultan, dit-elle, racontez-moi donc encore une
fois les aventures de vos deux kachefs dans le Liban, et
ce que vous savez du séjour de cette jeune cetti dans les
jardins d'Eden.

— Volontiers, belle ! répliqua le général.

Et Kléber fit, pour la troisième ou la quatrième fois
peut-être, le récit des aventures de Rivolet, de Martial et
de Louise.

Lorsqu'il en arriva à la fuite de la jeune fille du jardin
du daï-kébir, Fatouma s'écria, en frappant dans ses
mains :

— *Taïb ! taïb !* c'est bien... Ah ! cher sultan, quel ardent désir n'ai-je pas de voir cette jeune cetti et de l'entretenir !

— C'est facile, ma kadine ! dit Kléber.

— Que je voudrais donc apprendre de ses lèvres de
corail quelques détails sur l'intérieur de ces jardins de
délices, plus beaux, cent fois, dit-on, que ceux d'Irem,
chantés par les poètes !

— Rendez-lui visite : elle vous recevra bien.

— Une idée, cher sidi !... Écoutez-moi.

— Parlez, mon cœur !

— Demain, j'ai réunion. Plusieurs cettis doivent venir passer la soirée chez moi... On dansera. Amenez-la
ici.

Kléber fronça les sourcils. L'idée de conduire chez la galante veuve une jeune fille comme Louise lui répugnait. Fatouma se souleva lentement du divan sur lequel elle se tenait couchée, et, entourant de son bras blanc le cou de Kléber, assis à ses côtés sur un tapis de Perse, elle attira sa tête à elle.

— Méchant kalife, lui dit-elle en jouant avec ses longs cheveux bouclés. Vous voulez me faire de la peine... J'en pleurerai.

— Mais c'est impossible, ce que vous me demandez.

— Que de fois vous m'avez dit que ce mot n'était pas de votre langue... Vous mentiez donc ?

La magicienne déployait tous ses artifices, pour soumettre la volonté du sultan des Français.

Les femmes de l'Orient, aussi bien que celles d'Europe, ont un arsenal de moyens toujours prêts pour arriver au but de leurs désirs. Peu d'hommes savent résister à leurs manœuvres, souvent même quand il s'agit de choses bien plus importantes que celle dont parlait la Dalila du Kaire. L'Hercule français eût consenti, dans certains moments, à tenir la quenouille aux pieds d'Omphale.

Kléber finit par promettre d'en parler à Louise.

— Vous me l'amènerez ? demanda Fatouma, le regard attaché sur Kléber.

— Je ferai mon possible, répondit ce dernier.

— Taïb ! vous êtes bon comme le kalife Aroun-al-Raschid.

Un regard de tendresse fut la récompense accordée par l'Astarté arabe. Kléber ne se retira qu'à regret, pour retourner au palais de la place Ezbékieh.

A peine eût-il quitté le divan parfumé de la belle veuve, pour être reconduit jusqu'à la porte par une négresse, que Fatouma frappa dans ses mains.

L'almée Mirzane se présenta aussitôt par une porte latérale.

— Où est l'uléma? demanda vivement la veuve du cheik Esméir.

— Il attend toujours, répondit la danseuse.

— Qu'il vienne tout de suite!

— Avez-vous réussi, cetti? Kléber consent-il?

— Tu vas l'apprendre, Mirzane.

Bientôt l'uléma Seyd-Mohamed el Gazhi se montra, introduit par l'almée.

— Tout va bien, lui dit-elle.

— Elle viendra? demanda vivement le docteur syrien.

— Elle sera ici demain soir; j'en ai la promesse... L'aga Ahmed sera avec vous?

— L'aga et ses Ismaéliens m'accompagneront.

— En revanche, tu te souviendras de ce que tu m'as promis, Mohammed!

— Je m'en souviendrai, tu peux en être sûre.

— Je veux à tout prix la mort de ce chien, de ce kachef qui a nom Martial... Si je ne réussis pas à le faire mettre à mort par Kléber lui-même, je veux qu'il n'échappe pas au poignard d'un Ismaélien.

— Tu peux compter sur nous, Fatouma! Mais pourquoi ne veux-tu pas nous aider à immoler aussi le sultan Kléber?... Pourtant tu ne l'aimes pas... Avant peu de jours le grand Scheik-al-Djebel sera nommé, et les poignards des fédavis s'aiguiseront... ici même, nos sacrés pourraient...

— Je te l'ai déjà dit, uléma! Je ne veux pas que ma demeure soit témoin du sacrifice. Il est mon hôte.

— Laisse-nous agir sans t'en mêler personnellement.

— Non. J'exige de plus que vous n'enleviez la cetti que

dans la rue voisine, afin que nul soupçon ne s'élève dans l'esprit de Kléber.

— Tu seras obéie, puisque tel est ton désir formel.

L'uléma se retira. Dès qu'il eut disparu :

— A nous deux, Mirzane ! dit la rancuneuse veuve.

— Je vous écoute, cetti !

— Tu feras parvenir à ce chien l'avis en français que j'ai fait écrire par le Cophte.

— C'est entendu, je n'y manquerai pas.

— Demain dans la soirée !

— Belsaba, la négresse, le lui remettra.

— Tu conduiras la négresse jusqu'à la demeure de l'officier.

— Je lui montrerai la boutique du barbier, mais de loin ; l'infâme me reconnaîtrait.

— Taïb ! cela marche... Mirzane ! envoie-moi les esclaves, qu'elles me déshabillent !

Un long bâillement de la cetti-kébir indiqua que le sommeil commençait à alourdir ses paupières aux longs cils. Elle s'endormit bientôt, mais en roulant dans son esprit d'affreuses pensées de vengeance.

Le lendemain soir, à la tombée de la nuit, lorsque déjà quelques corneilles croassaient sur les terrasses du Kaire, et que du haut des tours des mosquées répondait le cri aigu du *père blanc* ou vautour du Nil, Martial revenait du Tivoli, lieu de réunion des officiers français.

En approchant de la maison du barbier Ibn Hâni, il aperçut devant la boutique Jacquot Treillet en conversation assez animée et déjà fort avancée avec une négresse.

Le carabinier servait d'ordonnance au lieutenant, et il venait soir et matin au logement de ce dernier.

— Mais oui, minaudait la noire et belle fille d'Éthiopie,

je suis chrétienne comme vous, chrétienne abyssine ; je suis née à Gondar aux quarante-quatre églises.

— Tant mieux, belle... belle... Répétez-moi votre nom, je vous prie, dit Jacquot.

— Belsaba, répondit la Vénus éthiopienne.

— Comme la reine de Saba, dont parle la Bible.

— C'était, en effet, une de nos reines. Son fils, David Menihelec, qu'elle eut de Salomon, fut son successeur.

— Eh bien ! charmante Belsaba, s'empressa de répliquer le galant Mâconnais, en essayant de prendre la taille de la noire beauté, si vous le voulez, pareils à Salomon et à votre reine, nous...

— Prenez donc garde, ô janissaire ! s'écria Belsaba, on nous voit...

Le carabinier allait sans doute répondre ce que tout galant répond en pareil cas, lorsqu'il aperçut son lieutenant devant lui.

Il salua militairement, et, montrant Martial à la négresse, il lui dit :

— Voilà le lieutenant, faites-lui la commission.

Belsaba sortit de sa ceinture un papier.

— Voici pour vous, seigneur ! dit-elle à l'officier.

Sans pouvoir s'en rendre compte, Martial tressaillit en prenant le billet... On a quelquefois de ces pressentiments à l'approche d'un malheur.

En effet, à peine eut-il lu les quelques lignes que contenait l'écrit anonyme, qu'il pâlit affreusement. Puis, saisissant le bras de l'Abyssine, il lui demanda avec un tremblement dans la voix :

— Qui vous a remis cela ?

— Une personne qui vous estime et dont l'âme est indignée de vous voir trompé d'une façon aussi odieuse, répondit l'esclave.

II.   15

— Et c'est vous qui devez me conduire ?

— Oui, seigneur, on m'en a donné l'ordre.

— Partons, alors !

— Pas encore. Vous oubliez la teneur du billet.

— C'est vrai, dit Martial. Ce n'est que pour ce soir.

— A l'heure dite, je vous attendrai devant le poste des janissaires, à l'entrée du faubourg El-Karafe.

— J'y serai.

La négresse éthiopienne s'éloigna, non sans montrer à l'heureux Jacquot, dans un sourire, ses dents d'ivoire.

Martial monta dans sa modeste chambre, sans même répondre au carabinier Treillet, qui lui demandait s'il avait besoin de lui. Il alluma sa lampe, relut la lettre, la froissa dans ses mains avec colère ; puis, la réaction se faisant, il se laissa tomber sur son divan en laine grossière, et pleura comme un enfant.

Entre temps, ses lèvres murmuraient des phrases entrecoupées.

— Qui aurait cru cela ?... Elle !... en apparence un ange de candeur !... La pureté se lisait sur son front... la sincérité dans son œil bleu... Oh ! la misérable !... Mais que lui avais-je donc fait pour me tromper ainsi ?

Il se redressa : une lueur d'espoir venait de traverser son esprit.

— Je suis fou, s'écria-t-il. Une lettre anonyme !... Doit-on y croire ?

Pour la troisième fois il lut la missive. Voici ce qu'on lui écrivait :

« Seigneur ! on vous trompe indignement. Celle que vous aimez et qui doit bientôt devenir votre femme, depuis longtemps s'est engagée à un autre, et cet autre se dit votre ami... Chaque soir elle se rend au faubourg El-

Karafe, dans une maison où on l'attend. Vous en aurez la preuve ce soir même. Trouvez-vous, trois heures après la nuit close, à l'entrée du faubourg, devant le poste des janissaires, où la négresse vous attendra.

» UNE AMIE. »

— J'en aurai la preuve, soit !... se dit encore Martial. Malheur à elle ! malheur à lui surtout, si c'est vrai... Mais je ne puis y croire... la chose est impossible... Pourtant on m'offre la preuve... Oh ! ma pauvre tête brûle... Mon Dieu ! mon Dieu ! faites que cela ne soit pas.

Il était impossible au malheureux jeune homme de rester en place, enfermé dans sa chambre. Il lui fallait de l'air. Il descendit dans la rue et courut comme un fou jusqu'au faubourg El-Karafe. Le moment était encore loin.

Pendant deux heures il arpenta la petite place devant le poste des janissaires, sans que la fraîcheur de la nuit pût calmer ses sens. Son uniforme d'officier lui avait fait ouvrir la porte du quartier, toujours fermée à la nuit tombante.

— Cette esclave ne viendra pas ! murmurait-il avec impatience.

Enfin, comme on relevait le janissaire en faction, il vit une ombre s'avancer vers lui. C'était l'Abyssine.

— Seigneur ! dit-celle-ci, promettez-moi une chose.

— Laquelle ? demanda le lieutenant.

— Sur votre honneur, jurez-moi — telle est la volonté formelle de celle que je sers — que vous vous laisserez guider par moi sans mot dire, et que dans la maison où vous verrez ce que vous devez voir, vous garderez le même silence.

— Le pourrai-je ! s'écria Martial, dont le sang bouillait.

— Il le faut. Jurez-le, sinon j'ai ordre de vous laisser.

— Sur l'honneur, je le jure... puisque c'est une condition formelle.

— Pas une parole ne vous échappera ?

— Je serai muet.

— Et vous vous en retournerez dans le même silence ?

— Oui... Mais marchons : je ne puis plus tenir en place.

— Venez donc !

Devançons Martial et l'esclave noire qui le conduit.

Le grand divan de la belle veuve du scheik Esméir s'était illuminé aussitôt après la chute du jour. Plusieurs esclaves avaient préparé une table à l'européenne, suivant l'usage que, sur le désir de Kléber, avait adopté Fatouma, quand il dînait chez elle. La riche cetti avait même pris à son service un cuisinier français.

Les hors-d'œuvre les plus appétissants couvrirent la nappe. La Morée avait fourni ses olives noires, ses anchois, ses sardines ; le Saïd, ses pastèques ; le Delta, ses rouelles de beurre au goût exquis ; le golfe d'Aboukir, ses pholades et ses moules épicées. Des galettes de riz safrané s'étalaient autour de deux amphores de Ballas contenant du vin blanc de Chio. L'Égypte a d'excellents raisins, mais on n'en fait guère de vin. Dans le bardack, vase de terre séchée de Miniet, se rafraîchissait l'eau du Nil.

Les coupes et la vaisselle étaient d'argent. Fatouma les avait achetées d'un marchand vénitien au bazar Nahhâssin.

Les apprêts étaient terminés depuis un quart d'heure, et déjà Fatouma s'impatientait, craignant que Kléber n'eût point déterminé Louise à l'accompagner, lorsque enfin le général arriva avec la jeune fille, voilée.

— Venez donc, chère et belle Françaoni, dit la perfide veuve en s'accoudant sur un coussin de brocart et en souriant à la jeune fille de la façon la plus aimable. Venez donc, que je vous baise sur la joue !

Louise rejeta son voile et tendit sa jolie tête blonde à la maîtresse de la maison, qui la fit asseoir à ses côtés, la caressa, la questionna, s'extasiant sur la beauté de sa figure, sur la finesse de ses cheveux, sur sa peau douce et veloutée comme celle de l'abricot de Rosette.

Enfin une des femmes annonça qu'on allait servir le potage.

On prit place à la table, et trois esclaves, avec leurs chasse-mouches en plumes d'autruche, se mirent debout derrière les convives, pour écarter les insectes importuns, tandis qu'une autre remettait de l'encens dans les cassolettes d'argent ; une quatrième se prépara à asperger les commensaux avec de l'eau de rose. Enfin, une dernière leur attacha sous le menton une serviette du lin le plus fin, brodée en or.

Après le potage au *thirsé*, ou tortue du Nil, Kléber attaqua avec appétit le service des hors-d'œuvre, le *promulside* des Romains, qu'il arrosa de plusieurs rasades de Chio. En sa qualité de musulmane, la veuve du scheik se contenta du scherbet au citron.

Vint ensuite le second service : c'étaient des poissons du Nil, l'anguille à la chaire délicate, la palamide, le xiphias et la carpe *benni* aux écailles argentines, ou *lepidodos* sacré des anciens.

On n'oublia pas le mets national, bien que le Vatel français l'eût préparé à regret. Dans de tendres feuilles de vigne étaient enveloppés les grosses boulettes de viande hachée, plat que l'on sert sur toutes les bonnes tables de l'Égypte.

Puis on apporta des ragoûts de bœuf et de mouton, bien assaisonnés de piment et de gombos, des courlis sur couche d'oignon, des roitelets rôtis à la brochette, flanqués de tranches de citron et de pommes d'amour acidulées, des becfigues bien saupoudrées de *fulful-béladi*, de ce poivre aromatique que fournissent quelques oasis du désert, ainsi que des grives embaumées avec du genièvre.

Pour entremets, il y eut du *helbé* vert, fenouil grec, stomachique très recherché, des croquettes de riz sucré, des tranches de courge frites, d'appétissantes aubergines.

On comprend que nos convives touchaient à peine à chacun de ces mets, dont la profusion était pantagruélique, et qui s'en allaient, presque aussitôt après avoir été servis, dans une pièce voisine, où esclaves blanches, cuivrées et noires s'en régalaient à qui mieux mieux.

Le dessert consista en pâtisseries, en confitures et en sucreries de toute espèce. La plupart des fruits du Delta couronnèrent le festin : pêches, abricots, figues, dattes, grenades, ananas, limons, cédrats, couvrirent littéralement la table, sans compter l'*aneb*, le raisin si délicieux de l'Égypte, dont le grain ne renferme qu'un seul pépin. Au milieu des corbeilles de jonc de Syène, dans lesquelles on avait rangé tous ces fruits succulents, furent placés deux flacons poudreux qui firent sourire Kléber. C'était du vin de Chypre et du muscat d'Ismid (l'ancienne Nicomédie), dont le bouquet est si parfumé.

— Cetti ! n'en boirez-vous pas un doigt dans ce verre de pur cristal ? demanda le général.

— Le Koran le défend, répondit Fatouma en minaudant un peu.

— Bah ! c'est du sucre et non du vin... D'ailleurs vous le connaissez bien.

— C'est vrai ; pour vous plaire, j'ai déjà péché l'autre jour.

— Vous ferez comme alors. Avant de boire, vous direz : « Mahomet, ferme les yeux ! »

Kléber lui avait appris à trinquer : on choqua les verres. et la cousine de l'uléma savoura le muscat avec délices.

On avait à peine desservi et retiré la table, que les connaissances de la riche veuve arrivèrent successivement.

Fatouma leur jouait un tour damnable. Elles ne s'attendaient point à trouver un homme dans son divan. Aussi se mirent-elles tout d'abord à jeter les hauts cris. Mais quand l'espiègle veuve leur eut déclaré que c'était le sultan Kléber, elles s'humanisèrent. Un sultan ! Devant le pouvoir, tout s'incline... en Orient. Un sultan ! n'est-ce pas le représentant de Mahomet lui-même ?

Ce n'était pas l'almée avec sa *bibasis* de bacchante qui devait danser ce soir-là ; mais la danse orientale, même quand elle est exécutée par les plus chastes celtis, a quelque chose qui choque notre décence. Il est vrai que Louise la connaissait, ayant déjà séjourné dans deux harems.

Un honnête musulman qui se permettrait de danser se dégraderait dans l'opinion de ses coreligionnaires ; mais il n'en est pas ainsi des femmes, même de la plus haute condition, qui se font gloire d'exceller dans cet exercice, et qui peuvent s'y livrer sans aucun scrupule, parce qu'on regarde comme leur devoir de contribuer en tout aux plaisirs de leurs maris. Quand elles se trouvent entre elles, dans une assemblée de femmes, elles ne se piquent pas moins de se surpasser les unes les autres dans l'art de danser.

Toutes les dames qui parurent chez Fatouma étaient

habillées avec la plus grande magnificence. Elles avaient amené à leur suite leurs plus belles esclaves, qui se tenaient dans une chambre séparée et gardaient des coffres remplis d'habits appartenant à leurs maîtresses.

Après que les cettis furent restées assises pendant un quart d'heure, et qu'on leur eut servi des rafraîchissements préparés avec la cannelle et la vanille, on fit entrer dans le divan quelques esclaves musiciennes qui se mirent à chanter et à jouer du *tambura*, qui rappelle la harpe de David, du *semendjé* ou violon, du *doff*, espèce de tambour de basque, et des castagnettes.

La dame la plus distinguée parmi les visiteuses se leva alors et se mit à danser pendant quelques moments, puis passa dans l'appartement voisin où étaient les esclaves, pour changer d'habits ; elle quitta tout, même ses pantoufles brodées en or et en argent, et ne garda de la première parure que sa coiffure, ses bracelets, richement garnis de pierreries et ses grappes de sequins pendues aux oreilles.

Dans cet intervalle, d'autres commencèrent également leur danse, pour quitter à leur tour la compagnie et changer aussi d'habits.

Cela se répéta si souvent tour à tour, qu'il y eut de ces dames qui mirent dans la soirée une dizaine de costumes différents, l'un plus riche que l'autre. Toutes cherchaient à se faire admirer dans leurs nombreux atours, et ces efforts finirent, comme chez nous, à faire bien des mécontentes.

Deux des cettis excellaient surtout dans la danse. Aussi les regardait-on de préférence.

La danse orientale n'a rien qui ressemble à la nôtre. Ce sont, pour la plupart du temps, des mouvements vifs et vraiment étonnants dans les reins, que ces femmes balancent, sans remuer le reste du corps, avec une extrême souplesse. Elles interrompent ces mouvements par des sauts prestes et légers. Dans l'intervalle de ces sauts, elles s'arrêtent brusquement l'une vis-à-vis de l'autre, s'approchent et restent plusieurs instants à agiter les hanches en cadence.

Quand la danse eut cessé, Fatouma se leva, s'excusa en souriant auprès de Kléber et de Louise d'avoir à remplir son rôle de maîtresse de maison, en reconduisant les cettis, et sortit avec les visiteuses. Le général et sa jeune compatriote demeurèrent seuls.

Louise était assise sur le divan, Kléber sur un coussin à ses pieds.

— Eh bien ! mademoiselle, comment trouvez-vous Fatouma la veuve? demanda Kléber.

— Belle, très belle, répondit Louise Rivolet.

— Et faisant bien les choses, n'est-ce pas?

— Je n'ai jamais assisté à une soirée aussi agréable. Et vous, général, que dites-vous de ces danses?

— Peuh ! cela ne vaut pas nos valses alsaciennes.

— Ni le menuet en usage à Paris, sans doute... Mais je ne connais guère cette danse, moi qui à l'âge de six ans ai quitté la France.

— Nous vous la ferons connaître, mon enfant !

— Quand, général ? demanda vivement la jeune fille.

— Le jour de vos noces.

Louise baissa les yeux et se mit à rougir.

— Il doit bien vous aimer, Martial, reprit Kléber, qui l'examinait.

— Pourquoi? demanda naïvement la jeune fille.

— Parce que vous êtes charmante... Tudieu ! quelle belle femme de capitaine vous ferez !

— Ah! vous le ferez capitaine, enfin? demanda Louise, en saisissant la balle au bond.

— La veille de votre mariage. Ce sera mon cadeau de noces.

— Merci, général, je lui apprendrai la bonne nouvelle.

Ce disant, la belle blonde tendait la main au général, qui la baisa respectueusement.

— « Honni soit qui mal y pense, » dit Kléber avec un sourire.

Mais Louise avait jeté un cri et s'était redressée brusquement.

— Qu'avez-vous, mademoiselle? demanda le général.

— N'avez-vous rien entendu? dit la jeune fille, dont les traits et l'attitude exprimaient la frayeur.

— Quoi donc?

— Là, contre les vitraux de la fenêtre!

— Cette fenêtre donne sur le jardin.

— C'est qu'il m'a semblé... oui : c'était là !

— Il vous a semblé?

— Entendre quelque chose... Oh ! je ne me suis pas trompée.

Kléber courut à la fenêtre, l'ouvrit... mais ne vit rien.

— Sans doute, fit-il observer, quelque tourterelle dont l'aile aura frôlé les vitres. Ces pigeons du Kaire sont des plus familiers.

Louise s'était également approchée. Montrant tout à coup un massif d'acacias à quelques pas seulement du pied de la muraille :

— N'avez-vous pas vu ces deux ombres qui viennent tout à coup de se cacher là? s'écria-t-elle. On nous regardait par la fenêtre : le treillage de la vigne a servi d'échelle, car les pampres s'agitent encore et il n'y a pas le moindre souffle d'air.

— Quelque domestique curieux...

— Je ne sais... mais le fait est certain.

— Après tout, quand cela serait? dit Kléber avec insouciance.

— Vous êtes seul, général...

— Avec mon sabre. Qu'ai-je à redouter d'ailleurs dans la maison de la veuve Fatouma, devenue une sincère amie des Français?

— N'importe! c'est singulier... et j'en tremble encore.

Au retour de la maîtresse de la maison, Kléber lui parla de cet incident, qui avait tant frappé Louise. Mais Fatouma fit d'abord l'étonnée, puis s'écria :

— Ah ! j'y suis, c'est probablement un de mes nègres qui aura voulu faire un larcin à mes treilles; mais il aura été bien attrapé, le raisin n'est pas mûr.

On ne se préoccupa plus de l'incident, et bientôt Kléber se retira, à son tour, avec la fiancée de Martial.

Précédons-les de quelques instants dans une rue voisine, par laquelle ils doivent passer.

Au milieu de cette rue se trouve un de ces *hods* ou abreuvoirs dont nous avons déjà parlé. Ce hod est entouré d'une grille et adossé à une *zaouïa* ou mosquée chapelle. Derrière le petit édifice religieux s'étendent plusieurs de ces vastes jardins et terrains vides qui remplissent l'intervalle entre les grandes rues du Kaire, ce qui explique l'immense étendue de la ville, laquelle exige plus d'une heure de marche quand on veut la traverser.

Une dizaine d'hommes sont cachés derrière les colonnes et le bassin de marbre.

— Ils tardent bien, disait l'un de ces hommes en caressant la poignée de son sabre.

— Patience, Ahmed! répondit un autre. Le nègre Yahié ne vient-il pas de nous prévenir que les cettis, avec leurs eunuques, étaient retournées à leurs harems, et que Kléber, avec la Française, allait se retirer aussi?

— Mais pourquoi, Seyd-Mohammed, ne le tuerions-nous pas? L'occasion est belle, le moment propice.

— Tu es ardent, Ahmed, comme un de nos jeunes fédavis; mais tu oublies toujours qu'en ta qualité de daï-kébir, tu dois ne pas transgresser nos lois, et donner, au contraire, comme moi, l'exemple de la gravité et de l'obéissance.

— Tu es sage, toi, prononça l'aga-Ahmed avec une légère nuance d'ironie.

— Les lois d'Ismaël défendent de frapper, tant que le Scheik-al-Djebel, le prince de la Montagne, n'en a pas donné l'ordre.

— Mais si le vieux schérif persiste à ne pas vouloir accepter la dignité de grand-maître?

— Je sais comment m'y prendre... Il sera nommé et investi, malgré lui, avant que deux semaines ne se soient écoulées, dès que tous ceux de nos frères que nous attendons seront arrivés.

— Il y en a déjà plusieurs centaines à Masr.

— La grande Pyramide les enfermera tous sans peine, répliqua l'uléma.

— N'importe! Jamais occasion pareille ne se présentera peut-être... Le ciel est couvert, la nuit sombre, la rue déserte, et nous sommes dix contre un... Tout Goliath qu'il est, nous en viendrons à bout.

— Ahmed! je m'y oppose... Rien, avant que le grand Scheik-al-Djebel ait prononcé... C'est moi qui suis maintenant le daï-kébir dominant.

— Mais le combat sacré est proclamé...

— Yousouf le vizir n'est ni Scheik-al-Djebel, ni même ismaélien. On agira comme il a été convenu. Les rékifs s'empareront de la femme et se retireront avec moi par la zaouïa et les jardins, pendant qu'avec ton sabre tu tiendras Kléber en respect... Rien de plus !

— Mais s'il veut me tuer ? insista Ahmed.

— Tu sais te défendre. Après avoir commandé, obéis !

— N'ai-je pas bien commandé dans mon année, bien préparé les choses ?

— Je me plais à te rendre justice, Ahmed ! aussi ai-je suivi ton conseil. Soleyman-el-Halebi est le fédavi qu'il faut : à la fois fougueux comme le lion, prudent comme le serpent, et de plus amoureux...

— Il en dessèche, ainsi que l'herbe sous le soleil.

— Aussi quand, de nouveau, on lui aura fait entrevoir celle pour laquelle il brûle, il aspirera après le poignard sacré, comme le pèlerin dans le désert après une source d'eau vive...

— Chut ! j'entends des pas, interrompit tout à coup l'aga.

— Ce sont eux... Rékifs, veillez, et à mon signal ! commanda le docteur syrien.

Kléber s'avançait, en effet, donnant le bras à Louise Rivolet, couverte de son voile.

A peine furent-ils devant le hod, que de la grille ils virent s'élancer sur eux les rékifs au manteau arabe. Le général eut à peine le temps de tirer le glaive, que déjà Louise, qui poussait des cris perçants, était saisie et entraînée.

Le général voulut courir à son secours ; mais Ahmed, avec son cimeterre, lui barra le passage.

Kléber était fort, impétueux dans l'attaque, mais au lieu de sa latte de cavalerie ordinaire, il avait le sabre turc recourbé, et Ahmed maniait le sien plus habilement que lui.

Les deux lames de Damas, fines et flexibles, se heur-
taient, ployaient et s'entre-choquaient en lançant des
étincelles. Kléber courait sur son adversaire, lui portait
de rudes coups de taille et de tentement; mais ce dernier, parant avec adresse, rompait peu à peu en recu-
lant vers le hod.

— Ah! brigand! s'écria enfin Kléber en rabattant un
coup et en poussant de quarte aussitôt.

Mais en portant cette botte avec son poignet tourné
en dehors, au moment où il avait cru voir son adversaire découvert, le brave général oubliait que son sabre
turc n'était point fait pour une académie en règle, et de
plus sa lame rencontra les barreaux de la grille et s'y
engagea : elle en fut même faussée.

— Tonnerre! s'écria-t-il en entendant la porte de fer
se refermer avec bruit. Il m'échappe!...

Un rire sardonique fut la seule réponse. L'aga s'était
jeté dans la zaouïa.

Klébert essaya bien de briser la porte ; mais, malgré sa
force herculéenne, il l'ébranla à peine.

Que faire? Il ne fallait pas laisser le temps aux ravisseurs de s'éloigner. Se rappelant que le poste des janissaires n'était pas loin, il y courut.

Les janissaires du Kaire, milice chargée uniquement de
la police, étaient demeurés fidèles à leurs postes pendant les deux révoltes de la ville. Leur aga, Mustapha,
avait même été, on s'en souvient, mis à mort par Nassif-
pacha et les insurgés, à cause de son dévouement aux
Français.

Aussi avait-on conservé ces précieux miliciens qui
entretiennent l'ordre dans ces quartiers, et qui demeurent
là à poste fixe, sans jamais être relevés. C'est la ville qui
les paie.

— A moi, janissaires! s'écria le général en faisant irruption dans le corps de garde.

— Le sultan Kléber! firent les soldats en se levant avec respect.

Les janissaires avaient reconnu le général en chef, malgré son déguisement.

— A moi! reprit Kléber. Des misérables viennent d'enlever une femme à mon bras... Suivez-moi!

Quand Kléber avait pénétré dans le poste, quelques-uns des miliciens entouraient un homme assis sur un tapis, qu'on avait roulé pour lui faire un siège plus commode.

Cet homme, qui portait l'uniforme d'officier d'infanterie, était pâle et défait. Le général ne l'avait pas remarqué en entrant, mais l'officier avait bien vu le général.

Au moment où Kléber, précédant les janissaires, allait s'élancer dans la rue, l'officier, qui évidemment avait été ramassé par les miliciens et soigné par eux, soit qu'il eût été frappé devant le corps de garde d'une indisposition subite, soit qu'une cause morale eût agi sur lui; l'officier, disons-nous, se levant brusquement, et, paraissant soudain aux côtés de Kléber, lui dit d'une voix vibrante et l'œil en feu :

— Général, tu enlèves bien les fiancées des autres...

— Martial! fit Kléber en le reconnaissant.

— Moi-même... Kléber! tu n'es qu'un fourbe et un lâche!

Comme si on l'eût brûlé avec un fer ardent, le noble guerrier frémit de tout son corps et recula vivement. Il porta la main à la poignée de son sabre.

— Lieutenant! s'écria-t-il d'une voix tonnante, une pareille insulte...

— Lâche! répéta le malheureux, parce qu'en commettant de pareilles fourberies, tu savais bien que ton subordonné ne pourrait jamais se mesurer avec toi, pour te demander raison.

Remarquant seulement la pâleur du jeune homme, ses cheveux et son uniforme en désordre, son regard allumé par la fièvre, le général crut comprendre enfin qu'il y avait là quelque déplorable malentendu, un mystère funeste.

— Martial, mon ami! lui dit-il affectueusement, qu'avez-vous? Que faites-vous en ce lieu, au milieu de la nuit?

— Ce que j'ai? Contre toi une haine mortelle... Ce que je fais? Tu n'es qu'un citoyen comme moi : tiens! je te tuerai ou tu me tueras...

A ces mots, le pauvre insensé saisit sur la table des janissaires un des bâtons moitié noirs et moitié blancs qui servaient au jeu du *tabu duk*, espèce de tric-trac, et le lança au visage du général.

— Ah! c'en est trop! s'écria Kléber, dont le visage s'empourpra. Janissaires, emparez-vous de lui!

On se saisit de l'infortuné lieutenant, qui fut attaché à un anneau de fer scellé dans le mur.

Une douzaine de miliciens suivirent le général en chef jusqu'au hod, dont on finit par ouvrir la grille. On pénétra dans la chapelle, dans les jardins; mais, comme on le pense bien, on ne trouva plus aucune trace des ravisseurs.

Kléber rentra chez lui, le cœur profondément attristé à la fois par cette déplorable aventure, pour laquelle des parents désolés allaient lui demander un compte sévère, et par la nécessité où il allait se trouver de punir un outrage fait devant des témoins par le fiancé même de la jeune fille que sa conduite plus que légère, à lui Kléber, avait exposée à cet enlèvement.

Mais quelle était la cause d'un pareil outrage de la part d'un jeune homme ordinairement si doux, et qui lui paraissait si sincèrement attaché? Kléber ne pouvait se l'expliquer.

Quant aux rékifs qui conduisaient la pauvre Louise, après avoir débouché par les jardins dans un autre quartier du Kaire, ils avaient demandé au nouveau daï-kébir dominant :

— Où faut-il la conduire?

— Aux Pyramides! répondit le docteur syrien.

XIII

AUX PYRAMIDES

La perfide Fatouma était parvenue à son but. Elle avait, par ses artifices, fait naître la rage de la jalousie dans le cœur de l'officier français qu'elle détestait, et elle avait poussé ce dernier à faire à son général un outrage sanglant.

Cet outrage, commis devant des soldats musulmans, devant des Égyptiens, aux yeux desquels le général en chef de l'armée française devait surtout conserver tout son prestige, appelait un châtiment prompt et exemplaire.

Une condamnation à mort attendait le lieutenant Martial. Les lois militaires sont formelles.

Ce fut Omar qui, le lendemain dans la matinée, alla, avec un piquet de soldats, chercher le lieutenant Martial au poste des janissaires, pour le conduire en prison.

— Qu'avez-vous fait, malheureux ami ? dit le fidèle officier de Kléber.

Pour toute réponse, Martial, les sourcils froncés, le

geste fier, presque arrogant, montra le chemin, voulant dire :

— Marchons !

— Mais que s'est-il donc passé? Répondez, Martial ! Que faisiez-vous dans ce quartier, au milieu de la nuit? Pourquoi cette insulte au général en chef, qui vous es- time, qui vous aime?

Le jeune homme sourit amèrement, mais ne répondit encore rien.

Pendant tout le trajet, ce fut de même. A toutes les questions d'Omar, il conserva le même mutisme.

A la porte de la prison, après que le capitaine des guides eut remis le prisonnier entre les mains de l'officier de la prévôté, il lui dit doucement :

— Si vous avez besoin de quelque chose, Martial, fai- tes-moi prévenir.

— Merci, capitaine ! répondit sèchement le lieutenant des carabiniers.

Rivolet alla le visiter dans la prison. Martial garda le même silence farouche.

Le conseil de guerre fut convoqué, l'instruction prompte. Dès le troisième jour après l'acte criminel, Martial devait comparaître devant ses juges.

Dans la matinée de ce jour fatal, Adigué, Omar, Charles Rivolet vinrent supplier Kléber d'arrêter l'affaire.

— Le puis-je? répliqua le général en chef. Toute l'ar- mée en est instruite.

— Pardonnez-lui, général, dit Rivolet. Il était fou.

— A-t-il seulement daigné répondre à Omar? Et vous, Rivolet, avez-vous obtenu de lui la moindre explication, un seul mot d'excuse pour moi?

— Hélas ! sa folie dure encore... Mais, général, ajouta Rivolet avec un soupir, n'y aurait-il pas entre l'enlève-

ment de ma pauvre sœur et l'acte de Martial une secrète
corrélation ?

— Je vous ai cité les paroles avec lesquelles il m'a ac-
cueilli : qu'il s'explique alors !

— Il refuse, il garde un silence obstiné.

— Général ! interrompit Adigué, le laisserez-vous
mourir ? N'avez-vous pas le droit de faire grâce ?

— Ceci est une autre question... Sans doute, j'ai le
droit de faire grâce... J'y ai même déjà songé. Aussi ai-
je convoqué hier soir une réunion de généraux pour les
consulter, mon intention étant de faire grâce, en effet,
après la condamnation, s'ils n'y voyaient aucun incon-
vénient.

— Eh bien ? demanda-t-on.

— Ils ont été unanimes à déclarer que, si le lieutenant
ne subissait pas le châtiment qu'il méritait, c'en était
fait, aux yeux des Égyptiens, du prestige qui entourait le
sultan des Français.

— Mais c'est impossible, Kléber : tu ne peux laisser
fusiller ce jeune homme.

C'était Omar qui parlait ainsi.

Adigué s'était esquivée, tandis que le général en chef,
pensif et profondément affecté, avait penché la tête sur
la poitrine.

Elle revint au bout d'un instant avec Zaïra.

— Mon père ! s'écria cette dernière, en se jetant au
cou du général, il faut le sauver.

— Le sauver, ma fille ! je ne le puis.

— Il le faut pourtant. N'a-t-il pas cherché à me sauver
moi-même, avec son ami Rivolet ?

— C'est vrai ! dit Kléber en regardant sa fille tendre-
ment.

— Ne s'est-il pas exposé pour moi ? N'a-t-il pas failli

érir deux fois en Syrie, dans les ruines de Balbek et à
Acre ?

Kléber était ému : son cœur était tout disposé à sous-
raire à la mort celui qui l'avait insulté, mais son esprit
cherchait vainement le moyen.

— Le sauver ! murmura-t-il, mais comment, sans compromettre la discipline et mon pouvoir aux yeux des
Arabes ?

Ce fut encore Adigué qui lui vint en aide.

— A Acre, dit-elle, c'est dans la fuite que nous avons
trouvé le salut. Que Martial fuie !

Kléber tendit la main à la belle Esther.

— Vous êtes de bon conseil, dit-il en approuvant. C'est
cela : qu'il fuie !... Mais sauvons les apparences... Omar,
tu vas me chercher le lieutenant-prévôt, avec lequel tu
t'entendras en ma présence... Vous, Rivolet, vous porterez
au conseil de guerre un ordre que je vais écrire... Je demande qu'on remette le jugement à demain, parce que
je veux entendre moi-même l'accusé, qu'on m'amènera
ici, ce soir... En route, Omar, tu le feras échapper.

— Où ira-t-il ? demanda le capitaine.

— Il gagnera, non pas le désert, il y périrait — mais
les Pyramides, s'il veut... Oui, c'est cela, l'idée est bonne...
Dans la journée même je ferai relever le détachement qui
occupe la redoute des Pyramides ; on y enverra la compagnie de Martial... De cette manière, il y trouvera société
et vivres... Omar, je te charge des détails.

— Tu peux te fier sur moi. Allah est...

— Très grand, je le sais ; mais en y prêtant bien la
main, tu feras plus que lui.

Adigué et Zaïra remercièrent avec effusion le général.

— Père ! tu es bon, dit cette dernière, et je t'en aime
davantage... Mais Louise, n'en as-tu aucune nouvelle ?

Kléber sentit la rougeur lui monter au front à cette question : c'était sa coupable condescendance au caprice d'une maîtresse qui était cause du déplorable événement. Il eut pourtant le courage de répondre en ces termes :

— J'ai mis toute la police sur pied depuis trois jours ; mais on n'a pu trouver aucune trace de ton amie, ma pauvre enfant !

Tout se passa suivant le vœu de Kléber et d'Omar. Il est vrai que Martial n'avait pas d'abord voulu consentir à la fuite qu'on lui proposait. Mais le capitaine des guides avait enfin réussi à le faire parler, et à lui faire confesser que la jalousie avait été le motif de sa conduite envers Kléber ; seulement, le fiancé de Louise se refusa énergiquement à faire connaître les circonstances qui avaient éveillé sa fureur.

Connaissant enfin la cause de l'acte blâmable de son ami, il ne fut pas très difficile à Omar de faire rentrer, avec le doute, un peu de calme dans son esprit.

— Les apparences vous ont trompé, Martial ! Louise Rivolet est une jeune fille honnête et pure. Quant à Kléber, malgré ses défauts, il est incapable de chercher à séduire une amie de sa fille, la fiancée d'un officier qu'il estime.

Martial poussa un soupir qui équivalait à un doute.

— N'auriez-vous pas été victime de quelque manœuvre perfide ? continua Omar. En Orient, les femmes ont une habileté infernale à mener des intrigues dont il est quelquefois difficile de deviner les motifs cachés.

Le jeune homme finit par penser qu'en effet son aventure pouvait bien avoir été le résultat d'une intrigue de harem. Le nouvel enlèvement de Louise, au sortir. même de cette maison où on l'avait conduit, lui, Martial, pour être témoin d'un tête-à-tête qui avait égaré sa raison, ne lui disait-il pas que les mystérieux Haschischins pouvaient encore avoir été pour quelque chose dans cette étrange affaire ?

Néanmoins, il ne fit pas connaître encore sa pensée à Omar, ou plutôt il n'en eut pas le temps.

Dans un carrefour que traversait la garde de la prévôté avec leur prisonnier, Omar, qui la précédait à quelque distance, déguisé en Arabe, lança tout à coup au milieu de la foule agglomérée en cet endroit, une poignée de sequins.

Le son et la vue de l'or produisirent leur effet habituel : chacun se précipita, cherchant les jaunets et bousculant son voisin. La garde voulut faire écarter les avides musulmans. Il en résulta une rixe et du désordre.

C'est ce qu'attendait Omar. Il profita de la confusion pour s'approcher de Martial. Jeter sur les épaules du lieutenant un ample burnous blanc, le coiffer d'un turban, le pousser au milieu de la foule, ce fut l'affaire d'un instant.

Mais deux gardes avaient vu la scène ; ils voulurent rattraper leur prisonnier, et s'élançaient déjà sur ses pas, lorsqu'ils durent s'arrêter.

— A vos rangs ! avait commandé d'une voix forte l'officier de la prévôté. Que personne ne s'écarte !

Laissant le prévôt simuler la colère, au milieu de ses hommes, d'avoir perdu son prisonnier, Omar s'éloigna précipitamment avec Martial.

Tous deux gagnèrent Gizeh, où ils trouvèrent sur le bord du Nil un homme accroupi, qui se leva dès qu'il les aperçut, et sauta au cou de Martial.

— Mon lieutenant ! mon pauvre lieutenant ! disait cet homme.

— Hé oui ! répondit Martial ; mais tu m'étrangles, Jacquot, et tes ongles...

Un doux miaulement, aux oreilles du lieutenant, lui fit comprendre qu'avec Jacquot un autre être fidèle lui témoignait sa joie à sa manière. C'était Ismaël, le guépard ; seulement la pauvre bête, ne pouvant faire patte de velours comme les autres chats de sa famille, l'égratignait sans le vouloir avec ses ongles non rétractiles.

— Vous voilà avec un ami que j'avais prévenu, dit Omar. Je retourne auprès de Kléber lui rendre compte de l'heureuse issue de l'entreprise.

— C'est donc lui qui...

— Qui m'a donné l'ordre de vous faire fuir.

Martial porta la main à ses paupières, qui s'étaient humectées, et, avec un accent profondément ému, il dit à l'ex-janissaire :

— Capitaine Omar, priez-le de me pardonner.

— Ne l'a-t-il pas déjà fait ? dit l'ex-janissaire en haussant les épaules.

— Je donnerais maintenant ma vie pour lui ! s'écria le brave jeune homme.

— Ayez espoir, ami ! Dieu est grand, Louise sera retrouvée, et dès que l'affaire sera un peu oubliée, Kléber vous rappellera. Seulement, d'ici-là, quittez votre uniforme et couvrez-vous exclusivement de ces vêtements arabes... Il ne faut pas que quelqu'un des nôtres, en visitant les Pyramides, puisse vous reconnaître. Votre compagnie seule, qui a été détachée aujourd'hui à la redoute, doit savoir que vous êtes aux Pyramides. Que Dieu vous protège !

Le jeune homme serra la main du digne Omar, qui reprit le chemin du Kaire. Martial et Jacquot Treillet, suivi de son guépard comme d'un chien dévoué, se diri-

gèrent vers les grandes Pyramides, près desquelles Bonaparte, comme on se le rappelle, avait fait construire,
contre les incursions des Bédouins pillards une redoute
étoilée pouvant contenir cent hommes et deux pièces de
canon.

Pendant que l'officier de carabiniers et son compagnon
atteignaient la redoute, après avoir franchi plusieurs
canaux d'irrigation à sec, voici ce qui se passait au quartier cophte, sur la place Ezbekyeh.

Deux Bédouins se présentaient devant une maison de
pauvre apparence de ce quartier, dont presque toutes les
maisons, du reste, ont un triste aspect, en conformité
avec les mœurs de ce peuple mélancolique, taciturne,
humble et dissimulé.

— Qui frappe ? demanda une vieille femme qui montrait son visage basané et ridé à un petit guichet de la
porte.

— Que le Très-Haut soit avec vous ! répondit un des
Arabes. N'est-ce pas ici la demeure du savant docteur
Elfi-Hennasch ?

— Ici même. Que lui voulez-vous ?

— Nous sommes deux hommes du désert de Sakara,
de la tribu des Bedony-Maouli. Notre scheik, — un grand
scheik, que Dieu le protège ! — nous envoie vers lui avec
cet agneau blanc.

Celui qui parlait découvrit effectivement l'agneau, qu'il
portait enveloppé dans son manteau.

— Un agneau ! fit la vieille en ouvrant de grands
yeux.

— S'il ne peut plus servir à vos Pâques, ô femme, vous
l'égorgerez, suivant votre coutume, sous les pas de quelque jeune mariée, afin qu'il porte bonheur aux époux...

— Et leur assure une existence longue et prospère !

ajouta la vieille, qui connaissait ces usages arabes. Je
cours prévenir sidi Hennasch.

Elle revint quelques minutes après, et ouvrit la porte
aux deux Bedony, pour les conduire auprès de son
maître.

— Gloire à Dieu ! dit le même Arabe qui avait déjà
parlé. Voici un agneau blanc que t'envoie notre scheik,
le puissant Djolan, dont la tribu est plus nombreuse que
celle des El-Kebli, dont les troupeaux se comptent par
milliers dans les oasis du Sakara, qui a des armes de quoi
revêtir toute sa tribu et ses innombrables serviteurs, des
doras (cottes de mailles), des *dabous* (masses de fer), des
dorake (boucliers de peau), des sabres, des lances et des
fusils. Mais il est juste dans sa puissance, et n'a jamais
percé, pendant la paix, aucune peau, ni rendu aucun
enfant orphelin.

— Et que me veut votre scheik ? demanda le Cophte.

— Il est malade sous son *béith*, et t'attend pour le
guérir.

— Hélas ! le pourrai-je ? dit le médecin.

— Tu es la lumière de la science ! Ta réputation est
grande dans Masr et ta renommée s'étend jusque dans
le désert.

— Mais où est la tente du scheik Djolan ?

— Son béith est derrière les Pyramides. Attirés par la
renommée, nous, les hommes de sa tribu, nous avons
quitté le désert aux palmiers pétrifiés, et nous nous
sommes avec lui rapprochés de Masr, afin que ta science
le guérisse... Il t'offre, si tu daignes venir jusqu'à lui,
deux chamelles, six moutons, avec cent piastres de Tunis,
tout l'argent qu'il possède.

Pour le pauvre médecin cophte, c'était une rétribution
fabuleuse, une véritable fortune.

— A-t-il des maux de tête? demanda le savant docteur.

— Beaucoup, sidi, il n'en peut dormir.

— Je lui mettrai des tranches de citron et des emplâtres de safran et d'opium... De la fièvre ?

— Il grelotte sous sa couverture de laine.

— Des fumigations de vieilles sandales imbibées d'huile... Tousse-t-il ?

— Coup sur coup... Il se sent comme du feu dans la poitrine.

— Des infusions de carvi et l'huile de *grains de paradis* avec de l'aloès, pour le purger... Se sentirait-il aussi des maux de ventre ?

— Il en souffre énormément et se tord sur sa natte.

— Du fenouil, de l'anis, de l'encens, grommela l'Esculape basané.

Et le docteur prenait dans une grande caisse tous ces remèdes employés en Égypte par la médecine empirique. Plus qu'ailleurs, dit le docteur Chafey-bey dans son Mémoire communiqué à l'Institut égyptien, l'empirisme et la routine ont poussé en Égypte de profondes racines.

Elfi-Hennasch se munit ensuite de son bâton ferré, mit sous le bras un livre en *risan Faraoun* (vieille langue des Pharaons), que peut-être il pouvait à peine déchiffrer, rattacha solidement à la ceinture son inséparable écritoire, et suivit les deux Bédouins.

Eux aussi prirent le chemin de Gizeh et gagnèrent les Pyramides.

Mais au moment où les deux Bédouins foulaient, après le terrain marécageux des environs du Nil, celui plus dur qui annonçait la roche et qui était recouvert d'un sable reluisant comme de l'or sous les rayons de la lune, et que la Pyramide de Chéops se dressait géante à leurs côtés, ils se jetèrent tout à coup sur le Cophte et le bâillonnèrent, pour empêcher que ses cris ne fussent entendus de la redoute.

— Il ne te sera fait aucun mal, lui dirent-ils, mais sois docile ! Nous avons besoin de toi pendant quelques jours.

Aussitôt ils se mirent à gravir, avec le Cophte, les monticules, mélange des débris du revêtement et de sables accumulés par les siècles, pour atteindre l'entrée de la Pyramide. A cette ouverture, située à quinze mètres au-dessus de la base, attendaient d'autres Arabes, mais dont le costume n'était pas précisément celui des Bédouins du désert.

On parcourut un chemin voûté et tortueux, tantôt ascendant, tantôt descendant, au milieu d'une foule de chauves-souris et d'autres oiseaux de nuit, qui voletaient éperdus à l'apparition des quelques torches allumées par les Arabes.

Enfin, on arriva à la *Chambre du roi*, avec son sarcophage. Le bâillon fut enlevé au docteur.

— Sidi Elfi-Hennasch ! reprit l'Arabe qui avait parlé jusqu'alors, nous ne sommes pas des Bédouins, et il n'y a pas de scheik malade ; mais nous avons besoin de ta science.

— Que faut-il faire ? demanda le Cophte tout tremblant et ahuri.

— Nous voulons que tu nous composes un philtre.

— Pour quel usage ? Car il en est de toutes sortes.

— Écoute-moi bien ? Je veux un philtre qui, en un instant, d'un agneau fasse un tigre, d'un homme doux et inoffensif un tyran, d'un être raisonnable un fou, mais sans le moindre danger pour sa santé. Peux-tu me donner cela ?

— Hélas ! je ne sais... balbutia le malheureux savant.

— Réfléchis bien, consulte ton livre, et tu trouveras.

Ce ne sont ni des chameaux, ni des brebis que je t'offre en récompense, mais tu sortiras d'ici, la ceinture grosse de sequins d'or.

— Vrai? s'écria le pauvre diable, dont les yeux brillèrent.

— Seulement, si, après avoir quitté la Pyramide, tu révélais la moindre chose de ce que tu y auras vu ou entendu, si tu nommais à qui que ce fût une seule des personnes que tu auras pu y reconnaître, ce poignard et cent autres t'en puniraient le jour même... M'as-tu compris?

— J'ai compris, murmura le Cophte, plus tremblant que jamais.

— Cherche dans ton livre; et hâte-toi!

Le Cophte passa une bonne demi-heure à réfléchir plutôt qu'il ne lut son bouquin en *risan Faraoun*, et s'écria enfin :

— J'ai trouvé!

— Que te faut-il? demanda l'Arabe. On te l'apportera de Masr.

— Allez chez le droguiste indien Sirkind, au bazar Boudoukanieh : c'est le mieux fourni et celui qui trompe le moins sur la qualité de ses drogues... Ce n'est pas lui, sidi, qui donnera jamais du succin et du nitre pour de vrai camphre du Japon, ni une composition d'ambre pour du véritable musc de l'Hindoustan... Mais c'est de l'ambre dont j'ai besoin aujourd'hui.

— Combien t'en faut-il?

— Je vais tout vous écrire lisiblement.

Le médecin cophte tira une plume et du papier de sa ceinture, posa l'encrier sur le bord du sarcophage, qui était vide et sans couvercle, et écrivit en se dictant à lui-même à haute voix :

16.

« — D'abord douze kirats d'ambre gris... une uckia
(once) de suc de pavot de la Thébaïde... dix dirhem (drachmes) de ciguë de Socrate ombellifère... puis une uckia
et six drachmes de datura stramoine ou *herbe du diable.* »

— C'est tout? demanda l'Arabe.

— Avec un mortier et son pilon, ajouta le médecin.

— Grand ou petit?

— Petit. On m'apportera aussi un fourneau et un
creuset... Non, un creuset seulement ; le sarcophage me
servira de fourneau.

— Et pour le feu, te faut-il du bois, ou la fiente d'animaux avec de la paille hachée te suffit-elle?

— Le bois de palmier est fort cher, mais il vaut mieux.

— Tu auras du bois... C'est bien tout ce dont tu as
besoin?

— Oui, tout, avec de l'eau et une fiole.

— Je te donne trois jours pour que ton breuvage soit
fait.

— Tu l'auras, sidi, avant le troisième coucher du soleil.

— Songe que cette préparation ne doit ni tuer, ni
même rendre malade un homme.

— Le quart de la fiole que je te donnerai produira l'effet
que tu désires : la moitié en ferait un cadavre ambulant
le reste de sa vie.

— Et le tout? demanda l'Arabe en dardant sur le
Cophte un regard aigu.

— Les trois quarts suffiraient pour le frapper d'une
mort atroce.

— Bien. Que ce cercueil te serve d'âtre.

Ce disant, l'Arabe, avec le bâton ferré du Cophte, frappait le sarcophage de granit du roi Chéops, qui rendit le
son d'une cloche (1); l'écho de la voûte ogivale, formée

(1) Vivant-Denon.

par les assises en encorbellement faisant dos d'âne, et celui des longues galeries adjacentes le répétèrent comme un glas funèbre.

On laissa seul le docteur cophte dans la *Chambre du roi*, et les Arabes quittèrent la grande Pyramide.

— Que deux de nos rékifs ne perdent pas l'entrée de vue! dit le prétendu Arabe, qui évidemment paraissait commander aux autres. Le Cophte ne doit pas sortir.

— Tu seras obéi, ô daï-kébir! lui fut-il répondu.

Le daï-kébir, avec son compagnon, reprit le chemin de Gizeh.

— Et maintenant, Ahmed! reprit le chef des Ismaéliens, occupons-nous du schérif Mustapha effendi.

— Le vieillard voudra-t-il venir, Seyd-Mohamed?

— Je ferai tout pour le persuader, répondit l'uléma de la grande mosquée.

— Et s'il refuse encore dans trois jours?

— Il n'y aurait plus à hésiter... Il faut qu'il vienne à l'assemblée d'Ismaël... Nous l'amènerions de force.

— Ainsi, c'est bien dans les ruines du temple qui sont à l'orient de la seconde Pyramide, qu'aura lieu le conseil sacré pour l'investiture du nouveau scheik-al-Djebel?

— L'espace est vaste dans ces ruines, et nous serons plus éloignés de la redoute des Français... J'ai fini par me convaincre, contrairement à ton avis, aga, que les galeries et les chambres de la grande Pyramide ne pouvaient convenir à la nombreuse assemblée, pour laquelle plusieurs centaines de nos frères sont déjà à Masr et aux environs. On ne pourrait ni bien s'y voir, ni bien s'entendre, étant dispersés dans les couloirs.

— Mais ton philtre? demanda l'aga Ahmed.

— Aussitôt investi, le vieillard sera conduit dans la Chambre du roi. Les daï-kébirs s'y rendront avec lui;

les rékifs et les fédavis ne seront plus nécessaires.

— Sauf Soleyman-el-Halebi et son frère Sakher.

— Le fédavi Soleyman y entreverra la houri blonde, pour laquelle son cœur se dessèche.

— Il faudra alors transférer la Française dans la Pyramide?

— Immédiatement après le coucher du soleil, tu la prendras sous mon béith, près du *champ des Momies*, où nous avons établi nos tentes.

— Bien : je la mènerai dans la Pyramide...

— Dans la chambre au-dessus du plafond de la *Chambre du roi*... Au plafond de la salle du sarcophage, il y a une ouverture dans le bloc de granit poli...

— Je l'ai remarquée comme toi, sidi uléma.

— Cette ouverture nous servira. Comme un astre lumineux au firmament, la houri de Soleyman y apparaîtra.

Les deux daï-kébirs, en se communiquant de la sorte leurs desseins, gagnèrent le village de Gizeh, où ils frappent à la porte de la pauvre demeure du descendant du Prophète...

Trois fois le soleil s'était levé, splendide et ardent, sur les Pyramides de Gizeh, ces monuments gigantesques mis par les anciens au premier rang des merveilles du monde, et dont l'unique but paraît avoir été de placer, dans un tombeau de quelques pieds carrés, le corps de rois orgueilleux, la plupart inconnus aujourd'hui!... « O vanité des vanités, et tout n'est que vanité! »

Pourtant, les présomptueux successeurs des Hycsos osaient s'intituler les *rois d'éternelle vie, engendrés du ciel*, etc.

Ce fut pour recevoir l'infime dépouille de ces fiers Pharaons, maîtres du Nil, dont il ne reste même plus aujourd'hui la poussière, que furent construites ces masses étonnantes!... Ce fut pour la conservation de sa nomie entourée de bandelettes, qu'un de ces despotes nsensés, Chéops, fit travailler à la sueur de leur front, suivant Hérodote, cent mille ouvriers pendant trente ans!...

Dix ans furent d'abord employés, dit le père de l'histoire, qui lui-même a visité et mesuré cette construction gigantesque lorsque déjà quelques milliers d'années avaient ébréché ses murs; dix ans furent employés à établir une route inclinée, par laquelle les pierres taillées dans les carrières du Mokattam, ou chaîne arabique, étaient amenées, en traversant le Nil, jusqu'au plateau de la chaîne lybique où devait s'élever la Pyramide. Vingt autres années furent ensuite employées à l'édifier...

Les Pyramides de Gizeh sont au nombre de neuf, dont trois très grandes et six de bien moindre dimension. Le revêtement en dalles de granit rouge qui les couvrait a presque entièrement disparu aujourd'hui; il ne reste plus que le massif en pierre calcaire, et les quatre faces des Pyramides, bien orientées et tournées très exactement vers les points cardinaux, présentent de nos jours l'aspect d'un escalier gigantesque. La Pyramide de Chéops, la plus grande, avait une hauteur perpendiculaire de 416 mètres; sa base, encastrée dans le roc même, avait des côtés de 232 mètres.

Au temps de Diodore, cette pyramide se terminait par une plate-forme de 2 mètres 76 centimètres de côté; de nos jours, la plate-forme a dix mètres carrés.

Tout autour des neuf grandes Pyramides, s'élèvent une grande quantité d'autres bien plus petites, et gisent pêle-mêle des débris de temple, des monolithes enfouis dans le sable comme le Sphinx, et des espèces de *tumuli* en ruiné, qu'on suppose avoir servi de lieux de sépulture aux femmes et aux grands des Pharaons.

Outre les énormes masses de Gizeh, il existe encore sur les bords du Nil d'autres groupes de Pyramides, qui paraissent toutes avoir eu la même destination orgueil-leuse : ce sont celles de Sakara, près du Champ-des-Momies et des ruines de Memphis, celles de l'ancien royaume de Méroé et celles de Nubie.

Pour la troisième fois aussi, le soleil s'était couché au loin dans les sables arides du désert de la Lybie, der-rière les *Pierres d'aigle* des collines du *Fleuve sans eau*, lorsque deux hommes, mirmidons à côté de ces édifices de Titans que nous venons de décrire, passaient à environ trois cents pas à l'est de la deuxième Pyramide, dite de Chéphrem.

Le disque de la lune ne se montrait pas encore du côté du Mokattam, mais à la lueur des étoiles qui fait miroiter le sable doré, nous pouvons reconnaître les deux compagnons.

L'un a le manteau et le turban gris blanc des Arabes, l'autre porte l'uniforme des carabiniers, et le chat Ismaël le suit comme son ombre, tout en dressant par moment les oreilles et en dirigeant vers l'ouest, où l'on aperçoit confusément quelques ruines, le regard noc-turne de son œil phosphorescent.

— Qu'a-t-il donc, Ismaël, à guetter de la sorte ? de-manda Martial.

— Quelque mangouste ou gazelle peut-être, mon lieu-tenant, répondit Jacquot Treillet.

— Je n'en ai guère remarqué encore aux environs des Pyramides.

— Peut-être un serpent qui glisse parmi les débris, ou bien...

— Ou bien? interrompit l'officier en remarquant que le carabinier regardait attentivement autour de lui.

— Précisément une de ces formes blanches ou grises que j'ai vues errer hier soir autour des Pyramides, lorsque j'étais de faction sur la redoute, et dont je vous parlais ce matin; ce qui vous a déterminé à sortir, pour juger par vous-même de ce que cela pouvait être...

— Les Bédouins du désert auraient-ils de nouveau quelque intention hostile?

— Je ne le pense pas, mon lieutenant. Nous n'avons plus d'ennemis en Égypte, depuis que Mourad-bey est avec nous.

Tandis qu'ils causaient ainsi, les deux militaires s'arrêtèrent simultanément à la vue d'une masse gigantesque qui semblait surgir du sable, à dix pas devant eux.

— Qu'est-ce que cela? demanda Jacquot. On dirait le dos d'un énorme éléphant.

Après avoir examiné un instant la forme colossale qu'il avait devant lui, Martial s'écria :

— Et pourtant tu ne vois plus guère que la tête et les épaules...

— Les épaules de quoi, d'un éléphant?

— Du Sphinx!... Je n'ai pas eu de peine à le reconnaître : je l'avais visité avec Rivolet, avant l'expédition de Syrie.

Ils étaient effectivement derrière le Sphinx, ce vieux gardien sculpté dans le granit, et qui, depuis cinquante siècles, toujours immobile au milieu des sables qui l'assiègent et montent autour de lui, a vu passer tant de générations d'esclaves, de conquérants et de visiteurs venus de tous les coins de la terre.

Le Sphinx, dont la tête, suivant l'inscription qu'on y lit, est le portrait du roi Thoutmosis XVIII (ce roi vi-

vait dix-sept cents ans avant Jésus-Christ!), s'enfonce de
plus en plus dans le sable, et la plus grande partie de
son corps est déjà ensevelie.

Le monstre monolithique, sculpté dans la roche même,
mesure cent quarante pieds de longueur. La tête et le
cou seuls ont ensemble vingt-sept pieds de hauteur ; son
menton est de dix pieds six pouces.

Les prêtres égyptiens pénétraient-ils réellement jusque dans la tête du monstre par un souterrain, pour lui
faire rendre des oracles? La superstition et la sottise
humaine faisaient, en ce temps-là déjà, la part assez
belle aux successeurs d'Hermès, pour qu'ils osassen-
commettre de pareilles impostures. La bouche du
Sphinx, dont les lèvres épaisses portent le caractère afri-
cain, a du reste une mollesse dans le mouvement et une
finesse d'exécution vraiment admirables : c'est de la
chair et de la vie. L'expression de la tête est douce, gracieuse et tranquille. L'art qui y a présidé était évidemment arrivé à un haut degré de perfection.

Martial et son carabinier contournèrent le colosse, et
aperçurent une ouverture entre les pattes de devant.
L'Institut égyptien avait fait déblayer le sable tout récemment, et l'ouverture servait d'entrée à un petit temple
égyptien.

Tandis qu'ils inspectaient l'immense statue, hésitant
à pénétrer la nuit dans le temple antique, le guépard,
qui avait tendu ses jarrets et qui regardait du côté de la
plaine, vers Gizeh, poussa tout à coup un miaulement,
ou plutôt un petit rugissement.

— Silence, Ismaël! dit vivement Jacquot.
— Qu'y a-t-il donc? demanda le lieutenant.
— Voyez, mon officier... juste en face de nous!
— On dirait un groupe de burnous blancs.

— Ils viennent de ce côté, et la lune se lève... Cachons-nous, mon lieutenant !

Martial et Jacquot se réfugièrent au sein du colosse.

Le groupe venait de Gizeh en droite ligne. Au moment où il passait devant le Sphinx, nos deux militaires reconnurent au milieu des Arabes le vieux schérif de Gizeh, Mustapha-effendi, avec son turban et ses vêtements verts.

— Où vont-ils ainsi ? demanda Treillet.

— C'est étrange ! murmura le lieutenant.

Martial fit un pas hors du porche, mais il rentra précipitamment.

— En voilà d'autres ! dit-il, vivement intrigué par ces apparitions.

— Et d'autres encore ! ajouta Jacquot, qui avait regardé à son tour.

— Il en arrive de tous côtés, de droite et de gauche.

— Cela pousse comme des champignons sur du fumier, mon lieutenant. Au fait, avec leurs turbans blancs...

— C'est comme à Balbek, fit observer Martial.

— Que de manteaux blancs aussi !

— Des fédavis !... Ce sont les Haschischins ! s'écria le lieutenant.

— Que viennent-ils faire aux Pyramides ?

— Et le vieux Mustapha que les premiers entraînaient, dit Martial en réfléchissant. Il faut savoir ce qu'ils projettent...

—Suivons-les, mon lieutenant !

— Moi, oui ; mais toi, Jacquot, tu oublies que tu portes l'uniforme.

— Tonnerre !... je vais aller prendre celui d'un de ces fédadis de malheur.

— Y songes-tu ? On nous massacrerait sans pitié.

—Lieutenant ! prêtez-moi votre burnous un instant.

II.   17

Je vous promets que je m'en tirerai la peau intacte.

— Quel est ton dessein, Jacquot?

— Vous allez voir.

Martial se dépouilla de son burnous, que revêtit Jacquot. Ayant posé également sur sa tête le turban, le carabinier tira son sabre.

— Gare au premier que je rencontre seul! dit-il. Ismaël, mon petit chat, ne bougeons point, soyons sage!... Retenez le guépard, mon lieutenant!

Le carabinier marcha vers la plaine. Au bout d'un quart d'heure d'attente, Martial le vit revenir avec un paquet sous le bras.

— Voici la défroque! dit le Mâconnais.

— Tu en as tué un? demanda l'officier.

— Je l'ai salué en bon musulman : il n'eut pas le moindre soupçon... M'approchant, je lui donne aussitôt un de ces crocs-en-jambe dignes de mon professeur de savate, que vous savez...

— Et avec ton sabre tu l'as frappé?

— Nenni, mon lieutenant; pas si bête! Le burnous eût été taché. J'ai fait comme mon petit Ismaël, quand il étrangle un rat de Pharaon : je lui ai d'abord fait perdre la respiration pour lui enlever son turban et son burnous... Il était si maigre et si faible, un vrai fédavi, quoi! que je n'eus aucune peine. Puis... la pointe du briquet a fait le reste... C'est pain bénit pour un Assassin!

— Rends-moi mes vêtements et couvre-toi des siens, reprit Martial.

— Voilà que c'est fait... C'est commode : il n'y a rien à emmancher. Ça ne gêne pas aux entournures.

— Suivons la foule maintenant!

— C'est ça. Sans faire mine de rien, suivons le mouvement, comme à l'exercice.

Tous deux sortirent du vieux temple égyptien. Ils allaient se diriger vers les ruines où ils avaient vu disparaître toutes les formes blanches et grises, lorsque de nouveau un bruit de pas frappa leurs oreilles.

Malgré ce bruit, ils eussent probablement poursuivi leur chemin, si cette fois ils n'eussent reconnu que la troupe qui s'avançait venait du sud, c'est-à-dire du côté de Memphis et du Champ-des-Momies, et si, de plus, sur le sol de roche recouvert seulement d'une couche de sable fin, n'eût retenti le pas bien connu d'un chameau battant la terre de sa dure semelle.

Ils se retournèrent et virent à quelque distance, sous les rayons de la lune, au milieu d'une troupe de vingt Arabes au moins, une femme assise sur un dromadaire.

Pourquoi le cœur de Martial se mit-il soudainement à battre si fort ? C'est que déjà il avait reconnu Louise.

Mais que faire ?... Attaquer une vingtaine d'hommes, c'eût été de la folie.

— Rentrons vite sous les pieds du Sphinx ! dit-il à Jacquot, et observons !

A peine étaient-ils de nouveau installés dans le petit temple, que la troupe se montra juste devant l'entrée. L'un des Arabes éleva la voix :

— Farhân ! dit-il en s'adressant à l'un de ses compagnons, voici à notre gauche les ruines et le canal taillé dans le roc où nos frères s'assemblent pour l'œuvre sacrée... Je m'y rends. Tu vas, avec tes rékifs, conduire la femme à la grande Pyramide.

— En quel endroit faut-il la déposer, ô daï-kébir ?

— Dans la chambre du sarcophage que tu connais ; tu y trouveras le Cophte qui sert nos desseins.

— Est-ce là qu'il faudra l'installer ? demanda Farhân.

— Au-dessus de cette grande chambre, s'en trouve une

autre plus petite. Par la galerie de ventilation tu l'y feras monter.

— Un de nos Ismaéliens doit-il la garder ?

— Inutile. Le Cophte est là... Cette femme, du reste, n'osera s'aventurer au milieu des ténèbres. Elle est d'ailleurs plus morte que vive. Va ! tu nous retrouveras dans les ruines, où nous allons revêtir du manteau d'Ali le nouveau Scheik-al-Djebel.

— J'exécuterai tes ordres, Ahmed ! répliqua l'Ismaélien.

Le daï-kébir prit le chemin des ruines, la troupe celui de la Pyramide de Chéops.

— Suivons-les de loin, dit Martial... O Louise, chère Louise, je te sauverai !

— J'espère bien, lieutenant, que vous l'aimez comme auparavant ?

— Plus que les protestations d'Omar, tes paroles, Jacquot, m'ont remis du baume sur le cœur.

— Ah ! c'est que la petite Belsaba, la noirotte, m'a bien expliqué la chose. C'est pour sa maîtresse que le général en chef venait dans la maison, et la citoyenne Louise...

— Oui, tu me l'as dit, et je le crois... Cependant je ne me rends pas compte pourquoi Louise se trouvait dans la maison, et pourquoi l'on voulait m'inspirer une jalousie qui m'a fait commettre un acte si coupable.. Mais n'importe, il ne s'agit pas de cela en ce moment... Voici la grande Pyramide devant nous !

— Et plus loin la redoute, dont je vois les lumières... Mais, lieutenant, si j'allais prévenir les camarades ?

— Non, non. Il faut surprendre les secrets de ces Haschischins, et quelque chose me dit que c'est le ciel qui nous a conduits ce soir... Ils sont d'ailleurs trop nombreux dans les ruines.

Les Ismaéliens, avec la pauvre Louise, avaient déjà gravi le monticule qui s'élève devant l'entrée de la Pyramide, lorsque le lieutenant et son soldat en atteignirent le pied. Martial les vit disparaître dans le monument.

— Montons! dit-il. Je me rappellerai tous les détours : j'y ai été avec Rivolet.

— Mais nous allons nous heurter peut-être contre les Haschischins, fit observer Jacquot.

— Non. Nous attendrons dans le couloir qui descend vers la chambre souterraine, où les savants disent qu'il y avait jadis une sorte d'île entourée par les eaux du Nil. Nous y resterons jusqu'à ce qu'ils aient repassé.

Les deux Français escaladèrent le monticule devant la Pyramide de Chéops.

XIV

LE POISON

C'est sur la face nord-est, au niveau de la quinzième assise, que se trouve l'entrée de la grande Pyramide. Elle ouvre sur un couloir descendant.

— Gagnons le premier palier, dit Martial.

— Dieu des dieux ! qu'il fait sombre, mon lieutenant ! gronda Jacquot. On dirait qu'on descend dans l'enfer.

— Ah ! nous n'avons pas les torches que tu as vu allumer aux Ismaéliens. Jacquot, tiens-moi par mon burnous, moi je tâtonne au mur.

— *As pas pur!* comme dit le Marseillais, le perruquier de la compagnie... Pardon si je vous tutoie, mon lieutenant.

— Va toujours, mon ami.

— D'ailleurs, j'ai deux fiers lampions qui me guident.

— Des lampions ?... demanda l'officier étonné.

— Eh oui ! c'est le guépard, qui marche devant et qui se retourne à tout coup... Ses yeux reluisent comme des escarboucles.

— En ce cas, il faudra un instant lui bander les yeux, de peur que les Ismaéliens ne les aperçoivent. Tu le feras, dès que nous serons dans le couloir souterrain... Voici le palier !

C'était une salle inachevée, où aboutissaient deux couloirs, l'un descendant, l'autre ascendant. Ils s'engagèrent dans le premier, pour attendre le retour des Haschischins.

— Mais s'ils restaient là-haut ? demanda Jacquot Treillet à voix basse.

— On leur a donné rendez-vous aux ruines.

— C'est juste, mon lieutenant, je n'y pensais plus.

Au bout d'un instant de silence :

— Lieutenant, demanda encore Jacquot, que peuvent-ils donc manigancer cette nuit ?

— Quelque horrible entreprise, répondit Martial.

— Si c'était contre le général en chef ?

— Je le crains... Te souviens-tu des paroles de ce scélérat qu'on appelle Ahmed, et que nous venons de revoir auprès du Sphinx, lorsqu'il haranguait ses sicaires du haut de l'autel dans les souterrains du temple du So' il, à Balbek ?

— Oui. Ils veulent sans doute nommer cette nuit leur *Vieux de la Montagne*, pour qu'il mette le poignard aux mains d'un Haschischin. Le lieutenant Rivolet nous a expliqué cela dans le puits.

— Ahmed désignait déjà alors Kléber comme « le plus dangereux ennemi de l'islamisme ». Ce sont ses propres paroles, et il le comparait à Djalout, le Philistin, c'est-à-dire à Goliath.

— Et c'est aujourd'hui Kléber qui commande à l'Égypt soumise...

— Le nouveau *Vieux de la Montagne* étant nommé, le poignard pourra marcher.

— Plus de doute, mon lieutenant, c'est la vie de Kléber qui est menacée.

— Et le général en chef qui se rend seul, presque chaque soir, dans la maison du faubourg El Karafe ! dit Martial en tressaillant à cette pensée.

— Là où la négresse vous a conduit.

— Mais j'y songe : tu as revu cette négresse ?

— Comme je vous l'ai dit, le surlendemain, pendant que vous étiez en prison. Que voulez-vous? Elle est gentille et dodue, toute négresse qu'elle est; elle a des dents si blanches !... Et elle raffole de moi, vrai !

— Cela se trouve bien alors, murmura Martial qui poursuivait une idée.

— A quoi réfléchissez-vous, mon lieutenant? demanda Jacquot.

— Je pense à la négresse.

— Elle est fine et rusée, je crois, la petite Belsaba !

— Oui, c'est cela : par elle, puisqu'elle t'est favorable...

— Elle veut suivre *beau Français*, dit le carabinier, moitié en plaisantant, moitié avec fatuité.

— Par elle nous pourrions prévenir Kléber, en cas de péril imminent... Mais tâchons d'abord de retrouver ...ise, de la délivrer...

— Mais comment la délivrer, mon lieutenant?

— Je t'ai déjà dit que j'avais visité les Pyramides avec le lieutenant Pivolet, et je crois pouvoir réussir, même en supposant que nous ne puissions pas ressortir par où nous sommes entrés.

— Ce sera tout de même difficile, je crois.

— Moins que tu ne penses, ami Jacquot.

En ce moment des voix se firent entendre. C'étaient les Haschischins qui redescendaient.

Nos deux Français les laissèrent passer. Jacquot tenait la main sur la gueule du guépard, qui avait commencé à pousser un petit rugissement.

Enfin, les supposant loin, Martial, suivi du carabinier, prit le couloir ascendant. On arriva à un nouveau palier.

— Prends garde, Jacquot : à droite il y a un puits, dit Martial.

— Ah! des puits !... Il y en a partout dans ce pays. Je me souviendrai toute ma vie de celui des souterrains de Balbek, n'est-ce pas, Ismaël?

Le chat répondit par un petit miaulement de plaisir, comme toujours quand son maître lui adressait la parole.

— Ce puits est autrement profond que celui du temple du Soleil : il descend à plus de seize mètres au-dessous du niveau du Nil.

— Le Nil est donc partout aussi ?

— C'est l'âme de l'Égypte... Nous devons laisser à notre droite une galerie horizontale qui mène à la *Chambre de la reine.*

— Serait-ce le corps de Putiphar qu'on a déposé là ?

— L'histoire ne le dit point !... Ah! voici la grande galerie qui monte à la *Chambre du roi*, reprit Martial.

— Dieu des dieux ! je vais donc voir un roi mort !

— Le sarcophage est vide ; ce sont probablement les soldats de Cambyse qui ont emporté le corps momifié du roi Chéops... Montons ! mon cœur bat... Louise est là !

Ils traversèrent, au haut de la galerie, un nouveau palier, puis un vestibule, et s'élancèrent dans la chambre du sarcophage.

Le docteur cophte, accoudé sur le cercueil, lisait, en cherchant à déchiffrer l'écriture hiératique des Pharaons.

17.

Une torche, fixée dans le granit sépulcral, l'éclairait, et
la fumée en montait au plafond, dont elle achevait de
noircir le granit poli, dépourvu de toute inscription et
de toute sculpture.

Le descendant des vieux Égyptiens, ainsi accroupi sur
le cercueil vide de son roi trépassé depuis tant de milliers
d'années, ressemblait, avec sa robe et son turban noirs,
à l'ange de la Mort. Songeait-il seulement, le rejeton
dégénéré des anciens maîtres du Nil, à la majesté du
monument édifié en l'honneur de l'orgueilleux roi dont
le cadavre, malgré les précautions les plus jalouses,
n'avait pu garder sa demeure dernière ?

Ces précautions, en effet, allaient jusqu'à la folie. Parlant du tombeau d'Osymandias, à Thèbes, lequel était
composé de nombreuses chambres, Diodore de Sicile
rapporte qu'on y lisait cette description :

« Si quelqu'un veut savoir où je repose, il faut qu'il
» détruise quelques-uns de ces ouvrages. »

On ignorait effectivement dans quelle chambre repo-
sait le corps d'Osymandias.

Avec de telles idées, il n'est pas surprenant que les
rois égyptiens aient fait d'énormes dépenses pour leurs
tombeaux.

Mais le descendant des Pharaons ne pensait à rien de
tout cela. En feuilletant son livre, qui pour lui n'avait
guère que des énigmes, le Cophte besoigneux ne sup-
putait sans doute que le nombre de sequins que sa présence en ce lieu devait lui rapporter.

Il leva la tête, en apercevant ceux qu'il prit pour de
nouveaux envoyés du chef des Ismaéliens. Il fut bien
vite détrompé.

— Tu es Cophte et chrétien ? lui dit brusquement
Martial.

— Je le suis, seigneur.

— Reconnais des Français !

— Des Français ! s'écria le médecin cophte.

Le docteur faillit laisser tomber le livre de ses mains.

— Béni soit le ciel ! reprit-il. Mais que venez-vous faire en ces lieux ?

— A la bonne heure, notre arrivée ne t'effraie pas... Au surplus, nous sommes envoyés par le sultan Kléber. Si tu nous trahis ou si tu mens...

— Que le Christ, qui est à la droite de son Père céleste, m'en garde, seigneur ! protesta vivement le docteur.

— Tu encourrais sa vengeance. Tu sais que le général est aussi terrible que juste ?

— Comme l'archange Gabriel, qui tient la balance au ciel.

— La mort serait ta punition.

— Je suis tout à vous, s'empressa de déclarer le Cophte.

— Réponds donc : la jeune femme qu'on vient d'amener est au-dessus, n'est-ce pas ?

— N'entendez-vous pas ses sanglots, seigneur ?

— On y monte par une de ces deux galeries ascendantes ?

— Par celle de droite, que voilà.

— C'est le chemin que j'ai déjà suivi.

— Ces deux galeries, seigneur, servent aussi de canaux de ventilation...

— Et aboutissent, chacune, à l'une des faces opposées de la Pyramide.

— A peu près au milieu de sa hauteur.

— A soixante mètres au moins de sa base, je le sais... Jacquot, montons !... Et toi, Cophte, quoi qu'il arrive, pas un mot, pas un signe sur notre présence en ces lieux, ou le supplice t'attend !

Martial et le carabinier s'élancèrent dans la galerie de droite, suivis du guépard... Deux minutes après, ils étaient dans la chambre supérieure qui, avec quatre autres superposées, paraît avoir eu, suivant Davison, qui la découvrit en 1764, pour principale destination de diminuer la charge.

— Louise! Louise! où êtes-vous? demanda haletant le jeune homme, qui cherchait à tâtons dans les ténèbres.

— Qui m'appelle? dit une voix éteinte.

— Louise! c'est moi...

— Martial!

Un instant après, les deux jeunes gens étaient dans les bras l'un de l'autre.

— Fuyons! dit l'officier entraînant sa fiancée.

— Par où, mon lieutenant? dit Jacquot.

— Redescendons, pendant qu'il en est temps encore!

Ils regagnèrent la salle du sarcophage, et de là la grande galerie.

Déjà ils avaient presque atteint l'extrémité de cette dernière, lorsqu'un bruit de voix monta jusqu'à eux du palier inférieur, et dans les profondeurs ils aperçurent sur le granit se réfléter la lueur de plusieurs torches.

— Nous sommes perdus, murmura Louise avec effroi. J'ai reconnu la voix de mon horrible persécuteur.

— D'Ahmed, l'aga des janissaires!... En effet, c'est lui!

— Laissez-moi, Martial! abandonnez-moi à mon malheureux sort!

— Jamais! répondit le jeune homme énergiquement.

— Le malheur me poursuit, Martial!

— Je vous sauverai, Louise, dussé-je y perdre la vie!

— Ils viennent!... Je vous le répète : nous sommes perdus...

— Pas encore! s'écria l'officier, chez qui une espérance de salut venait de poindre.

Martial entraîna de nouveau la jeune fille. Ils remontèrent à la place du sarcophage, où l'officier rappela une dernière fois au docteur cophte ce qui l'attendait, s'il trahissait, et bientôt ils se virent de nouveau dans la galerie de ventilation.

— Louise! dit tout à coup l'officier, en pressant la main de sa fiancée. Vous sentez-vous du courage?

— Hélas! répondit la jeune fille, que toutes ces émotions rendaient défaillante.

— Il s'agit de votre salut, de votre existence peut-être...

— Je tâcherai d'en avoir, Martial.

— C'est une entreprise périlleuse que nous allons tenter. Il faut sortir de la Pyramide.

— Par où?... La présence de nos ennemis rend toute fuite impossible.

— Par une des faces du monument. Nous descendrons par les gradins extérieurs.

— Est-ce donc possible? demanda le carabinier.

— J'ai vu monter ainsi sur la plate-forme, dit Martial, et en descendre, plusieurs de nos soldats. Un détachement a planté le drapeau tricolore sur le sommet.

— Le jour, oui; mais la nuit?

— Raison de plus; le vertige n'est pas à craindre... Laissez-moi passer devant! Louise, tenez mon bras fortement, et ne le quittez plus.

Il fit avec la jeune fille quelques pas en montant.

— O malheur! s'écria-t-il tout à coup.

— Qu'y a-t-il, lieutenant? demanda Jacquot.

— Des décombres obstruent le passage.

— Laissez-moi faire avec mon sabre.

Le carabinier se porta en avant, sabre en main.

— Pour déblayer, dit-il, il faut une demi-heure au moins.

— Que faire ? murmura la jeune fille.

— Jacquot, continue !... Nous rentrons dans la chambre supérieure. Tu nous avertiras dès que tu auras fini de débarrasser la voie.

— Allez, mon lieutenant. Ce sera fait : je me rappelle mon métier de vigneron.

— Fais le moins de bruit possible, recommanda l'officier.

— Soyez tranquille : je n'en ferai pas plus que mon chat.

Martial et Louise redescendirent vers la chambre où le premier avait trouvé la jeune fille.

Bientôt il entendit un grand mouvement dans la *Chambre du roi;* la lueur même des flambeaux vint se projeter jusque dans celle où il s'était réfugié avec sa fiancée, et cela par le trou percé au plafond qu'avait mentionné le daï-kébir Seyd Mohammed.

Qu'allait-il se passer dans la chambre mortuaire du roi Chéops ? Le lieutenant s'avança jusqu'au bord du trou, et regarda...

Autour du sarcophage étaient rangés une douzaine d'hommes à longue barbe, au visage austère, et tous habillés en Arabes, c'est-à-dire vêtus de longs manteaux gris, et couverts du turban de coton blanc, que retient autour de la tête une corde en poil de chameau, de manière à ce qu'un bout de la toile retombe par derrière, tandis que deux autres bouts flottent sur les épaules.

Au milieu d'eux, sur un tapis plié de manière à former coussin, est assis un vieillard qu'à sa barbe blanche et à son turban vert, Martial reconnaît pour le schérif Mustaffa-effendi, bien qu'un ample manteau blanc, celui du kalife Ali, l'enveloppe tout entier.

Mustapha a les coudes sur ses genoux et la tête dans ses mains : il semble absorbé dans les pensées les plus douloureuses. A l'une de ses mains brille un grand anneau d'or, l'anneau d'Ali également.

Il est devenu le Scheik al Djebel, le Grand-Prieur des Assassins, le Prince ou *Vieux de la Montagne*...

Quatre torches fumeuses éclairent la pièce séculaire et projettent sur ces sombres figures leurs lueurs fantastiques.

Quelques rékifs finissent d'étendre sur les dalles de granit des nattes et des tapis, et un autre attise dans le sarcophage parallélipipède un feu de bois de palmier, sur lequel il a placé le creuset dont s'était servi le docteur cophte pour son œuvre mystérieuse.

Quant à ce dernier, il n'est plus à son poste ; mais en se penchant un peu, Martial aperçoit sa silhouette noire dans la pénombre de la galerie de ventilation opposée à celle qui lui a servi, ainsi qu'à Louise et à Treillet, à gravir jusqu'à l'étage supérieur.

Un Arabe parle au Cophte, mais si bas que soient prononcées les paroles du daï-kébir, elles montent vers l'officier, le long des parois polies et du segment de voûte.

La forme architecturale de la *Chambre du roi* est telle, que Martial, grâce à sa position, peut percevoir le moindre son parti de quelque partie de la pièce que ce soit.

— Voici la fiole, sidi ! disait le docteur Elfi-Hennasch.

— Donne ! repartit l'Arabe en s'emparant de la fiole.

— Pas plus du quart, si vous voulez obtenir le résultat que vous désirez.

— Et le reste, si je le mêlais à un breuvage ?

— Le reste produirait une mort prompte et horrible.

— Taïb, c'est bien ! répondit le daï-kébir, dont Martial vit briller les yeux gris d'une joie farouche.

Le daï-kébir, qui n'était autre que l'uléma Seyd-Mohammed, le parent de la belle Fatouma, se rapprocha alors du cercueil, et dit quelques mots à voix basse au rékif qui soufflait le feu.

— Voilà une mauvaise figure que je reconnaîtrai ! murmura Martial.

Pendant ce temps, les autres rékifs avaient achevé de disposer nattes et tapis, et les sombres Arabes s'y accroupirent.

— Lieutenant ! fit en ce moment une voix à l'oreille de Martial.

— Qu'y a-t-il? demanda ce dernier sur le même ton.

— C'est déblayé : la voie est libre.

— Bien. Tout à l'heure...

— Hâtons-nous ! Le moment est propice.

— Laisse-moi d'abord voir et écouter. Je veux savoir ce qu'ils trament.

Martial se retourna, pour ne rien perdre de la scène dont il allait être témoin.

Le vieux schérif venait de pousser un profond soupir. Il redressa sa tête blanche.

— Mais enfin, demanda-t-il aux autres, que voulez-vous de moi ?

L'uléma de la grande mosquée prit la parole.

— O vénéré Scheik al Djebel ! dit-il avec un respect mêlé de fermeté.

— Oui, je le suis maintenant, je le sais. Je le suis malgré moi. Mais dans quel but m'avez-vous traîné encore, moi, vieux et chargé d'années, dans cet antique édifice.

— Ignores-tu, ô grand scheik, que ces Pyramides n'ont pas seulement servi de tombeaux aux Pharaons de l'Égypte, mais qu'elles ont aussi prêté leurs souterrains et leurs chambres secrètes aux antiques Mystères ?

— C'est vrai, mes oreilles ont entendu ces choses.

— Eh bien ! ô scheik, successeur d'Ali-le-Sublime, c'est ici que doivent s'accomplir les premiers actes des mystères d'Ismaël.

— Que veux-tu dire ? demanda le vieillard.

— Lorsque le grand Haçan et l'illustre Kiâ-Buzur-gomid, de glorieuse mémoire, voulaient frapper un ennemi de la loi mulsulmane, ils appelaient vers eux un fédavi sacré...

— Où veux-tu en venir, uléma ?

— Et du haut du djebel Masyat ou du roc d'Alamout, où ils avaient établi leurs inexpugnables forteresses, ils envoyaient le jeune Ismaélien voué au sacrifice vers le lieu habité par celui qu'il fallait immoler.

— Je crois te comprendre, interrompit cette fois le vieillard avec un mouvement d'effroi.

— En lui remettant le poignard, ils lui disaient : Frappe !

Le schérif frémit de tout son corps.

— Scheik ! reprit l'uléma d'une voix forte, voici le poignard d'Haçan !

Le daï-kébir tendait au vieillard le kanjar homicide. A cet aspect, Mustapha se leva vivement et porta la main en avant, comme pour repousser l'arme perfide, tandis que son regard et toute son attitude témoignaient l'horreur et l'indignation.

— Je te comprends, s'écria-t-il. Arrière ! arrière !

— Prends le poignard ! répéta l'uléma.

— Jamais ! prononça avec énergie le descendant de

Mahomet, dont nous connaissons les sentiments de tolérance et la véritable piété.

— Ainsi, ô scheik ! reprit l'uléma, tu refuses de remplir la sainte mission ?

— Que cette main se dessèche plutôt comme les
feuilles du dattier sous le souffle brûlant du khamsin,
que ma langue se paralyse dans mon palais, et que mon
sang s'arrête dans les veines !...

L'uléma remit lentement le poignard à sa ceinture, et
dit avec calme :

— C'est bien, tu réfléchiras, ô scheik ! je n'insiste
plus... Rékif, le café est-il prêt ?

Cette question s'adressait à l'Ismaélien qui préparait
le liquide parfumé dans le cercueil du roi Chéops. Un
mouvement de tête du rékif fit connaître que le moka
était à point. Mustapha avait repris sa place sur le tapis.

— Tu le serviras à la ronde aux daï-kébirs, dit encore
l'uléma au rékif, après que j'aurai moi-même présenté
la *djané* (tasse) au vénérable Scheik al Djebel.

L'Ismaélien remplit la djané et la tendit au daï-kébir
Seyd-Mohammed. Celui-ci, le dos tourné au vieillard,
sortit de sa ceinture la fiole que venait de lui remettre le
docteur cophte, et en versa une partie dans la tasse.

Puis, s'approchant du Prince de la Montagne, il s'a-
genouilla devant lui, et lui présenta la djané au moka
fumant.

— Daigne, ô scheik ! lui dit-il, accepter le café de ma
main : il éclaircira tes esprits en même temps qu'il fera
circuler plus vivement le sang dans tes veines.

Le vieillard prit la tasse et but. Après quoi, le rékif
remplit de nouveau la djané et servit chacun des daï-kébirs, l'un après l'autre.

Pendant toute la scène que nous venons de décrire,

les douze personnages présents n'avaient ni fait un mouvement, ni prononcé une parole. Seulement l'un d'eux, dans lequel Martial avait reconnu l'aga Ahmed, avait suivi chacun des mouvements de l'uléma. De son côté, ce dernier, demeuré debout, s'était posté en face du vieux schérif et l'observait attentivement.

Ahmed se leva alors et s'approcha de l'uléma. Martial put encore parfaitement distinguer les paroles qu'ils échangèrent.

— Tu le vois, Mohammed ! disait l'aga, il résiste.

— Tout à l'heure il ne résistera plus, répondit le docteur syrien.

— Je crains que nous ne réussissions pas.

— En définitive, reprit l'uléma, j'ai songé ce soir à un moyen plus prompt, plus sûr que le bras même d'un fédavi.

— Quel est ce moyen ? demanda l'aga.

— Kléber a dû se rendre encore cette nuit chez la veuve Fatouma, ma cousine.

— Dont les charmes l'ont captivé... Eh bien ?

— Le poison du Cophte servira contre Kléber.

— Mais ne disais-tu pas que les lois d'Ismaël défendent ce que tu veux entreprendre ? Le poignard seul nous est permis.

— Le cas est prévu : je n'agis plus en Ismaélien, mais en simple musulman, et le combat sacré est proclamé par le vizir du Commandeur des croyants.

— D'un autre côté, la veuve ne consent pas, m'as-tu dit encore, à violer les lois de l'hospitalité.

— Elle y consentira maintenant... Sa haine...

— Sa haine contre Kléber ? Il lui est indifférent.

— Non, sa haine contre ce kachef, cet officier français

ayant nom Martial... Kléber devait le faire condamner et fusiller.

— Il est encore en prison, cet officier !

— C'est ce qui te trompe : je l'ai vu à la redoute voisine, déguisé en Arabe.

— Tu en es sûr, Mohammed? demanda vivement l'aga.

— Plusieurs rékifs me l'avaient affirmé, et j'ai été m'en assurer en allant fumer mon chibouk devant la redoute.

— Et la haine de la veuve est telle, que...

— Qu'elle rejaillira sur Kléber, qui hier lui jurait encore que ce Martial attendait le jugement dans un cachot.

— Mohammed! tu as la finesse et l'habileté du grand muphti.

L'aga Ahmed reprit sa place, et l'uléma se remit à darder sur le schérif Mustapha son regard aigu.

A peine le dernier daï-kébir eut-il absorbé le jus parfumé des graines du *jasmin d'Arabie*, comme on appelle aussi le café en Orient, que soudain le vieillard eut un tremblement nerveux...

Ses bras s'agitèrent, ses mains frémirent, et comme si le fruit torréfié du *caffa* d'Abyssinie, pays où on le considère comme l'antidote par excellence du pavot et où on lui attribue des vertus merveilleuses, eût réveillé en lui toutes les forces et l'ardeur de la jeunesse, le vieux schérif se redressa sur ses jambes en s'écriant, comme s'il se sentait inspiré :

— Allah ! Allah !... Gloire à l'islam !

Et il se mit à réciter, l'un après l'autre, plusieurs des versets des derniers chapitres du Koran, les plus poétiques et en même temps les plus fougueux :

« Par les coursiers haletants,

» Par les coursiers qui font jaillir le feu sous les coups
le leurs fers,

» Par ceux qui attaquent les ennemis au matin,

» Qui font voler la poussière sous leur pas,

» Qui se frayent le chemin à travers les colonnes
ennemies...

» Les infidèles et les idolâtres resteront éternellement
dans le feu de la géhenne. Ils sont les plus méchants de
tous les êtres créés. »

Par l'effet du stramonium du cophte, la pupille du
schérif se dilatait prodigieusement. L'hallucination commençait.

« Qui te fera connaître, reprit-il d'une voix saccadée
mais forte, qui retentit sous la voûte et se répercuta dans
les galeries profondes; qui te fera connaître ce que c'est
que la *nuit d'Alkadr?*

» La nuit d'Alkadr vaut plus que mille nuits...

» Dans cette nuit, les anges et l'esprit descendent
dans le monde pour régler toutes choses (1). »

Le vieux Mustapha se tut : ses mâchoires s'étaient res-
serrées; la ciguë couvrait son visage de teintes rosées. Il
avait étendu, raide devant lui, son bras droit, dont on
voyait saillir les muscles, et dont le poing fermé était
comme le signe du fatalisme.

Seyd-Mohammed, le daï-kébir, glissa alors dans ce
poing le kanjar d'Haçan, qui était un vieux coutelas du
moyen âge.

Le vieillard, en délire et les yeux hagards, reprit :

— Je suis le *reçoul* (l'envoyé) de Dieu, pour sauver

(1) C'est dans la grande nuit d'Alkadr que le Koran aurait été révélé en entier à Mahomet. Dans cette nuit, les affaires de l'univers
sont fixées et résolues pour toute l'année. *Kadr* signifiait : arrêts
immuables.

l'islam, comme le furent Saleh, Choaïb et Ali, le saint *veli* (l'ami) d'Allah. Le Prophète m'inspire...

— Et que dit le Prophète? demanda brusquement le daï-kébir.

— Il ordonne de combattre les infidèles...

— Voici ce que prescrit le Koran : « Ne montrez point de lâcheté, et n'appelez point les infidèles à la paix... Combattez les infidèles dans tous les mois... Combattez dans le sentier du Seigneur, quand les faibles, les femmes, les enfants s'écrient : Seigneur, envoie-nous un défenseur, donne-nous un protecteur!... » Enfin, écoute bien, ô scheik : « Tuez les infidèles partout où vous les trouverez, et chassez-les d'où ils vous auront chassés. »

— Qu'ils fuient comme les chacals à la venue de l'homme! Qu'on les chasse comme des bêtes fauves! cria le vieillard.

— Déjà le vizir Yousouf, le bras du Commandeur des Croyants, en ce moment à Jaffa, a appelé, pour chasser les infidèles, tous les vrais musulmans au *combat sacré!...* O puissant Scheik! tu es le Commandeur des enfants d'Ismaël : accomplis le reste...

— Que faut-il faire? demanda le Scheik de la montagne.

— Armer le bras d'un fédavi, répondit l'uléma.

— Où est-il?

Le daï-kébir fit un signe. Un des rékifs disparut dans la grande galerie et revint bientôt avec Soleyman-el-Halebi. Le sombre et farouche jeune homme croisa ses bras sur la poitrine, et s'inclina devant le Scheik al Djebel.

— Prends ce poignard! s'écria le vieillard, chez lequel le perfide breuvage avait fait naître de la sorte la démence, la fureur, la frénésie.

— Qui faut-il frapper? demanda le fédavi.

Mustapha leva ses yeux hagards sur Seyd Mohammed, comme pour l'interroger.

— Haçan et Kià Buzurgomid, dit celui-ci, t'enseignent que ce sont les plus hautes têtes qu'il faut abattre. Kalifes et Sultans furent leurs victimes, et quand ils déclarèrent la guerre aux infidèles, alors maîtres de la Syrie, un fédavi alla droit au sultan franc à Sour (Tyr), Conrad de Montferrat, et le poignarda.

— Frappe donc, fédavi! frappe le sultan des Français...

— Kléber! ajouta une voix parmi les autres daï-kébirs, qui était celle d'Ahmed, de l'ami du grand vizir Yousouf.

— Kléber! répéta machinalement le vieillard, sous l'influence du poison dosé par le Cophte.

Il y eut quelques instants de silence, pendant lesquels Soleyman-el-Halebi, le regard levé au ciel, semblait murmurer une prière, et qu'un rékif, sur un signe de l'uléma, avait été chercher un deuxième fédavi.

— O Scheik al Djebel! reprit Seyd Mohammed, il est un autre Français qu'Ismaël doit frapper. Arme donc le bras de Sakher, comme tu viens d'armer celui de Soleyman.

On se rappelle que l'uléma avait fait une promesse à la haineuse Fatouma.

— Frappons! frappons encore! frappons toujours! s'écria le vieillard, sous l'empire de la frénésie provoquée par le diabolique philtre du Cophte.

Et saisissant le nouveau poignard que lui tendait l'uléma, le Scheik al Djebel demanda :

— Quel est l'infidèle qu'il faut immoler encore?

— Un officier français du nom de Martial.

— Plonge-lui le fer dans le cœur, fédavi! tonna le Scheik.

— Où le trouverai-je? demanda le fanatique sicaire.

— Il habite, répondit l'uléma, la maison du barbier Ibn-Hâni, près du quartier des Francs ; mais depuis quelques jours il est à la redoute voisine, vêtu en Arabe.

— J'accomplirai l'œuvre sacrée, répondit l'Assassin en brandissant son poignard.

Martial, à son poste, murmura :

— Je te reconnaîtrai aussi, toi !

Soleyman-el-Halébi venait de se tourner vers l'uléma Mohammed, et l'œil flamboyant, lui dit :

— Tu m'as assuré, ô daï-kébir, que la houri blonde que j'aime était ici, que je la verrais...

— Par le ciel de Mahomet! oui, tu vas la voir... Prosterne-toi et prie !... Les cieux se fendront, et Allah te la montrera.

— Et après l'accomplissement de l'œuvre sacrée, elle sera à moi?

— Tu jouiras de toutes les félicités de la terre, en attendant celles du paradis... Mais ne te hâte pas trop, ô fédavi, pour faire le sacrifice à Allah; choisis bien le lieu, le jour, le moment favorables. Kléber est bien gardé : mieux vaut attendre que de manquer l'œuvre.

— Je suivrai ton avis, malgré mon impatience, murmura le jeune fanatique, en s'agenouillant et en se voilant la face de ses deux mains, pour mieux prier...

L'uléma se tourna vers un des rékifs, et Martial, du haut de son observatoire, entendit ces paroles à voix basse :

— Prends une torche, monte à la chambre supérieure, et, éclairant le visage de la femme, montre-la au fédavi.

Martial se recula brusquement du bord de l'ouverture.

— Fuyons, Louise! s'écria-t-il. Jacquot, en route !

Tous les trois s'engagèrent vivement dans la galerie

de ventilation qui aboutissait, comme on sait, à l'une des faces de la Pyramide, à soixante mètres environ de la base.

Soixante mètres ! C'était un abîme à descendre !... Et quelle descente ! Il y avait de quoi frémir.

Dépouillé depuis plusieurs siècles de son revêtement de dalles de granit et d'un mastic très dur de plâtre, de sable et de cailloux, le massif de la Pyramide offre bien l'aspect d'un escalier gigantesque ; mais la hauteur des assises ou gradins qui forment les marches varie de quarante à soixante-dix centimètres... Il y en a d'un mètre !

Il est vrai que c'est à la base que se trouvent les assises les plus élevées.

De jour, et pour des hommes seuls, la descente n'eût pas été bien périlleuse. Bien des visiteurs l'avaient effectuée. Mais une femme craintive pouvait être saisie de vertige, d'autant plus qu'en ce moment la lune, qui planait majestueusement au ciel bleu, au-dessus des dômes et des minarets du Kaire, permettait à l'œil épouvanté de sonder le gouffre.

Aussi Louise poussa-t-elle un cri de terreur lorsqu'elle aperçut devant elle, à l'orifice du canal de ventilation qu'on venait d'atteindre, l'immensité du vide, et à ses pieds le précipice béant...

— Oh ! jamais, jamais ! dit-elle. Martial, abandonnez-moi à mon malheureux sort !

— Non, chère âme, vous vous effrayez à tort. Avant vous, des dames ont descendu ces marches en riant... Avec quelques précautions...

L'officier se garda bien de lui dire que quelques années avant l'arrivée de l'armée française, un Anglais trop imprudent s'était tué en tombant d'un des gradins.

II.   18

— Ces gradins, ajouta-t-il, ont en moyenne cinquante-quatre centimètres de largeur, et l'on peut s'y reposer aisément.

— Et si vous le permettez, citoyenne, intervint Jacquot Treillet, nous allons vous empêcher de tomber, même si votre pied glissait. Voici de quoi vous attacher au citoyen lieutenant, à moins que vous ne préfériez que ce soit moi qui vous serve de soutien.

— Qu'est-ce que cela? demanda Martial au carabinier, qui déroulait un objet qu'il avait allongé au moyen de plusieurs nœuds solidement faits.

— Ça, mon lieutenant? J'en ai trouvé un petit tas parmi les décombres, où il y avait aussi quelques ossements et un fragment de cercueil, qui doit être du sycomore pour s'être conservé de la sorte.

C'étaient des bandelettes de laine, ayant sans doute servi aux momies de femmes renfermées dans les chambres supérieures.

Martial s'empressa de tirer parti de cette heureuse trouvaille, et quelques instants après, Louise ayant repris confiance en se voyant sous la sauvegarde intime de son fiancé, on se disposa à opérer la descente.

— Et puis voyez donc, reprit Jacquot, voici le guépard qui nous montre le chemin... Bien, Ismaël! bien, mon garçon! Rappelle-toi les paroles du général Bonaparte : « Du haut de ces Pyramides... »

— Marche le premier, Jacquot, interrompit le lieutenant.

— Cela va sans dire; je vais faire le fourrier.

Le carabinier suivit aussitôt le guépard. L'intelligent et agile animal, dont on voyait chatoyer les yeux dans la demi-obscurité, sautait de gradin en gradin et se retournait à tout moment vers son maître, comme pour lui dire : Tu vois, ce n'est pas plus difficile que cela !

Martial, avec sa chère et précieuse fiancée, dont il surveillait chaque mouvement, chaque pas, chaque bond, — car il fallait sauter aussi bien que glisser — allait sans doute plus lentement que le carabinier, mais enfin il avançait peu à peu.

— Cela me rappelle presque les terrasses de nos coteaux du Mâconnais, disait Jacquot.

Et c'eût été chose étrange, pour un observateur placé dans la plaine, que de voir accrochés aux flancs de la Pyramide ces trois êtres humains, qui, vus de la base, devaient ressembler à des mouches voletant d'assises en assises, se reposant de temps en temps sur la saillie des gradins, et reprenant ensuite leur marche périlleuse !...

Enfin, on arriva aux dernières rangées de granit : mais c'étaient les plus hautes !

Jacquot sauta prestement sur le monticule qui entoure de tous côtés la Pyramide, et de joie Ismaël lui lécha les mains. Mais Martial, avec Louise, avait encore à franchir trois énormes gradins... plus de trois mètres !

L'officier faisait toujours descendre la jeune fille avant lui, et la soutenait avec les bandelettes de la momie. Cette fois, au moment de prendre pied, Louise poussa un cri d'effroi, fit un faux pas, et roula au pied du monument, en entraînant son fiancé.

C'était un grand lézard d'Égypte, aux couleurs d'or et d'azur reluisant aux rayons de la lune, qui avait causé la frayeur de Louise.

Heureusement pour les jeunes gens, que le sable fin et mouvant du monticule amortit leur chute, et qu'ils n'eurent rien à souffrir de cet accident arrivé si près du sol. Mais ils frémirent en songeant à la catastrophe qui en fût résultée, si l'inoffensif lacertien se fût livré à sa

promenade nocturne à la moitié seulement de la hauteur qu'ils venaient de descendre.

— Enfin, dit Martial, nous voilà sauvés !

— Pas encore, murmura Treillet, dont le guépard
venait de faire le gros dos et rugissait sourdement.

— Qu'est-ce, Jacquot ? demanda l'officier.

— Un ennemi, sans doute... Cachons-nous ! voilà les
Assassins qui sortent de la Pyramide.

Par le plus heureux des hasards, on était près de
quelques blocs de granit détachés de l'édifice ; on se
blottit derrière ces pierres, en respirant à peine, car
deux des Ismaéliens descendirent le monticule à dix pas
au plus des fugitifs.

— Mais où donc a-t-elle passé ? demandait l'un.

— Je n'y comprends vraiment rien, Mohammed. Ce
que je crains, c'est que n'ayant pu tenir à Soleyman la
promesse que tu lui avais faite de lui montrer la houri
blonde, tu n'aies ralenti par là le zèle du fédavi, qui
l'aime comme un *maaboul* (fou).

— Qu'importe ! mon mulet m'attend aux ruines. Je
cours chez Fatouma, où doit être Kléber, et cette nuit
même le poison...

Le reste des paroles de l'uléma se perdit dans l'éloignement.

— Louise ! s'écria Martial, pardonnez-moi ! mais il faut
que je vous laisse à la redoute où je vais vous conduire,
mais où vous serez en sûreté jusqu'à demain matin.

— Je vous comprends, mon ami. Un danger de mort
menace le général en chef...

— Ce danger est imminent. Aussi craindrais-je qu'en
m'accompagnant, vous ne retardiez ma marche.

— Partez donc tout de suite ! Votre compagnon me
mènera à la redoute.

— Non, il faut qu'il me suive au faubourg El-Karafe. Par une négresse qu'il connaît, nous pourrons, je l'espère, pénétrer dans la maison, ou au moins prévenir Kléber. Mais hâtons-nous, Louise... Ce misérable va avoir sur nous une avance énorme, avec son mulet.

Les deux militaires et la jeune fille gagnèrent la redoute, où cette dernière fut confiée aux soins de l'officier qui commandait.

— Martial! s'écria Louise toute en larmes, au moment où le jeune homme prenait congé d'elle. Songez à vous ! Tenez-vous sur vos gardes !

— Que craignez-vous pour moi? demanda Martial...

— J'ai entendu les abominables ordres donnés dans la chambre sépulcrale. Un assassin vous menace, comme le général.

— Je le reconnaîtrai entre mille, et avant qu'il me touche...

Il frappa sur le sabre dont il venait de se ceindre.

— On lui a indiqué votre domicile, songez-y !

— Je dors toujours avec un pistolet sous la main.

— Quittez plutôt cette maison, n'y rentrez même pas !

— Au fait, vous avez peut-être raison.

— Lieutenant, dit Jacquot, je me charge du déménagement cette nuit même.

Martial et le carabinier se mirent en route pour le Kaire, en franchissant au pas de course les sables et les terres cultivées.

— Pourvu que nous arrivions à temps ! murmurait le lieutenant.

— Et que la petite Belsaba ne soit pas encore couchée sous sa moustiquaire !

18.

XV

L'ASSASSINAT

Kléber est assis sur le divan de la belle Fatouma, dans la pièce que nous connaissons déjà. Il est seul : la veuve du scheik Esméir a été appelée dehors par une esclave.

Au milieu de la salle on a placé une petite table basse en bois de citronnier incrusté de nacre et de filets d'ébène formant arabesques, et sur la table le *sanieh* ou plateau de cuivre, déjà garni des *djané* où l'on doit verser le délicieux moka ; car on est après souper.

Le général tient un magnifique narguilé en cristal rose, taillé à facettes, venu de Bohême par la Turquie, et la fumée du tabac de Syrie, rasant dans le narguilé l'eau de roses qui s'y trouve, s'échappe du bout d'ambre et des lèvres du fumeur, fraîche et embaumée.

Mais il s'impatiente, Kléber... Sa maîtresse tarde trop.

Enfin, elle reparaît, la brillante cetti. Au moment où sa tête au profil oriental, chargée de fleurs, de rubans et de petites pièces d'or pendues aux nombreuses nattes ɘɟ de sa chevelure, se montre sous la portière en soie de Damas que soulève son bras d'une mate blancheur, tous les traits de l'Egyptienne sont encore altérés par la colère, le dépit et la haine. Ses prunelles noires lancent des éclairs, et ses sourcils froncés sont tellement rapprochés qu'ils ne forment plus qu'une seule ligne sombre, pareille aux nuées d'orage qui menacent au lointain l'horizon et qui recèlent la foudre.

Mais à peine la kadine a-t-elle laissé retomber la tenture de pourpre, que sur son visage de Protée le sourire a reparu, et que la tempête y a fait place au soleil rayonnant.

— Cher sultan, dit-elle en s'approchant et en donnant à sa voix les inflexions les plus harmonieuses, ne m'en voulez pas si j'ai tardé un peu. Mon cœur était toujours avec vous... Je m'occupais même de vos plus chers intérêts.

— Les connaissez-vous, cetti, mes intérêts les plus chers? demanda le général.

— Ne m'avez-vous pas dit cent fois que votre vaillante et glorieuse armée, ainsi que cette belle terre d'Egypte que vous voulez faire prospérer, étaient les objets de votre continuelle sollicitude?

— C'est vrai... Et vous vous occupiez de cela, chère kadine?

— Ne m'avez-vous pas dit aussi que votre désir était de pacifier entièrement ce que vous appelez votre colonie républicaine? Que vous ne vouliez plus voir d'ennemis autour de vous, grâce à votre justice et aussi à votre clémence? Enfin, que l'exemple de Mourad-bey, aujourd'hui votre sincère ami, vous faisait espérer que tous les anciens adversaires des Français se rangeraient bientôt autour de vous?...

— J'ai dit cela, cetti. C'est très vrai.

— Eh bien ! mon beau sultan, il est un homme qui veut imiter le bey Mourad ; et de même qu'Eh-Nehfiz, la Géorgienne au Cœur d'or, fut l'ouvrière de la réconciliation entre vous et son époux, de même aujourd'hui votre fidèle et aimante kadine vient, contre l'*amman* qu'elle implore pour lui, vous proposer le dévouement d'un des plus influents ulémas du Kaire...

— Ah! fit Kléber. Et quel est son nom ?

— Seyd-Mohammed el Gazhi.

— Il fut condamné à mort, à l'époque de la première révolte du Kaire, sous Bonaparte.

— C'est la vérité. Aujourd'hui, se fiant en votre générosité, il se présente à vous, repentant et promettant de consacrer désormais à votre service sa vie entière...

— Il est ici, dans la ville du Kaire ?

— Dans ma maison même. C'est un cousin de mon mari défunt.

— Il était iman à la mosquée El Azhar, n'est-ce pas ?

— Et docteur de la loi... Un homme très instruit.

— Ce sont les docteurs syriens de la grande mosquée qui ont toujours ameuté le peuple du Kaire contre nous...

— Désormais, surtout si vous pardonnez à Seyd-Mohammed et si vous daignez accepter ses services, il s'attachera à retenir les Égyptiens dans l'obéissance. Vous n'aurez pas de plus fidèle serviteur... Lui accordez-vous l'amman ?

— Soit, je veux bien le lui accorder.

— Je cours le lui annoncer, et en même temps je donnerai l'ordre de servir le café.

— Allez, cetti, et revenez vite.

Au bout de deux minutes, Fatouma revint.

— Une faveur, cher sultan, une grâce encore ! dit-elle.

— Quelle est cette nouvelle demande ?

— Au comble de la joie, l'uléma désire ardemment vous témoigner toute sa reconnaissance. C'est mon parent le plus proche et je l'ai invité à prendre le café avec nous.

— Qu'il vienne alors : nous causerons des besoins de sa mosquée et de l'hôpital qui y est annexé.

— La générosité est dans votre cœur, Kléber, et tout l'Islam bénira votre munificence... Seulement, permettez-moi de vous confesser une chose.

— Laquelle ? demanda le général.

— C'est que vous avez déjà vu l'uléma.

— Moi !... Dans quelles circonstances ?

— Pardonnez, mais sans vous tromper, je vous cachais au combat du lac de Natron que le prisonnier dont je demandais la liberté était ce même uléma condamné à mort.

— Cetti ! vos yeux si beaux avaient déjà allumé dans mon cœur une flamme qui le brûlait. Je vous accordai sans peine votre demande.

— Ainsi, vous ne m'en voulez pas, sidi ?

— Amenez l'uléma, se contenta de dire Kléber.

La kadine quitta le divan pour aller chercher son parent.

Elle faillit se heurter, en sortant, contre la négresse Belsaba, qui venait verser le café dans les fines djané.

A peine la négresse se fut-elle bien assurée qu'elle était seule avec le général, qu'elle s'approcha brusquement de lui :

— Sultan ! lui dit-elle rapidement et à voix basse, on veut t'empoisonner !

— Que veux-tu dire ? demanda Kléber en faisant un soubresaut et en rejetant son narguillé sur le divan.

— Un Français... Martial... t'en avertit par ma bouche.

— Le lieutenant Martial ! Où est-il ?

— Dans la rue, à quelques pas de la maison.

— Qui donc veut m'empoisonner ? Réponds !

— Je ne sais... Chut ! on vient.

La négresse mit un doigt sur ses lèvres, posa une troisième tasse sur la table, et versa le café.

Fatouma entrait, suivie de l'uléma Seyd-Mohammed.

Ce dernier se jeta aussitôt aux pieds de Kléber, en commençant l'interminable kyrielle des louanges, des vœux et des protestations orientales.

— O Sultan grand ! disait-il, tu es bon et magnanime.... Le pardon sort de ta bouche par le souffle d'Allah. Que le Prophète te soit propice ! que Dieu prolonge tes jours, comme il a prolongé ceux de Mathousalem ! qu'il fasse durer sur nous ton autorité ! qu'il dirige ton jugement ! qu'il te rende victorieux de tous tes ennemis, comme le fut Mahomet !

Le général écoutait et regardait fixement cet homme, qui se faisait si humble et qui paraissait si dévoué. L'avertissement de la négresse l'avait frappé et remplissait son esprit.

— Et ce serait ce misérable, se disait-il, qui voudrait m'empoisonner, à moins que...

Il porta les yeux sur Fatouma, qui, elle, semblait tout heureuse du pardon de Kléber et de la réconciliation de son parent avec les Français.

— Non, non, c'est impossible ! pensa le général, ou bien cette femme serait la fourberie même.

— J'ai été ton ennemi, reprit l'uléma, mais te voici mon seigneur et maître... Que *Chitan* (le diable) me dessèche la langue, et que pour l'éternité les flammes de la géhenne me brûlent sans me consumer, si jamais, ô sultan, j'oublie ta générosité, si jamais je cesse un instant de t'honorer et de t'obéir en fidèle serviteur !

— Relève-toi, Mohammed, et prends place... Songe seulement que ton Dieu, qui entend tout, a dû prendre acte de tes protestations, et que la foudre ne serait pas plus prompte que la punition dont il te frapperait, si maintenant tu tramais encore le moindre projet contre les Français, ou... un attentat contre moi.

L'uléma s'était relevé. A cette dernière parole de Kléber, qui l'avait accentuée d'une certaine façon, le scélérat ne put s'empêcher de tressaillir légèrement. Le général s'en aperçut.

— La négresse ne m'avait pas trompé, pensa-t-il. Soit, nous allons voir.

Avant de s'asseoir, il se dirigea vers la fenêtre en disant :

— La chaleur est étouffante cette nuit. Aurions-nous un orage sur le Kaire ?

Il eut l'air d'examiner le ciel ; mais dans le fait il observait du coin de l'œil l'intérieur du divan.

Il vit alors l'uléma qui versait rapidement le contenu d'une petite fiole dans la tasse placée en face du divan, sous les yeux mêmes de Fatouma.

— Bon, se dit Kléber ; nous verrons qui la boira.

En même temps, il s'assura si son cimeterre jouait bien dans le fourreau.

Calme et maître de lui, il se rapprocha de la petite table. On y avait disposé trois piles de coussins, chacune devant une tasse.

Fatouma et son cousin s'étaient déjà postés devant

deux des tasses, attendant, pour prendre place, que le général se fût assis.

La tasse qu'on destinait à Kléber était précisément celle qui se trouvait, sur le sanieh, vis-à-vis du divan.

Le général s'assit, et, pour écarter tout soupçon de l'esprit de ses perfides commensaux, il porta la tasse à ses lèvres.

— Diable ! dit-il, en replaçant brusquement la tasse, cela brûle... Votre négresse, cetti, n'a pas ménagé le feu... J'ai le temps de rallumer mon narguilé.

Il se leva et alla reprendre un peu plus loin, sur le divan, la pipe de cristal au long tuyau garni de velours orange.

Mais au moment de se rasseoir, il trébucha, comme si son pied se fût embarrassé dans un tapis ; dans le mouvement qu'il fit, son narguilé de verre parut se heurter contre la table, et se brisa.

— Maladroit ! s'écria-t-il.

En même temps il s'était raccroché à la table de citronnier, comme pour s'y retenir, afin de ne pas tomber.

La veuve et son complice ne laissaient pas d'être troublés ; le prétendu faux pas de Kléber et la violence de son mouvement les avaient fait lever et s'empresser autour de lui. Le général en avait profité pour tourner rapidement le sanieh, chargé des tasses.

Tout cela s'était fait en un clin d'œil.

— Ce n'est rien, reprit Kléber en souriant. Rasseyez-vous, je vous prie.

— Le café a été renversé sur le sanieh, fit observer Fatouma, non sans interroger du regard son complice.

Mais celui-ci répondit par un signe de tête furtif, qui voulait dire :

— Il en reste assez pour le tuer.

On se rassit, et chacun parut savourer à longs traits le
divin moka. Comme on boit, en Orient, le café peu ou
point sucré, le poison du Cophte, où l'extrait thébaïque
dominait, ne fit que mêler son amertume à celle du moka.

Mais qui des trois avait été empoisonné ?

Kléber était sûr que ce n'était point lui. Seulement,
comme il ne se rappelait pas exactement s'il avait fait
pivoter le plateau à droite ou à gauche, il ignorait qui
avait vidé la tasse au breuvage délétère, de l'uléma ou
de la veuve.

— Qu'importe ! se dit-il, cette femme est un monstre !

Tout à coup, le même tremblement nerveux qui avait
saisi le vieux schérif Mustapha à la Pyramide de Chéops
s'empara de la veuve du scheik Esméir.

Puis, comme chez le vieillard aussi, mais dans une
progression beaucoup plus rapide et avec des symptômes
plus violents, plus intenses, les yeux de Fatouma devinrent hagards, tandis qu'elle se redressait raide et catalep-
tique, comme si elle obéissait au mouvement d'une barre
de fer. Ses pupilles se dilatèrent d'une manière effrayante,
ses mâchoires se resserrèrent par une contraction hideuse ; des taches livides couvrirent son visage tout à
l'heure encore si admirable.

La fureur, la frénésie, le délire, en peu d'instants, la
transformèrent en harpie de l'enfer.

Des convulsions violentes tordirent ses membres. Elles
ne durèrent que quelques secondes, mais ce devait être
un supplice de damné, et se terminèrent par l'horrible
tétanos.

Redevenue rigide, elle était épouvantable à voir...

Kléber et l'exécrable daï-kébir lui-même en furent ter-
rifiés. Immobiles tous deux et ne s'attendant pas à un
pareil spectacle, ils étaient là, l'un en face de l'autre, le

premier oubliant de punir l'infâme empoisonneur, le deuxième ne songeant pas à fuir.

Ce facies tétanique, avec ses yeux fixes et enfoncés, ce front tendu, cette respiration convulsive, ces joues livides et contractées, les angles de ces lèvres écumeuses tirés en dehors : c'était affreux !

Enfin, la misérable tomba comme une masse inerte et expira...

En ce moment, un bruit de pas retentit dans la pièce voisine ; la portière se souleva, et deux hommes s'élancèrent dans le divan.

— Martial ! s'écria Kléber, distrait enfin de l'horrible spectacle.

C'était, en effet, le lieutenant et son carabinier.

— Ah ! mon général, fuyez ! fuyez cette maison, dit le jeune officier.

— Le danger est passé : voyez plutôt !

Le général montrait le corps de Fatouma étendu sur le parquet.

— La malheureuse ! reprit Martial, c'est elle, je le sais maintenant qui, par une manœuvre perfide, a été cause de... Ah ! pardon, pardon, mon général ! la jalousie m'avait égaré...

Le jeune homme était aux pieds de Kléber, qui s'efforçait de le faire relever.

— Ah ! pour ça, non ! dit soudain une voix. On ne s'en va pas les uns sans les autres, mon petit père ! et nous avons un fameux compte à débrouiller.

C'était Jacquot qui avait arrêté l'uléma par le pan de son manteau, au moment où ce dernier, voulant profiter de ce que l'attention de Kléber était détournée de lui, cherchait à s'esquiver.

— Ah ! mais non, reprit le carabinier, en débarrassant

prestement le daï-kébir de son kanjar et de son manteau ;
ah ! mais non, on ne se sauve pas ainsi sans tambour
ni trompette.

Et lui mettant son propre poignard sur la gorge, Jacquot ramena près de Kléber l'uléma empoisonneur.

— Partons, mes amis, dit Kléber.

— Avec ce gaillard-là, n'est-ce pas, mon général ? demanda le carabinier.

— Tu le conduiras au grand prévôt.

— Mais de peur qu'il ne me brûle la politesse, permettez-moi, mon général, de le ficeler préalablement comme
un saucisson de Lyon.... Nous vous connaissons, beau
masque, ajouta-t-il en s'adressant à l'uléma. Nonobstant, c'est du propre que vous avez fait là, ce soir, dans
la chambre de la grande Pyramide.

Malgré sa confusion, l'uléma regarda Jacquot avec
étonnement.

— Oui, oui, continua ce dernier, nous y étions, et aux
premières loges encore... là où vous aviez fait transporter
la citoyenne blonde, et nous avons tout entendu.

— Je suis perdu ! murmura Seyd-Mahommed.

La négresse Belsaba s'empressa d'apporter les cordes
que lui demandait le carabinier, et l'uléma fut garrotté.

On quitta cette horrible maison, où l'almée Mirzane,
qui s'était gardée de se compromettre, s'apprêta à rendre
les derniers devoirs à sa maîtresse. La petite Belsaba
suivit Kléber, qui se proposait de l'attacher au service de
sa fille. Il est vrai qu'elle eût préféré peut-être suivre Jacquot, fût-ce même à la caserne.

Kléber avait échappé à une mort affreuse. Mais le farouche et fanatique Soleyman était là, guettant sa proie...

Quelques jours après l'empoisonnement de la veuve
Fatouma, digne fin de cette femme haineuse et astucieuse,

trois mariages furent célébrés à Gizeh, dans la maison de Mourad-bey, dont Kléber avait fait sa résidence, tandis que l'architecte Protain faisait réparer le palais de la place Ezbekyeh, endommagé pendant la révolte du Kaire.

Omar, Martial et Charles Rivolet devinrent les heureux époux d'Adigué, ou plutôt Esther, de Louise et de Zaïra.

Le matin même de ce jour solennel, une promotion générale avait eu lieu dans l'armée. Omar fut nommé chef d'escadron dans les guides, Rivolet, capitaine dans le même corps, et Martial, capitaine de sa compagnie de carabiniers de la 2e demi-brigade légère.

Le lendemain des noces, le général en chef, après avoir passé la revue de la légion grecque dans l'île de Roudah, vint déjeuner, au Kaire, chez Damas, chef de l'état-major général de l'armée. Nos trois amis l'accompagnaient.

Martial avait raconté à Kléber tout ce qu'il avait entendu dans la chambre du sarcophage. Mais on avait eu beau faire, mettre toute la police en campagne, on ne trouva plus un seul Ismaélien, ni aux environs des Pyramides, ni dans la ville.

L'idée vint bien un instant à Kléber d'ordonner une perquisition chez les ulémas et docteurs syriens de la mosquée El Azhar, mais il fut détourné de ce projet par la considération qu'une pareille perquisition serait regardée par les fanatiques mahométans comme violation d'un lieu sacré.

Omar et les deux officiers ses amis avaient du reste résolu de ne jamais quitter Kléber de vue et d'avoir l'œil ouvert sur tout indigène qui paraîtrait vouloir l'approcher.

Martial, de son côté, se tenait sur ses gardes, et il était

certain de reconnaître le fédavi qui avait reçu mission de le frapper lui-même.

Le vieux schérif Mustapha ne fut pas inquiété, sa volonté, d'après le témoignage de Martial, ayant été évidemment étrangère aux abominables ordres que ses lèvres avaient prononcés. On le trouva dans sa maison de Gizeh, où les Haschischins l'avaient transporté.

Quant à l'uléma Seyd-Mohammed, il ne voulut rien avouer, rien confesser. Son procès s'instruisait.

On était au 14 juin 1800. Jacquot Treillet ayant résolu de veiller sur son cher capitaine, comme ce dernier lui-même veillait avec ses amis sur Kléber, avait suivi de Gizeh et de l'île de Roudah le général en chef et son escorte.

Mais il n'avait raisonnablement pas pu espérer de prendre part au déjeuner chez le général Damas.

La maison de ce dernier, située sur la place Ezbekyeh, n'était séparée du palais du général en chef que par des jardins et une longue terrasse, couverte au moyen d'un berceau de vigne.

Notre Jacquot, en tenue du matin, c'est-à-dire en veste et en bonnet de police, s'était posté en face de cette terrasse, à l'ombre du petit bois de figuiers et de sycomores dont Bonaparte avait fait orner la place.

Le carabinier avait choisi pour poste d'observation le tronc d'un sycomore, au pied duquel il s'était assis. Son fidèle Ismaël, le guépard, était à ses côtés, sa gracieuse tête sur les genoux de Jacquot.

De l'endroit où il était, il apercevait à la fois la terrasse et l'entrée principale du palais du général en chef, comme aussi l'entrée de l'habitation du chef d'état-major. Derrière lui, le petit bois. Sous la terrasse, il y avait, non loin de là, une petite porte de service dans le mur.

Il était près de deux heures de l'après-midi.

— Heureusement, grommela Jacquot, que nous avons eu, Ismaël et moi, la précaution de nous lester avant de quitter Gizeh. La petite Belsaba a eu soin de m'apporter du pilau plein une gamelle... C'est égal, ça dure longtemps, un déjeuner de généraux... Doivent-ils s'en dire, là, sur les choses de la guerre !

En effet, tous les généraux présents au Kaire, plusieurs membres de l'Institut et quelques chefs d'administration assistaient à ce repas, auquel la présence du général en chef donnait l'apparence d'une fête.

Kléber, environné d'hommes qui étaient tous ses amis, n'avait jamais été de meilleure humeur. La certitude que ses soldats étaient, en ce moment, heureux et satisfaits, ajoutait encore aux sentiments que son cœur éprouvait, et sa gaieté avait tellement gagné ses convives, que le banquet se prolongeait.

Le général en chef avait du reste l'espoir, par suite d'une circonstance dont il avait été informé la veille, de demeurer tranquille possesseur de l'Égypte au nom de la République française.

Les Anglais ayant dévoilé leur projet d'occuper, au nom du roi de la Grande-Bretagne, les ports d'Alexandrie, de Damiette et de Suez, afin de se rendre ainsi maîtres du chemin de l'Inde, Kléber pensait qu'il était facile d'exciter le ressentiment de la Porte sur cet acte de mauvaise foi. Il voulait, à cet effet, ouvrir une correspondance directe avec le divan de Constantinople sans se servir de l'intermédiaire ni du grand vizir, son ennemi personnel, ni des généraux de terre et de mer, qu'il supposait vendus aux Anglais, ou trop influencés par eux.

Il espérait également, par ce moyen, rétablir momentanément la communication directe avec la France, recevoir des nouvelles récentes, et amener les Turcs à consentir un traité de neutralité jusqu'à la paix générale. Kléber entrevoyait, dans un pareil traité, l'assurance de n'être attaqué que par une expédition maritime, laquelle serait tentée difficilement par les Anglais, privés qu'ils seraient du concours des Osmanlis.

Tandis que Kléber se livrait à sa gaieté naturelle chez le général Damas, Jacquot le carabinier prenait patience, non sans faire le grognard de temps en temps.

Tout à coup son guépard, dressant l'oreille, se mit à froncer ses moustaches et à rugir sourdement.

— Paix ! paix, Ismaël ! lui commanda impérieusement son maître.

L'obéissant animal se tut, mais son poil tigré n'en restait pas moins hérissé.

— Décidément, se dit le carabinier, il flaire un ennemi.

Il se levait pour inspecter le bois derrière lui, lorsque la vue de deux manteaux blancs le fit brusquement se rejeter derrière le tronc du sycomore.

— Des Ismaéliens ! murmura-t-il. Ah ! bon !

A côté des deux hommes qu'il supposait être des Haschischins, il avait aperçu une femme qu'à son costume il reconnut pour une almée.

Les trois personnages s'arrêtèrent juste à quelques pas derrière le sycomore. Jacquot se colla contre l'arbre et maintint son guépard entre ses jambes.

— Sakher ! qui t'amène en ce lieu ? disait l'un des hommes.

— C'est cette femme que j'ai rencontrée dans la rue du barbier Ibn-Hâni, répondit l'autre.

— Quelle est cette femme ? demanda le premier.

— Sidi, ne me demande pas qui je suis, intervint la danseuse, demande-moi qui je hais.

— Qui donc hais-tu de la sorte ?

— L'officier français que cherchait ce fédavi dans la rue du barbier.

— Tu savais donc ce qu'il allait y faire ?

— Je savais que c'était pour le poignarder.

— Femme, d'où tiens-tu ces choses, et pourquoi nous appelles-tu fédavis ?

— Votre daï-kébir Seyd-Mohammed m'a tout conté dans la maison de ma maîtresse défunte, un peu avant qu'on ne l'arrêtât.

— Ah ! tu connais l'uléma de la mosquée El Azhar ?

— Il était parent de la veuve Fatouma.

— Et pourquoi as-tu conduit ici mon frère Sakher ?

Ce fut l'autre fédavi qui répondit en ces termes :

— Elle m'a accosté, Soleyman, en me disant : « Viens, je vais te montrer où est celui que ton bras veut atteindre, car je l'ai suivi depuis l'île de Roudah... Tu le chercherais en vain ailleurs. » Moi, j'ai rôdé pendant trois jours et trois nuits autour de la redoute des Pyramides, et encore trois nuits et trois jours j'ai guetté dans la rue d'Ibn-Hâni, caché dans la mosquée voisine... Et toi, Soleyman ?

— C'est la grande mosquée El Azhar qui m'a servi d'asile, tandis que nos docteurs s'occupaient de me préparer la voie et de choisir le moment propice pour me l'indiquer.

— Et ce moment, Soleyman ?

—C'est celui-ci... L'heure du sacrifice est venue, et l'heure aussi à laquelle j'obtiendrai pour récompense la houri blonde, dont l'image sans cesse flotte dans mes rêves.

—Où vas-tu frapper le sultan Kléber ?

— Là ! répondit Soleyman en montrant la terrasse. Et toi, Sakher ?

— Que cette femme parle et dise où est celui qui doit être ma victime !

— Martial, le kachef, est dans cette maison à gauche, répliqua l'almée.

— Où est aussi le sultan, ajouta Soleyman. Mais allons chacun de notre côté : moi, j'ai mes instructions.

— Tu t'éloignes, Soleyman ? dit Sakher.

— J'attends qu'on me fasse le signe convenu.

Jacquot entendit les pas d'un des fédavis se perdre sous les arbres.

— Que ta bouche me réponde, femme ! reprit Sakher le fédavi, quel moyen m'indiques-tu ?

— Tu n'as qu'à attendre. Le kachef ne peut tarder à sortir avec les autres.

— Je l'aurais reconnu à la redoute à ses vêtements arabes ; près de la mosquée, je l'aurais reconnu aussi du moment qu'il sortait de la maison du barbier, ou qu'il y entrait ; mais ici, au milieu de tous ses compagnons...

— Je te le montrerai. Viens. Approchons de la maison, sans quitter le bois.

A ces mots, Sakher le fédavi et l'almée s'éloignèrent.

— Mille millions de bombes ! grommela le carabinier. Ah ! c'est ainsi ?... Leste, Ismaël, et donnons l'éveil !... Ah ! si j'avais mon briquet, j'en ferais mon affaire tout seul.

Il courut aussitôt, suivi de son guépard, vers la maison du chef d'état-major.

Mais là, pendant qu'il parlait et se disputait avec le factionnaire, qui avait sa consigne, il ne vit point ce qui se passait derrière lui.

Un domestique arabe de l'intérieur du palais avait ouvert du dedans la petite porte sous le mur de la terrasse, et avait imité le cri du schélek ou courli vert.

A cet appel, Soleyman était sorti du bois, et avait pénétré dans le jardin...

On ne voulait point laisser entrer le carabinier dans l'habitation du général Damas, et Jacquot se fâchait déjà tout rouge, quand heureusement se montrèrent plusieurs officiers qui songeaient à prendre le frais sous l'ombrage, après avoir pris le café et le punch.

— Capitaine ! capitaine ! cria Jacquot.

Martial ayant reconnu son carabinier, se dirigea vers lui.

— Venez ! dit rapidement ce dernier. Les deux fédavis de la Pyramide, qui doivent vous assassiner, vous et le général, sont là qui guettent.

— Où sont-ils ? demanda vivement l'officier.

— Sous les arbres du bois.

— Eh bien ! je cours au-devant de leurs coups ; mais nous verrons, par exemple, quel est celui qui portera les meilleurs, d'eux ou de moi.

Martial allait se précipiter sous les arbres.

— Où courez-vous donc ainsi, Martial ? cria une voix.

— Omar ! Rivolet ! venez ! dit le jeune homme.

— Qu'y a-t-il donc ?

— Au fait, citoyens, cernons le bois : qu'ils ne puissent s'échapper !

— Qui donc ? demanda-t-on.

— Les Assassins !

Une douzaine d'officiers, le sabre au poing, se portèrent vers le bois pour l'envelopper.

Mais c'était bien inutile. Le fédavi qui était resté ne songeait nullement à fuir.

— Lequel est-ce, ô femme ? demanda ce dernier à l'almée, en voyant les officiers.

— Celui-là, répondit la danseuse en montrant Martial.

En trois bonds, le fanatique fut en présence de Martial, en agitant son poignard. Que lui importait le sabre ? Il espérait, suivant les promesses qu'on lui avait faites, que ce sabre se briserait entre les mains de l'infidèle voué à la mort au nom d'Allah.

Mais le jeune capitaine lui montra bien qu'Allah s'occupait peu des entreprises d'Ismaël. D'un coup de revers, il abattit le poignet du Haschischin.

Prompt comme l'éclair, insensible à la douleur, sans pousser un cri, le fédavi se baissa, et, de sa main gauche, arracha le kanjar au tronçon sanglant de lui-même.

Mais il n'eut pas même le temps de brandir de nouveau le poignard : le sabre de Martial s'était enfoncé dans sa poitrine. Le misérable fanatique mordit la poussière, au milieu des convulsions de la mort.

L'almée avait voulu s'enfuir. Mais Omar l'avait atteinte, en compagnie du carabinier.

— Ah ! pour le coup, s'écria Jacquot, je te reconnais, la belle !

— Que me voulez-vous ? demanda la danseuse. Je me promène sous les arbres.

— Oui, comme tu te promenais à Acre, déguisée en derviche, pour me livrer aux bourreaux de Djezzar. Tu m'avais donné dans l'œil au bazar, c'est vrai ; mais tu en voulais à mon lieutenant : tu ne t'en es pas cachée... Foi de Jacquot, tu n'es qu'une bête venimeuse.

— Vous vous trompez, Français ! je vous jure que...

— Tais-toi ! C'est toi qui as conduit ici ce fédavi depuis la rue du barbier... Vois-tu ce sycomore : caché derrière, j'ai tout entendu...

L'almée Mirzane baissa la tête.

— Mais j'y songe, reprit Treillet en regardant de tous côtés. Où donc est l'autre ?

— Quel autre ? demanda vivement Omar.

— Celui qu'on appelle Soleyman... Réponds, vipère, où est l'autre assassin ?

La danseuse se mit à ricaner.

— Cherche ! dit-elle avec un geste moqueur.

— C'est lui qui veut assassiner le général en chef !... Il parlait d'un signal qu'on devait lui donner... du côté du jardin, je crois.

— Du côté du jardin ! s'écria Omar. J'y cours...

A peine l'ex-janissaire fut-il hors du bois, que du haut de la terrasse un cri retentit.

— « A moi, guide !... je suis assassiné !... »

Ce cri, cet appel suprême, alla droit au cœur de l'ami. Il pâlit affreusement, comme s'il eût ressenti en personne le coup porté par l'assassin.

Il eut pourtant la force de lever la tête.

C'était bien Kléber, son ami, l'infortuné Kléber...

Il le voyait sur la terrasse, sous le berceau de vigne, appuyé au mur, tout sanglant, et cherchant à arrêter le sang qui sortait de son flanc gauche.

A cette vue, Omar s'élança, fou de douleur et de désespoir. Les autres officiers se précipitèrent sur ses pas.

Quand ils arrivèrent sur la fatale terrasse, après un détour forcé qui leur avait demandé quelques minutes, deux hommes gisaient baignés dans leur sang, Kléber et l'architecte Protain.

Le général, pressé dans les bras de ses amis, interrogé par eux, ne put donner aucune réponse, quoiqu'il respirât encore.

XVI

LE DÉPART

Voici les détails sur le crime odieux qui trancha les jours du grand capitaine, tels qu'ils sont racontés par les historiens :

Kléber avait pris congé de l'assemblée dans la maison du chef d'état-major Damas, et, suivi seulement de l'architecte Protain, il se dirigea vers son palais pour examiner les travaux.

Comme nous l'avons dit, une longue terrasse, couverte par un berceau de vigne, liait les deux habitations du général en chef et du chef d'état-major général.

Kléber et l'architecte s'avançaient lentement par cette terrasse, en s'entretenant des embellissements projetés, lorsqu'un homme vêtu à l'orientale, sortant à l'improviste du fond d'une galerie où se trouvait une citerne, salue d'abord en croisant les mains sur la poitrine, et aborde le général en chef comme pour lui baiser la main.

Puis, profitant du mouvement de surprise, mêlé d'intérêt, qu'occasionne cette démarche, il lui porte un coup de poignard.

Kléber, blessé mortellement, n'a que le temps de s'appuyer sur le mur de la terrasse.

Ce fut alors qu'apercevant sur la place d'Ezbekyeh l'uniforme d'Omar, il s'écria : *A moi, guide, je suis assassiné !*

Le poignard, que l'assassin avait enfoncé dans l'aine gauche, avait fait une plaie large et profonde.

Cependant, Protain, n'ayant à la main qu'une baguette, s'était jeté sur l'homme qui venait de frapper le général en chef, et qui, d'un œil sec et farouche, demeurait immobile, en contemplant sa victime.

Il s'engagea alors une lutte corps à corps dans laquelle l'architecte, cherchant à retenir l'assassin, pour que la garde pût s'en saisir, reçut lui-même six coups de poignard, qui le firent tomber sans connaissance auprès du malheureux Kléber.

L'inconnu, débarrassé de son adversaire, revint sur le général en chef et eut le temps, avant l'arrivée d'Omar et des officiers, de le frapper encore de trois coups de poignard et de gagner les jardins aux sombres massifs.

Mais cette fureur du meurtrier, s'acharnant sur sa victime, avait été inutile : la première blessure suffisait pour entraîner la mort.

On transporta Kléber dans la maison du général Damas, où l'on espérait que les secours des chirurgiens pourraient le rappeler à une vie qu'Omar et la plupart des assistants auraient voulu conserver aux dépens de la leur ; mais, à peine arrivé chez le chef d'état-major général, le vainqueur d'Héliopolis rendit le dernier soupir, en murmurant :

— Ma fille !... France !... Patrie !...

Le bruit de l'assassinat et de la mort du général en chef

se répandit, en un moment, dans la ville et dans les environs.

Le premier sentiment des soldats fut une consternation profonde ; mais le désir de la vengeance succéda bientôt, et tous ces braves, qui perdaient en Kléber le seul homme peut-être qui pût entretenir la confiance et l'espérance dans leurs âmes, prirent spontanément les armes et parcoururent les rues du Kaire, en donnant les signes du désespoir, de l'égarement et de la fureur.

Ce dernier sentiment s'exprimait si fortement dans leurs traits, que les habitants épouvantés se renfermèrent dans leurs maisons. De toutes parts on entendait ces cris :

— Aux armes !... Vengeons-nous, vengeons Kléber !

Lorsque le tambour, en battant la générale, eut rassemblé les différents corps, les officiers s'efforcèrent de retenir la rage du soldat, qui voulait mettre le feu aux quatre coins du Kaire pour détruire, disait-il, ce *repaire de brigands et d'assassins.*

De nombreuses patrouilles furent ordonnées pour découvrir si le complot dont le général en chef venait d'être la victime n'avait point de ramifications dans la ville. Des piquets de cavalerie, et surtout de Mamelouks, à la tête desquels vint se mettre Hussein-kachef, agent de Mourad-bey auprès de Kléber, et qui connaissait mieux que les Français toutes les localités, cernèrent la maison et les jardins du quartier général, en vérifiant avec soin tous les débouchés.

Le tumulte et le désordre qui régnaient de toutes parts donnaient au Kaire l'aspect d'une ville prise d'assaut. Les habitants, frappés de terreur, attendaient en silence l'issue de ce mouvement extraordinaire.

Cependant Omar, Rivolet, Martial, Jacquot le carabinier et des guides fouillaient les jardins et toutes leurs cachettes.

Il y avait plus d'une heure qu'on cherchait, sans avoir découvert le moindre indice.

Jacquot ne cessait de crier à son guépard :

— Chasse, Ismaël! chasse...

L'intelligent félin bondissait par les buissons et furetait partout. Enfin, on l'entendit pousser un rugissement métallique. On accourut...

En arrêt devant un nopal touffu, il relevait ses mâchoires et montrait les dents, la crinière hérissée, sa longue queue battant les flancs.

On trouva le Syrien sous le nopal. On fondit sur lui, on lui arracha le coutelas d'Haçan, et on le conduisit devant le général Damas.

— Oh! c'est bien lui, dirent Martial et Jacquot. C'est Soleyman el Halebi, et voici le poignard encore plein de sang.

Le fanatique fédavi ne pouvait être plus pâle qu'il ne l'était ordinairement, mais son regard conservait toute son assurance et sa sombre fierté.

— Tes complices? lui cria le général d'une voix tonnante.

Soleyman ne murmura que quelques paroles inintelligibles.

— Tes complices? répéta Damas.

— C'était écrit! répondit enfin l'Ismaélien fataliste.

Ce fut tout ce qu'on put tirer d'abord du misérable. Il ne se décida enfin à quelques aveux et à nommer les docteurs syriens de la mosquée El Azhar, que lorsque Bartholomeo Serra, le chef du corps des Mamelouks français, lui eut fait appliquer la bastonnade sur la plante des pieds, suivant la pratique usitée en Orient.

Ses aveux coïncidèrent parfaitement avec les rapports de Martial et de Treillet, et Soleyman ayant été confronté avec l'almée Mirzane, Jacquot leur fit répéter toutes leurs paroles, prononcées sous le bois de sycomores de la place Ezbekyeh.

On allait conduire Soleyman en prison, lorsque de Gizeh arrivèrent Zaïra et ses deux amies.

Le passionné fédavi fit un mouvement comme pour s'élancer vers Louise, mais on le retint. Puis, voyant cette dernière, terrifiée à la vue de son ravisseur sur la rive du Nil, se précipiter au cou de Martial, son époux, le fataliste baissa la tête et dit encore :

— *Allah kérim!* Dieu le veut.

La douleur de Zaïra fut indicible, lorsqu'elle se trouva en présence du corps de son père. Les cris, les lamentations, les gestes de désespoir de la jeune Orientale furent tels qu'ont dut l'emporter.

Le même jour, on arrêta deux des principaux chefs de la loi, desservants de la mosquée El Azhar, comme Seyd-Mohammed, déjà en prison. On chercha en vain l'aga Ahmed et d'autres Ismaéliens ; ces derniers avaient quitté les rives du Nil.

Le général Abdallah Menou, qui venait de prendre le commandement de l'armée, comme étant le plus ancien de grade, fit assembler une commission militaire, présidée par Reynier, qui prononça la peine de mort contre Soleyman el Halebi, l'uléma Seyd-Mohammed el Gazhi et les deux autres imans de la mosquée. L'almée Mirzane devait être conduite aux lacs de Natron.

Les trois prêtres furent condamnés à avoir la tête tranchée ; mais, pour épouvanter les fanatiques qui seraient tentés, par l'instigation de leurs chefs, d'imiter Soleyman, la commission pensa qu'il était nécessaire de décerner contre celui-ci un supplice dont l'appareil fût plus effrayant.

On condamna Soleyman à avoir le poing brûlé, à être empalé et exposé sur le pal jusqu'à ce que les oiseaux de proie eussent dévoré son corps.

Il fut encore décidé qu'à l'instar des expiations antiques, l'exécution des criminels n'aurait lieu qu'après les obsèques de Kléber, dont le corps avait été embaumé et renfermé dans un cercueil de plomb.

Depuis l'instant où l'illustre victime du fanatisme mahométan avait cessé de vivre, le canon tirait de demi-heure en demi-heure.

Le 17 juin, dès la pointe du jour, des salves d'artillerie de la citadelle El Kâlah, répétées par tous les forts jusqu'aux Pyramides, annoncèrent aux habitants du Kaire et des rives du Nil que l'armée allait rendre les devoirs funèbres au *Sultan grand*.

Le convoi partit du quartier général, au bruit d'une salve de cinq pièces de canon et d'une décharge générale de mousqueterie. Il traversa lentement les principales rues de la ville sainte, depuis la place Ezbekyeh, en sortant par la porte dite Bab-Gheit-el-Pacha, près de l'Institut, jusqu'au camp retranché, désigné sous le nom d'Ibrahim-bey, où les dépouilles mortelles de Kléber devaient être inhumées.

Un détachement de cavalerie formait l'avant-garde, avec ses trompettes où pendaient des crêpes. Venaient après cinq pièces de canon de campagne, la 22ᵉ demi-brigade d'infanterie légère, le 1ᵉʳ régiment de cavalerie de l'armée, les guides à pied, les différentes musiques de la garnison exécutant tour à tour des morceaux conformes à cette triste solennité.

Le corps de Kléber était sur un char funèbre de forme

antique, recouvert d'un tapis de velours noir parsemé de larmes d'argent, entouré de trophées d'armes, surmonté du casque et de l'épée du général, et traîné par six chevaux drapés en noir et panachés de blanc. Le coursier de bataille du général marchait devant, également caparaçonné de noir et conduit par un guide.

Le général Menou, précédé des guidons du corps des guides, ornés de crêpes, marchait immédiatement après le char, qui était environné des généraux et des officiers de l'état-major général.

Parmi ces derniers, Omar s'avançait, grave et recueilli; de temps en temps il murmurait un verset du Koran.

Suivaient ensuite le général-commandant de la place et son état-major, le corps du génie, les membres de l'Institut d'Égypte; les commissaires de guerre, le service de santé, les administrations, le corps des guides à cheval.

Mourad-bey était accouru du Saïd, et marchait en avant de ses Mamelouks, les bras croisés en signe de prière et de deuil.

Enfin venaient les agas, les cadis, les scheiks et les ulémas; les évêques, prêtres et moines grecs; les Cophtes et les catholiques; les différentes corporations de la ville; notre 2ᵉ demi-brigade légère, avec Martial, et la valeureuse 32ᵉ demie de bataille; la marine, les sapeurs, les aérostiers, le régiment des dromadaires, l'artillerie à pied, la légion grecque, le bataillon cophte, les corps de cavalerie, chasseurs, houzards et dragons, le corps des Mamelouks et des Syriens.

Un détachement de cavalerie fermait cette marche pittoresque et imposante.

Le peuple suivait en foule, précédé de plusieurs centaines de femmes pleureuses.

Le convoi étant arrivé sur l'esplanade du fort de l'Institut, les troupes s'y développèrent et exécutèrent plusieurs manœuvres, qui furent suivies d'une décharge d'artillerie et de mousqueterie. Alors le char s'avança vers le camp retranché.

On avait ouvert une brèche sur la face du bastion nord de la couronne d'Ibrahim-bey, pour pénétrer plus directement dans la gorge du bastion, au centre de laquelle on avait élevé un tertre dont le sommet, planté de cyprès, était entouré de draperies funèbres.

Ce fut au milieu de cette enceinte que l'on déposa le corps de Kléber, sur un socle entouré de candélabres d'argent. L'état-major mit pied à terre pour saluer les restes du général.

On vit alors des militaires de toutes les armes et de tous les grades s'avancer spontanément, et jeter en foule des couronnes de cyprès et de lauriers, en accompagnant ce dernier hommage au guerrier républicain des accents vrais et touchants de leurs regrets.

Ce n'était plus un vain cérémonial : c'était l'élan du cœur chez ces braves, qui pleuraient un chef bien-aimé.

Alors le citoyen Fourier, secrétaire de l'Institut d'Égypte, alla se placer sur un bastion, où, entouré de tous les grands-officiers civils et militaires, il prononça d'une voix émue l'éloge funèbre de Kléber.

Un recueillement religieux succéda un instant aux émotions vives et profondes qu'avait produites l'orateur.

Mais un autre spectacle, d'un caractère plus terrible, attendait la foule...

Les troupes ayant défilé par peloton, et fait de nouvelles décharges devant le sarcophage, on reprit le chemin du Kaire jusqu'à l'esplanade du fort de l'Institut, qui avait été désigné pour le lieu du supplice de Soleyman et des trois prêtres, ses complices.

Tous les assistants se groupèrent autour et au-dessous du monticule sur lequel est placé le fort de l'Institut, attendant l'arrivée des quatre criminels.

Ces malheureux furent tirés du fort où ils étaient renfermés depuis le matin, et on leur lut leur sentence de mort sur le seuil de la porte de leur cachot. Cette lecture, faite en langue arabe, jeta les trois ulémas dans l'abattement du désespoir, tandis que Soleyman, au contraire, conservait une attitude calme, imposante et pleine d'assurance.

Ces mêmes ulémas, y compris l'abominable daï-kébir, s'avancèrent en fondant en larmes, maudissant leur destinée et leurs erreurs ismaéliennes.

Soleyman, au contraire, soutenu sans doute par ce courage extraordinaire que donne l'exaltation religieuse, jointe à l'amour transformé en passion corrosive, ne se montrait étonné que de la pusillanimité de ses compagnons. Il les accabla de reproches.

— Qu'Allah vous précipite dans le feu de la géhenne, ô hommes de peu de foi ! leur disait-il. Que ne m'a-t-il fait périr dans le désert de la Syrie, plutôt que de me donner pour maîtres et complices des gens tels que vous, indignes serviteurs du Prophète !

Les ulémas répondaient à ces reproches par des soupirs et de nouvelles lamentations.

L'exécution commença par ces derniers ; ils eurent la tête tranchée sous les yeux mêmes de Soleyman, afin de rendre le supplice de ce dernier plus douloureux encore.

Mais le jeune fanatique ne démentit point sa fermeté première. Il donna à cet horrible spectacle une attention aussi indifférente, que si sa mort n'eût pas dû suivre bientôt celle de ses complices. Il ne sourcilla même point.

A peine la troisième tête fut-elle tombée sous le cimeterre du dgellah, robuste montagnard de l'Éthyopie, qu'on fit avancer Soleyman vers un brasier ardent, où sa main fut brûlée.

Il supporta l'atroce douleur de ce premier supplice sans proférer une seule plainte, les yeux levés au ciel, et sans laisser apercevoir sur son visage la moindre trace d'altération.

Un accident imprévu put seul lui arracher le cri de la douleur.

Pendant que, nouveau Scévola, il laissait brûler son poignet avec une si imperturbable tranquillité, un charbon se détacha du brasier et roula jusqu'à son coude. Soleyman poussa un cri perçant; puis, s'adressant à Bartolomeo Serra, qu'il avait auprès de lui, il lui dit avec colère :

— Ote-moi ce surcroît de douleur !

Ce chef du corps des Mamelouks, suivant les mœurs barbares de l'Orient, avait réclamé et obtenu sans peine l'odieux privilège de présider à l'exécution des criminels.

— Quoi ! demanda-t-il avec une froide ironie au jeune Syrien, un homme aussi courageux que toi craint une légère douleur? Qu'est-ce donc auprès de celle que tu éprouves depuis plusieurs minutes avec tant d'impassibilité?

— Chien d'infidèle ! répondit Soleyman en regardant son bourreau avec fierté et mépris, sache que tu n'es point digne de m'adresser la parole ! Fais ton devoir en silence. La douleur dont je me plains n'était point ordonnée par la sentence que mes juges ont prononcée.

— Qu'importe! répliqua le Mamelouk. Ton Dieu l'a voulu.

Rappelé à sa croyance fataliste par cette parole, Soleyman ne daigna plus répondre à son bourreau. Seulement on l'entendit marmotter :

— Ce qui est écrit, est écrit.

Lorsque les chairs du poignet furent entièrement consumées, Bartolomeo fit faire tous les apprêts et exécuter le supplice du pal.

Les circonstances de ce supplice sont trop révoltantes pour que nous les répétions ici avec plus de détails que ceux dont nos lecteurs ont déjà été témoins à Acre, devant le pacha Djezzar ; et cependant, celui qui subissait l'horrible torture en ce moment conservait son inaltérable sang-froid.

Quand le pal, élevé en l'air, fut fixé dans le trou pratiqué à cet effet, Soleyman, dont la figure se décomposait par les efforts mêmes qu'il faisait pour dissimuler ses tourments, promena lentement ses regards sur les nombreux spectateurs de son agonie, et prononça à haute voix et très intelligiblement, en arabe, la profession de foi des musulmans :

« *Il n'est point d'autre Dieu que Dieu, et Mahomet est son Prophète!* »

Il récita ensuite qnelques versets du Koran, et demanda à boire.

Un soldat français, qui était de faction auprès du pal, et qui paraissait souffrir autant que le patient, allait le satisfaire, lorsque le chef des Mamelouks l'arrêta, en lui disant :

— Gardez-vous-en-bien, vous feriez mourir à l'instant ce criminel.

Soleyman resta vivant sur le pal pendant quatre heures ; la pointe du pieu lui sortait par le cou.

Peut-être cette horrible existence se fût-elle encore prolongée, si, après le départ de Bartolomeo et de la plupart des assistants, un autre factionnaire français, qui avait entendu l'observation du chef des Mamelouks, n'eût cédé à la compassion, en donnant à boire au malheureux Soleyman à l'aide d'un vase placé au bout de son fusil.

Sitôt que Soleyman eut avalé le breuvage, il leva son regard vers le ciel.

Un sourire effleura ses lèvres blêmes. Sans doute il voyait un ange qui lui montrait une femme enveloppée de gaze transparente, car il murmura :

— La houri blonde !

Et il expira...

Le squelette de l'assassin de Kléber, apporté en France par le docteur Larrey, fut donné par lui au Muséum d'histoire naturelle du Jardin des Plantes, où il est encore. A l'inspection du crâne de Soleyman, on y remarqua la bosse ou signe proéminent du fanatisme, suivant le système de Gall.

Toute l'armée d'Égypte versa des larmes en apprenant la mort de Kléber, qui était son idole.

Les soldats, dit l'auteur de l'*Histoire de l'Armée*, l'aimaient pour ses grands talents, pour son courage élevé, pour ses vertus : ils l'aimaient pour son mâle visage, pour sa stature martiale et même pour ses vices.

Kléber était le type idéal de la beauté militaire, et le type moral de l'officier de fortune créé par la Révolution. Fantasque et frondeur, il subissait difficilement une autorité supérieure à la sienne. Intègre et désintéressé jamais il ne souilla sa carrière par une exaction.

Actif, sobre, patient dans les circonstances difficiles de la guerre, il devenait indolent, licencieux, intempérant à l'excès dans les loisirs de la paix. Doué d'un esprit brillant mais peu cultivé, il suppléait au défaut de son éducation par la rapidité de son intelligence et par une mémoire prodigieuse. Son langage, quelquefois éloquent mais toujours original, était souvent d'une énergie toute soldatesque.

En un mot, Kléber réunissait les qualités et les défauts les plus opposés.

Sa mort fut un véritable jour de deuil pour l'armée, dont il était un des chefs les plus glorieux, et pour la France, dont il était un des citoyens les plus grands et les plus utiles.

L'armée d'Égypte, en pleurant Kléber, pleurait sur elle-même, abandonnée qu'elle allait être à des mains moins habiles.

En effet, l'homme qui lui succéda était le général Menou, qui avait embrassé la religion de Mahomet. Abdallah Menou était le doyen d'âge des généraux ; il dut son élévation à cette circonstance ; mais aucun des généraux de l'armée d'Égypte n'était moins capable que lui d'exercer un pareil commandement.

Dès le jour où Menou succéda à Kléber, la colonie d'Égypte fut perdue pour la France.

L'Angleterre étant parvenue à former une nouvelle ligue avec la Turquie, le Grand-Seigneur, pour lequel ce pays d'Égypte avait un attrait si puissant, n'hésita pas à tenter un nouvel effort, malgré les défaites d'Aboukir et d'Héliopolis.

Une troisième et formidable expédition se prépara à Rhodes, et vint fondre sur l'Égypte, ayant cette fois 17,000 soldats anglais dans ses rangs.

II.   20

Kléber et Desaix étaient morts; Menou n'était point de taille à faire face à une armée d'un tiers plus nombreuse que l'armée française.

A ce moment, en outre, les Français firent une nouvelle perte, d'autant plus funeste pour eux, qu'elle les privait d'un allié redoutable pour leurs ennemis.

Le héros de l'Orient, que le grand Kléber avait pu seul déterminer à se soumettre et à embrasser la cause de ceux qui ne l'avaient jamais vaincu, Mourab-bey, malgré les justes sujets de mécontentement que lui avait donnés le général Menou, était resté fidèle à ses premiers serments.

Invité par le général Belliard à partager les dangers de ses amis dans la circonstance difficile où se trouvait l'armée française, cet illustre chef des Mamelouks s'était empressé de quitter le Saïd. Il descendait le Nil pour se joindre au corps d'armée qui défendait le Kaire, lorsqu'il fut atteint de la peste à Beniçouef, et emporté par ce terrible fléau au bout de quelques jours.

Les Français furent vivement affectés de cette mort inopinée. On rendit à la mémoire du bey tous les honneurs que méritaient sa constante bravoure et la loyauté de son caractère. Ses vaillants compagnons de gloire et de malheurs, mêlés aux Français qu'ils avaient commencé à aimer, bien qu'ils eussent été vaincus par eux, décernèrent à Mourad le plus bel hommage dont on puisse honorer les mânes d'un grand guerrier. Ils brisèrent ses armes sur sa tombe, en déclarant qu'aucun d'eux n'était digne de les porter.

Quant à Eh Nehfiz, la noble Géorgienne, elle fut inconsolable de la mort de son illustre époux.

Cependant le moment des revers était arrivé pour nous. L'armée anglo-turque, commandée par lord Abercromby et un capitan-pacha, débarqua à Aboukir.

Malgré des prodiges de valeur, nous fûmes battus à Canope, où un officier de dragons poursuivit le général en chef anglais jusque sous sa tente, et le frappa mortellement de trois coups de sabre, pour rouler à côté de lui dans la poussière.

Un traité d'évacuation fut signé entre le général Menou et Hutchinson, en vertu duquel l'armée française, avec armes et bagages, devait s'embarquer à Rosette sur des bâtiments anglais et turcs, pour être transportée dans les ports français par la voie la plus prompte et la plus directe.

Tous ceux parmi les Égyptiens et les Mamelouks qui s'étaient compromis, pendant l'occupation française, par leurs liaisons avec l'armée, étaient autorisés à suivre nos troupes en France.

Aussi vit-on un certain nombre d'habitants du Kaire, parmi lesquels sidi Othman, de la mosquée El-Azhar, et Ibn-Hâni le barbier, ainsi que plusieurs centaines de Mamelouks, prendre le chemin de Rosette avec nos légions pour aller ou se fixer en France, ou prendre service dans l'armée.

Ce furent les débris de ces fidèles Mamelouks qu'une populace fanatique massacra à Marseille en 1814, au moment de la réaction et des fureurs royalistes dans le Midi.

Ainsi se termina l'expédition la plus mémorable des temps modernes.

Les droits acquis par l'armée d'Orient à l'intérêt et à l'admiration de la postérité ne peuvent être contestés.

Si nos soldats ne brûlèrent pas eux-mêmes leurs vaisseaux en débarquant à Alexandrie, comme Fernand Cortèz en allant attaquer les Aztèques de Montézuma, le résultat fut le même pour eux à la suite du désastre d'Aboukir. Au seul revers de Canope, nous avons à opposer glorieusement de nombreux combats couronnés par la victoire, avec les grandes batailles des Pyramides, du Mont-Thabor, d'Aboukir et d'Héliopolis !

Ce fut le 20 septembre 1801, trois ans après son arrivée à Alexandrie, que l'armée d'Orient, ayant tracé la plus extraordinaire de nos légendes militaires, s'embarqua à Rosette pour retourner en France, où elle devait commencer une nouvelle série de travaux et de victoires contre l'Europe conjurée.

Quelques-uns de nos bataillons aux faces bronzées par le soleil d'Afrique, mais décimés par trois années de fatigues et de combats héroïques, sont là, sur la plage derrière laquelle s'étendent au loin les jardins de Rosette la fleurie et les riches plaines du Delta.

Ils attendent leur tour d'embarquement. Les vaisseaux de transport sont en face pour les recevoir ; les canots et djermes circulent...

Au premier rang, voici nos braves de la 2ᵉ demi-brigade légère. Ombragés par des dattiers et des bananiers aux larges feuilles, ils jettent, vers leur gauche surtout, où se dresse le rocher d'Aboukir, à la fois de triste et glorieuse mémoire, des regards mélancoliques. Abdoul-Mousa et Beger sont parmi eux.

Nos carabiniers vont bien revoir leur pays, la France bien-aimée... mais n'aime-t-on pas aussi le pays où l'on a combattu et souffert, où tant de compagnons et de frères d'armes dorment du sommeil éternel ?

— Adieu donc, terre d'Égypte ! disait un carabinier de la 2ᵉ. Adieu ! pays de nos rêves, où...

— Où j'ai failli, interrompit Jacquot Treillet avec son guépard sur le havresac, périr dans un puits, faire la grimace au bout d'un pal, avoir'la tête tranchée par le grand vizir en personne, et tomber du haut de la grande Pyramide. Mais...

— Mais? demanda Jeannot le Manceau.

— Mais d'où je ramène mon chat et ma petite Belsaba, la négresse, devenue la femme de chambre de la citoyenne Rivolet.

— Hé! milladious! gasconna Croustillac, qui avait le bras en écharpe depuis la bataille de Canope, cela fait deux chats peut-être... Qu'en pensez-vous, *citoyen Guillaume?*

Le sergent Leblanc, dont la balafre rhénane s'était enjolivée par une deuxième qui la croisait, se tordait les moustaches, appuyé sur le canon de son fusil. Il répondit d'un ton bourru :

— Nonobstant... Les femmes ! c'est du luxe... En campagne, ça gêne encore plus qu'à la cambuse, je ne dis que ça. A preuve...

— A preuve, sergent ? fit-on.

— Demandez plutôt à Abdoul-Mousa et à Beger, si d'emmener comme ça avec eux dans des palanquins, leurs femmes et leurs odalisques, cela n'embarrasse pas bigrement leurs pachas? C'est bien sûr pour cela qu'ils ne savent plus où donner de la tête pendant la bataille... Et peut-être si le général Kléber... Nonobstant, je me comprends...

— Réponds donc au sergent, Abdoul-Mousa!

L'Albanais leva le regard au ciel et murmura :

— Ce qui est écrit est écrit !

— Amen ! conclut Jacquot Treillet.

— Ah ! çà, reprit Jeannot, et nos *six arpents de terre*, que le général Bonaparte nous avait promis à Toulon ?

— Bah ! repartit le sergent Leblanc, pourvu que nos

20.

généraux ne soient pas plus ambitieux que nous autres, simples soldats de la République, nous en aurons toujours assez, nonobstant, pour planter nos choux...

— Si la liberté triomphe ! dit une voix.

C'était celle du capitaine Martial, qui revenait du navire ottoman, à bord duquel il avait, comme Omar et Rivolet, installé sa chère femme, en compagnie de son beau-père et de sa belle-mère, qui n'avaient plus désiré rester au Kaire.

Le sergent Leblanc, qui ne voulut jadis faire l'honneur au roi de Prusse de discuter politique avec lui, mais qui n'en accepta pas moins celui d'être nommé, ainsi que lui, *citoyen Guillaume*, salua d'abord son capitaine ; puis il s'écria avec sa robuste foi de volontaire de 92 :

— Peut-il en être autrement ?

Quand les navires de transport, toutes voiles dehors, quittèrent le rivage d'Égypte, on put voir à l'arrière d'un bâtiment où flottait l'étendard du Croissant, un groupe pieusement agenouillé, dont les yeux étaient fixés dans la direction du Kaire. Dans ce groupe, il y avait trois femmes.

— Adieu !... adieu, mon père ! disait une de ces dernières à travers des sanglots.

Derrière elles se tenait debout Omar, l'ami de Kléber, dans son brillant costume d'officier des Mamelouks. Tandis que deux grosses larmes lui roulaient sur les moustaches, il murmurait :

— Était-ce donc écrit ?... Ah ! si j'avais été sur la terrasse !...

Sa foi de musulman était ébranlée.

Elle fut stérile pour la France d'abord, cette mémorable expédition qui nous coûta tant de sang ; mais quelles conséquences fécondes n'eut-elle pas pour l'Égypte, et quels fruits ne doit-elle pas porter pour notre commerce et pour celui de l'Europe entière !

Les germes déposés sur la vieille terre des Pharaons par l'occupation française ont été recueillis habilement, par un homme dont la figure et le génie grandissent de plus en plus dans la perspective historique.

L'esprit de Méhémet-Ali fut frappé des traces profondes laissées sur le sol par les Français, par leur constitution militaire, leur discipline, leur civilisation, leur science organisatrice. Il étudia leurs actes administratifs concernant la police des villes et campagnes, l'hygiène publique, la perception des taxes, leurs travaux entrepris quoique trop tôt interrompus, et par-dessus tout il se pénétra de leur esprit de tolérance.

C'est cette étude qui fit de Méhémet-Ali le régénérateur que nous connaissons, et qui prépara la grande idée du percement de l'isthme de Suez, si bien accueillie par ses successeurs.

FIN

TABLE DES CHAPITRES

DEUXIÈME PARTIE

LE POISON DE L'ORIENTALE

FIN DE LA TABLE.

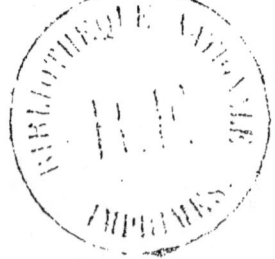

F. Aureau. — Imprimerie de Lagny.

GUSTAVE AIMARD
Vauriens du Pont-
Neuf............... 3
Rancho du Pont de
Dianes............. 1
Coupeurs de Routes. 2
ALBÉRIC SECOND
Le Roman de deux Bour-
geois.............. 1
La Vie folle......... 1
PHILIBERT AUDEBRAND
César Berthelin...... 1
Les Gasconnades de l'A-
mour.............. 1
ALFRED ASSOLLANT
Hyacinthe........... 1
Nini............... 1
Le Vieux Juge....... 1
XAVIER AUBRYET
Chez Nous et chez nos
Voisins............ 1
ÉLIE BERTHET
L'Incendiaire........ 1
Le Martyre de la Bos-
sotte............. 1
Le Charlatan........ 1
ADOLPHE BELOT
Le Roi des Grecs..... 2
La Sultane parisienne. 3
Les Étrangleurs...... 2
F. DU BOISGOBEY
L'Équipage du Diable. 2
L'affaire Matapan.... 2
L'Épingle rose....... 3
GONTRAN BORYS
Le Cousin du Diable.. 2
Le Beau Roland...... 2
ALEXIS BOUVIER
Le Club des Coquins... 1
EDOUARD CADOL
Rose............... 1
Un enfant d'Israël.... 1
Le Fils adultérin..... 1
CHAMPFLEURY
Le Secret de M. Ladu-
reau.............. 1
La petite Rose....... 1
N'oublie pas ton Para-
pluie............. 1
C. DEBANS
La Peau du Mort..... 1
Le Baron Jean....... 2
ARSÈNE HOUSSAYE
L'Éventail brisé...... 2
Les Princesses de la
Ruine............. 1
EUGÈNE CHAVETTE
Aimé de son Concierge. 1
Le Comte Omnibus.... 2
Le Roi des Limiers.... 1
JULES CLARÉTIE
La Maîtresse......... 1
Les Amours d'un Interne 1
Monsieur le Ministre... 1
ERNEST DAUDET
La Petite Sœur....... 1
Le Lendemain du péché. 1
L'Aventure de Jeanne.. 1

ALPHONSE DAUDET
Les Rois en exil...... 1
Jack............... 2
ALBERT DELPIT
Le Mystère du Bas-
Meudon........... 1
La Famille Cavalié.... 2
CHARLES DESLYS
La Revanche de Mar-
guerite........... 1
Le Capitaine Minuit... 1
CHARLES DEULIN
Contes du roi Gambrinus 1
Histoire de petite Ville. 1
ÉTIENNE ENAULT
Diane Kerdoval...... 1
Gabrielle de Célestange. 1
H. ESCOFFIER
La Vierge de Mabille.. 1
Chloris la Goule...... 1
FERDINAND FABRE
Barnabé............ 1
La petite Mère....... 6
FERVAQUES
Durand et Cie........ 2
Sacha.............. 1
ÉMILE GABORIAU
Le Petit Vieux des Ba-
tignolles.......... 1
L'Argent des autres... 2
Les Amours d'une Em-
poisonneuse....... 1
L. M. GAGNEUR
Les Crimes de l'Amour. 1
Un Chevalier de Sacris-
tie.............. 1
Les Vierges Russes.... 1
EMMANUEL GONZALÈS
La Servante du Diable. 1
La Vierge de l'Opéra... 1
GOURDON DE GENOUILLAC
La Magicienne de Paris. 1
L'Homme aux deux
Femmes.......... 1
CONSTANT GUÉROULT
L'Héritage tragique... 2
Les Tragédies du Ma-
riage............ 2
ROBERT HALT
Le Dieu Octave....... 1
Brave Garçon........ 2
CH. JOLIET
Roche-d'Or.......... 1
Vipère............. 1
ARMAND LAPOINTE
Les sept Hommes rouges 1
Reine Coquette....... 1
JULES LERMINA
Les Mille et une Femmes 2
La Criminelle........ 1
M. DE LESCURE
La Dragonne......... 1
Mademoiselle de Ca-
gliostro.......... 1
LE PRINCE LUBOMIRSKI
Par ordre de l'Empereur 2
Les Viveurs d'hier.... 1

HECTOR ....
Pompon............. 1
Une Femme d'.... .. 1
La Bohème Tapa.... ..
CATULLE MENDÈS
Le Roi vierge........ 1
Les Mères terribles... 1
CHARLES MÉROUVEL
La Pêche de la Générale 1
La Filleule de la Du-
chesse........... 1
La Maîtresse du Ministre 1
XAVIER DE MONTÉPIN
Le Fiacre n° 13...... 1
Son Altesse l'Amour... 1
La Maîtresse masquée. 1
VICTOR PERCEVAL
La Maîtresse de M. le
Duc.............. 1
Un beau Mariage..... 1
PAUL PERRET
L'Âme murée........ 1
Ce que coûte l'Amour. 1
PONSON DU TERRAIL
Les Voleurs du Grand
Monde........... 1
Le Filleul du Roi..... 1
TONY RÉVILLON
Noémi.............. 1
Le besoin d'Argent.... 1
MARIUS ROUX
Eugène l'Amour...... 1
La Proie et l'Ombre... 1
ÉMILE RICHEBOURG
Andréa la Charmeuse.. 1
Deux Mères......... 1
L'Idiote............ 1
PAUL SAUNIÈRE
La Meunière de Moulin
Galant........... 1
La Belle Argentière... 1
Madame Rabat-Joie... 1
AURÉLIEN SCHOLL
Fleurs d'Adultère.... 1
Les Amours de cinq Mi-
nutes........... 1
A. SIRVEN ET LE VERDIER
La Fille de Nana..... 1
LÉOPOLD STAPLEAUX
Les Compagnons du
Glaive........... 1
Boulevardiers et belles
Petites.......... 1
PIERRE VÉRON
Le nouvel Art d'aimer. 1
Les Mangeuses d'hommes 1
VICTOR TISSOT ET AMÉRO
La Comtesse de Mon-
tretout.......... 1
Aventures de trois Fu-
gitifs........... 1
PIERRE ZACCONE
La Vertu de Charbon-
nette........... 1
Maman Rocambole.... 1
Le Fer rouge........ 1

Paris — NOISETTE

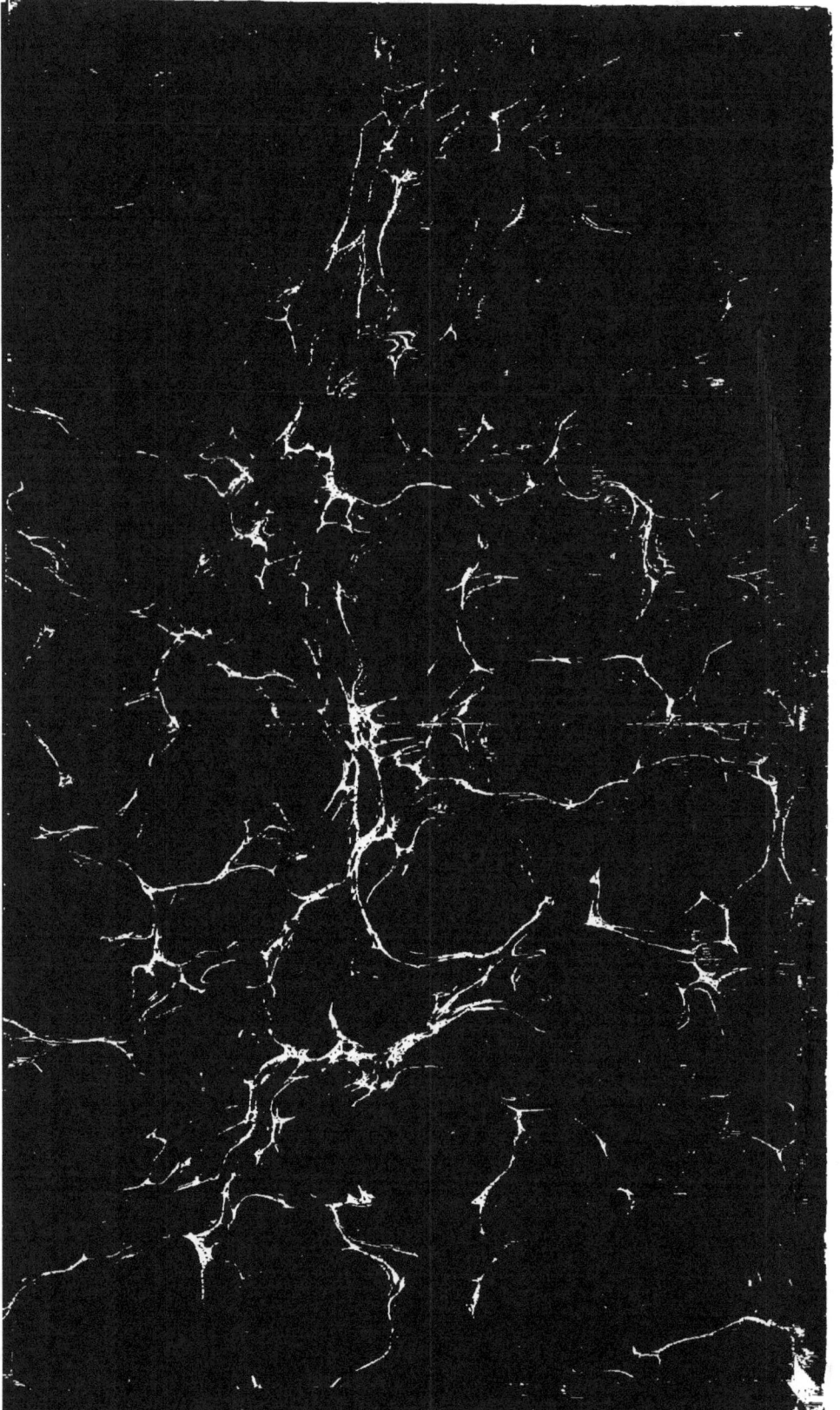

www.ingramcontent.com/pod-product-compliance
Lightning Source LLC
Chambersburg PA
CBHW070258030726
47505CB00004B/852